U0527892

支持单位
成都市文学艺术界联合会

出品单位
四川师范大学文学院
成都市李劼人研究学会

四川新文学大系
戏剧编 ·第三卷·

总　　编　　王嘉陵　刘　敏
副 总 编　　张义奇　曾智中
本编主编　　王　菱

四川文艺出版社

图书在版编目（CIP）数据

四川新文学大系. 戏剧编：共四卷 / 王嘉陵, 刘敏总编；张义奇, 曾智中副总编；王菱主编. -- 成都：四川文艺出版社, 2024.10. -- ISBN 978-7-5411-6548-1

Ⅰ. I218.71

中国国家版本馆CIP数据核字第2024N7B913号

SICHUAN XINWENXUE DAXI · XIJUBIAN (DISANJUAN)
四川新文学大系·戏剧编（第三卷）

总编　王嘉陵　刘　敏　副总编　张义奇　曾智中
本编主编　王　菱

出 品 人	冯　静
策划组稿	张庆宁
书稿统筹	宋　玥　罗月婷
责任编辑	陈雪媛
封面设计	魏晓舸
版式设计	史小燕
责任校对	段　敏　张雁飞
责任印制	桑　蓉　崔　娜

出版发行	四川文艺出版社（成都市锦江区三色路238号）
网　　址	www.scwys.com
电　　话	028-86361802（发行部）　028-86361781（编辑部）

邮购地址	成都市锦江区三色路238号四川文艺出版社邮购部　610023
排　　版	四川胜翔数码印务设计有限公司
印　　刷	成都东江印务有限公司
成品尺寸	148mm×210mm　　　　开　本　32开
印　　张	57.875　　　　　　　　字　数　1520千
版　　次	2024年10月第一版　　　印　次　2024年10月第一次印刷
书　　号	ISBN 978-7-5411-6548-1
定　　价	320.00元（共四卷）

版权所有，违者必究。如有印装质量问题，请与出版社联系调换。联系电话：028-86361796。

编选凡例

一、本编所收以现代原创话剧为主,传统戏曲改编的戏剧、翻译剧及在其基础上改编的戏剧不录。

二、新文学时期的四川话剧剧本很多,搜集完全颇为困难,本编所收剧本均为在四川(含当时重庆)创作、出版或公演的,具有一定影响力的剧本。

三、本编的剧本以收录和存目两种方式呈现。同一剧本,有不同年代版本者,均录入最初的版本。个别无法找到原始版本的作品,以再版时间较早的版本为依据。

四、剧本的序列,依照发表的时间先后为序。

五、囿于选编容量控制,部分多幕剧采取了节选的方式。

六、为保持作品原貌,字词的旧用法不做更改。比如"的、地、得、底""哪里、那里""甚么、什么"之类,或因作家习惯等造成的不同写法,不影响理解的都依原稿版本,不按现行标准修改。

七、本编收入作品所遇资料字迹不清导致无法辨认者，以"□"示之。

八、所收作品，系当时时代产物，为存真计，均保留文献原貌；其中与今日语境有别者，读者当能明鉴。

目录

-第三卷-

多幕剧

田汉　洪深　夏衍
　　风雨归舟（四幕剧）（节选）……………004

曹禺　宋之的
　　黑字二十八（四幕剧）（节选）……………048

陈白尘　吴祖光　周彦　杨村彬
　　胜利号（三幕剧）（节选）……………101

老舍　赵清阁
　　桃李春风（四幕剧）（节选）……………160

沈蔚德　春常在（五幕剧）（节选）……………199

吴祖光　风雪夜归人（三幕剧）（节选）……………275

陈白尘　升官图（三幕剧）……………340

陶雄　壮志凌云（四幕剧）（节选）……………432

多幕剧

田 汉　洪 深　夏 衍

|作者简介|　田汉（1898—1968），湖南长沙人，本名田寿昌，笔名有田汉、陈瑜、伯鸿、汉儿倚声、首甲、绍伯、漱人、陈哲生、明高、嘉陵、张坤等。剧作家、戏曲作家、电影编剧、小说家、词作家、诗人、文艺批评家、文艺活动家，中国现代戏剧三大奠基人之一。代表作品有剧本《芦沟桥》《关汉卿》等，电影剧本《胜利进行曲》《风云儿女》等。

洪深简介参见第一卷四幕剧《包得行》。

夏衍（1900—1995），浙江杭州人，原名沈乃熙，中国著名文学、电影、戏剧作家和社会活动家，中国左翼电影运动的开拓者、组织者和领导者之一。代表作有剧本《心防》《法西斯细菌》《秋瑾传》《上海屋檐下》、报告文学《包身工》等。出版的选集有《夏衍剧作选》《夏衍选集》。创作改编的电影剧本有《狂流》《春蚕》《祝福》《林家铺子》等。

风雨归舟（四幕剧）

（节选）

第一幕

时　间：
一九四一年秋，九月某日下午四时。

地　点：
　　　香港湾仔某大酒店五楼走廊，兼待客处。整洁的铺着白桌布。二三待客用长沙发，茶具，花瓶之类，左手为通大礼堂的路，有一个箭头形红纸指示方向。上书"一碗饭运动结束大会会场"字样。

幕　开：
　　　远远的可闻经过播音机的报告之声，疏落的拍掌音等。一年老的BOY阿梁，很周到地整理着座位和桌上的陈设。沙发上坐着女青年陈毓芳，二十三岁，漂亮朴实，但在眉间带有一种无法捉摸的忧郁的影子。胸间佩着红绸条子，上书"干事"二字。一二分钟后，盛装女子二人，匆匆由右手（电梯口墙上有Left字样）登场，走在前面的叫冯海伦，微以手帕作扇风状。陈起立招呼。

冯：哈罗，蜜司陈！

陈：呵，冯小姐！

冯：你社里的事忙吗？

陈：还好！

冯：(闻报告声)已经开会了。(不停步的走着)

陈：开始报告了，大家正等着你呢。

冯：这位李太太，认识吗？这次她很卖力的。

陈：(点头)是，上次见过的，方才看了报告书，你们两位推销成绩好极了，请！(让着她们入会场去)

(梁倒了一杯茶，恭敬的捧给陈毓芳。)

梁：你喝杯茶。

陈：(点头微笑，表示轻轻的谢意。)

梁：(诚挚地)陈小姐，这次成绩很好吧？

陈：(看了他一眼)说不上好，因为这儿我到底人地生疏，要是在上海，我的办法就多了。

梁：你老太爷还是在上海法院？

陈：对了，还在那儿。

梁：他老人家真好。我的大儿子阿盛有一次在上海外滩受不过日本鬼子的气，和他们冲突起来，给抓到捕房去了，还是你老太爷帮忙给开释的，有他老人家在那儿，受冤枉受压迫的人不知保全多少。我，我真是不知道怎样感激你老太爷才好。

陈：那没有什么，家父不过是喜欢主持正义罢了。

梁：小姐！在今天肯挺身出来主持正义的人太少了。

陈：可不是，家父在那样的环境中间，时常也受到敌伪的警告，可是家父毫不在乎的干到底。

梁：这就太难得了。

陈：你们这次也难得呀，这么大热天，大家还热心帮忙。

梁：这是应该的呀，你们小姐们才辛苦了。

陈：香港也不比从前了，这几年来卖花筹款哪，什么哪，差不多每天都有，次数多了，办事就困难。加上这一次的一碗饭运动阻碍又特别的多——

梁：（点头）听得这样说，可是孙夫人发起的事情谁也得尽点力量。别的不用说，单说这家酒家吧，从司理到厨房里的司务们，没有一个不起劲说："这是为了祖国，谁也不能爱惜力量。"

陈：对的，谁也不能爱惜力量，这时候爱惜力量，将来有力量也拿不出来啊。哦，你的小姐瑞华呢，这几天怎么没有看见她？又病了吗？她的身体单弱得很。

梁：不，你前次不是给了她几本新书吗？这孩子就成了《红楼梦》里的香菱似的成了书痴了。白天里只要稍微有点空，就念，晚上到很晚还不肯睡。对了，她昨天写了一首新诗，要我带给你删改删改。

陈：是吗？（接过去匆匆看了一遍）好极了，明天就给她在报上发表。

梁：得了吧，你别太宠她了，小孩子，刚学说话，那里就够得上发表。

（正要说下去，《侨务日报》的主笔朱剑夫登场。）

（陈殷勤招待。朱鹰扬地点了点头，直向会场去，经过阿梁身边时，梁恭敬地立正、行礼，朱经过后忽然想起似的回过来。）

朱：阿梁！（梁应声"是"）有一位王先生来了没有？

梁：王……

朱：王少云啊，昨晚上在这儿打牌的。

梁：啊，（想了想）还没有来，也许……

朱：（把一柄精致的扇子放在桌上，摸出一个本子来翻了一下）

给我打个电话，（以本子示之）给他，请他即刻就来。（回头看了陈一眼）假如此地人多，讲话不方便的话，你给我在四楼订个房间。（入会场）

梁：（恭敬地）是。（默记了号码下）（与朱相交，青年张志云从会场上出来，同样地挂了红绸条）

陈：报告快完了？

张：（点头）快给奖了。

陈：（念读着瑞华的诗）喂，志云，咱们又多了一个诗人了。

张：诗人？谁？

陈：你准猜不着，瑞华会写诗了。

张：是吗？

陈：你瞧！（交给他诗稿）

张：（匆匆看过，极口称赞）了不得，了不得，我常说的，有生活的人，写什么都好。不过，（拍陈）这都是你指导有方。（交回诗稿）

陈：（放入袋里）我想明天在副刊上发表，鼓励鼓励这孩子。

张：好的，好的！

（朱忽记起遗下的扇子，回来取扇再入会场。）

张：（低声地）你认识方才进去的那位吗？

陈：（轻微地惊奇）谁？刚才那神气活现的家伙，很面熟，但不知道名字。

张：（笑着）他也来了，居然前一个礼拜，还在报上写文章破坏这次一碗饭运动。

陈：他就是朱……

张：对了，朱剑夫，《侨务日报》的主笔，除写文章之外，破坏这次运动也是主要份子。

陈：真是，何必呢？同是中国人，这样的时候还捣蛋。

张：你把他做中国人就看错了。

陈：（有所顾忌的笑了一笑，不做声了。）

张：（血气方刚，不很理会这些）我真不懂这些人是什么心肠，不问事只对人。一碗饭运动，居然也反对起来。要不是孙夫人主办，全港酒楼饭店，和许多爱国人士的帮忙，怕这次的运动一定会垮了的。还好，预定三万，筹了二万五千……

陈：（不十分肯说）唔。

（二人对话中会场报告声，掌声。）

（梁打电话回，走过走廊反背着手，站在会场入口处听。）

张：（看见她不上劲，自己坐上来，独语似的）两万五，算不得多。不过，对于后方的伤兵难民，也有些好处。再说这次还有提倡工业合作的意义，要是真的日本跟英美打起来，外来物资来源断了，这次运动的意义就会特别重大了。

陈：（回身看了他一眼）志云，这几天听你们谈这问题谈得起劲，你看敌人真的会南进吗？

张：那当然谁也说不定，不过英美对日本的矛盾不能减消，反而一天逼得比一天紧起来，这能保得定战争不爆发吗？一旦战争爆发，那时候香港就够惨的了。

陈：（倩笑）香港，你说香港会成为战场吗？我看香港的有钱人，做梦也想不到吧。前晚上防空演习，大街小巷一片的麻雀声音，跳舞场通宵达旦的营业，那儿看得到一丝一毫的战争空气。

张：现在满不在乎的是这些人，将来狼狈不堪的也是这些人咯。

（青年报人萧建安同他的爱人白蓉登上场。）

建　安：（高兴地招呼陈、张）喂，白蓉来了。

（陈等急起欢迎，发出特有的"哇"的欢呼。）

陈：你可来了，什么时候来的？蓉！

建　安：刚下船。

陈：我没问你，我问她呢。

（志云同时热烈地同白蓉握手。）

白　蓉：（缩手）哎哟！痛……

陈：志云一点也不懂礼貌。

张：这是我们的香港作风。

陈：你这一来，对于我们的一碗饭运动帮助可大了。

白　蓉：怎么说？

陈：你不知道，就因为你待在上海老不肯来。这儿建安同志每天茶不思饭不想的一点事也不能做。我们为着让他多吃一碗饭，才替他打电报催你来的。

白　蓉：瞧你总是说笑话。

建　安：会怎么样了？

陈：报告完了，廖夫人在演说，就要给奖了。我当你不来了呢。

建　安：我因为等她。她想见见孙夫人，一张请帖两个人行吗？

陈：夫妇当然没有问题的。说不定要请白蓉小姐表演一番呢。你们快进去吧。

张：我领你们进去。（他们同入会场。）

（一阵相当长期的拍掌声，陈倾听了一下，仍坐下来得意的看着瑞华的诗。）

（朱剑夫陪了海伦上。）

冯：（不愿意的表情）我要听一听。

朱：这有什么好听，反正是这么一套，什么伤兵难民，就是他们的专卖特许。（看见陈，终止了这话，对梁）电话打过了？

梁：是，王司理说立刻就来。

朱：到这儿？

梁：是。

朱：房间订了没有？

梁：订了！

冯：请客打牌？

朱：不是我请人，乃是人请我。

冯：谁？（梁下。）

朱：王少云。

冯：（脱口而出）又是那坏蛋。

朱：（吃惊）你为什么骂他，这是什么意思？

冯：凡是坏蛋，就谁都讨厌，为什么不能骂？

朱：他跟你又有什么关系？唔，（一转念）你从那儿知道他是坏蛋？

冯：（一笑）在香港社会上混混的人，王少云做些什么事，还会不知道？（陈好奇地注视了她一下。朱会意另找话题。）

朱：得了得了，参加几次募捐运动，连咱们的海伦冯也爱起国来了。好，就在这儿坐坐吧。一会儿那坏蛋要来找我的。BOY来杯咖啡。（对冯）你？

冯：不要。

朱：喝一点好吗，（对BOY）一杯橘子水！

梁：（应命下）是！

朱：今晚上有了约没有？这几天忙得怎么样？

冯：（摇头）

朱：那好，昨天前天都找不到你。

冯：谁说，我整天没有出去，在家。

朱：（狞笑）在家？对不起，我是一位新闻记者，咱们报馆里有一位港闻编辑，和两位外勤，消息还不算太不灵通。特别是香港红人，例如冯小姐一般社会上的闻人。昨天加洛连山道东华对海军的决赛，一位香港最漂亮的小姐，和一位先生在观战，六点半玫瑰厅的茶舞会上，又发现了这位小姐跟一位先生，九点整，皇后戏院门口……

冯：（作娇态拦住了他）咻，既然知道得这样详细，那就用不着说。（学他的腔调，粤语）"昨天前天都找不着你"！

朱：今晚上王先生——你方才骂他"坏蛋"的那一位，要我邀你赏光。

冯：（媚笑）邀我？他要你来请我？

朱：那么你说他请你就不需要我代请，那更好，算我有事情，拜托你吧。（附耳私语，毓芳有意无意地留意他们的言动）

冯：我知道你没有什么好事。

朱：可以来吗？

冯：我不来。

朱：哎，这就不够朋友啦。又不用你讲话。我跟他讲话的时候，只要你在场使他知道。

冯：我不，偏不。

朱：为什么？

冯：他会怀疑我，说我把他干的事情告诉你了。

朱：（粤语）即不会，他……（会场上热烈的拍手声。毓芳也匆匆过去听，由左手下场。海伦凝神听）喂！话没有讲完，他干的事我倒并不反对，不过我想好意的告诉他，现在不比从前了。英国对日本的关系很紧张，而他干得又太凶，上个月一船，这个月又……（四面一望）有这么多的要运出去。万一给什么爱国团体知道了,那尽管皇家人怕事,在现在这时候也会不客气吧,……

冯:我不管这些……

朱:海伦,你知道我从来不白差遣一个人的。

冯:你,(嫣然)打算跟我讲条件?成功了之后……

朱:拆穿了说,讲条件也未始不可吧,你开出来条件。

冯:(笑而不语,拿起一支烟。朱慌忙为她点火,正在此时,陈毓芳匆匆上场。)

陈:(对冯)冯小姐,孙夫人在给奖,你是个人成绩第三,快请过去……给完奖就是游艺开始。我们想请你唱一个广东歌。

冯:我那儿会唱,倒是很想再听听陈小姐的,你前次募捐会唱的女高音真好极了,想不到你是位画家,还会唱歌。

陈:得了吧,我那简直是胡闹。比不得你那本地风光。

冯:好,咱们去看看吧。

(翩然而下,会场上叫××先生、××女士声,拍手声。)

(朱起立听听,定了几步,看表,又坐下。有几个来宾出来又下。张志云陪了林谦登场。林四十七八岁,清瘦,已有白发,穿中国长衫,一见即可知是不很得意的工作者。)

张:林先生这儿休息一下吧。给奖完了,还有茶点余兴。有平剧,有歌剧,说不定还有跳舞。你没有事吧,多坐会儿。

林:没有。不过这几年太嘈杂的声音,也不大听得惯了。虽说我总是欢喜同年青朋友在一道。

张:前天林先生在银联社的讲话,本来打算来听的,可是后来因为——

朱:(看见了林,上前一步)啊,林先生。

林:(似乎和他不相熟似的)哦,哦!久违了。

朱：请坐，这次的运动很努力。

林：那里，那里，都是朱先生在舆论界鼓吹之功。

朱：不敢，不敢。（但一转念知道刺了他自己）

张：（故意说）对了，我拜读了朱先生在《侨务日报》的文章。

朱：（冷哂）那篇文章 Mr. 张一定很反对吧！可是我总有这种看法，爱国谁也不反对。为祖国募款，谁都赞成，……不过……

张：那么先生的意思，香港这地方……

朱：（拦住他）我就不来这一套，我爱讲老实话，所以住在香港，不想回到抗战的内地去。（瞧了一眼）内地有这样富丽堂皇的大酒店吗？有这么好的舞场戏院吗？有这么好的烟卷吗？（举手中烟）有这么好的咖啡吗？加上（卑猥的）有这么漂亮的女人吗？——近来香港是一个享福的地方，所以抗战抗了四五年！近来到香港来的人反而天天的多了。

林：（慢慢的）那么朱先生的意思，以为凡是到香港来的，都是为着物质上的享受？

朱：差不离。（冷笑）当然林先生是一个例外。（奸笑）

林：（冷静的）我倒并不想替自己辩护，不过朱先生将香港这地方完全认为是个享受的地方，那似乎对百多万吃苦受难的同胞，就不很讲得过去。能够享受的，恐在海外怕只是少数，别说大多数穷人了，就是在新闻文化界工作的人们，朱先生是新闻界的人，你一定知道得很仔细的。

朱：我反对的，就是这些自称为文化工作者的人。热心爱国，为什么不到国内去，到这蕞尔的这一个香港，有什么意思？

（会场上已开始游艺节目。粤曲之后，有人报告请陈毓芳小姐唱《旧女歌》。志云起身开门,林谦也倾听。歌声从门里扬溢到观众的耳朵里——
请停一停步吧,
各位好心的女士们,先生们!
听听这微弱的可是迫切的歌声。
我是一个旧女,
一个卖唱的。
为着活命,
她常常得在街头巷尾,
歌唱到深更,
也常常把眼泪向肚皮里吞。
冒着风寒,
挨着饥饿,
忍受着欺凌。
但今天我也捐出一碗饭,
为着广大的伤兵难民。
为什么?
为着他们替祖国的解放,
做了英勇的牺牲!
我也是人呀,
我也是中华民族的子孙,
难道不能守这点儿本份?
多情的女士们,先生们,
吃了这碗义饭吧,
这十圆钱可值得千金,
五年来的抗战祖国,
已经是太平洋的明星,

　　　　再努点力吧，
　　　　我虽是旧女
　　　　却已经看见了中国的黎明。）
　　　（如雨般的掌声。）
林：（也热烈地拍手）我就欢喜听毓芳的歌。
朱：（摇摇头）不过旧女怎么会唱洋歌呢？不合情理。
张：（鄙夷地不去理他）
　　（陈、冯高兴地出场，手里各拿一包奖品，朋友们有的送他们出来。）
冯：我说过蜜司陈的女高音唱得真好。
陈：我说过这是胡闹。
朱：可是冯小姐你的广东歌什么人都懂。
冯：别笑话我了，你瞧，我得了十双牙筷，她（指毓芳）得了一幅廖夫人的图画。
朱：（故作亲昵地拉拉她的手）那好极了，有了牙筷，回头冯小姐应该请客了。林先生认识吗？
冯：哦，林先生。（伸手过去，林拘谨的拉拉手）
林：请教？
陈：（给他们介绍）冯海伦小姐，这次推销最努力的。
林：久仰，久仰。（会场乐声又起）
张：（对林）林先生说下去吧，刚才……
林：（看了大家一眼）我总觉得朱先生把香港的重要性看得低了一点……香港是民主国家在远东的一个前哨据点，香港是祖国和千万海外侨胞联系的交通站。香港也是一个祖国文化的重要输出口。香港人，大多数的香港人，都是中国最好最爱国的国民，说只知道享福的人吧，恐怕只是少数。

朱：对不起，我不是初来香港的人，住久了也许懂得多一点，抗战四五年了，香港对祖国尽了些什么力量？

林：对。只知道在香港享福的中国人是没有尽到什么力量的。可是一班老百姓就不能这么说了，香港跟中国革命是不能分开的，香港是有着革命的传统的。远的不说，单说抗战以后，现在全国通行的义卖的伟大的工作，是那儿发起来的？不是十二个香港小贩发起的吗？刚才陈小姐唱得好，的确连旧女也尽了责任的！历次的筹款，这一次的一碗饭运动，尽管有人从中挑拨，破坏，可是短时期之内，有了今天的成就……

朱：（勃然作色）林先生，你说对一碗饭运动表示一点意见就是挑拨破坏吗？

林：（笑着）我决没有这样的意见，我只说公道自在人心，凡是一个对国家有利的运动，一定能够得到香港大多数侨胞的拥护，所以……

朱：（起立不耐状）

冯：（频频点头）是呀，这一次的推票比任何一次还容易……

林：因此尽管有人不负责任的讲话，我们觉得在香港工作也还有他的意义。（悠然坐下，点了一支烟，BOY端上点心来，会场上京戏丝竹之声）

冯：林先生去听戏吗？现在是平剧清唱。

林：你请便吧，我得走了。

朱：（看表不做声）

陈：（对林）方才廖夫人的话讲得沉痛极了，老太太近来身体不大好，头发也白得多了，看了她那样兴奋的样子，真是使我们惭愧。

冯：（拿起画轴）为了这一次的运动，她还扶病作了二十幅书画。林先生瞧，这是给蜜司陈的……

林：（感动的）唔。（点头）我们年轻的应该永远永远的记着她，将来作为我们的榜样。（起身）再见诸位。

冯：（追一步）林先生明后天你有空吗？

林：（想了一想）有吧，什么事？

冯：有几个朋友想找你谈谈。

林：好，带他们来吧。（下）

（他下场之后，一分钟，朱走向会场去，正在这时，王少云上，王上场时，未曾见朱，满脸堆笑的对冯。）

王：哈罗！海伦，你，你，你，也在这儿，好极了！呵，对了，今天是一，一，一，碗饭运动。

（陈、张二人以目示意，离开他们。）

冯：（倩笑）有人在等你呢。

王：谁？

冯：今天晚上你不是请客吗？

王：你怎么知道，怪了？！

冯：你瞒得过我吗，请客还有我一份呢。

王：那好极了，海伦肯赏光……你说谁在等候我，是朱剑夫？

（冯点头。）

王：这王八蛋！

冯：（以目示意，对陈、张等努了努嘴）

王：此刻那里去了？

冯：（指指会场）

王：你知道他们的意思？

冯：我又不傻，还不是那一套！（冯频频注意。陈、张二人见机而退，入会场去。）

王：（看见他们走了）他讲了些什么？

冯：你给他知道了些什么事呀，好像拿住什么把柄似的？

王：是，怪呀，他为什么把这样的事来跟你（重）商量？

冯：那有什么怪，他知道我跟你接近！

王：你怎么对付他？

冯：我吗，（笑）我着实的骂了他几句，他！

王：他怎样？

冯：他相信了，什么话都讲。他说——（附耳）

王：（作态）别怕他，（看了一看左右）他近来也走（又附耳）那一条路，那不是大家碰在一起？一边要向东边勾搭，一边又向西边讨好，天下没有这么样便宜的事吧！

冯：他说，政府对你很注意。

王：注意，哼，那也不始于今天，看谁有办法。（对冯）别怕他，他为什么把这些事情跟你说？

冯：（故弄手段）他要我合作，从你这儿获得情报。

王：你怎么回答他？

冯：我说要条件……

王：（亲密的）好孩子，你可以将计就计答应。看他耍什么把戏。对了，区师爷那边的事你办了没有？

冯：（点头）

王：他怎么说？

冯：不讲什么，不过临走的时候，他说外面情形不好，要当心一点。

王：（点头）那当然。

（正在这时朱自会场慢慢的回来了，看见王伸手高呼。）

朱：哈啰！Mr. 王，对不起，在你很忙的时候……

王：那里，朱先生肯赏光好极了。咱们——

朱：怕没有座位，斗胆给王先生订了一个房间。

王：那好极了。Mr. 冯会完了吧？咱们下面坐吧！

朱：李太太，他们在等我，我得招呼一下。

王：那么咱们在这儿等吧！

朱：不，你们两位先走吧。（下）

（此时獐头鼠耳的杨海清登场，看见了朱连连伸手。）

杨：哈啰！Mr. 朱，好吗，今天是——

朱：唔，杨先生，找那一位？

杨：不，（有点窘）看一位朋友。

（入会场去。）

（朱与冯耳语，冯作吃惊状。冯、王二人相让下场。阿梁上，收拾茶具。不多时，杨海清上场，毓芳与志云紧张的跟在后面上。）

张：对不起的很，今天的会是凭请帖入场的。

杨：（故作若无其事）那倒不知道，连看朋友也要请帖。

陈：找那位，请这儿坐，我跟你去请出来。

杨：算了，算了，没有事。

（相机遁去。）

（二人紧张地目送他下场。）

张：好家伙，居然混到这地方来了。

陈：要是给会场上人知道也许会挨打吧！

梁：（吃惊）谁呀，刚才那一位？

张：《南华日报》的汉奸。

梁：汪精卫的……

陈：可不是！

梁：（勃然作色）揍他！

（追出去。）

张：（望他下场）林先生讲得对，香港的老百姓是的确有着革命的传统的。

（毓芳点头。）

（海伦与李太太上。）

冯：（对毓芳）陈小姐，谢谢你了，再见！

陈：再见！

（幕下）

第二幕

冯海伦家。

阿华正在收拾房间。

冯海伦穿着睡衣，拖鞋，从右边卧室出。

冯：等一等李太太她们来打牌，什么都预备好了吧？

阿：差不多都预备好了。

冯：打电话到兰克罗夫去过没有，叫他们送一箱香槟酒。

阿：样样都照小姐告诉我的打过电话了。

冯：是不是叫他们送顶好的一种？

阿：是的。

冯：那就是了。

阿：（放下手里的工作走过来）可是，小姐。

冯：什么事呀？

阿：这样贵的酒，花钱不太多了吗？

冯：有什么关系呢。

阿：要是让我多一句嘴——

冯：怎么样？

阿：可以省钱的地方还是省点钱的好。

冯：省一点钱？

阿：是呀，一个人有晴天也有阴天，总得留几个钱防防阴天呀！

冯：（善意）你们比我想得远，不过……

阿：小姐。

冯：不过现在还不必过虑，王先生的生意很发财呢。

阿：小姐，王先生那到底做的是一种什么生意？谁都说现在市面不好，为什么他的生意，就这样好赚钱呢？

冯：这你不用问，我对于王先生个人的事从来不多管的。

阿：还有，他和小姐……

冯：他和我？阿华，你看呢？

阿：我，我看不出！

冯：你看不出？

阿：对哪，我知道这屋子里的家具木器都是王先生给你买的，这房子也是王先生替你给租的，他每月还替你付房钱。

冯：是的，阿华，你没说错。

阿：在最近这一两个月，这儿就像是他的家，可是你好像又不是属于谁的。

冯：（不着边际地一笑）是吗？你这样看我们这样的关系不够好的吗？我需要生活上的享受，他需要一个女人，可是在精神上谁也不能满足谁，因此各人又有各人的打算。

阿：现在的生活过得还不够舒服吗？

冯：够舒服的了，可是这样的生活你看算是人的生活吗？

阿：咳，人心不足蛇吞象，怎么你说这还不算人的生活呢？

冯：我其实觉得就这样过一辈子也算不错了。可是陈小姐说我这不能算人的生活。起先我不承认，我说莫非都得像她们那样穷得要死才算是人的生活。我后来仔细一想，就觉得越过越不是味儿了。

阿：你说是那一位陈小姐？

冯：就是前回找我替慰劳反侵略将士会募捐的。

阿：就是那位穿蓝呢大衣的，她怎么说你过的不是人的生活？

冯：她说生活无非是求一个"安"，但是违背着良心生活的人没有一时能"安"的。

阿：你是不是想跳出这种生活呢？

冯：是那么想，可是我在这种生活里过惯了，只要不太恶劣，我还得过下去，还不想改变它。你知道改变是一种痛苦，我从小给母亲娇养惯了，不大能吃苦，可是拖下去是不是就不痛苦呢？我有时心里发起急来，又觉得一时半刻也不能忍受。阿华，你说说看，我该怎么样？

阿：小姐，我跟着你已经三年多了，最初你是同余先生在一块。

冯：廿八年底，广州一失陷，我父亲也给鬼子杀了，我逃到香港来，独自一个人，举目无亲，我就做了舞女了。余先生也算帮了许多忙，后来就和他同居了。

阿：可是我早就看出这个人心思不定，有点靠不住，后来果然他就离开了你去和一位赵小姐搅在一起了。

冯：那时候我还是初恋，什么经验都没有，给人家丢弃了，就好像眼面前全黑了似的，真够痛苦的了。

阿：后来你又和高先生同居了。这个人在我看见的你那许多朋友中间，算是对你最忠实的了，可是你的脾气却变坏了，那些日子中间你给高先生的苦痛恐怕比他给你的多得多，我在旁边看了都有点难过。高先生，可对得起你呀，就是现在你们不在一起，他还是常常来看你，今天早上，还来过一趟呢。

冯：（感动）是吗，（极力除去一种思想）可是阿华，别谈这些了，我这心是伤过了的，不大愿意想起今天以前的事，我只要把每天好好混过去就得。（想了想）哦，王先生可跟你提起过高先生没有？

阿：当面没有提过，可是常常问我，有什么客人来没有，有什么信来没有，他好像是很多心的。

冯：你怎么说？

阿：当然啰，我可以不说的，我总不说。

冯：（不屑地）哼，他还要盘问我的事，我不疑心他不暴露他算好的了，闹什么鬼把戏，当我完全不知道。（忽有所忆）阿华，昨天你不是对我说起你有一位小姊妹现在生着病，要向你借点钱吗？

阿：是啊，那小姊妹，为人蛮好的，原先还是海南岛阔人家的女儿呢，也是逃难到香港的。我很想帮她一点忙，可是我那里有富余的钱呢。唉，看起来交朋友也很难，交情，交情，没有钱去应酬人家，交情就好像不是真的似的。

冯：那么我借给你一百块钱够了吗？

阿：那是再好没有了。

冯：把我的手袋拿来。

（阿华进卧室取皮包。）

（海伦在吸纸烟。）

阿：小姐，手袋。——小姐，你真太大方了，谢谢小姐。

冯：这有什么值得谢的，人家几百万几百万赚来的不义之财，我们取的九牛一毛，来帮助人家不是很应该的吗？真等到有一天东洋人来打香港，积了这些港币又有什么用？还不是一堆废纸。

阿：小姐你不要吓唬我，香港真会打仗吗？

冯：你没有听人说过日本人正在准备什么南进吗？这儿是他们南进的第一关哩！

阿：嗳吓，这样说起来怎么得了。

冯：得了，你也别杞人忧天了。香港丢了也不是我们几个人的事，况且还早着哩。我从来懒得想过去的事，也不愿意想明天的事。李太太她们快来了，趁早放水给我洗澡吧！

阿：就是，小姐——嗯，我好像听见有人拿钥匙开门，也许是王先生回来了。

（王少云进门便脱长衫。）

王：有人来过没有？

冯：你这话什么意思？

王：我问区师爷来过没有，从前到这里也来过几次的，吃皇家饭的。

（海伦看着阿华。）

冯：你说那个华民政务司的翻译？

王：对啦。

阿：今天没有来过，先生。（接过长衫问海伦）我现在跟小姐去放水洗澡吧！

冯：好的。

王：奇怪极了，他拿了我的钱，怎么不替我办事？区师爷在电话里跟我约定的，三点钟之前一定到这里来，我还怕赶不回来，请他先来等我一会，现在三点三个字了。

（他微有焦躁，在室内踱着。）

冯：少云，你坐下，走来走去干吗？停会儿不好吗？你这一阵忙的太过头了。（上前拉住他的手）

王：好，歇歇也好。

（两人携手同坐在一张沙发上。）

冯：我叫阿华替你煮一杯咖啡好吗？

王：不要，不要。

冯：吃一点点心吗？

王：也不要。

冯：（撒娇的）那么有什么事情我可以做，让你更舒服一点呢？

王：就这样子坐在这里陪着我好了。

冯：（看着王）你这两天好像有什么心事似的。

（王忽然站起又在屋中踱步。）

冯：讲一讲给我听听好不好。

王：（转了转念头）是的，这一阵是碰到了一些困难。

冯：困难？很严重？

王：现在还不算严重，可是弄得不好的话，将来可以很严重。

冯：是怎么一回事呢？

王：总而言之，是我自己不好，太信托人家了。我信许多朋友；可是这些朋友们，到了要紧的时候，并不能尽一点朋友的义务，真正的帮一点忙。我信托的同事和我手下办事的人，可是在要紧的时候，他们并不能真正的替我出点力。

冯：是不是公司里又损失了一点货？

王：货？岂止一点，这几个月来公司什么事都没有，就是损失，损失……

冯：（想了一想）那真是太糟糕了。

王：（看了看海伦又转出笑喙来）哦！海伦，绝对没有问题，绝对用不着着急的，也许公司是可以设法拉动一点。可是在过去几年中，公司曾经赚了不少不少的钱，几百万几百万的往里赚。眼面前的这种困难，有办法消灭的——海伦，你又在想什么？

冯：（嫣然一笑）我在这里想那部新汽车，那部新到的一九四二年式的"司徒得彼克"。

王：呵！改不好的坏脾气，又要换汽车了？

冯：香港只到了一辆这样新车。这个一九四二年的汽车，你知道样子好极了，全香港的人，见了都会眼热的。

王：（低头走开）嗯！是的。

冯：听人家说，美国统制了汽车的生产，明年的新汽车要比今年的减少三分之二。汇利汽车行的小钟对我说，至少以后在半年之内，不会有第二辆一九四二年的车子运到香港来——你不是看见过那部车子吗？

王：是的，我见过的。

冯：小钟对我讲，要是我能先付两千五百块钱，他就可以马上把车子开来给我用。这部车子，因为新鲜的附属品很贵，要值一万港币呢。其余的车价小钟让我慢慢地分期付。你看怎么样——自然啰，我决不叫你为难的。

王：嗯。

冯：我可以关照小钟替我保留几天——我不知道能够保留多少，这样一个新鲜东西谁都要抢着要的。

王：（递签支票）海伦，这里是两千五百块钱，就算公司里款子紧，也不紧在几千块钱，□□至少此刻还不至于如此呢！

冯：（接过支票）少云，你要我怎么样的谢谢你呢？

王：你洗你的澡去，我这里还有一点事情要处理。

（海伦高兴地走入卧室了。王等她走后，从口袋里取出两封信来看了又看，脸上有一种不平态度——门铃响——

（王自己去开门——一位穿着长衫戴眼镜的老年人进。）

王：唉哟！区师爷你可算是来到了。

区：（态度静）今天出了什么事情？少翁完全跟往常不一样，我——

王：我们还是出去谈谈吧。

（两人一同出去了。）

（阿华关上门，将牌桌斜角放好，铺上桌布，倒出麻将牌，每人面前放两个筹码——门铃忽响——阿华去问了，走向寝室。）

阿：小姐，陈小姐来了。

冯：（在室内问）那一位陈小姐？

阿：就是刚才你说的那陈小姐。

冯：哦，她来了，请她进来好了。——哦，阿华快把桌子上的东西都收掉！

（阿华匆忙用桌布把牌包起放过一边。）

（陈毓芳走入。）

冯：（含笑相迎）呵！陈小姐。（她们拉手）快请坐。刚才我还同阿华谈起你呢。

陈：是吗，你们可是在那儿骂我，难怪我刚才在车上打喷嚏呢？！

冯：那儿的话！谁还敢骂陈小姐，我倒是常常害怕陈小姐骂我哩。

陈：哟，冯小姐，我什么时候骂过你的？

冯：你没有骂过我，可是我见了你那样的为着公众的事情努力，都好像骂着我似的。

（阿华忽失手把麻将牌都撒在地下了。）

（海伦窘极了。）

冯：瞧你怎么闹的，阿华！客人在这里就把这个拿出来！陈小姐，你看我可是该挨骂的。

陈：（急帮着捡牌）没有什么，我小时候也常打的。我们老太太顶爱玩这个，又挺疼我，我学校里回来没有事，时时随着她老人家打，我手气好，总是我赢的，我们老太太气不过，常常还敲我呢。

冯：啊啊，是吗？你手气好，改天咱们试试。

陈：好啊，这几年每天都忙着，不大玩这个，恐怕都不大在行了，听说现在名堂多了，是不是？

冯：现在讲究无奇不有。（牌都捡好）今天原是李太太她们有电话来，她同她先生吵架，要我陪她解解闷，阿华是个性急鬼，老早就把这套行头摆出来了。哦，我记起来了，你今天一定是收捐册的吧。阿华，快把我衣柜抽屉里那包东西拿来。

阿：是。（急将麻将牌包进去）

陈：（坐下）是的，慰劳反侵略将士的募捐这月底要做一次结束。

冯：可是，陈小姐，我这一次的成绩太糟，真对不起人，这一阵子说忙吧，实在没有什么了不得的事，说闲着吧，不知怎么样，老是忙不过来。

陈：我们都能了解你的，不管怎么样，你对于每一次慈善募捐的事，总是那么肯出力。

冯：可是这一次数目太少了，真难为情。

陈：这次募捐在扩大反侵略的意义，倒不在乎数目的多少。

冯：（从阿华手里接过捐册）不过这趟我真像一个不用功的学生似的要交白卷了，你看一本册子上，差不多还是光光的，没有几行字。

陈：（接过那包东西）不要紧的，有几行字就成了，至少多了几个反侵略运动的支持者了。

冯：你说捐了钱就是支持反侵略运动？

陈：对哪。

冯：我好像听说有一位军火大王赚了不知多少钱，到了临死的时候，把他的钱捐出来做和平奖金，有这样的事吗？

陈：（含笑点头）有的。

冯：这样这位军火大王的罪恶算免了吗？

陈：这就叫"放下屠刀，立地成佛"啊。

冯：那么可不可以有这样的人，一面在支持侵略运动，一面又做相反的事呢？

陈：（想了一想）在这样的社会，这样的情形，也许可能的吧。你是指的谁呢？

冯：我没有指谁，是比方这么说。可是假使这样的事可能的话，这社会不是太矛盾了吗？哦，陈小姐，丑媳妇得见家娘了，你请坐，你看，我该不该打，这一次我才募到三百廿块港币。（数一数包内的钞票）成绩真坏透了。第一，当然是我太懒，太不努力。第二，是人家问起反侵略的意义我自己也不大懂，有的人甚至跟我开玩笑，说我为反侵略将士募捐根本是一种讽刺。你想我还敢问他要钱吗。我为着拥护这个运动，我自己捐八十凑成四百整数。

陈：谢谢你。（坐下写收据）

冯：我照理应该再多捐一点，可是现在生活真不容易。好些东西因为来往的海船少了，价钱都那么贵。上一个星期我买了一套嘴唇膏，化了二十八块钱，现在听说又涨了。

陈：是吗？（出收据）谢谢冯小姐。相信广大的反侵略战士一定能得着你的鼓励的。（要起身）

冯：那么，陈小姐就在这里吃了茶点再去，回头李太太她们要来……

陈：不，不，谢谢。我还要到别处去呢。我走了，谢谢你。

冯：（沉思地）哦，你把捐簿再留在这儿，等一会儿来拿好不好？李太太、金露西她们就要来的，我不想放过她们。

陈：是吗？我到跑马地去找一个朋友，转来的时候，我再来看你好哪。

冯：那好极了，一定得来，我等着你了。

（门铃响，阿华去开门——朱剑夫走入。）

陈：（整理好东西）冯小姐，我去了。

冯：啊，朱先生来了。——你们二位认识吗？

陈：朱剑夫先生，常见的。好，那么我去了，等一会儿来。再见。（笑着走出）

（海伦送陈转来。）

朱：（指门外）她来干什么的，海伦？

冯：她不可以来的？

朱：谁说不可以来。

冯：她来收捐册的。

朱：收什么捐册？一年到头就只看见她们募捐。

冯：你捐过多少？

朱：我？他捐我的钱，那真是"除非日从西起"。

冯：他们发起一个慰劳反侵略将士的运动，朱先生是报馆主笔提倡反侵略的，应该捐几个吧。

朱：你们王先生是侵略运动的大功臣，更应该多捐几个啊。哈哈，哈哈，别说闲话了。海伦，有点消息吗？

冯：没有。

朱：一点没有吗？

冯：一点都没有。

朱：你到底向他提过没有？

冯：提过好几次，可是每次提到你的事，他就不接下文。

朱：这就叫"飞鸟尽，良弓藏"，这就叫做"过河拆桥"，这就叫做"世界是忘恩负义的世界"。

冯：谁忘恩负义？

朱：人家用到你的时候就叩头作揖的求你，什么话都说得出来，有一天用不到你就一脚把你踢开，把你忘得干干净净。

冯：（玩笑的）朱先生，朱大主笔，我可没有忘掉你呀！

朱：（从背后伸手摸她的脸）你没有忘掉我从前在报上捧你？

冯：（使劲打他的手）为什么总是这样动手动脚，你几时才学得会一点上等绅士的派头。

朱：咳，"人穷志短"，等发了财再学绅士派头还来得及。

冯：也许你从来没有替少云出过什么力吧！

朱：你凭什么说这个话？

冯：少云别的长处没有，但如果他觉得一笔钱应该花的话，他花得蛮痛快的，可是如果他觉得不必花，他也真可以"一毛不拔"。

朱：他是贱骨头，敬酒不吃吃罚酒。

冯：你做你的报馆主笔，他做他的进出口商行，他有什么地方一定要借重你呢？

朱：天理良心，我帮他的忙还不够吗？我至少替他抽掉过三篇稿子。

冯：三篇稿子？

朱：三篇攻击王少云的稿子。

冯：一个人想在社会上做点事，总免不了要受人攻击的。

朱：可是这不比普通的攻击呀，这都是关系重大的。那一桩事暴露了都能叫他"吃不了，兜着走"。

冯：你说攻击他些什么呢？

朱：攻击他些什么？你心里还不明白吗？三篇都骂王少云和他的公司违法走私，偷运违禁品，把中国内地的物资偷卖给日本人，只要有一篇稿子在报上登出——香港有血性的人还是不少啊——你们王先生就都完了。

冯：你相信这些骂他的话都是真的吗？

朱：问我要证据我可没有，不过不管真不真，我不登这些稿子就是天大的交情，——每一篇稿子至少也值得一千块钱吧！

冯：那么你是要来敲他的竹杠的了？

朱：不是敲竹杠，是替他省钱。

冯：还是替他省钱？

朱：对哪，如果把这些稿子随便在报纸一登，就算把真名字勾掉，人家也会知道是王某人的，单是他去请那个律师，发几张辩白的广告，恐怕花费也不只三千块钱吧！

冯：少云倒是宁肯花钱请律师的。这就是敬酒不吃吃罚酒哪。

（门铃响。）

朱：大概是少云回来了。

（阿华去开门。）

（李太太、谢太太、金露西，同入。）

李：（拖住海伦）怎么呢？海伦，怎么办呢？赶快拿刀把我杀了吧！真正对不起你，我邀不来角儿，今天三缺一，麻将打不成了。

冯：你还没有介绍你那位朋友呢！

李：该打，该打，这位是谢太太，刚从重庆来的——你和露西是相熟的。

冯：（点头为礼）呵，谢太太，——哈啰，露西，大家请坐。（对露西）咱们还是上次在孙夫人开会那儿见过的，这向好吗？

金：好，这些日子可见过陈小姐没有，那些新派小姐里面就是她还可以谈谈，其余的人都好像不是我们这一类的，我们彼此都看不顺眼。

冯：对哪，我也这么说，她刚才还在我们这儿呢！她来收捐册，我知道你们要来，叫阿华把麻将牌预备好，听说她来了，赶忙又叫阿华收起，阿华这家伙不留神，在我们谈话的时候，把牌都落下来了，把我可窘死了。

金：是吗？哈哈哈，（大家笑了）可知道装正经人是不容易的。她来收什么捐册？

冯：是什么慰劳反侵略将士的募捐。

金：这她同我谈过的。

冯：我知道你们要来，就让她把捐册留在这儿了。

李：那是什么意思。

冯：那意思是不肯放过你们。

李：哼，可是我情愿打牌输给你也不愿意再捐给你了。

冯：这又不是捐给我，这是捐给反侵略将士的呀！

李：那不是一样，别说那些了，说正经话吧。

谢：冯小姐，听说香港也在挖防空洞，这干嘛呀？

冯：准备啊。

谢：准备？

冯：准备太平洋战争爆发。

谢：真会有那样的事吗？

金：日本鬼子惯会"出其不意，攻其无备"的。

李：你说日本人会不会今天或明天打香港？露西。

金：这是谁也说不定的。

李：假使今天真打起来那才糟糕呢。我什么东西也没有收拾，一件新旗袍还在裁缝店，钻石戒指也没有镶好。

谢：你真别吓唬我了，要是明天真打起来，我才冤哩。好像特地赶来凑数目似的。我只想香港安全，谁知也不稳当。

李：比起来，上海好得多了，日本鬼打上海的时候，我们一面看热闹一面照样打牌。

金：那是有租界呀。太平洋战争一起，日本鬼一定打进租界，将来还不是一样！

谢：可是上海到底有退步，这儿你看四周围都是海，要是打起来，我们可上那儿逃呀？

冯：（笑）没有地方逃，逃到我们这儿来好哪。

谢：你这儿来，还不是在香港吗？

金：（心直口快地）冯小姐，这儿虽是在香港，倒是很安全的。他们王先生和日本人有交情。

李：对哪！王先生和日本人有交情，冯小姐替反侵略将士募捐，他们是各行其是。

金：这样的事那儿都有。

李：也许只有这种人才真懂得过日子哩，地狱里住惯了，又到天堂里去看看去。

冯：（自嘲地）给你们这样一说，我倒不好意思向你们捐款了。好吧，咱们还是打"太极拳"，凭我的手气，我也得让你们好好的拿出来。

李：好吧！只要你有本事。谢太太是我们的生力军哩。

谢：——对不起，我不会打太极拳，李太太。

李：你当真是打太极拳，是这个。（做手势）

谢：哦。（笑了）

李：可是刚才说的问题还没有解决。

冯：什么问题？

李：三缺一呀。

冯：咱们人不是够了吗？

李：露西无论如何不肯打，我死拖活拉得来，海伦看你有什么办法说动她没有？露西，露西，别装模作样了，咱们陪陪谢太太吧；她不远千里而来，咱们不该欢迎她吗？

金：对不起，我有一个约会，再说，我早已发誓不打牌了。

朱：得了吧，露西，太太小姐们不打牌还有什么事情好做哩？

金：（注视朱）哟！我正想着呢，除了朱大主笔，谁还能发这样高明的议论。果然就是朱先生。

朱：露西的嘴还是这样厉害，难怪找到了爱人又给逃跑了。

金：子晋回内地去工作，是我同意的，怎么说他逃跑了呢？

朱：子晋回内地去又有了新爱人，这你也是同意的吧。（好笑）

金：（生气）那有那样的事？你除了挑拨离间还有什么事好做呢？

朱：你说谁挑拨离间？

金：我说你！

李：（急起调解）嗳呀，得了，得了，露西，我大不该拖你来的，我们回去吧！

金：不回去，我非得问一问这位朱大主笔凭什么离间人家夫妻的感情。

朱：啊呀！"夫妻的感情"，别把人家笑死了。

金：（逼近去）夫妻有什么好笑？有什么好笑！（要动武）

（冯、谢等急拉开。）

谢：怎么天堂也有吵架？

金：因为天堂也有坏蛋。

（王少云上。）

王：哦，你们都来了。怎么露西今天好像生了气似的，哦，今天天气不好，哈哈哈。（对众笑）

冯：刚才几乎和朱先生吵起来了呢！

王：为的什么？

冯：为的小事，回头告诉你。

王：哦，朱先生来了，失迎得很。

朱：我有要紧事跟你讲，等了你好半天了。

王：海伦，请几位客人到里面去坐坐。我约了几个朋友来商量一件事。

李：好哪，好哪，我们走了。（对冯）海伦，改天我们再来吧。今天就是你不该说什么打"太极拳"，几乎真打起来了。

冯：（一面笑）坐一坐吧，算什么呢？都是自己人。

金：是什么自己人，这家伙是浑蛋。（一面转来要打，给拉住了）

朱：谁跟你这样的女人……

冯：朱先生，少说几句，这不是在你家里呀。谢太太真对不起，明天我开车子来陪你买衣料子去。

李：我们走了。

（李、谢扶金露西下，海伦送出。）

（朱悻悻然发出奸笑。）

冯：（入）朱先生说有事找你，说他帮了你许多忙，你没有给他应有报酬。

王：（奸笑）哈哈，是吗？我这人常常是马马虎虎的得罪朋友。你请他到那边房子里喝喝酒，一会儿我就来"负荆请罪"。

（海伦很勉强地让朱到别室。）

王：（走出门口，对外）对不起，杨先生请里面坐。

036 \ 四川新文学大系·戏剧编（第三卷）

（杨海清与蛇王何入。）

（关上外门，三人就座。）

何：这位杨海清先生我以前和你提过的，他才从上海来，是七十六号——不，现在可以说是代表南京派来的。

王：（吸烟点头）是、是，那一次在一碗饭运动结束的那天见过一面，可是没有招呼。

何：因为环境关系，杨先生在这里不公开他自己的地位，不过他手下有好几十个人。

王：请用一点茶点。

（王略吃，何将大吃。）

（何为他满满的斟酒。）

杨：（一面喝着，一面说着）王先生的困难，我们也知道一点。的确有不少人在和你们为难。

王：不少人？

杨：学生、水手、茶房、店员、小贩、新闻记者，什么人都有，最厉害的还是那些跑新闻动笔头的人。

王：你说"动笔头的人"是不是指朱剑夫他们？

杨：朱剑夫那批人是没有道理的，他的目的，不过是想分一点甜头罢了。我是指另外的一批人——

王：是本地人呢，还是外江佬？

杨：广东人也有，外江佬也有，他们是真正的反日分子。都年青，都不大懂得世故，都有点憨里憨气，正因为有点憨里憨气，所以都难办。

王：（点头）唔！唔！

杨：其中有一个叫做张志云的，就是他们的代表，横冲直撞的，不怕出头，可是码头上的事，他懂得最清楚，对了，那次什么一碗饭运动结束大会上，他也在。

何：这个人最不好弄！

杨：真是拿他没有办法。我们注意他好久了,香港政府也注意好久了,可是抓不到他的错,还没有把他驱逐出境。

王：(取笔来写)叫什么？"张志云"。

何：弓长张,志气的志,风云的云。

王：得了。

杨：你们这一次运的钨砂,事前算是布置得很周到的了,我知道货物已经上了船,上了一只后天清早就开上海的法国船。

何：本来是不应该有什么问题的。

王：(看蛇王何一眼)

杨：藏在船上什么地方,据说连船主都不知道,可是——嗯!

王：怎么？

杨：不知怎么的一个姓梁的小孩子,居然会知道。

王：姓梁的小孩子？

杨：就是那伺候法国船的小茶房,叫梁阿盛的。中华饭店里茶房头阿梁的儿子。

王：呵！梁伯的儿子？

杨：阿盛到香港的时候,就住在他父亲家里,母亲已死去了,还有一个妹妹在中学里读书。

何：这些都是我们打听得千真万确的。

王：(瞪何一眼,似有不耐之色)

杨：这一次你们的钨砂,不但是我们知道——我们当然知道,我们当然是帮忙的——听说有些新闻记者也知道了,张志云的那个通讯社,听说已经发稿子,消息一定是从梁家走漏出去的。

何：(问王)今天的问题是怎么样把梁阿盛对付住,不让再出更大的乱子!

王：依你说怎么样呢？

何：花钱把他买倒。

王：（摇头）不会这么容易买倒的。

杨：如果这件事交给我们来办那就容易极了，我可以派些人钉着他，而且在必要的时候，（摸了摸袋中的枪）我们也就不客气了。

王：（摇摇头）这种事皇家政府最不喜欢，我们不要惹火上身，弄得梁阿盛没有对付住，我们反倒在香港站不住脚。杨先生的美意，我非常领情，将来不怕没有合作的机会。

杨：那么我先一步走了。（起）我的地方，阿何知道。有事随时可以接头。

（王送杨出——何在室内等候。）

王：（回室，声色俱严）好，好，你真会办事！你把汪精卫手下人约来干吗？

何：因为我们有可以利用他们的地方。

王：利用他们？这几年来我们运过多少次钨砂，从来用不着利用他们，我们从前的生意是怎么做的？

何：不过我想……

王：你想，你还会想？你想这个糊涂蛋，我们一向是和日本主顾直接交易的，现在干了几天反倒去找汪派来参加，我不是吹牛，汪派做得到的我就有本事做得到，汪派做不到的，我也有本事做得到。做汉奸，我们的本事比他们大得多，汪派是些什么东西！

（停了一会。）

何：王先生，你听我说，做生意我们是内行，我们在中国内地有帮手，在香港当地有朋友，本来用不着杨海清他们，可是现在的问题不是做些生意,是对付那些爱国份子,当然就用着汪派了,和杨海清他们这种人临时合作一下……

王:哼,你还自称"蛇王"呢,你自己说香港的道路没有走不通的,可是这半年来我们公司运出去的钨砂,受到多少次损失你知道吗?有一次是把本来要运到横滨去的钨砂装上一只美国野鸡货船运到旧金山去了。乱子是在那里出的?在香港有三四次,不是装包破了把钨砂打散,就是件数缺少到日本人那里交货。这一次,我们算是受到了教训,化整为零,运送小小的五公吨,事前非常秘密,可是消息还是走漏了出去——连到杨海清这些家伙也知道了,难道是阿梁的儿子告诉杨海清的吗?

何:我也是不懂,真真怪事。

王:你不要糊涂,我们公司前两年顺利的时候几百万几百万的赚进来,可是照现在这样,一批三十万一批五十万的损失下去,就是金山银山也会挖空的。你既自称蛇王,是不是就这样蹩脚,到底还有点什么办法没有?

何:我惭愧极了,可是我并非不尽心呀。

王:听我告诉你,这一次运的钨砂虽然数量不大,可是我们的最后一次的机会。

何:最后一次的机会?

王:如果这一次我们还是不能够在日本买主那里如数交货,日本人就再也不会相信我们,再也不肯把款子几十万几十万的付给我们了。这笔好生意,只好让给别人去做了,这不是最后的机会是什么?这种事可要你负责的,我做经理的人总不能够每天自己到码头上到船上到处乱跑。你怎么样?有这个担当没有?

何:(瞿然而起,大有决心)好,经理,一切都交给我好了,古话说得好，"得人钱财，与人消灾!"我要办的包你满意。

王：那样才好，公司待你不薄，你需要花钱，公司从来不曾省过钱的。

何：可是我要求经理答应几件事。

王：什么事？

何：在必要的时候得多花几个钱。

王：可以。

何：还有在必要的时候我还得找杨海清他们合作。

王：那也由你去。可是千万不准动刀动枪，让差馆把你们捉进去。那样一来事情就麻烦了。

何：就是，就是。我先走了。（匆匆而去）

王：（略一定神，开卧室门）客人都走了，你们到外边来坐吧。
（里面争吵之声，冯骂"浑蛋"！"出去！"王急开门。）

朱：（拿着一大瓶酒，已经半醉）哼，"出去"，好，你打我，叫我滚出去，哼，看谁有本事叫谁滚出去。

王：（兴奋地）怎么啦？

冯：（欲言又止地）朱先生醉了。

王：（勉作笑容）醉了？老朱的酒量不是一向很好吗？

朱：别听海伦的话，我那儿醉！这一点点酒能使我醉吗？醉了的不是我，是她！人家说"酒后吐真言"，今天可听到海伦的"真言"了，哈哈哈哈。

王：（多疑的）什么真言？

朱：什么真言，你要晓得吗？哦，哦，我真的有点醉了，威士忌不错。我老是喜欢多嘴多舌的，回头又有人骂我挑拨人家夫妻的感情了。

王：海伦，（焦躁地）你对他说了些什么？

冯：我对他说些什么？我埋怨他不应该对露西说那样的话。因为是她在我家里，谢太太又是初交。其余的什么也没有说。朱先生不但不认错，反说了许多无廉耻的话。

王：他，他怎么说？

冯：……

朱：我说了些什么！你说呀。

冯：……

朱：你说不出吧，现在该介绍她的"真言"了。说起来我很同情，我们这位老大哥，（问王）你在外面充了半辈子好汉，却给一个女人骗了，这真叫"英雄难过美人关"。

冯：你，胡说！

王：你说我怎样给一个女人骗了？

冯：不要听他胡说。

朱：我一点也不胡说，（出一个名片）你认识这个人吗？

王：（看了一下）唔，高耀东，知道的。怎么样！

朱：我也知道你一定晓得的。因为老高他是一位香港小姐从前甚至现在的爱人。（眼睛瞟着海伦）你不晓得就够胡涂的了！

王：你说他怎么样？

朱：那位香港小姐拿这名片来问我这位先生要到什么地方去。说想要找他去，并且她还发了一大套牢骚，说她这种生活无论如何过不下去了。

冯：你胡说，你造谣，我那里说过这样的话。

朱：我因为今天早晨正在这大门口碰过老高，我答应她打听去，其实……

王：你在我门口碰过老高？

朱：不只一次了。

王：（暴恐地）阿华！

（阿华急上。）

阿：先生什么事？

王：今天早晨什么人来过？

阿：（张皇地）没——没有人来过。

王：（忍住）平常可有一个姓高的来找小姐？

阿：没没有。

王：（愤然的）再不实说……

朱：（恶意的劝解）咳，少翁得了吧，问她干吗？做大事的人那里管得这么许多小事。问清楚了怎么样？徒然让自己难过，叫人家笑话。还不如张一只眼闭一只眼，让大家都过得去。你说对吗？

王：（想一想）对的，朋友，可是把我王少云当什么人，我是听信旁人的言语诬赖好人的吗？海伦和我不是一天的交情了，你这几句话就能破坏我们吗？

朱：这教信不信由你。

冯：少云，你信这鬼东西的话吗？

王：海伦，别着急，你看我还是相信他的话呢？相信你的话呢？今天早晨，我不是签过一张支票吗？二千五百块怎么够用，快拿来换一张三千的，让朱大主笔气一气吧。（取支票簿作再签状）

朱：哼，你愿做冤大头我气什么？

冯：（信以为真，手取支票交给他）在这儿，少云，我知道你不会相信他的。我没有见过这样的坏蛋。

王：（取过支票，撕的粉碎向海伦掷去）我也没有见过你这样坏的女人。你当我可以买一九四二的新车子让你去谈恋爱！

冯：少云！

朱：（得意的奸笑）哈哈哈哈哈！

（海伦倒在沙发上哭去了。）

朱：（拍着气极的王少云）少翁了不得，有志气，有聪明，有勇气！算有雷霆不测之威，将来一定要办大事。你刚才同杨海清他们谈什么呢？

王：你怎么晓得是杨海清？

朱：《南华日报》的杨海清，这声音还听不出吗？你找他干吗？你该找我呀。

王：你吗？

朱：别的办法没有，对付捣乱份子的办法倒有几个。

王：（移近一步）那么让我领教领教。

朱：我这人是顶痛快的，有什么主意恨不得马上全告诉人家，不过（有难色）过去我帮你的忙已经不少。刚才还同海伦谈过我们报馆里最近还……

王：过去的事别谈它吧，只要敝公司的业务能够顺利的发展。

朱：现在的问题是，如何停止这些所谓爱国份子的捣乱。这容易得很，我有一个法子包管可以把他们一网打尽。

王：一网打尽？

朱：这办法很毒辣，可是很简单。到差馆里去告这些所谓"爱国份子"，说他们鼓动工潮。

王：（望着他）鼓动工潮？

朱：对啦。香港政府对于各种政治活动一视同仁，可是最忌刻的一件事就是鼓动工潮。嗳，是鼓动工潮。只要他们这个罪名可以成立，少翁你的困难不是完全没有了？

王：可是怎么我能平白地告他们鼓动工潮呢？

朱：你想想他们这些捣乱份子靠的是些什么人？不错，是些码头上和船上的工人！只要我们说他们（耳语）……嫌疑不是成立了吗？

王：唔唔，不错。办法好是好，就是太毒了。

朱：这就叫"无毒不丈夫"。（起立取帽）好，再见吧。

王：（伸手）等一等。我也要出去。我们一块儿走吧。

朱：好。我借你的车子去看一个朋友。

（海伦哭着，一本捐簿也落在地下。）

王：（拾起捐簿看了一下）唔，为着慰劳"反侵略将士募捐"，（笑了笑）这工作倒不坏呀。（俯身温存）海伦别难过吧。我刚才的话是一时之气。你那募捐运动很有意义，可以让人家相信我们也是支持反侵略运动的，我也可以大大的捐一笔数目，那么一来，说不定那些"爱国份子"就不捣乱咱们了。你说是吗？这是两千的支票。

王：阿华！

阿：先生。

王：要是再有什么人来让你瞒住我，你就别想活。

阿：是，先生。

（朱、王两人出门。）

阿：（抚着痛哭的海伦）小姐，你怎么把那名片去问姓朱的那鬼东西呢？

冯：他起先说得挺好的。

阿：这些人是专靠着张嘴吃饭的，小姐，你以后真得提防啊。

冯："以后"？阿华你以为我以后的日子还可以过下去吗？

阿：（收拾桌上的酒瓶之类）没有法子啊。

冯：给我！（伸手取了一瓶刚开的酒举杯狂饮）

阿：小姐？

（门铃响，阿华急出开门。）

（陈毓芳匆匆走进。）

（海伦挂泪起迎。）

陈：怎么啦？不舒服？

冯：（苦笑摇头）……

陈：（从桌上收过捐簿看了一下）怎么她们没有来？

冯：来过了。

陈：不肯捐钱！

冯：有的肯有的不肯，不过我没有向她们捐。

陈：那没有关系。（见酒瓶）怎么，冯小姐喝酒吗？

阿：真的陈小姐你劝一劝吧，小姐常常喝酒，人家害怕。

陈：（温蔼的同情）冯小姐这要伤身体的，刚才碰了一位高先生还谈起你来着，我才知道，广州沦陷的时候，你老太太是遇难的。那么你就更应该保重身体，替你老太太出口气才对啊。

冯：我们女人能替祖宗出气吗？

陈：怎么不能？

冯：我看不能的。陈小姐，（斟酒劝陈）你也来一杯吧。

陈：我不大喝酒。

冯：那么抽一根香烟吧！

陈：我顶多只能抽一口，有时头痛常常容易忘记事情才抽。

冯：陈小姐，我们有一点很不同的地方。

陈：什么不同呢？

冯：你总是教人家记起以前的事。我就是拼命想忘记以前，不，我简直想拼命忘记一分钟以前的事。

陈：那看是什么样的事呀。该忘的事自然是忘记的好，该记得的事无论怎么样总得时常记在心里。有的事不仅我自己一个人要时常记在心里，还要让每一个人都记在心里。

冯：什么事该忘记的呢？

陈：像我们战友之间的小间隙之类是应该忘记的。

冯：什么又是该记着的呢？

陈：像我们民族国家的耻辱，父母的冤仇是无论如何不能一时半刻忘记的，就是要忘记也忘得了吗？我们应该用血还血。

冯：那么一来，我们这样的日子过得下去吗？

陈：假使觉得过不下去，我们就会下决心就会努力了。你说对吗？

冯：（爆发的拉着毓芳的手）陈小姐你救救我！

陈：（抚着她的手）嗳呀，你这么冷，一定是有病。让我给你找一个好医生吧。

冯：不，我没病，你，你，你救救我的灵魂。（哭倒在毓芳怀中）

陈：哦？（望着旁立的阿华）

（幕下）

选自田汉、洪深、夏衍合著："戏剧春秋丛书"之二《风雨归舟（四幕剧）》，集美书店，1942年

曹禺　宋之的

|作者简介|　曹禺简介参见第二卷三幕剧《北京人》。

宋之的简介参见第一卷独幕剧《上前线去》。

黑字二十八（四幕剧）

（节选）

序

《黑字廿八》在上演的时候，原名《全民总动员》。这是为了纪念中华民国第一届"戏剧节"而写作的脚本。

关于这个脚本的产生，其中是有些波折的。

第一：当时正是武汉吃紧的时候（虽然在上演之前二日，武汉是已经自动放弃了），在军事上我们正从第一期抗战进入第二期抗战这一新的阶段；在政治上我们的号召是后方重于前线，政治重于军事，这种号召的最有力的响应，是全民总动员，总动员来参加抗战工作，打破日寇侵略的迷梦。为了表现这一情势，所以肃清汉奸，变敌人的后方为前线，动员全民服役抗战，成为我们写作的主题。

第二：当时舞台上的优秀演员大部分都集中在重庆。这些演员参加"戏剧节"的热诚，是无从比拟的。因为在全国，这是我们戏剧界的第一次"戏剧节"，所以在写作之初，我们便从演出委员会接受了那样奢侈的一个演员名单。但为了这样奢侈的演员名单来写剧本，却并不是容易的事。这需要庞大的题材和细心的安排。

第三：我们须要声明的是，在最初，我们并无意写一个新的戏。我们的目的本来是为了更接近现实的要求，根据《总动员》这剧本来编改。但改动一个既成作品，却是一件吃力不讨好的工作。这种编改的结果很难与原作的精神相统一。基于这个原因，我们才开始决定来创作。但《总动员》已经是深深地影响了我们，我们必须承认，《黑字廿八》和《总动员》这二者之间，还有着很亲密的血缘关系。

这脚本是写成上演了。上演以后，我们发觉了其中有些地方，因为写作的匆忙，并不能如我们拟想的那么满人意。特别是在"全民总动员"这一点题工作上，还遗留着一些弱点。所以现在就以《黑字廿八》这一剧名，与诸君相见。而把《全民总动员》这个丰富的剧名，留给下一次的机会。

末了，为了纪念第一届的演出，我们愿意把 Cast 留在下面。

职员表

演出委员会委员

张道藩　余上沅　余克稷　徐之弸　章　泯　张德成
富少舫　宋之的　罗学濂　姜公伟　郑用之　黛丽莎
赵　丹　沙露斯　冯什竹　应云卫　潘子农　杨子戒
吴漱矛

主任委员	张道藩				
副主任委员	余上沅				
总干事	吴漱矛				
前台主任	余克稷				
文书组	吴祖光	廖季登			
事务组	梅锦泉	杨鹏云			
交际组	郑用之	罗学濂	黛丽莎	章功叙	胡光燕
宣传组	姜公伟	萧崇素	赵铭彝	潘子农	杨子戒
	葛一虹				
票务组	梁少侯	田天绣	郑眠松	王景祥	
纠察主任	方丝乐				
纠　察	胡光燕	张永书	陈光武	陈季文	朱崇懋
	唐鹤生				
舞台监督	余上沅				
编　剧	曹　禺	宋之的			
导演团	张道藩	余上沅	曹　禺	宋之的	沈西苓
	应云卫				
执行导演	应云卫				
装置设计	陈永惊				
剧务主任	孟君谋				
剧　务	金　毅	易　烈			
提　示	陈　健	万长达			
事　务	李　农	施文琪			
后台主任	陈永惊	郭蓝田			
布　景	任德耀				
灯　光	朱今明				
服　装	程梦莲				

道　具　　　黄耀东
化　妆　　　金　毅
效　果　　　蔡松龄
事　务　　　耿　震

演员表（以出场先后为序）

剧中人	《全民总动员》原名	扮演者
玛　莉	莉　莉	白　杨
杨兴福	陈云甫	王为一
邓疯子	仝上	赵　丹
吴　妈	仝上	沈蔚德
江云峰	谢柏青	江　村
夏晓仓	侯凤元	曹　禺
沈树仁	张希成	施　超
夏迈进	侯文杰	洪　虹
耿　杰	冯　震	魏鹤龄
刘瞪眼	仝上	余师龙
韦　明	彭　朗	舒绣文
张丽蓉	张太太	英　茵
范乃正	马公超	高占非
瑞　姑	芳　姑	张瑞芳
陈　虹	仝上	凌琯如
丁　明	仝上	章曼苹
时昌洪	仝上	戴　浩
导　演	仝上	潘子农
胡长有	仝上	余上沅
电灯匠（王喜贵）	仝上	顾而已

曹　禺　宋之的　/　051

孙将军	仝上	张道藩
新闻记者	仝上	宋之的
宪兵队长	仝上	耿 震
宪兵甲	仝上	林颂文
宪兵乙	仝上	乔文彩
卫 队	仝上	寇嘉弼
警察甲	仝上	李铮普
伤兵甲	仝上	杨育英
男 孩	仝上	蔡 骧
伤兵乙	仝上	何治安
	韦 明	黛丽莎
女 孩	仝上	王菲菲
花 匠	仝上	柏 森
暗探甲	仝上	蒋少麟
暗探乙	仝上	姚亚影
暗探丙	仝上	刘厚生
警察乙	仝上	胡智清
汉奸甲	仝上	张世骝
汉奸乙	仝上	叶燕荪
汉奸丙	仝上	朱平康
汉奸丁	仝上	李乃忱

第三幕

人 物：

陈虹　丁明　时昌洪　刘瞪眼　玛莉　江云峰　韦明
沈树仁　导演　胡长有　瑞姑　范乃正　杨兴福　张丽蓉　邓疯子　电灯匠　孙将军　新闻记者

景：

　　幕开在××剧场后台的化妆室内。屋内靠左（以观众左右为左右）横着一段凸起一尺高的短走道，上有栏杆，走道之左，直通戏里面的"后台"，"后台"的工匠职员，穿梭似的跑上跑下，由隆起的走道右部走下来，取道具，拿衣服，煞是忙碌。台后靠右开一窗，看见外面的空场，右墙上开一小门，内为更衣室，有的演员从里面换好衣服走出来，在小门与走道栏杆之间，有一盏电灯照着，三两个后台职员整理物件，右前方有一把破沙发，沙发上放着报纸。台灯在那隆起的走道前面立着一张化装桌子。吊起的电灯，用黑纸罩着，光直射在圆桌化妆演员的脸上，台前左墙挂着许多红红绿绿的衣服。台中偏右有一根柱子，上面贴着许多后台职员注意点的告白，上面乱涂着过往的剧目伶人字迹，布景内和其他的墙壁一样凌乱，现在又加上了很整齐的标语，瞪眼正试验戏中即将应用的"效果"。两手不断的敲着军鼓，声音忽高忽低，时而歪着头，耳朵几乎贴在鼓皮上听着，口里不住地数着"一二三四"随声打着鼓点。演员们有些在化装，有些聚在一起低声谈论，有些疲乏了，坐着出神。在烦闷而紧张的骚杂声里，扮伤兵的时昌洪烦躁地踱着步，捧着剧本，死命的背记着自己的词，分明是困难得如吞一粒一粒的石子。

陈　虹：（立在桌前化装，一个喜欢撩人的女演员）喂，丁明，前面第二幕是快演完了吗？

丁　明：（正在化装室门口有意无意的听着）差不多，大概义勇军快上场了。（看看化装室的人们，叹口气，走出来）

陈　虹：（笑）怎么，演戏演累了？

丁　明：演戏倒不累，可是像这么等着上场，你看，一个个拉着长脸，仿佛等着就要上法场砍头似的，我可真受不了。

陈　虹：（低声）你看他们一个一个的怪像。（忽指时昌洪）喂，丁明你瞧瞧这个。

昌　洪：（一个极富于幽默的人物，举手热烈的来回走）谢谢，谢谢，我们的亲爱的兄弟，谢谢谢谢谢谢，我们的后防的民众，你们省吃俭用，省下钱来捐寒衣，我们全体伤兵都是万分感动的。

丁　明：走马灯！

陈　虹：（提提她的袖子，指着瞪眼）你再瞧瞧这个。

瞪　眼：（歪着头）一二三四，一二三四，哼！

丁　明：（嘘出一口气）哼，神经病！（忽然笑起来，奖落地）唉！看戏的真是活神仙，花了五角钱舒舒服服地坐在前面，就把我们后台的人们一个一个吓得成这种鬼相。喂，瞪眼，你这是干什么？

瞪　眼：（抬头望望没理他，又打下去）

陈　虹：瞪眼。

丁　明：喂，我问你，你这是干什么？

瞪　眼：你没瞧见？打鼓！

陈　虹：谁要你现在打？

瞪　眼：我练习（口里又念"一二三四"随着鼓点单调打下去）

丁　明：（重重地）前台演着戏呢！

瞪　眼：（瞪白眼，又重重地）知道！（又打下去）

陈　虹：（笑起来）知道你还打。

瞪　眼：（愣头愣脑的）小姐们，没看见？门关着呢！听不见！

昌　洪：（早已忍不住，忽然把帽子往桌上一掷）听不见？那是你不是他们，不是我！冬冬冬打得像哭丧，你瞪眼的神经受得了，我的神经受不了！

瞪　眼：（立起，慢条斯理的）演员老爷，还是一会前台的戏要紧，还是你演员老爷的神经要紧。

昌　洪：戏，戏自然是要紧，可——

瞪　眼：那就得了，那我还是打。（又去收拾鼓槌）

昌　洪：妈的，这家伙简直是吃石头长大的。

瞪　眼：（翻翻眼）你管！

昌　洪：（把眼一愣，拿起剧本，气愤愤的更高声读起）谢谢，谢谢，谢谢我们的亲爱的弟兄，谢谢，谢谢，谢谢我们的后防的民兵，我们省吃俭用省下钱来捐寒衣，我们全体伤兵都是万分感——

瞪　眼：（同时也愤愤地重敲起来）哼，一二三四，一二三四。（外面观众鼓掌声，忽然一阵风似的玛莉由通后台的门跑出来）

玛　莉：伤兵，快上！快上！该你了。

昌　洪：（扔下剧本）倒霉，倒霉！（由后台门跑下）

玛　莉：死鬼，谁在后台拼命的敲，敲得我在台上的词几乎都忘了。

瞪　眼：干什么？

玛　莉：你呀，导演叫我告诉你，他们没有死，别在后台替他打鼓报丧。

瞪　眼：那么导演听见了？

玛　莉：(俏皮的)他没听见，他是聋子。

瞪　眼：那么，他为什么不自己告诉我？

玛　莉：前台灯忽然灭了。

丁　明：什么？(大家紧张起来，渐渐围着玛莉)

玛　莉：嗯，台上灯忽然灭了一半，他急得直跳脚，催人收拾。

瞪　眼：(手忙脚乱)糟了，糟了，(由通台右门跑下)

陈　虹：玛莉，你在台上么？

玛　莉：(神气活现)怎么不？汉奸正在抓着我的手，跟我说"小姐，你真美，我真爱你"。(手舞足蹈)拍的一声，我打汉奸一个嘴巴，我说："滚，你个汉奸，我恨你，我真恨你。"我正表情表得紧张的时候，拍的一下灯灭了。鼓，瞪眼这个鬼鼓不知为什么也响起来，汉奸忘了词，我气得直发昏！喝！(长叹一口气，模仿外国明星，用手帕连连扇着)

陈　虹：啊，真的？这可糟！(玛莉仿佛累得说不出话)底下怎么样？你快说啊！

玛　莉：(喘气)我的妈，你等等啊！

丁　明：快说呀，以后台上怎么样呢？(演员们围起玛莉你一句我一句的乱插嘴)

玛　莉：以后啊！幸亏我灵机一动，我就立刻编了一句词，说："灯怎么忽然灭了？(忽然神来)哦！别是我们中国的飞机来了。这儿的汉奸们就放警报吧！"喝，下面大鼓掌！

陈　虹：真的？

玛　莉：可不是！这一下，我就头望着天空，两手放在胸前，做一种又渴慕又热诚的表情，我说："啊，我的祖国的飞机！"下面大鼓掌，满院子的人大鼓掌。

陈　虹：好，好！（拍掌）

玛　莉：（飘飘然）还有！你听后面啦，我接着说（一大表情）："啊！我们的飞机，我的祖国的飞机。（仰天摇头做渴望状）你赶快下你那个美丽的蛋来毁灭这些丑恶的汉奸吧。"

丁　明：观众听着怎么样？

玛　莉：鼓掌！欢呼！欢呼！鼓掌！简直是疯了。

丁　明：那么台上的汉奸呢？

玛　莉：你说沈树仁？我从来没见过这么一个沉不住气的演员，他要跑！

演员们：什么要跑？

玛　莉：嗯，就是他，沈树仁演了一半汉奸，想不出词，就要跑下场！

丁　明：玛莉，你下了场，导演对你说什么？

玛　莉：（扑粉）他忙得没工夫跟我多谈。

陈　虹：我不信，导演自然要夸我们的玛莉聪明了。

　　　　（云峰匆匆由外门上。）

云　峰：玛莉，韦明呢？（一身大汗）

玛　莉：云峰，你今天一天到那里去了？

云　峰：我有事，韦明呢？

玛　莉：（气了）不知道！

丁　明：韦明在后台。

云　峰：我想要找韦明，玛莉，我先进去一下。

　　　　（云峰进后台门。）

玛　莉：哼，自己不小心，叫人把文件偷了，一个个慌成这样子。（得意忘形）这帮办事的人我一个也瞧不起。

丁　明：陈虹，你猜今天前台有多少人？

陈　虹：我想总有三千人。

玛　莉：三千人？五千人也有了，刚才我在台上随便往下一望，台下黑糊糊的一大片，楼上楼下都满了，你们想这些人都是为着谁来的？

丁　明：（俏皮的）那还用说，自然是为着看我们的玛莉来的。

玛　莉：不，不，今天大半是为着看孙将军来的。

丁　明：孙将军——

（云峰与韦明上，韦明衣服朴素，打扮成一个女职员的样子。）

陈　虹：嘘！韦明来了。（丁立刻住嘴）

韦　明：（低声对云峰）那么，疯子说一会准来。

云　峰：嗯，他现在在前台。

韦　明：刚才你在前台吗？

云　峰：嗯，我正跟老范说着话，正说到今天晚上要小心。

韦　明：灯就灭了。

云　峰：嗯，灭了，仿佛前台后面有两个人拿着家伙向前台冲。

韦　明：灯亮得快，你们为什么不抓他们？

云　峰：灯亮了，人都做得好好的，始终没有发现那两个人是谁。

韦　明：奇怪，灯为什么会忽然灭了？

云　峰：我想这件事一定跟偷我们文件的事情有关系。

玛　莉：喂，韦明。你说孙将军究竟来不来？

韦　明：我那里知道。

丁　明：我想他不会不来吧？

韦　明：很难讲，现在已经十点半了，戏已经演了一大半，给他留的座位还是空空的。

玛　莉：韦明，不是我们写了一封公函向孙将军致敬，请孙将军来看戏吗？

韦　明：这是谁说的？

玛　莉：不是孙将军也答应来吗？

韦　明：玛莉，你又从那里知道的？（注视云峰，他低头）

玛　莉：你不用管，反正我知道就得了。

（沈树仁由后面隆起的短道慢慢走上。）

玛　莉：哟！（得意）汉奸回来了。

树　仁：（神色不定）哦！玛莉小姐。

韦　明：（低声）云峰，我警告你，拿团体的机密来买女人的爱情，对你是危险的。

云　峰：（不由己地望着玛莉）玛莉！

韦　明：不要说了。

玛　莉：怎么，汉奸为什么不说话啦！

树　仁：对不起，我把词都忘了。

玛　莉：方才你是怎么了？为什么你直想跑？

树　仁：不怎么，灯一黑觉得有点怪就是了。

玛　莉：幸亏孙将军还没有来，不然，汉奸忘何我们就得依军法从事。

树　仁：（探听）哦，一会儿孙将军一定来么？

玛　莉：那当然是——

韦　明：（岔过话头）玛莉，我反对在后台乱起外号，我反对你叫沈先生汉奸。

树　仁：对啊！章小姐，您真是好人。

玛　莉：沈先生，你反对吗？

树　仁：玛莉小姐叫我自然是不敢反对，不过也不十分赞同。

玛　莉：那么，汉奸，你既然不赞同，我以后就老叫你沈先生。

树　仁：谢谢，谢谢，不敢当

玛　莉：不过，沈先生，你可别害怕，我们这个团体里可有真的汉奸了。

韦　明：玛莉，你又在造什么谣言？这是谁说的？

玛　莉：韦明，你们几个人不要鬼鬼祟祟地计划着事情不告诉我。哼，我是神仙，我都知道。

树　仁：奇怪，那么这会是谁呢？

玛　莉：反正不会是你，不会是我，自然不会是韦明小姐的耿杰咯，你看，沈先生，这儿有谁像？

树　仁：是啊，有谁像呢？

韦　明：玛莉，前台正演着戏，休拿这些无谓的谣言扰乱人心是不应该的。

玛　莉：谣言？我什么时候说过谣言？谣言多得很呢！譬如说，有人讲今天晚上，汉奸们要到剧场来捣乱，至于说要扔炸弹——

韦　明：玛莉！

玛　莉：你看，我说过吗？我现在不说，你们知道吗？我一点也不怕谣言，我不怕恐吓，我不怕炸弹，我只是为着我的国家，我的美丽的祖国，就如同领导我们到敌人后方的队长。

云　峰：玛莉，你疯了。

玛　莉：那英勇无比的无名英雄——

（瞪眼匆匆跑上。）

瞪　眼：（扔摔炮，砰然作响，大家吓然一跳）

玛　莉：死鬼！是谁？可吓死我了。

陈　虹：瞪眼，你这是干什么？

瞪　眼：放枪，放枪！

玛　莉：什么？

瞪　眼：第二幕远远地有枪声。

玛　莉：你为什么在这儿？

瞪　眼：在这儿前台听得远。

玛　莉：谁告诉你的？

瞪　眼：对不起，导演告诉我的。

　　　　（大家哄然笑，导演上。）

导　演：陈虹、丁明到后台预备上场。

陈　虹：（高兴的）是，导演。

　　　　（陈与丁下。）

导　演：大家快点准备，前面第二幕快完了。第二幕的义勇军预备，上台上左边的门，不要弄错了，瞪眼！

　　　　（后台的人们有些由通后台门下。）

瞪　眼：有！

导　演：第三幕的鼓！鼓！不要到了该打鼓的时候反而忘了。

瞪　眼：是的，可是——

导　演：还有远远炸弹的声音，你试验好了吗？

瞪　眼：嗯，在这儿，（举起手里两三个黑球）开幕以前我就在这儿试的，前台听着很像。

导　演：韦明，你当然记得第三幕，你什么时候上场。

韦　明：晓得。

瞪　眼：可是，导演，那鼓方才不是你答应沈先生打吗？

导　演：哦，是的。

树　仁：我还要打鼓？

导　演：嗯，瞪眼一个人忙不过来，其余的人我怕又打错了。

树　仁：可是，我太累了，我要回家去。

导　演：树仁，你昨天晚上排演没有到。大家等你两点钟。今天又把词弄错了。

树　仁：那是因为台上的灯忽然灭了。

导　演：好，过去的事不要提了，以后不许你再弄错。

玛　莉：对，对，沈先生，你好好干，将功折罪，打得好我请你回家吃咖啡。

导　演：瞪眼，告诉他什么时候打，说清楚。

瞪　眼：一共打三次，沈先生，你在台上躲在那个大树后头打，第一次是韦明小姐在台上说："我不怕！"你打第一通鼓，要急，要响。

导　演：打完了，远远有放枪的声响。

瞪　眼：嗯，那我管，就在化装室里做声音。

导　演：第二次是台上日本军官说："等一等。"完了——

树　仁：我打第二通鼓。

导　演：打得要沉重，要慢，完了，瞪眼放第二个手榴弹，声音要比以前近。

瞪　眼：我知道。

导　演：树仁，第三次鼓最要紧！

瞪　服：对了，要紧，沈先生，日本军官喊完了"预备"你就打，响响的，紧紧的。

树　仁：打完了你就放枪。

瞪　眼：不，手榴弹，顶响的手榴弹，（从口袋拿出一个更大的黑球）我特别做一个顶响的，你们看大不大？

韦　明：（低声）导演，难道方才出的错误真是因为演员们不小心的错误吗？

导　演：（摇摇头）这里面的情形仿佛很复杂。

韦　明：你是说那灯灭了的事？

导　演：嗯，那灯灭得最奇怪。

韦　明：导演，请你特别注意我们背后的（向后指）那个人。

导　演：（回头望望沈树仁）不，不！不会是他，灯灭的时候他在台上。

韦　明：那么这里面还有谁呢？

导　演：问题就是：是谁呢？

（胡长有，一个看门的老头上。）

长　有：哦，韦先生。

韦　明：干什么？

长　有：有人要见夏家大小姐！

玛　莉：（很高兴地）找我？

导　演：不见，后台化装室不准闲人随便进来。

长　有：可是他说他是夏家大小姐的父亲。

导　演：你告诉他，就是他的祖父来也是不见。

玛　莉：对了，不见，（大公无私的样子）你跟那个老头说，就说我说的，不见，不见，不见定了。

导　演：（不悦地）得了，玛莉，请你把工夫好好地用来读词吧。

（玛莉毫不在意，态度自如地走到右边的更衣室内。）

长　有：（紧问）那么找沈先生的客？

树　仁：谁？我的客？

长　有：（很聪明地）不是您的太太，沈先生！

韦　明：那么又是谁呢？

长　有：这人也没说他姓什么，他说一提沈先生就知道。

导　演：告诉他，沈先生没有工夫，演完戏再说。

树　仁：那么，让我出去看看。

韦　明：（忽然）沈先生，你不能出去。

树　仁：为什么？

导　演：台上的汉奸就要上场。

树　仁：（闪避）那么我去见他一会。（就走）

导　演：（阻止）不成，树仁，我们的团体不是没有纪律的。请你别忘记昨天你已经误了团体的工作。

树　仁：（有些惶惶）可是我有要紧的事。

韦　　明：沈先生（厉声）嘘！团体！募寒衣运动！现在没有比这个更要紧的事情。

树　　仁：（犹豫）那么——

导　　演：那么（推他坐下）就请你坐下，等着上场。
（半晌，大家不语，一个一个凝视沈树仁的行动。）

树　　仁：（忽然立起）不，不成，我得出去。

导　　演：你敢去？（玛莉由更衣室出。仿佛在找东西，看见争执起来，怔住）

树　　仁：（虚弱的笑）为什么不敢？

韦　　明：（高声）团体制裁！大家叫他服从指挥！

众　　人：（树仁向右望，有人呼喊）坐下！（树仁向左望，有人呼喊）坐下！（乱哄哄地）服从导演，不许现在出去！坐下！

树　　仁：（不得已，坐下，强笑）笑话，笑话，何必这样"小题大做"？一个无聊的朋友来看我，你们叫我不见就不见，这也没什么！

韦　　明：（无意中露出）既然是个无聊的朋友，那就更好了。

树　　仁：韦小姐，你说什么？

韦　　明：我说既然是无聊的朋友——
（瞪眼由通"舞台"门上跑上。）

瞪　　眼：快！快！汉奸！汉奸上场。

玛　　莉：快去！汉奸快去吧！

树　　仁：谁，谁是汉奸？

韦　　明：得了，沈先生，谁说你是真的汉奸了！我们说的是台上的汉奸！快去吧。
（沈树仁不安地望了众人一眼，被瞪眼一把拉下去，导演与群众随下，屋里只剩下韦明，云峰与玛莉。）

玛　　莉：（又在找东西）云峰！

韦　明：（望望玛莉，蔑视地，回过头去，低声）云峰，对不起，我就要上台，你先去看看那个人是谁？

云　峰：你说找沈树仁的人？

韦　明：（翻眼）当然。

云　峰：（犹豫）你真疑心他？

韦　明：这个东西靠不住。你快去，可是你要小心。

云　峰：知道。

韦　明：机警！

云　峰：知道！（向门走）

玛　莉：（忽然）云峰，糟了！糟了！

云　峰：什么？

玛　莉：云峰，你快来，快来！

云　峰：干什么？

玛　莉：我的粉盒丢了，云峰，你赶快跟我找！

云　峰：（奇怪）跟你找粉盒子？

玛　莉：自然，云峰！为什么不？

云　峰：（韦明笑起来，云峰有些难为情）对不起，现在韦明叫我做的事，比为你找粉盒子要紧一点。

韦　明：（轻蔑地）对不起！

云　峰：（紧接）玛莉！

韦　明：（忽然对云峰）快去！

玛　莉：云峰！云峰！（忽然转过头，气势汹汹地）韦明，为什么云峰忽然对我这样？

韦　明：（坐在桌后化装，面对观众，漫不经心地）他对你怎么样？我不知道。

玛　莉：韦明！

韦　明：（慢悠悠地）干什么？

玛　莉：（更大声，仿佛逼她注意）韦明！

韦　明：（还是照镜子化装）干什么呀？玛莉小姐！

玛　莉：（看了她半天爆发）我不喜欢你，我一点也不喜欢你。他们都崇拜你。我的弟弟，耿杰，云峰，他们都把你当神仙看！可是我知道你，你自私，你比谁都自私！你只想你一个人爱国，旁人爱国，你就不愿意。你不许我爱国，什么事情你都瞒着我。你看我是个外人，你瞧不起我！可是我告诉你，我，我的行为是比你爱国的！

韦　明：（回头上下打量她一下）哦！

玛　莉：（仍毫不觉得）嗯！你看今天，我借衣服，我烫头发，我买鞋子，我背剧词，我演讲，我写文章，我是报馆记者，最后我来演戏。并且明后天我就是要到敌人的后方，我已经预备好了遗嘱，我要跟随我们那神秘的无名的英雄，韦明，我夏玛莉要拿事实来证明，我是——

韦　明：（忽然立起来按住她）玛莉，请你容我问你一句话。

玛　莉：什么？

韦　明：（慢悠悠地）你是不是要找你的粉盒子啊？

玛　莉：嗯，自然！（老实话）我花二十五块钱才由香港买来的。

韦　明：（仿佛吃了一惊）哦，二十五块钱一个粉盒子！（冷冷地望着她）那你忍心把它丢了么？

玛　莉：（莫名其妙）为什么我要丢了呢？

韦　明：对呀！那我看你还是赶快去找你的粉盒子好，不要尽在这儿说废话了！

玛　莉：（愣了一下，忽然明白，大哼起来）你这个坏东西，我早就知道你心眼不好，你不喜欢我，你嫉妒我，你不像一个爱国的人。（恨极）你小气！你自私。我瞧不起你！我一点也不喜欢你！（韦明抬头，仿佛要说话，终于冷冷地望

她一眼,又不理她。玛莉不由得委屈地哭起来)可是你为什么不相信我。不相信我呀?(抽咽,候韦明的回话)

韦　明:嗯,玛莉!(玛莉以为有正经话和她讲,韦明却笑笑)你的粉盒子我仿佛看见是陈虹拿去的,她现在在台上。

玛　莉:(气极,跑到韦明面前)你这死鬼,(顿足)我恨死你!(突然哇的一声哭着跑出去)

韦　明:(望她出去,摇头一叹)可笑!
（云峰由通外门上。）

云　峰:(垂头)韦明!

韦　明:你见着那个人没有?

云　峰:(摇头)没有,跑了。跑了。

韦　明:跑了?

云　峰:我出去的时候,他已经走了好远。

韦　明:那么你为什么不追他?

云　峰:追了几步,一拐弯他就不见了。我只见他一个背影。

韦　明:大概是个什么样子?

云　峰:我只记得不高,有些胖,穿着黑衣服,外面看,像买办。

韦　明:可惜,轻轻把这个人放跑了,你不去找玛莉吗?

云　峰:玛莉呢?

韦　明:到后台找粉盒子去了。

云　峰:唉!
（瑞姑由通"舞台"门上。）

瑞　姑:韦姐姐,韦姐姐。

韦　明:干什么?

瑞　姑:(高兴地)真的我们已经□了孙将军吗?

韦　明:谁告诉你的?

瑞　姑:(拉着韦明的手)韦姐姐,今天晚上孙将军准来吗?

韦　明：瑞姑，谁告诉你的？
瑞　姑：没有谁告诉我，我方才听见玛莉小姐跟沈先生这么说！
云　峰：现在？
瑞　姑：嗯，现在，在台上怎么？
韦　明：云峰，你看！你看！（走来走去）我们为什么要糊里糊涂介绍这么一个莫名其妙的沈先生进来？为什么我们的嘴都是这样不小心任何的秘密都保守不住？
云　峰：韦明，我对不起朋友，我一定好好地跟玛莉说说。
韦　明：不是说说就是了，我的云峰先生！你要监视她，寸步不离地守着我们的玛莉小姐，并且请你原谅我，说句老实话，团体并不一定反对你们谈爱情，可是十分反对你跟她谈爱情的时候又谈团体的秘密的。
云　峰：（低调）韦明，（忽然抬起头来）请你相信我。
　　　　（云峰向通"舞台"门走出。）
瑞　姑：韦明姐姐，（望着她）你生了气了？
韦　明：（沉思）没有，没有，（忽然和蔼的）瑞姑，你为什么这么喜欢见孙将军？
瑞　姑：因为他爱国家，打日本，他保护我们。
韦　明：对，我的孩子，只有这种爱国家，救民族的军人最值得我们拥护，除这以外还有什么原因你想见他？
瑞　姑：（想着）除这以外——那就因为，因为（天真地）我很爱他。
韦　明：（惊讶）你爱他？
瑞　姑：（睁着大眼）自然，难道你不爱他么？
韦　明：我——（想不出答语）我当然爱他。
瑞　姑：并且，韦姐姐，（低声）我跟他写过一封信。
韦　明：你跟孙将军写信？

瑞　姑：（点头）嗯，我在上面告诉他："我在这儿演戏，就装我自己，一个逃难的孩子，我希望你来看我演戏。"末了，我说"你一定要来，我们都很爱你"。

韦　明：（热烈的抱着她）我的孩子，你真可爱，瑞姑，你这么寄到他的司令部去了？

瑞　姑：嗯，可是，韦姐，我现在又有点盼望他不来了。

韦　明：怎么？

瑞　姑：我有点怕。

韦　明：为什么怕？

瑞　姑：我怕他来了，我演不好，他会笑话我。

韦　明：（才明白）哦！也许，也许他还是不来的好，（忽然）沈先生待你们怎么样？

瑞　姑：嗯，很好，他给我父亲许多钱。

韦　明：为什么给钱？

瑞　姑：不知道，可是父亲心里并不快活，我知道他一不快活就老说"死"。韦姐，这一两天我父亲一见沈先生总是那么个样。（畏缩可怜的脸色）真的，韦姐，沈先生真不是个好人，真那么可怕吗？

韦　明：嗯，（回头望）沈树仁是——

　　　　（沈树仁由通"舞台"门上。）

树　仁：（很和气地）瑞姑。（韦立刻站起来）

韦　明：沈先生！

树　仁：对不起，韦小姐，瑞姑的父亲叫她，（转向瑞姑）瑞姑，来呀，你爸爸找你呢。

　　　　（瑞姑立起，向沈树仁身边走时，范乃正由通外门上。）

乃　正：韦明，你找我干什么？

树　仁：（很客气）哦，范先生，今天您可是辛苦了。

曹　禺　宋之的　/　069

乃　正：还好，还好。

树　仁：（和颜悦色）走啊，瑞姑。（沈携瑞姑下）

乃　正：这个家伙怎么会跟瑞姑这个小孩这么熟？

韦　明：就说的是呀！

乃　正：你找我有什么事？

韦　明：我希望你赶快到孙将军司令部去，请孙将军不要来。

乃　正：（不高兴地）怎么？你又改了主意了。

韦　明：我怕我们这种举动对他不是慰劳，反而成了他的累赘。

乃　正：（故意点出）所以你现在忽然想起来了，就忽然地不要孙将军来了。

韦　明：我现在觉得他还是不来的好，他刚出医院不久，并且明天就又要到前线去。

乃　正：对，你的理由都对。不过，韦明，孙将军当初是我同耿杰当面再三请的，孙将军当面答应的。

韦　明：我记得。

乃　正：而你到后来也主张请孙将军来。

韦　明：我没有忘记。

乃　正：那么，为什么，我请问你，为什么现在又要改？难道韦明小姐脑子一转，世界就要变动一次吗？

韦　明：（诚恳）乃正，我有点担心。

乃　正：担心什么？

韦　明：我老觉得今天晚上要出事情。

乃　正：什么事情？要出什么事情？

韦　明：刚才台上的灯忽然黑了。

乃　正：我看见的。

韦　明：我听说有人向前排跑，仿佛对于坐在前排的将领有些不利。

乃　正：（大笑起来）韦明，难道你也相信那些鬼话吗？为什么自己演戏得好好的，故意要造些谣言来吓吓自己呢？

韦　明：云峰告诉我——

乃　正：云峰告诉你，那是他跟玛莉讲爱情多了，他有点神经衰弱，叫他回家喝一碗热开水盖点厚被好好睡一次觉，他就不会跟你说那些胡话了。

韦　明：真的没有人捣乱？

乃　正：我们倒逮着一个。

韦　明：什么人？

乃　正：什么人！一个小偷！怎么样？（尖刻地）难道因为场里现在没有汉奸，我们恰巧抓着一个小偷也得当汉奸办么？

韦　明：乃正，你以为现在没有一个人可疑的么？

乃　正：你说谁？

韦　明：（慢慢地）刚才的沈先生？

乃　正：你说沈树仁？

韦　明：嗯！

乃　正：（伸手）你拿证据来。

韦　明：我现在没有。

乃　正：你没有证据，怎么肯定他是汉奸？

韦　明：可是，我想他跟我们的文件被盗是有关系的。

乃　正：那么，韦明，我想他跟我们的文件被盗是没有关系的。

韦　明：你真的相信他，就这么完全相信他？

乃　正：韦明，（冷冷的笑一下）我绝不袒护任何一个人，只要你有证据！证据！

韦　明：哼，我要是有证据，我立刻报告宪兵团逮捕他，用不着听你这一套婆婆经。

乃　正：韦明，请你原谅我，说句老实话，我很佩服你的精神，你

曹　禺　宋之的　/　071

很苦干，你也很认真，但你有时犯了初加入秘密工作的通病，就是"神经过敏"，"感情用事"！

韦　明：（沉着）你真这么觉得吗？

乃　正：譬如这次文件被盗，你到处疑心你的朋友。以致于连沈树仁这么一个无所谓的□污人你也疑惑，你认定那文件是他偷的。

韦　明：（插进）请你容我声明一句，我只有怀疑他，到现在为止，我还没有认定。

乃　正：然而你固执的认定那文件一定不是耿杰偷的，这不是有点感情用事。

韦　明：（渐渐觉出）范先生，你这话是什么意思？

乃　正：我这话是说——请你原谅我又说一句冒昧的话——我这话是说，女人最好不要讲爱情，讲了爱情，她的判断就会靠不住，她的眼睛就该找一个眼科大夫看看，因为那怕这个男人是个汉奸，她也要替他不花钱做义务辩护的。

韦　明：（气极，镇压自己）范先生！为你这句话，我可以打你的嘴吧。

乃　正：你看是不是又动了感情了？

韦　明：所以我现在给你看看，我可以管制我自己，一个女人并不一定是你所说的一个感情的脓包，我爱耿杰，但是他如果真是如像你所说的偷了团体的文件，背叛了国家，我答应你，第一个惩罚他的，必定是我。

乃　正：耿杰是我的朋友，我爱护他并不亚于你。不过团体文件一丢，他立刻失踪。一直到现在，毫无消息，这种事实你怎么解释？

韦　明：（等一刻）我现在没有解释，但是我想这件事跟他没有关系。

乃　正：（尖刻的）哦！你就这么相信他，完全相信他！

韦　明：（正直的）国家的安全第一，在这个时候，发生了这样的事，那怕是耿杰，我也不愿意说他完全相信得过。不过在这个团体，有的是比他不值得我相信的朋友，所以范先生，我希望你今天特别谨慎。我很担心，你没有听我的话，一会儿孙将军到了剧场，我盼望不会——（由衷心流露出来的真挚）哦！我愿意我现在的心里是一时的病态，我的想象完全是女人神经失常的想象。我愿意你以后整天笑我是个神经过敏的女子。哦，范先生，我情愿死一百次，一千次，我也不愿意我们的忠勇爱国的将领，因为我们的疏忽，受一点损害的。

乃　正：（大受感动）韦明，（握着她的手）请你放心，我在前面已经警戒得很周密，绝不会出事。（放手）自然我也感觉到沉重，不过即使要发生事情，我想刚才前台灯灭过一次，倒也平平安安的过去。我想这事情大概是没有了。对不起，韦明，我刚才说话说得重一点。但是我们都为的是国家，我想你不会是因为团体文件被盗的事情跟我闹意见！（又伸出手）是不是？

韦　明：（爽直地伸出手）你放心，我不会。（硬朗朗地）我决不肯因为个人的私事使我们的团体受损害，我决不偏袒出卖国家的汉奸，不过范先生，如果有一天，你也处在现在这个情形，我想我批评你还不至于像你批评我这么刻薄。好，我想我的说话完了。

乃　正：好，再见，我到前台去看看。

韦　明：再见。

乃　正：（向通外面的门走了两步，忽然回头）哦，我现在有一句话该告诉你。

韦　明：什么？

乃　正：（微笑）孙将军早已经来了，坐在第二排中间，再见。

韦　明：（惊愕）他来了。（范点点头，由通外门下，韦衷心喜悦）孙将军——（由通舞台左门跑下）

（杨兴福吃力地抬着一件很重的木箱由通舞台门走出，慢慢放下木箱，揩拭着额上的汗珠，靠在柱前喘气，忽然四面望。）

兴　福：唉！（到左首拿起帽子，包袱，向通外门走）

（沈树仁由通舞台门上。）

树　仁：（看见杨兴福走到门口，恫吓地）杨先生，您上那儿去？

兴　福：（回头突见沈树仁在身后，几乎吓掉了魂）啊，沈先生！

树　仁：您大小姐还在后台等着您呢！您怎么一句话也不说就偷偷地溜了呢？

兴　福：沈先生（哀求的）我实在有点头痛。我可以回去了吧？

树　仁：（跑到左首沙发上坐下）谁留你啦？你走啊！

兴　福：（知道神色不对）不是的，沈先生。我没有说假话，这两天我一晚上，一晚上睡不着，今天已经为您累了一天，台上灯也替您弄灭了，耿杰先生来的信也替您偷了。再留在这儿，我会病倒的。

树　仁：病倒？（刻薄的）那么我这几天给你的钱也很够你买一副好棺材了。

兴　福：唉！现在我倒愿意躺在棺材里。

树　仁：那还不容易，我这里有手枪，我家里有毒药。

兴　福：（抬起头）沈先生，你还叫我做什么吧？

树　仁：（斜目）我看您有点不耐烦。

兴　福：唉！（听天由命地）已经到了这步田地，还说什么？

树　仁：你知道就好，我们都是过来人。

兴　福：（忽然忍不住，敲着自己的头）可是我为什么干这个？我为什么干这个？我怎么会这么糊涂？我饿死也不该干这个。

树　仁：（立起四面望，低声恫吓）你发的什么疯？

兴　福：（跳起来，对着沈的脸）我还给你钱。我还给你们钱。我不要你们的鬼钱，我不要。

树　仁：（忽然啐他一脸唾沫，顺手推他，倒在化装台上）呸！不要？混蛋，你当你在你家里，说不干就不干，你想跑，你忘了你现在干的什么买卖？还钱就是你的卖身契，你这个混蛋，（抓着他的衣领）你想跑？你跑到那儿去？我们就要剥你的皮，我们叫你亲眼看着我们怎么的收拾你的女儿，叫她活不得死不得。

兴　福：（用力摔开他，喘息着）你们这些鬼！你们忘了，（嘶出）我们这里还有法律，还有国家呀！

树　仁：（拍地打他一个耳光）你这个混蛋，你当了汉奸，你这种败类，你还想国家保护你！妈的，你滚到宪兵团那儿去，他们查出来你作的事情，第一，就枪毙你。法律不保护你这种东西；国家不要你这种东西！

兴　福：（昏惑）那么，我成了什么人？

树　仁：（指着他）你不是人，你是汉奸！你是汉奸！你就得服从我的指挥。我叫你做什么，你就得做什么，只有这样你能活得下去。

兴　福：哦，（困兽之斗）我不想活下去。

树　仁：（冷冷地）你不想活下去，你现在就可以死。（对着他的耳朵）不过你的女儿，我跟你说过——

兴　福：（忽然）沈先生，我是汉奸，你是什么人？

树　仁：（没想到）我……

（外面有争吵声，在通外的门口，张丽蓉吵着要进来，胡长有拦着她。）

长　有：不成！不成！

丽　蓉：我非进来不可！

长　有：对不起，沈太太，导演嘱咐过，不准闲人随便进来。

丽　蓉：我是闲人么？我有事，我有要紧的事，我要见沈树仁，他是我的先生。

树　仁：胡长有，这是怎么回事？

长　有：对不起，沈先生，您在这儿。

丽　蓉：树仁，（见着亲人，不由得哭泣起来）怎么回事？你是卖给他们了，为什么我见都不能见？

树　仁：（对着胡长有）去！去！（胡长有由通外门下）兴福，请你暂时出去一下。

（杨兴福由通舞台门下。）

树　仁：（关上门）我不叫你到这里来，你为什么要来？

丽　蓉：你今天看见晚报了没有？

树　仁：看到了。

丽　蓉：宪兵已经把那两个汉奸枪毙了，树仁，我怕极了，我们走，我们不要他们的钱，树仁你赶快把钱还给他们，我们走，我们赶快走。

树　仁：唉！还？拿钱容易，还钱难，我告诉过你，这个圈套进得去，是逃不出来的，妈的，我难道是傻子，我怎么不知道弄够了钱，跑到香港地方去舒服？

丽　蓉：为什么？为什么？

树　仁：我现在已经加入了韦明他们的团体，可以容易跟范乃正，韦明天天在一起，我知道鬼子自然要大利用我，做破坏工作，鬼子不肯放我的。

丽　蓉：你真走不了。

树　仁：哼，人走了，恐怕脑袋就要留在这里。

丽　蓉：树仁，可是我们家已经被人搜了。

树　仁：（着急）搜了？你怎么不早告诉我？

丽　蓉：我怕你太着急了，我不敢告诉你。

树　仁：你真糊涂，家里怎么搜的？

丽　蓉：树仁，没有人进来搜。

树　仁：你这说的是什么话？

丽　蓉：我刚才走进你的书房，东西已经翻得乱七八糟，我问老妈子，她说没有看见人进来。

树　仁：那么我的书桌里面的信件丢了没有？

丽　蓉：我没有看。

树　仁：（急）你为什么不看呢？

丽　蓉：不要着急，说不定真是个小偷。

树　仁：奇怪，（挠头）不会，不会，韦明他们里面有厉害人，可是这会是谁？这会是谁？

（邓疯子由通外门上。）

疯　子：（瞪着眼）沈太太，您来了。

丽　蓉：疯子你来这儿干什么？

疯　子：我找玛莉小姐来了。

丽　蓉：干什么？

疯　子：我来告诉她一个好消息，沈先生（低声）她父亲要卖了他的金子买军火。

树　仁：你听谁说的？

疯　子：咦，（翻翻眼）不是你当面对我说的？

树　仁：放你的屁！

丽　蓉：你跟这个疯子谈什么？树仁！我们不管是谁偷的，现在我们就走,就走。

树　仁:疯子,玛莉小姐在后台,你去吧。

疯　子:我,(摇头)我现在有点累,不想去。

树　仁:我们要在这儿谈话。

疯　子:我要在这儿看报。(拿起报纸看,几乎遮着全脸)

树　仁:(自语)混蛋,丽蓉,我们到那屋去。

　　　　(沈与沈太太由通外更衣室门下,后台群众欢呼声。许多演员由通后台门上。)

丁　明:这一幕我演得不错。

陈　虹:我看见孙将军笑了。

昌　洪:我说完了我那一段"谢谢,谢谢,我们亲爱的弟兄",他就对我大鼓掌。

陈　虹:得了,别跟自己的脸贴金了,孙将军就轻轻地拍了几下,我都看见了。

昌　洪:(幽默地)不是,你没看见,他点了点头。(忽然坐下,像煞有介事模仿孙将军很庄严点头)就这样,对我表示深深的赞许。

玛　莉:(不信的语气)嗯,那是因为我骂汉奸那一段表情表得好!

丁　明:好,好好,你们都好。

瞪　眼:可是韦明小姐演得最好。

昌　洪:好,韦明好,韦明好,韦明万岁!

瑞　姑:孙将军是不是有大胡子的那个人?

玛　莉:你没看见?你在台上怎么不往底下看?

瑞　姑:还看呢?我在台上怕都怕死了。

　　　　(韦明由通舞台门上。)

瞪　眼:韦明来了。

昌　洪:韦明万岁。(几个人跟着喊)演得好。

玛　莉：讨厌，这也值得喊万岁。（躲在一边）

韦　明：瑞姑呢？

瑞　姑：在这儿。

韦　明：你演完了，该回家了。

瑞　姑：不，我要见孙将军，我不走。

韦　明：可是他不会到后台来，他也就要回司令部的。

瑞　姑：不，韦姐，我要见他。

（这时疯子听见韦明的声音，放下遮着脸的报纸，忽然被正在收拾道具的瞪眼发现。）

瞪　眼：糟了！糟了！喂，你们瞧，疯子来了。

疯　子：（立起来，慢吞吞地）你们大家都好啊。

众　人：疯子！

疯　子：都没有死啊？

瞪　眼：出去，疯子，这是后台，别疯疯癫癫地把我们的戏闹碴了。（推他出去）

疯　子：瞪眼，你推我！

瞪　眼：嗯，我推你，怎么样？

疯　子：（指指他）你小心炸弹把你炸死。

瞪　眼：去去去，少废话。谁叫你进来的？

疯　子：范先生叫我来的。（一面说，一面躲在韦明的背后）

瞪　眼：干什么？

疯　子：找韦明小姐算账。（又躲在她后面）

瞪　眼：算账？

韦　明：瞪眼，是的，有一单账现在就要算清楚。

疯　子：（由韦身后露出头）你看，（与韦走两步，忽然转身到台前抓着瞪眼）喂，瞪眼，我昨天找着一个眼科大夫，专治斜眼，对眼，大眼，小眼，火眼，烂眼，直眉瞪眼——

瞪　眼：去，去，去，疯子，我可先告诉你，你可别摸我这一屋子的乱七八糟的东西，我的摔炮可放在这里。（把一个盒子放在靠墙的桌上）我回头要用，你要像上次似的把我预备好的摔炮又弄坏了，那我就（想不出词）——我就把你的头摔下去。

疯　子：（模仿他）那我就——我就再换一个。
　　　　（大家哄笑。）

群　演：（由通舞台的门露出一个头）瞪眼，快来做效果，群众上场！大家一齐来！

瞪　眼：咱们回头见，疯子！
　　　　（群众随导演下场，台上只有韦与疯子。）

韦　明：（与疯子走在一个不引人注意的角落）怎么样？邓先生！

疯　子：（做手势）等一等。（四面望望）

韦　明：有结果没有？

疯　子：差不多，我想明天我就可以把事办完，肃清这帮东西，我们就可以到敌人的后方去了。

韦　明：邓先生，我不大明白。

疯　子：我想今天晚上可以抓着他。

韦　明：谁？你说抓谁？

疯　子：自然是计划偷我们文件的人，阻止我们到敌人后方的人。

韦　明：哦，你是说此地汉奸的首领？

疯　子：嗯，可也许不一定是汉奸！

韦　明：那是什么？

疯　子：你怎么一定知道他是中国人？

韦　明：什么，现在这里真还有日本人？

疯　子：为什么不？这个人这些天专门破坏我们的工作，说不定他今天晚上还要在剧场闹个从来没有的大乱子。

韦　　明：这么说，一会儿真要出事情？

疯　　子：谁知道，（走到化装桌前）也许有，也许没有。

韦　　明：偷我们文件的人究竟是谁呢？

疯　　子：自然不是耿杰，我知道他现在在干什么。

韦　　明：你知道？（忽走近疯子）那你为什么早不说？你为什么不出来证明他？

疯　　子：（坐下，冷冷地）他一时受点冤枉，也许那个真的不会跑掉。

韦　　明：（愤愤地）邓先生，为着一个卑鄙的沈树仁，我们怎么能够这样忍心牺牲耿杰？

疯　　子：那是韦小姐您这样想，我们这个团体只认识国家，不承认有所谓感情的问题的。

韦　　明：可是我们还得要一点公平啊，我们不能让一个真爱国的同志平白受当汉奸的冤枉。

疯　　子：那么（立起微笑）我是疯子！

韦　　明：（看他不理，只得——）那么，请问你真的是谁的？

疯　　子：我现在也不知道。

韦　　明：你现在说话忽而谨慎了。

疯　　子：我现在能告诉你的就是我要在明天我们开始以前，把这个真的捉着。这个人也许现在就在戏院子附近等着看我们出笑话。

韦　　明：什么笑话？

疯　　子：我昨天做了一次小偷，（四面望望，突然由口袋抽出一张纸秘密地交给韦）我弄到一封很有道理的信，你看！

韦　　明：什么？（念）黑字二十八，黑字二十八，这是什么？怎么又是号码，又是字？

疯　　子：我想了一天一夜，里面的意思算是勉强弄清楚了。

韦　明：什么意思？

疯　子：（着重地）就是他们决定要在今天晚上炸剧场。

韦　明：可是我们前台警戒得很周密。

疯　子：我看见，所以我在奇怪他们用什么方法来损害我们的将领。

韦　明：你说他们的目的是为孙？

疯　子：嗯，孙将军！

（后面前台号呼。）

韦　明：奇怪！这是什么？

疯　子：（立起来）别是第二幕演完了？

韦　明：不，已经演完了。

（瞪眼跑上。）

瞪　眼：（兴高采烈）诸位，你们知道吗？孙将军现在要上台了。

疯　子：为什么？

瞪　眼：他看完第二幕正要走出去，忽然被观众发现了，大家大欢呼起来，非请他上台演讲不可，你们听！（欢呼声，鼓掌声）

疯　子：混蛋，谁想得这个坏主意？请孙将军上台讲演。（向通后台门跑）

瞪　眼：你干什么？（拦住他）

韦　明：（走上前）瞪眼，他有事，放他走。

瞪　眼：（抓着他）可是，疯子，你要小心！

韦　明：不要闹，瞪眼，你听，前面孙将军大概已经在演讲了。

（疯子，韦明，瞪眼由通舞台门下。远远听见孙将军沉重而有顿挫的声音在讲演。）

（由右面更衣室内走出沈树仁。）

树　仁：出来吧！

丽　　蓉：（由通右门出）怎么样？树仁，我想飞机票一定不成问题。
　　　　（由左面门上走出一个矮胖子，穿着电灯匠的衣服，后面跟着胡长有。）
长　　有：沈先生，这是后台，又叫来的一个电灯匠，请你跟刘先生说一声。
树　　仁：好，叫他在这儿等着，你去吧。
长　　有：是，沈先生。（胡下）
丽　　蓉：树仁，你方才已经答应我，你不要三心两意，明天你究竟走不走？
树　　仁：好，（忽然来了勇气）不管他，走，我们明天飞香港。
丽　　蓉：（大喜）树仁，这是五百块钱，你点一点，今天演完戏立刻到黄家伯伯那里交飞机票钱。我现在就回家收拾收拾行李。
树　　仁：好，好，（拿钞票）
电灯匠：沈先生，我是戏院子隔壁的电灯匠。
树　　仁：知道，你在旁边等一等。
电灯匠：您这儿是不是要二十八尺黑电线？
树　　仁：不知道，不知道。
电灯匠：不对吧，你不要黑电线，二十八尺？
丽　　蓉：（对电灯匠）你这个人怎么这么讨厌。
树　　仁：（注视他）什么？黑——二十八。
电灯匠：（沉重地点点头）嗯，二十八。
树　　仁：（恐惧地望着电灯匠）哦！
丽　　蓉：树仁，你的手怎么直打战，你快数呀！
电灯匠：（以目示意令沈太太走）
丽　　蓉：你愣什么？不舒服了么？
树　　仁：没有，没有。你听，他们也许快来，不用数了。你先回去，我就回来。

丽　蓉：也好。

（沈太太由通外门下。）

树　仁：哦，（不安的笑容）您就是黑字二十八号？

电灯匠：（点头）叫人把门看好。（沈不知所措向通外门走）（厉声）走错了，这个门我有人看。

树　仁：是，大佐。（向通后台门喊）兴福！兴福！（杨走入时电灯匠转过身坐）你看着后台的门。

兴　福：干什么？

树　仁：你别管，有人，就来告诉我。（杨逡巡出）

电灯匠：（半晌，突然）哼，你要发财了。

树　仁：怎么？

电灯匠：哼，到香港做你的买卖不可以发财么？

树　仁：哦，（不知所云）那是因为我太太说走，我只好骗骗她。

电灯匠：那么，你说这一套废话骗我做什么？我又不是你的太太。

树　仁：我没有说瞎话，大佐，我敢赌咒——

电灯匠：（狞笑）啊哈，不要赌咒，中国人的嘴里是常常发誓赌咒的。（突然发话）你接到我的命令没有？

树　仁：接到的。

电灯匠：（坐下）今天晚上非做到不可。

树　仁：（嗫嚅）可是他们已经注意我。

电灯匠：（爆发）你是个猪，为什么惹人注意你。我叫你爱国！你为什么不爱国。

树　仁：大佐，他们并不是傻子。

电灯匠：我知道这里面有一个人是厉害的，有本领的，一个瘦瘦个子，他跟着过我，但是我们今天这个机会不能丢的。我来了，方才已经丢了个机会。你们这些猪，灯破坏得太早了。我们要的人现在才来。

树　仁：我知道。

电灯匠：（狠恶地）没法消灭他！

树　仁：前台警戒很严。

电灯匠：我不是说前台。就在这里！他现在在讲演，利用机会，我已经替你预备一个好东西。

（拿出来一件很玲珑的黑圆球，轻轻放在桌上，二人静默中，外面大鼓掌。）

树　仁：什么？（低声）炸弹？

电灯匠：小心！爆烈性最大的炸弹。

树　仁：可是大佐，我不会扔炸弹。

电灯匠：谁要你动手？想法子，想法子找人。

树　仁：现在？

电灯匠：嗯！就是现在！但是我不许你连在里面。想想，想想有什么法子办成功这件事，我们不露一点嫌疑。

树　仁：那，——我就只好找杨兴福。

电灯匠：靠不住，我不要这种新手。

树　仁：但是现在一时那里去找？

电灯匠：就是要想啊。（外面大欢呼，看表）他快，他的讲演快完了，一会儿就许到此地来，（时间迫促，他连拍着桌子）你想想，就在这间屋子用。（狞笑）这个炸弹的威力刚刚好的。

树　仁：（握着拳）然而总得一个人动手啊？

电灯匠：（逼近他）你想想，这个炸弹还小，外面可以伪装——

树　仁：（来回走着，额上冒着汗珠）但是总得有个人，有个人才成啊！（外面大鼓掌声）

电灯匠：快，快，他也许快讲完了，看有没有法子利用这里没关系的人？

树　仁：（来回走）让我想想！想想！（外面又有欢呼声）

电灯匠：沈树仁，你是真的跟你太太到香港么？

树　仁：（惶恐）没有，大佐。我没有。

电灯匠：猪！（抓住他的衣服）不要骗我！这件事做成功，我们放了你，到香港，随便你到那里。

树　仁：（不相信）真——的？

电灯匠：自然真的。

树　仁：永远脱离关系？

电灯匠：可以，永远——

树　仁：永远！（喘气）永远，（狂热起来）哦，我得办，我得办！
（外面又大鼓掌声）

电灯匠：也许，就要完了，快！想。

树　仁：（打着头）我，我是在想呢。
（突然杨从右门伸头。）

兴　福：有，有人来。
（瞪眼由通舞台门跑进来。）

电灯匠：（立刻盖上炸弹，低头看报）

瞪　眼：哟，沈先生，您在这儿。孙将军大概快讲完了。疯子刚才没到这屋子里来？

树　仁：没，没有。

瞪　眼：谢谢天，我的宝贝炸弹算保住了，（跑到放摔炮的桌子前）你替我看着点，别叫人乱动。这种假东西碰了水就不响了。

树　仁：知道。

瞪　眼：咦！这是谁？（指电灯匠）

树　仁：他，刚才叫来的一个电灯匠。

瞪　眼：混蛋，你这么迟才来。（啐口唾沫）不要了。（跑到门口）

沈先生，鼓，鼓，别忘了，第三幕是你打鼓。

树　仁：（若有所思）鼓？

瞪　眼：喂，忘了？你打鼓，先生！三遍！我可等你的鼓抛炸弹，记着打了鼓才抛炸弹！鼓，炸弹，别再忘了，沈先生。鼓，炸弹！（跑下）

树　仁：（一直看瞪眼走出去，发愣，喃喃地）鼓！炸弹！炸弹！鼓！

电灯匠：你想出来了没有？他们又要演戏了。

树　仁：戏？

电灯匠：怎么样？

树　仁：戏？鼓？炸弹？炸弹？（突然想出来）对了，戏！戏！戏！为什么不是戏呢？（忽然拿住桌上的炸弹跑到放摔炮的桌上拿出假的和真的比）

电灯匠：小心！

树　仁：（放下摔炮，忽然魔鬼似的大笑起来）我有了，我真的想出来了。

电灯匠：你想出来了？

树　仁：嗯，保在我身上，但是你说办成功我同我太太是可以走的。

电灯匠：我保护你们走，只要你做到。

树　仁：如听见响，请你叫太平门旁边的人预备，我怕万一弄不好，我是要躲的。

（外面又鼓掌欢呼声。）

树　仁：快走吧，大佐。也许他们就来了。

电灯匠：真没有问题？

树　仁：（拍胸）没有问题。

电灯匠：好，（微笑）我信任你，我就在这戏院附近等你成功。（走到门口）那么？我送给你一件东西保护自己。（拿出一支

　　　　手枪）

树　仁：嗯，谢谢大佐。

电灯匠：记着你要信守信用，跟我做到！（低声，狠恶地）你还记得上次那个狗不听我的命令逃到香港去么？现在这个人跟他的老婆，忽然在香港叫人打死了。

树　仁：（恐吓）都死了？

电灯匠：（点点头，阴毒地）嗯，我们就用的是这把手枪。

　　　　（电灯匠下。）

树　仁：这种禽兽！（忽然）杨兴福，杨兴福！

　　　　（杨进。）

兴　福：（无神地）沈先生。

树　仁：你都看见了没有？

兴　福：听见了！

树　仁：好，把瞪眼的那二个假的拿一个过来。（自己戴上手套）

兴　福：（拿过来）沈先生，我们不能做这样的事情啊。

树　仁：（一把抓过来假炸弹）拿过来！（拿起桌子上的炸弹）你看这二个像不像？（杨不语，沈二手称衡这二个圆弹的重量，欣喜地）轻重倒是差不多，大小也还不大离。（抬头望着发痴的杨兴福，大声）我问你这二个像不像？

兴　福：（连忙）像，像！

树　仁：放屁，我看一点也不像，第一个颜色就不像。你拿着这个。（将假的给他）

兴　福：（拿着）干什么？

树　仁：把上面的纸取下来，跟这个（指真的）包上去。

兴　福：（乞怜地）先生！

树　仁：混蛋，快做！

　　　　（外面大欢呼声。）

树　仁：快点包好，小心！（把那个假的放在一个角落藏起来）别噜嗦！小心掉了。

兴　福：（一面包着）沈先生，您不是也想跑吗？

树　仁：自然。（帮他包裹）哼，祖宗缺德才干这个。

兴　福：那么，您还要做这种事干什么？

树　仁：（说不出味道）你不要管！弄好了没有？

兴　福：放在那里？

树　仁：把它放在那个盒子里。（杨手捧着伪装的炸弹，走到化装桌左面的道具箱旁，几乎一脚碰到。幸亏为沈抢住，杨战战兢兢地把炸弹放在箱内）守着它，小心别叫旁人碰，什么时候瞪眼来拿，你再走。

兴　福：（放下盒子）沈先生，这不成！我们不能这样做！孙将军是救我们的将军，我们不能一点良心都没有！

树　仁：（把拳打去）我个鬼！我早料到你有这一手。你不要嚷嚷，这个东西是你放的，纸是你包上去的，记着你的手指上的指纹已经在纸上面，盒子上面，洗也是洗不掉的。你现在敢叫，我就立刻证明是你干的事情。并且记着我刚说的话！有了一点不是，你的命是小事，你的女儿我们会要她活不得死不得的。

兴　福：（打了一个寒噤）嗯嗯。（眼泪流下来）

（外面大欢呼鼓掌！喊："孙将军万岁！"）

树　仁：大概是讲完了。（回头向杨兴福）傻站着干什么？坐在旁边，放聪明一点。（杨坐在桌旁，沈正由通后台门下，瞪眼由通后台左门上）

瞪　眼：（跑着喊）讲完了！鼓！鼓！我的鼓！该第三幕了。喂，沈先生，你别走！你先拿着鼓槌。

树　仁：（和气地）谢谢瞪眼。（拿着鼓槌）

瞪　眼：你还知道什么时候打么？

树　仁：哦！我当然知道。（沈由通后台左门下）

　　　　（疯子与韦明同由通后台右门出。）

疯　子：（摇头）奇怪！奇怪！

瞪　眼：（把鼓向后搬）韦明！我们不是请孙将军来参观后台么？

韦　明：他就来。现在正跟范先生谈话呢。

　　　　（瞪眼搬鼓由通舞台右门下。）（导演与丁明、陈虹由通后台左门上。）

导　演：快！快！二位小姐，扑点粉！第三幕就开幕。

丁　明：知道，知道。

陈　虹：她们不都还跟孙将军谈话么？

丁　明：你就催我们？

　　　　（二个人只好噘嘴坐起扑粉。）

导　演：（同时说）沈树仁呢？

兴　福：在台上。

导　演：韦明你也预备。

韦　明：知道，我还早。

　　　　（导演由通舞台门跑下。）

韦　明：邓先生，你在奇怪什么？

疯　子：（走来走去）奇怪，方才居然一点动静都没有。

韦　明：哦，也许汉奸们故意放些谣言。

疯　子：（摇头）不会，不会的。前一点半钟，我在附近看见那个日本鬼子，坐着车，我只跟了二三步，这家伙非常机警，立刻觉得后面有人，三拐两拐就不见了。

韦　明：反正，今天总算完事，孙将军一会儿就要走的。

疯　子：奇怪，我亲眼看见他们的密令，他们的命令不会不实行的。据我的经验是不会的。

（瑞姑兴高采烈地由通后台左门上，后面跟了几个演员。）

瑞　姑：爸爸，我今天真见着孙将军了。爸爸，你为什么一个人在这儿。

兴　福：瑞姑，你赶快回去。

瑞　姑：不，我得看，我得看孙将军一直上了车。

兴　福：不，听话，瑞姑，你现在就得回去。

瑞　姑：你呢？

兴　福：我不能走。

瑞　姑：那我更不回去了。

兴　福：孩子，你听我的话的——

韦　明：嘘！孙将军来了。

（大家起立，孙将军由通舞台左门上，后随许多演员职员，大家一致鼓掌。孙将军很有精威严，穿军服，面呈褐红色，非常健壮，约有四十几岁，左手有弹伤，架在板上。双目炯炯有神，声音沉重，但笑起来很和蔼，甚至有些憨气，他的智慧藏在一片真朴里，使人觉得非常可亲。）

孙将军：（笑着点头）很好，很好，诸位今天很辛苦的。

乃　正：这就是我们的化装室，乱七八糟的。

玛　莉：（插进一句）出后台总得先过这里。（不自然地尖笑，把纸烟盒拿出来）孙将军，您不抽根纸烟？

孙将军：（不舒服地看了玛莉一眼）谢谢，我不会。（转过头来向范）范先生，我回头请你转告诸位同志，这次募寒衣运动，这样大成功都是诸位努力的结果，我们全体将士都是很感谢的。

玛　莉：（走向前）孙将军，您太客气了，您这是——（韦明把她拉下来，玛莉噘着嘴，只好不说）

乃　　正：（看玛莉，玛莉只好不说）我们很惭愧，我们尽的力很少，请孙将军转告前方的兄弟们，让他们放心在前线打仗，我们后方的民众必定尽力顾到前线他们的保暖，在后方他们家中的生活。

孙将军：好，我谢谢你们（与范握手）

（导演由通后台门跑上。）

导　　演：快！（在突起短道上）第三幕的演员们预备。（大家对他"嘘"一声，他忽瞥见孙将军，走到台中鞠躬）哦，孙将军，对不起。（低声向演员们）预备，前面第三幕的戏已经开幕了。（导演又由通舞台门下）

丁　　明：孙将军，我听说您身上的伤还没完全好，就又要回前线去。

孙将军：谢谢，你说我的胳臂？谢谢你，差不多可以说完全好了。

陈　　虹：报纸上说您身上还有四颗子弹没取出来。

孙将军：（笑着坐下，放下帽子）哦，这是个神话，军人自然应该不怕死，不过这个传说也有点过分。

丁　　明：您明天一定就要走？

孙将军：（爽直地）自然！一个军人伤好了，就应当立刻回前线去。

乃　　正：我们明天再来欢送您。

孙将军：不必了，今天不是已经送过了么？今天你们诸位演的戏我很喜欢。（忽然后台的鼓恶兆似的响起来。孙回头望一下。正在这个时候有一位新闻记者举着照相机走到孙的面前）

新闻记者：孙将军，我是时事通讯社的记者，对不起，我请您允许我跟您照一张相。（孙将军点点头）请在这儿照吧。（孙将军与许多人向右后墙移，新闻记者正在对光。玛莉挤上前去，与孙将军并列，鼓愈打愈响）

韦　　明：（低声）奇怪，这是什么？

疯　　子：鼓，台上打鼓。

韦　　明：时候还早，刚刚演第三幕怎么就打起鼓来？

（杨慢慢立起来，恐怖地望着通舞台的门。导演由通舞台左门跑上。）

导　　演：（喘气）韦明！快上！韦明！

韦　　明：怎么？（大家做嘘声，令导演勿高声说话）

导　　演：（低声，急促地）混蛋，混蛋，打鼓打早了十分钟！快上！

（韦明由后台左门跑上。）

疯　　子：怎么！打早了十分钟？

（导演失望地抓着头。）

（瞪眼由通舞台右门跑上。）

瞪　　眼：（拿着二根藤条）怎么办？导演！第一遍鼓完了该放机关枪。怎么办！导演？

导　　演：没法子，管他的，放机关枪。

（鼓忽然停止，瞪眼用二根藤条拼命在地板上乱打了一阵。）

疯　　子：瞪眼，怎么，鼓是打错了么？

瞪　　眼：（没理他）导演！第二遍鼓咱们换人打吧。

导　　演：换不下，他在台上大树后面藏着，并且一换人更乱了。只好让他打下去。走！（推着瞪眼走下）

兴　　福：（不敢离开，非常惧怕，向瑞姑招手紧张地望着她低声）瑞姑！瑞姑！你快回家！回去。（瑞姑只摇头，望着孙将军，想接近而又不敢）

新闻记者：谢谢孙将军！

孙将军：（一边拿起帽子，一边很愉快地对着演员们）说起来你们也许不相信，这是我第一次看这样的戏。

昌　　洪：您觉得我们演的还像在前线上的事情么？

孙将军：嗯，还好，就是你们在台上的战壕里打仗那一段跟我们不大一样。实际打仗相当辛苦的。对不起，我要走了。

（第二遍鼓又隆隆地响起来。）

丁　　明：怎么回事？第二遍接得好快。（忙由后台门下）

玛　　莉：孙将军，你车子还没有开进来吧！

孙将军：不，不要紧，走路不更好么？再见了，诸位。（走了几步）

玛　　莉：（赶上去）孙将军，能不能请您为我在这个本子上签几个字？（孙将军只好回到化装桌上坐下写。于是陆续有人请他签名。）

（瞪眼由通舞台门跑上。）

瞪　　眼：陈虹！快上。（陈虹由通舞台门下）台上又出事了。（跑向左去）

疯　　子：（一把拉着他）什么？瞪眼！

瞪　　眼：个王八蛋，他打鼓又打早了五分钟！（跑到化装桌左的道具箱旁）

兴　　福：瑞姑，走，爸爸跟你一起走。

瑞　　姑：不，爹。我们等等。

乃　　正：（低声对疯子）怎么，今天台上老出事情？

疯　　子：（紧张地）怪！怪！

乃　　正：哼！（笑着）怪的事情多着呢，刚才沈树仁居然跟我上了条陈，说是请孙将军在化装室吃茶点，多坐坐，大家好交换意见，你听听，这种怪话！真是无知识。

疯　　子：嗯，怪！怪。

（瞪眼由箱内取出一个炸弹，由桌前走过，走到隆起的走道上等待。）

兴　　福：瑞姑，你不走，我就走了。

瑞　　姑：您走也好。（还是不动，杨只好陪着她。鼓更响起来）

瞪　　眼：（咬牙切齿）个混蛋，下了台，我非揍他不可。

疯　　子：你说谁？瞪眼。

瞪　　眼：（不理他，仍自语）妈的，他明明晓得什么时候打鼓，他不知又犯了什么神经病，一个劲儿地都往前提。

疯　　子：你究竟说的是谁？

瞪　　眼：（一肚子的气，狠狠瞪他一眼）你管呢？

疯　　子：你手里拿的什么？

瞪　　眼：（恶生生地）炸弹！炸死你！

（忽然后台仿佛韦明在前面跑，急促地喊："疯子！疯子！"后面导演在追喊："韦明！韦明！"）

韦　　明：（由通后台左门跑出，喘气）疯子！你注意！打鼓的是沈树仁！

疯　　子：沈树仁？

（鼓更急促地响三下，蓦地停止，瞪眼举起炸弹正向下掷。）

疯　　子：（跑到面前）你放下！

瞪　　眼：干什么？

疯　　子：这是真炸弹！

瞪　　眼：混蛋，你别疯！

（二个人争抢起来。）

兴　　福：（提着瑞姑向外跑）炸弹，走！走！

（众人都莫名其妙。）

导　　演：（一手由瞪眼手里抢过来）给我！（瞪、疯放开）

韦　　明：小心。

导　　演：（两手将纸包拆开，露出无数的小摔炮）这不是摔炮吗？

（疯子失色，大家哄笑。）

瞪　　眼：（气昏了）对了，这是真炸弹！真炸弹！我费了一下午挑了多少好摔炮做的，就叫这个疯子一下子给弄坏了。他妈的我——（忽然像猛虎扑食似的向疯子扑去）

疯　子：（一句话说不出，低头）

乃　正：不要闹，瞪眼，孙将军还在这儿。（瞪眼只好回去）

孙将军：（起立）好了，剩下的留着我从前线再回来时候写吧。（对着职演员）在后台坐这么一会，很有意思。

导　演：对不起，我们太胡闹了。

孙将军：不，我倒不这么觉得。我想，大概演戏也跟打仗一样，前前后后都一丝一毫也不能犯错误的，是么？

导　演：是，孙将军。

孙将军：这种精神是好的，（看表）哦，我真的该走了。（找帽子）

瑞　姑：（很羞涩地）这是您的帽子。

孙将军：哦，谢谢你。

瑞　姑：孙将军，我求——我求您一件事可以吗？

兴　福：瑞姑，孙将军太累了，你让孙将军回去吧。

孙将军：不要紧的，（仁慈地）什么事？小姑娘？

（后台的鼓已沉重地响起来。这时瞪眼望望低头呆坐的疯子，已向那道具箱子走去。）

兴　福：（不由的打个寒战）哦！瑞姑！

瑞　姑：我想送您一个纪念品，您，您愿意收下吗？（拿出一本小册）

孙将军：（接下来）啊，这是什么？你写的吗？

瑞　姑：这是您抗日以后，您每次打胜仗的记载，我，我从各处抄——抄下来的。

孙将军：（很为她的真挚所感动）哦，谢谢，谢谢你。你叫什么名字？

瑞　姑：我姓杨，叫瑞姑。

孙将军：瑞姑？杨？（忽然想起欣欣然）啊，是你，是你前两天写给我的一封慰劳信，是吗？

瑞　姑：（点头）是。

孙将军：你家里有谁呀？

瑞　姑：只有父亲（指）在那儿。

兴　福：（敬礼）孙将军。

（瞪眼拿出炸弹由桌后人群中走到隆起的短道上。）

孙将军：（近半步）你很福气。我从前也有这么一个好女儿。

玛　莉：您的小姐呢？

孙将军：故去了。

乃　正：不在了？

孙将军：嗯，被敌人的飞机轰炸死的，跟我的内人一同殉的难。

乃　正：啊，是在死守战线那五个月里头。

孙将军：嗯，（几乎泪涔涔然）（拍着杨的肩）杨先生，好好的教育你这个孩子，教她将来为我们的新中国尽力，你有什么困难，我可以帮忙的，好吗？瑞姑？（瑞姑点点头，孙将军与众握手告别）

（鼓忽然停止，瞪举起炸弹，口念数目"一二三四五六七……"预备扔下。）

兴　福：（大为孙将军的人格所感动，跑到疯子面前，低声）邓先生，这个才是真真的炸弹。

疯　子：（忽然立起）你怎么知道？

兴　福：我，是我放的。

疯　子：（跑到瞪眼面前）瞪眼，你看后边。（瞪眼回头时，炸弹已为抢了，瞪眼正想夺回，被疯子一拳打倒）

瞪　眼：你个混蛋！（爬起来抢，但疯子一手将炸弹用力扔出窗外，只听轰然巨响，窗户玻璃震成碎片，房顶泥土漏下来，大家恐惧的乱跑，只有孙将军屹然不动，瑞姑扑在他的脚前）

玛　莉：哦，天塌了。

瑞　姑：（同时）哦，妈呀！

韦　明：孙将军！（孙将军沉静地侦察四面）

昌　洪：（同时）怎么回事！

玛　莉：（同时）有汉奸！快藏！（藏在桌下）

丁　明：（由通后台左门跑出来，同时）瞪眼。好响，简直像真的。

瞪　眼：（由地上爬起来）妈的，这还会是假的？

（大家乱藏。）

乃　正：（在乱哄哄的声音里，大吼）大家不要乱动！危险！（众人略静）

疯　子：（跑到窗前眺望，忽然大声）再见，韦明，你看抓真的来。

（忽由窗户跳出）

乃　正：（向时）找宪兵！快！韦明，到后台叫他们抓住沈树仁。

（时跑下。）

孙将军：（镇静地）不要紧，过去了，大家起来吧！

瑞　姑：（恐惧地）孙将军，您没有受伤吧？

孙将军：（和蔼地）没有，小姑娘，可是范先生，外面不会死人吧。

乃　正：不会，外面是个大空场。

孙将军：你听出这种炸弹的响声吗？

乃　正：不明白，孙将军。

孙将军：这是敌人新发明，爆炸性最快的炸弹，方才再多摇动一会，就可以在屋子里出事。我听着仿佛是没到地上就爆炸的。

玛　莉：好危险。

（宪兵一小队由外面跑进。）

宪兵队长：（跑在门口）孙将军受伤没有？

乃　正：没有。

宪兵队长：大家不许乱动，听候检查（向宪兵们）到后台！（宪兵们下）（孙将军卫队跑进来）

卫　队：（关切地）军长您没有受伤！（孙将军摇摇头）司令部有紧急电话，请您立刻到司令部。

孙将军：好，就去。

（老远有枪声两三下。）

玛　莉：怎么回事？外面放枪？

韦　明：（在窗前）也许是疯子把真的已经抓着了。

（疯子由通外门跑进。）

韦　明：（急促地）怎么样？逮着了没有？

孙将军：（一看是疯子）刚才，是你么？

韦　明：是他救的我们。

孙将军：谢谢！请你随后到司令部来。

疯　子：（立正）是，将军。

（孙将军下。）

（紧接着宪兵由后台通右门拥沈树仁进。）

导　演：就是他！

瞪　眼：就是这个混蛋。他是汉奸！

导　演：（指杨兴福）还有他——有嫌疑。（杨低头为宪兵看守）

宪　兵：（对沈树仁）走，到宪兵司令部！

树　仁：你们要说我是汉奸，你们得拿出证据来。

韦　明：（冷笑）要证据，邓先生，把证据拿给他看！

疯　子：证据，我没有证据。

韦　明：疯子，你怎么啦？这是怎么回事？

疯　子：他们两个并不是汉奸！

宪　兵：不是汉奸？

众　人：不是？（面面相觑）

曹　禺　宋之的／099

疯　子：（肯定）嗯，当然不是。

韦　明：（低声）你是怎么回事？

疯　子：（切齿地）不要管，真的已经跑了。

（幕急下）

选自曹禺、宋之的编著：《黑字二十八（四幕剧）》，国立戏剧学校主编："国立戏剧学校战时戏剧丛书"之四，正中书店，1943年

陈白尘　吴祖光　周　彦　杨村彬

|作者简介| 陈白尘简介参见第一卷独幕剧《禁止小便》。

吴祖光简介参见第二卷四幕剧《凤凰城》。

周彦（1909—　），北京人，原名周国彦，电影编导。代表作品有电影台本《万象回春》（汤晓丹导演）、《挤》（周彦导演），导有话剧《重庆24小时》《黄金梦》等。

杨村彬（1911—1989），北京人，戏剧家、戏剧教育家。代表作有剧本《火烧圆明园》《垂帘听政》《西宫皇太后》等。

胜利号（三幕剧）

（节选）

人　物：

邝学海：广东人，是个造船家。在美国虽然赚得些钱，但他不是一个"一毛不拔"的守财奴，在祖国艰苦抗战期中，也曾掏出他的心血和腰包，捐了不少的钱，赞助国家。抗战初期，他爱国心切，就回到祖国来服务，现在任"胜利号"船长。

章定一：是一个学者，大学教授。抗战期中，生活高涨，教授待遇很薄，他并不出怨言，身上的西服虽破得大洞小疤，但他仍安之若素。抗战胜利，他乘着"胜利号"先回南京，他预备到东北接收某一个大学，去执行他岗位上的事业，为国家再培植无穷的青年干才。

章　母：她是一个和祥慈善的老太太，她懂得国家民族，对抗战胜利，期望甚殷，于故乡却又非常热爱，在她临终之前，能够看见一眼家乡风物，也就心满意足了。

章　妻：章教授之妻，淑德勤俭，堪称贤妻良母的典型，对章教授体贴帮助，无微不至。抗战前她过着教授太太优闲的生活；但在抗战后，她身兼数职：教授太太，奶妈，厨子，洗衣婆，她仍然不动声色，艰苦不辞，在抗战胜利后，她还想替国家作事，当一个女职员哩。

章凯芬：她是章教授之女，一个中学生，是新时代的女性。虽然生长在极有素养的家庭，但脱不了普通一般女性的虚荣和幼稚。

章凯华：章教授之子，是一个天真活泼的小天使，在章教授训导之下，他颇知道国家民族的大道理。

黄研因：他是研究工程的。抗战期中，曾经作出许多对国防有很大贡献的事业，抗战胜利，对于战后工业建设，抱着很大的热忱。

施民权：全代会代表。稳重沉着，不多言，不骄奢，真能够代表民众，对于宪政的实施，怀着无限希望。

文执中：他是个典型的新闻记者，抗战期中，站在公正不阿的立场，为国家作宣传工作，为民众服务，建立不少的功勋，胜利后在返故乡的途中，他过不惯安闲生活，仍然展开他的工作，出现于群众之前，作他本位上的事体。

许兴国：这个人富幽默，不大明了他的人，还以为他是个神经病。他是军队里政治工作大队的副队长，善于言词，一贯的长于交际，无论对社会上那一流人物，他都能迎合他的心理。

李共存：与许兴国是同队，不过他的职务是政治联络员，他的交际能力虽不能与许兴国相等，可是他和许兴国的联系倒好。

金铸新：在大学混过一二年，也叫着"大学生"。战前曾做过银行练习生，抗战初期在他的家里取了一笔现款，跑到香港买卖外汇，赚了些钱，过后就常常做些投机生意，不曾干过正当商业。

刘云汉：知识粗浅，从前是一个小村镇的土豪，抗战初期，因为他不肯购买救国公债，被地方人士攻击，不得已，携其财物逃亡后方，做囤积生意，干了些不正当的行业。

王　嫂：抗战展开后，丈夫在前方抗战，她流落后方，为衣食所迫，曾经做过暴发户刘云汉的仆妇，抗战胜利，思夫心切，乘"胜利号"回到故乡。

王金标：是王嫂的丈夫，小名叫三狗儿，生性鲁莽，头脑简单，在抗战期中，也曾建立不少的功勋，战争胜利后返家，因为要到重庆来寻找他的妻子，在糊里糊涂的当儿，错乘了到南京的"胜利号"，遇合有缘，不知不觉间就在这船上会着他的爱妻了。

马国柱：是一个荣誉军人，对抗战极有功勋，在"宜昌之战"一役中，他是奋勇当先，入城的第一个。

叶廷琛：他在抗战中，当书荒时期，翻印过几部不切需要的旧小说，并且印售了抄袭来的几张战时地图，也算是个文化商人；可是他犯了重婚，为了战后的重婚问题尚未明白规定，弄得他非常头痛。

吕秀茹：叶廷琛的新夫人，脱不了虚荣，还是崇拜金钱，以她一副美貌面孔，赢得这位财主爱慕，虽知重婚，但一时利令智昏，悔之无及了。

叶戴氏：叶廷琛的原配，她的举止，足以代表中国旧式妇女，因为有这些美德，所以她能刻苦耐劳，孝顺翁姑，抗战期中她留在家里做守家的工作。

叶小琛：是叶廷琛的儿子，和他父亲简直是两样，在离开父亲的八九年当中，受着贤良母亲的教养，颇富国家观念，对他父亲在抗战期中未能为国出力，却非常抱恨，充满了不快的感觉。

归中义一：日本反战同志。

程颂年：伪市长，一个汉奸。

宪　兵：甲
　　　　乙
　　　　丙
　　　　丁

其他乘客：甲
　　　　　乙
　　　　　丙
　　　　　丁
　　　　　戊
　　　　　己
　　　　　庚
　　　　　辛

轮船侍者

序　幕

时　间：

不久的将来

地　点：

重庆

凯芬小姐今天发了脾气,她住的那间只容得下一张小床和一张小茶几的小屋子,罩上了一层愁云惨雾,连终日在地上乱跑的小耗子也躲在墙洞里,只偷眼张望,不敢出来了。

凯芬小姐为什么生气呢？假如在抗战以前,这便不过是小事一桩,但是在今天说起来便不比寻常,原来凯芬小姐身上那件大衣,还是刚刚入川的第二年做的,穿到现在,不但样子早过了时,而且领子袖子下襟都磨破了,翻过来一看,更教人生气,那羽纱的里子,东飘一块,西挂一块,如一面万国旗,每天往身上穿的时候,袖子里终是鼓鼓囊囊要整理半天才得舒服。

且不提小姐们天赋的爱美之心,只从面子上说来,也教人不能忍受,凯芬小姐本来是又聪明又美丽又健康的女孩子,然而只为了这件破大衣便弄得大失尊严,甚至在人前不敢抬起头来。

为此凯芬小姐和爸爸妈妈吵了一嘴,黄昏时候,天色昏暗的当儿,她跑进房来,一下子坐在床上,两眼发了一会儿愣,便倒在床上哭起来,渐渐哭出声来。

天慢慢黑了,便是连那个小窗户射进来的光线也逐渐暗淡。

她的妈妈悄悄走进来,看看女儿的动静,划火柴点亮了桌上的油灯。

章　妻：（坐在床边上）凯芬，凯芬。

　　　　（凯芬不理。）

章　妻：（低声）凯芬，你哭了？

　　　　（凯芬忍不住索性大哭起来。）

章　妻：（为女儿拭泪）凯芬不哭，凯芬不哭。

　　芬：（坐了起来）妈妈，你不要管我，不要管我……

章　妻：怎么能不管你呢？怎么能不管你呢？

　　芬：管我……（又哭起来）

章　妻：爸爸刚才还说，他总会买一件又漂亮又好看的大衣给你的。

　　芬：爸爸骗人的。

章　妻：爸爸不骗人，他真是那么说的。

　　芬：我不要，（拿起床上的大衣）这件大衣多好呀！穿了七八年都可以拿到古玩店去作古董了。领子上开了花，袖子里有机关布景，手伸进去要过半天才伸得出来，里子像万国旗，面子像擦桌布。

章　妻：（不悦）你的嘴怎么这么刁？

　　芬：这件大衣穿出去，我就见不得人，热闹的地方我就不敢去，昨天郁小凤家请客，我都没敢去。爸爸还说……

章　妻：爸爸说什么？

　　芬：爸爸说："旧衣代表清高，破衣服代表刻苦，样子过了时代表是读书人的子弟。"总而言之，这件破大衣就是高贵，光荣，复兴，胜利，凯旋的象征。

章　妻：爸爸说得不错的。

　　芬：可是高贵，光荣，害得我不敢出大门。

章　妻：凯芬，我情愿看见你哭，你闹，我不喜欢我的女儿说俏皮话。

芬：（又躺下去）不说就不说。

章　妻：你得算算你爸爸的收入，抗战前他一个月有五百元薪水，假若是拿物价涨了三百倍来说，现在得有十五万元一个月，才能过从前那样的日子，可是现在的收入只有两千元，不过是合从前六块六毛钱的样子，你想想……

芬：妈……

章　妻：你爸爸要拿比从前一个老妈子的工钱还要少的收入，养活这一大家人，你奶奶，你妈妈，你同你的弟弟。

（凯芬不响。）

章　妻：假如给你做了大衣，我们全家大小得两个月不吃饭，不住房子，才省得出这些钱来。

芬：（重新坐起来）妈妈，我不要了，我不要了。

章　妻：凯芬，抗战期间，我们受的苦，都会变成胜利以后的最甜蜜的回忆。那时候，你就会懂得这破大衣的光荣的价值了。

芬：我懂得了，我懂得了……

（章定一教授，衔着烟袋进来。）

章：凯芬，你知道爸爸为什么没有钱给你买大衣吗？因为爸爸没有作汉奸，没有作奸商，没有作贪官污吏，爸爸本来可以给你买许多大衣的，可是只为了一直在作教授，所以把许多可以到手的大衣丢掉了。

（章妻向他摇手。）

章：可是现在爸爸多伤心呀！爸爸同妈妈加起来，也没有一件大衣值钱呢。假如有一件大衣搁在这儿，让你在大衣同爸爸妈妈之间选一样的话，凯芬小姐一定是宁可不要爸爸同妈妈，也不会放弃大衣的。

章　妻：不要说了，不要说了。

陈白尘　吴祖光　周　彦　杨村彬　/ 107

章：（正色）可是爸爸得让你知道，世界上最值钱的是感情，世界上最高贵的是人格，也许现在有人重钱而不重人格，可是你爸爸是宁愿穷死，不会为一件大衣侮辱自己的人格。

章　妻：不说了，不说了。

（向章教授使眼色，表示凯芬已经懂得了。）

章：（向外走）你想想，静静想想……

（章教授走出去。）

（凯芬哽咽着倒在床上。）

章　妻：（抚慰她）凯芬，你睡一会儿。

芬：妈……

章　妻：譬如我们现在作了一个噩梦，一群强盗来占了我们的土地，抢劫了我们的财产，杀死我们的亲人，可是我们起来反抗了，反抗了这多年，吃苦受罪，都是为了永远的幸福，强盗赶出去的那一天，就是天下太平的那一天，就是苦尽甘来的那一天了。

（凯芬渐渐合上眼。）

章　妻：（拍她）睡吧，凯芬，睡吧。

（章妻蹑手蹑脚走出去。）

（桌上油灯光渐暗，凯芬迷迷糊糊地坐起来。）

（天色大明，太阳光也照进屋里来了。）

（凯芬好像穿上最美丽的衣服，屋里的家具也变得金碧辉煌起来。）

（窗外有鸟儿叫，天上也传来了音乐。）

芬：（惊异于这神奇的四周）哎呀！

（正惊异间，她的弟弟章凯华也穿得一身漂亮衣服从窗口爬进来往门外跑。）

芬：（叫住他）弟弟，怎么不理我？

华：姐姐我不知道你在这儿。

芬：你为什么穿得这么漂亮？

华：姐姐还不是一样？

芬：怎么会呢？这是怎么一回事呢？

华：姐姐，你真是个傻子，现在我们回家了。

芬：回家？

华：回到家乡了，回到自己的家乡了。

芬：真的？

华：可不是真的，你看这蓝蓝的天，是我们家乡的春天，那水是我们小时候在里头游水的地方，这小床，爸爸买给我们的。

芬：（听着）这是谁在唱歌。

华：全国的人都在唱歌呢，因为抗战胜利了，大家都快活极了。

芬：可是你现在到那儿去？

华：爸爸给我买了一架飞机，我去看看是什么样的。

（窗前有一队飞机"嗡嗡"飞过。）

华：（拍手）好呀！好呀！（向外跑）

芬：你慢点走。爸爸呢？

华：爸爸在前头等我。

芬：爸爸为什么不给我东西？

华：我不知道，我管不着。

（华跑了出去。）

芬：（追上去）弟弟！弟弟！

（章教授衣冠齐楚走进来。）

章：凯芬。

芬：爸爸！（惊异地）爸爸这么漂亮！

章：打胜了仗，当然要穿得漂亮些。凯芬，我跟你说得不错罢？我们等了这几年的幸福的日子，今天自己来了。你看你奶奶多高兴。

（章教授母亲扶着拐杖入。）

章　母：真有这一天！真有这一天！我又看见下关码头，又看见紫金山、天宝城、鸡鸣寺，我们又回来了。

芬：可是爸爸我……

章：凯芬，随你要什么，我都有。

芬：我要一件大衣，一件顶好看的。

章：你看！

（章妻从里面出来，手里拿一件大衣。）

章　妻：凯芬，这是给你的。

（凯芬接过来。）

芬：（还给妈妈）妈妈，我不要，这件不好。

（金铸新手捧大衣一件，双手奉上。）

金：（跪献）小意思，送给凯芬小姐。

芬：（注视有顷，接过来）谢谢你。

（华冲入。）

华：（抢过那件大衣，将金推倒）不许要他的东西！

芬：你！

华：他是奸商，他是汉奸！杀死他！杀死他！

（一阵大乱，舞台全暗，凯芬仍旧睡在床上。）

芬：（喊）我的大衣！我的大衣！

（凯芬揉揉眼睛坐起来。）

（外面忽然炮竹声大起。）

芬：放鞭炮！为什么放鞭炮！

（华进来。）

华：姐姐，别睡了，别睡了！

芬：外面什么响，什么响？

华：你听街上的广播！

广播声：同胞们，今天是我们最快活的一天！我们的祖国已经完全得到自由了，我们的人民全被解放了，我们的土地全部收复了。一月之间，我们抗战军队，所向无敌，势如破竹，攻下了汉口、广州、上海、天津、北平、南京，收复了东四省，日本军队已经全部退出中国了。

我们盼望了几年的今天，终于到来了。我们开回南京的第一只航轮定名胜利号，决定明天一早开船，政府已经指定了在抗战中最有功绩的人得到坐这第一只船的光荣。

（鞭炮声将广播声压下去。）

（章教授跑入。）

章：凯芬快起来！你要什么样儿的大衣，咱们全有了！快收拾你的东西，抗战胜利了！咱们坐船回南京了！

芬：爸爸！那儿啊！是我刚才做了一个梦。

章：不是，这回是真的！

华：姐姐！我是说真的嘛！咱们要回南京了！爸爸！您说过的，打了胜仗给我买一架真飞机！

章：（将华抱举起来）好孩子，你要什么有什么！

芬：我也要，我要大衣，还有皮鞋，自来水笔。

（章妻赶上。）

章妻：好了，好了，都有，都有，凯芬快点，我帮你收拾东西。

（章母扶杖一颠一拐快步入。）

章母：阿弥陀佛！我这条老命到底还有一天再看见下关的码头哟！

（幕下）

第一幕

时　间：

　　晨光曦微中

地　点：

　　重庆朝天门码头

　　胜利号轮船正离开码头，军乐声，鞭炮声，欢呼声，杂然并作。汽笛长鸣。

　　人都集中在甲板和两舷上，这大菜间里虽然堆了不少行李，却没有一个人。大菜间两边正是船舷。

　　船行渐远，汽笛又长鸣一声，然后——船长邝学海在广播机中报告：

邝（声）：诸位旅客！我们"胜利号"已经离开我们的陪都重庆了，这是每一位旅客一生之中最愉快的旅行，我邝学海是这艘胜利号轮船的船长，能够替这一次凯旋归去的同胞们服务，是引为无上的光荣的。因为在我的船上有着那么多为抗战而立功勋的将士，大学教授，文化人，工程师；而他们更为着未来的新中国在这次凯旋之中，又开始去建立更大的功勋了！我，代表全船的工作人员热烈地欢迎你们！现在，请诸位旅客各回到自己的舱位里去，让我再个别地来拜会你们，欢迎你们！

　　（在船长报告时，许兴国，李共存，自左舱门入，低语有顷，相互一笑。）

许兴国：（向舱外）让我们临时替诸位服务一下吧。——请进！

（妇孺老弱在前，少壮在后，鱼贯而入，秩序井然。许兴国，李共存为旅客对号入座。只有一位西装先生，即金铸新稍稍越前一步。）

李：先生，对不起，请等一等。

（另一位旅客甲，很不客气地——）

旅　甲：先生，从前上公共汽车，买戏票，才用得着这么挤哩！现在——

金：（红了脸）对不起，我不是挤，因为那位小姐——（指着一个女孩）

（那位小姐就是章教授的女儿章凯芬。手提一大皮箱，尚未就坐向后面看什么。）

金：（窜上一步）我帮她一下忙。——您的皮箱不是太重了么？小姐？

芬：（腼腆地）嗯……不。

金：（已经接过箱子去）你是多少号？我替你搬进去。哦，十二号！正好在我的旁边。

芬：不不不……（回头）爸爸……

（还在行列后面的她的爸爸，那位大学教授章定一看见了。）

章：你先坐下吧！

（已经坐上座位的她的母亲在叫了。）

章　妻：凯芬，这儿呀！

金：（见景生情）哦！这儿，小姐；老太太，这是您小姐的箱子。（一鞠躬，放下箱子）小姐，这是您的箱子。（退后）

芬：（不好意思）谢谢。——妈。

章　妻：坐下罢。

芬：爸爸：这儿！

章：（制止）嘘，别吵！

（大家渐次坐定，邝学海入。）

邝：诸位：我是这胜利号轮船的船长，我欢迎你们！

（大家又都起立为礼。）

许：我们得感谢邝船长！

邝：不：我是来向你们诸位道歉的！按照政府规定，凡是凯旋回去的同胞，都应该有船坐，有车子乘，尤其是荣誉军人，文化工作者，大学教授和工程师，这些对抗战有特殊功绩的人，每一位都该乘坐头等舱位，但这胜利号三天前舱位都订定了，而诸位都是临时要求搭乘这只轮船的，所以只好拿这间大菜间来招待诸位，要请诸位原谅！尤其是要请我们这几位对抗战有特殊功勋的人物，像荣誉军人马国柱同志——

马国柱：（他胸前很多银质和金质的奖章，有点残废，站起来，粗声粗气，但怪不好意思似的）嗨，船长，你说那里话来？咱们当大兵的，从前睡稻草铺睡惯啦！这么漂亮的轮船，还有什么说的？

邝：还有这位钢铁厂的厂长兼国内有名的工程师黄研因先生，他是回去建立更大规模炼钢厂的，今天也只好屈住在此了。

黄研因：船长：您不用客气了，下一班船我本来有舱位的，但敌人打退了，长江下游那许多敌人留下的钢铁厂，要马上去接收，我怎么能等着睡头等舱呢？你让我这班船先走，我该感谢你了！

邝：那里！那里！——哦，还有我们国内外知名的经济学权威章定一教授，您和您的老太太都在这儿受苦了！

章：（幽默地）船长：我是该坐坐头等舱，舒服一下了。可是想到我这条破西装裤子。(指它那屁股和两膝上补的地方)怕脏了头等舱的毡子，所以也早一班乘你的船走了！……

邝：(大笑)哈哈！——还有……

许：得了！船长！你再客气，我们只好下船了，——哦，诸位，我们这大菜间里临时乘客应该向我们的船长道谢才对，大家推一个代表罢！

(没等到大家想出回答。)

许：怎么样？毛遂自荐，我许兴国来代表诸位罢？

(有人笑了。)

许：诸位别笑！我是在练习竞选呀！选举大总统和国民代表大会代表，都要公开竞选呀！怕难为情还行？——好，我就代表大菜间全体乘客向邝船长道谢，船长，你是抗战中最有功勋的人！你替抗战抢运过几百万吨的物资，你替国家造了三四千只江轮和运输舰！——诸位！我们船长同时是国内最大的造船家呀！——你的功绩比我们谁都来得大，为了你给我们便利，允许我们早一天坐船凯旋归里该感谢你！为了你对国家的勋绩，我们更该感谢你，况且……嗯……况且……得了，就此——完结！再说一句四川话："船长，道谢了！"

邝：(大笑)哈哈……可是老弟，你要想当国民大会代表，我可介绍一位现任国大代表给你，——这位施民权先生，他是要赶到南京开会去的，你先跟他学习学习一下吧！

施民权：(站起来)哦哦，不敢当，不敢当。

许：失敬！失敬！您是我们民众的代表，我向您敬礼！——可是请问：我这样儿可有资格当国民代表大会代表么？

施：(微笑)可以，可以……请问您是干的军界，还是？

许：我呀？您看我这一套布军服还不知道？

施：（怀疑）是军界么？

许：军界是正式武装，我这……

施：那么是——？

许：（憨笑）我呀！说文不是文，说武不是武，可又是能文能武，文武双全！

施：什么？文武双全？

许：我是一个在军队里的政工人员，干政治宣传的。……

施：哦！那凭您这副宣传本领一定可以当代表了。

许：真的，真的么？

施：只看民众选不选举你了。

许：诸位，我要想当国民代表，你们还选不选举我？

（众人笑了。）

（章凯华叫起来了。）

华：我选举你！

许：（大喜）呀？你选举我？为什么？

华：你一定会演戏，我喜欢看戏！

（众大笑。）

许：好呀！好呀！我真会演戏呀！为了庆祝我们的凯旋，在船上开一次同乐会如何？诸位先生和女士？

文执中：老兄你是不是该休息一会儿了？

许：为什么？

文：你，老兄一上船就滔滔不绝，到现在没有个停，也该累了？

许：哦！你是说我话太多，有点讨厌，是不是？

文：（说不出）不过……

许：你老兄错了！我们这胜利号长途旅行，走到南京，没有一个礼拜，也要五天。这么长的时间，要没有一个讨人嫌的

116 \ 四川新文学大系·戏剧编（第三卷）

人说说笑笑，怎么到得了南京呢？我是个讨人嫌的人，我知道。但任何一个社会里如果尽是一些规规矩矩的正人君子，而没有一个讨人嫌的人，那还有什么意思，有什么趣味呢？哈哈……

文：哈哈，老兄你真行！我这个新闻记者都赶不上你！

许：哦！哦！失敬！失敬！阁下原来是新闻记者，为什么不早说呢？早说，我早就退避三舍了，——阁下是否有什么公干？

文：没什么。我不过想我们同船的人大半都是对抗战有功绩的人物，我很想个别地方访问一下罢了。

许：那么您请，我不过是穷撩罢了。——来，小朋友，我演戏给您看！

（他找孩子玩儿去了。）

（但在一会儿以后他同每一个人都聊上了。）

文：那么诸位，我要向每一位女士和先生来一次访问了。我第一个先访问我们的教授。——您这次胜利回去，是有什么新计划么？

章：我是被政府派到东北去接收一个大学的。此次先到南京去请示，顺便先将家眷送到南京。因为我们抗战之前一直是住在南京的。

文：是的，是的……（笔记）

（刘云汉坐在教授旁边，有点不安，便站起身来想向外去走走。）

（但被坐在对面的王嫂看见了。连忙起来招呼:）

王嫂：哎呀！老爷，您也回家乡去呀？

刘：（大惊）谁？——哦，王嫂。你怎么？……

王嫂：老爷，真对不起您：我跟太太说了，我不是不愿意做，自从抗战离开了家，就没有回去过。现在打了胜仗了，怎么能再不回家呢？再说我那死鬼男人出去打仗打了这么几年，也没有一封信，他要是活着，一定会回家的。我怎么能不回去呢？

刘：（有点心不在焉）唔唔，回去也好。

王嫂：老爷，您也是回老家吗？

刘：唔唔。

王嫂：太太呢？

刘：嗯……她……

王嫂：怎么老爷？太太没有跟你回老家。

（李共存走过来暗暗窃听。）

刘：嗯，她没有回去。

王嫂：唉，老爷，我说过呀，在外边弄的人靠不住呀！

刘：哦，我还有点事。……（欲走）

王嫂：老爷我再请问您，前回托您打听我那死鬼男人的下落，打听到了么？

刘：还……还没有……（又要走）

王嫂：哦，老爷，你回家乡去，这里的家产和那些一大堆一大堆的货就丢了么？

刘：（急止之）哦，王嫂，你坐倒歇会罢，我去有点事。（看见房边有人）我的货老早就没有了。（下）

王嫂：哎呀，我们这位老爷是怎么啦！

李：（乘机而入）哦，王嫂，你好呀？你也回老家啦？

王嫂：（怀疑）老爷，你？……

李：怎么，王嫂，你不认得我啦？我跟你家老爷是熟人呀！我不是到你们老爷家来过。

王嫂：唔，唔，是么？

李：你们太太怎么没有回家乡去呀？

王　嫂：是呀，我们那位太太呀，哼，我就看不上眼，她从前就说过了，我跟你结婚是可以，可是就不能跟你回老家去。老爷你说——哦，你老爷尊姓呀？

李：哎呀，王嫂，你的记性好坏呀，我跟你家老爷是同姓呀！

王　嫂：哦！刘老爷。你说我们家老爷这几年发了那么多家财，还不是全被我们太太揣上了腰包了？现在老爷回老家，她又不肯去，这可不是人财两空？

李：你老爷的那些货呢？——他不是囤了很多的货么？

王　嫂：是呀！晓得那些货到那儿去啦？——哦，刘老爷，您不是在军队里干事的吗？

李：怎么？

王　嫂：嗨，就是为了我那死鬼男人呀！他姓王，小名叫王三狗，官名叫王什么——王金标。他当兵当了几年，一点儿信都没有呀？您能给我们打听打听么？

李：哦，可以可以，我替你找一个人来问问。（使了个眼色）

许：（走过来）这位大嫂，怎么啦？

李：好好，你问他罢，他会替你打听的。——这位王嫂当家的出征好几年了，没有信。（低声）我去钉钉那一位，你就钉住那穿西装的罢。

许：我有数了。祝你成功！

李：祝你同样成功。（下）

许：王嫂，你来，你来，我跟你谈谈。

（扯到一边去谈话。）

王　嫂：你真晓得我们三狗儿在什么地方么？

许：来来，你坐下来慢慢儿谈。……

文：那么你的意思就是——

章：抗战是结束了，建国的工作却是无穷无尽的工作！所以我们要永远地永远地工作下去！在我是一个教育工作者，我的任务是去培植人材，我要在我的大学里去培植各式各样的人材，我要培植像蒋主席在中国之命运里面提示的中小学教师，军人，飞行员，乡社自治员，屯垦员，工程师，一切文化工作者，一切担当得起建国工作的人材！——这就是我的任务了。

文：对于你的意见，我表示十二万分的敬意。谢谢。——老太太，您也能给我一点意见么？

章　母：（重听）呀！什么？

章：家母有点耳聋。——母亲，这位记者，问您，这趟回老家心里觉得怎么样？

章　母：嗯！好！好！我七十九岁啦……不能让这副老骨头丢在外乡……只要我能看到南京城，我就死也死得瞑目啦……

文：好极啦！老太太！您的话是代表了我们中华民族的最高的感情！——那么章夫人，你的高见？

章　妻：抗战中间，教授教授，是越教越瘦，当教授的妻子的，没有办法，只好尽可能的不让我们教授再瘦下去，所以我就做了太太，兼厨子，奶妈，又兼洗衣婆子的职务。现在抗战胜利了，我想我该做点自己应该做的工作了。如今社会上不再会排斥女职员了罢？我这又老又丑的老婆子该不会不受欢迎罢？

文：当然！当然！胜利了的今天，男女是完全平等了！所以我还是要请教您的小姐——

芬：我呀？我不会说话！

金：（鼓掌）章小姐，我欢迎你说话！

芬：我说，我顶喜欢吃南京板鸭。回到南京我要一口气吃掉三只板鸭，——然后，我就好好地读书了！

金：（大鼓掌）好极了！好极了！一到南京，我一定请你吃三只板鸭！

文：谢谢，谢谢你的妙语！

华：咦，你怎么不访问我呀？

文：哦！还有小弟弟，你有什么意见？

华：我本来预备了许多许多意见的，你不问我，我全都忘了。

文：你再想想看吧。

华：不想了。抗战胜利了，日本人都打跑了，我想打也打不到了，没意思了。

（众大笑。）

金：小弟弟真聪明！

归中义一：（不流利的中国话）小弟弟，你还想打日本人么？来，我是一个日本人呀！

华：我知道，你是个好人？你是日本的反战同志？对不对？

归中义一：对！小朋友，我们日本的军阀已经垮台了，所有的日本人民，都是你的好朋友，来，我们握一握手，我们永远不再打仗了！你也不必后悔了！

华：（伸手）好，我相信你。可是你们的国家如果再来打我们，那时候，我长大了，可不客气啦！

归中义一：如果有那一天，我还是你的朋友，因为我是反战到底的！

许：（拿出照相机）别动——诸位！看啦！这是真正中日亲善图！让我拍一张照片！——好！OK！（又与王嫂去谈话）
（章凯华与归中义一分手，再一鞠躬，返座。）

金：（热烈的拥抱凯华）好！小弟弟！你真是我们下一代的代表！（向芬）弟弟真聪明可爱呀！

文：（向金问章教授）这位是——？

章：（幽默地）这位是我们同船的，我还没请教。但我保证他一定是个好人，他时常帮我的忙。

金：您太客气了，章教授，我对于您真是久仰久仰了，我姓金，草字铸新。

文：金先生是在政界服务还是——？

金：不，不，我对于抗战是没有什么贡献的，惭愧得很，可访问的人物很多，不必客气罢。

文：不，不，胜利号上的人物都是对抗战有很大功绩的。您又何必客气！请教是在哪儿服务，过去？

金：我，我是在，在工业界服务。

（许兴国已经注意看他了。）

文：那么和我们黄厂长是同行了？

黄：哦！金先生，您办的也是炼钢业么？

金：（闪烁）不，不，我不过办点小工业。

文：客气，客气。是纺织业？

金：不是，不是。

文：是化学工业？

金：也不是，……我不过办点火柴，小工业。

黄：哦，火柴业我的熟人很多，贵厂在哪儿？

文：也在四川？

金：（退让）其实，厂也不是我办的，我……只不过担任一个工程师罢了。

黄：哦，好极了，那么吴工程师吴大非很熟罢！

金：吴大非？认是认得的，不过不很熟。

文：哦，对了，您和我们黄厂长依然是同行了！他也是一位著名工程师！

金：久仰久仰！

文：贵厂是在四川？

金：嗯，不，是在贵阳。所以四川方面工业界的人认识得很少。嗳，很少。

黄：哦，那么金先生是在贵阳燧生厂么？

金：（脸涨红了）不，不，我是在另外一家厂。

黄：另外一家？另外没有什么大火柴厂了呀？

许：（大声）哦！金先生，那么说起来，您一定是光明厂的金工程师了？我认识您！我认识您！我们一起吃过饭哩！

金：（不知所措）哦……

许：哎呀！老金，您的记忆力真坏呀！你们的厂不是刚办了不久么？恐怕才两三个月，就抗战胜利了，你也就离开厂了，那次我和你一同吃饭的时候，你不是同我说，你马上要回故乡去再建立一个更大更大规模的火柴厂么？

金：（难得有这么一篇鬼话，也就将计就计）是呀！你看一年多经营，我又要回去了！——哦！我也慢慢想起来了，我们会面是在——

许：就是在你的厂里呀！我还记得你们的厂是建筑在一个小山坡上，对不对。那次我是和小黄一道去的。哦，我今天正要向你打听小黄的消息哩！——来来来，我们到甲板上去畅谈畅谈！（拖金欲去）

文：（拦住许）哎，老兄，我又碰上你啦？

许：（装傻）怎么一回事？

文：我正在访问着金先生，你一来又滔滔不绝来了一大套……

许：我说过了：我是文武双全的宣传家呀！

文：可是我的访问还没有完呀！

金：我也没有什么话说了，我同——我同我的老朋友多谈一会吧。对不起。

许：嗨，老兄，抗战胜利了，我这文武双全的工作也快要改行了，你这新闻记者可有得做啦！让我一会儿！回头见！（拖金下）老金，你说小黄现在怎么样了？

王嫂：嗳嗳，那位老爷！我那死鬼男人的事到底怎么办啦？他到底在什么地方呀？

许：（伸回头来）你别慌！我停会儿就可以告诉你：你那死鬼男人在那儿了！你等着吧！（下）

王嫂：这个人像有点儿疯病？

文：真是个神经病！

章：这位老弟倒是一个最识趣的人。

文：（向荣誉军人敬礼）同志，我来访问你了！

马：嘿！咱有什么话说？

文：我很想听听你的高论，我们的武装同志。

马：咱们当军人的，不应该随便讲话。

文：那里——现在抗战胜利了，宪法马上就公布了，一切集会结社，出版言论都自由了，当一个老百姓，都可以说话，何况你是抗战中有光荣历史的荣誉军人呢？

马：咱有什么说呢？

文：你在想什么，就说什么。

马：咱看见那位嫂子在找她的丈夫，就想起咱那个婆娘来了。只要咱那个婆娘在家里守着，回了家再好好儿耕田过活，养个胖小子，那还有什么话说？

文：对——这是一个抗战荣誉军人最低要求！那么，你这次回到家乡以后，……

（那一对夫妇不安了。）

吕秀茹：（走向舱外去）……

叶廷琛：你往那儿走？

吕：坐在这儿有什么意思？

叶：（追上来）到外边去又有什么——？

吕：（低声，斥责）你在这儿等那新闻记者来访问你呀？人家要问你的婚姻问题，你怎么答复？

叶：有婚姻纠纷的，也不仅止我们一对呀！

吕：可是人家有办法！你呢？

叶：我也在想办法呀！

吕：你还在想！还在想！想了两三年了！今天上了船，还在想！看下了船，你犯了重婚罪的时候，你还想什么！

叶：你别嚷！你别嚷呀！

吕：别嚷？还怕个什么？犯重婚的是你也不是我！（下）

叶：（追出）你别着急呀！办法慢慢想呀！（下）

旅客甲：哦！这是一个伪组织！

旅客乙：此刻沦陷区的伪组织早已都取消啦！这些家庭里的伪组织可怎么办呢？

旅客丙：你又没有组织过伪组织，你担什么心？

旅客丁：不过平心而论，对这些妇女也该有个解决的办法才是呀！

旅客甲：我看呀，就没有一个解决的办法！

（文执中已经访问到黄研因那儿了。）

（黄研因正做着结论。）

黄：……所以，没有工业的国家，就不成其为现代的国家！工业归国家经营或者是人民私营，这是一个政治问题了，我不打算发表意见。至于迁川的工厂自然是不再迁回来了，因为我们要在全中国普遍地建立工业，我们不但要回到收复的土地上去建立新工业，同时要维持后方旧有的工业，不但要维持后方的旧工业，而且同时要在大后方也建立起新的工业,所以我现在只能这么高呼:建立工业!建立工业!!建立工业!!!我现在也是在努力地这么样做!

(章定一等均鼓掌。)

文:对于你的高见,真正是钦佩到五体投地——我谢谢你指教!

(叶廷琛跑回来了,向施民权请教了。)

叶:我想请教你一件事,可以么?

施:请问是什么事?

叶:你不是去南京出席国民代表大会么?

施:是的是的,

叶:这次大会里,是不是会通过一条关于战时婚姻纠纷的法案?

施:这个,大会还没有开,我简直无从答复。

叶:那么请问,大会里是不是会有这个提案呢?

施:对不起,我也还不知道有没有人提。

叶:那么再请问,以贵代表的意见,对于这样的提案,是否可能通过呢?

施:任何一个提案,在未表决之前,都没有办法预测它是否通过,我怎么答复你呢,先生?

叶:那么,关于这个问题,不是找不到一点回答么?

施:抱歉得很,我是很想替你找到一个回答,但我实在没有办法。

叶:(失望而去)唔,唔……

(李共存上,正在找寻,许兴国上。)

李:(低声)怎么样?

许:我救了他的危难,被我钉上了,——你?

李:(微笑)他已经同我认了同宗了。

许：那么你——

李：我姓刘了，注意。——现在需要来一次谣言攻势，对他们进一步试探。

许：这交给我办。

李：你不能！你要避免嫌疑。这谣言要让别人去——

许：你忘了我会演戏么？

李：你此刻可不能演两个角色？

许：（更低声）放心！我可以利用播音机！——走罢！来了！

李：（奔出去）本家！本家！你看这是什么地方？（下）

王嫂：哎，老爷，老爷，我们三狗儿的事……

许：（急于要走）我已经替你打无线电报到汉口去查了，马上就有回电。（欲去）

（金铸新捧了三只烧鸭进来。）

金：老兄，来来！

许：做什么？

金：来喝点酒！

许：（暗示以文执中）我们还是外边去玩会儿罢，那家伙又要问长问短的，讨厌透了！

金：好，好，我就来。（转身问章定一一家）

许：（脱身就走）好，我先到甲板上去。（下）

金：章小姐，没吃到南京板鸭以前，先尝一尝这四川鸭子罢！章教授，来一只！……小弟弟，来一只！

芬：不，不……

章：哎呀，我说你真是个好人！怎么，你看我这个教授太瘦了，请我吃点"油大"么？

金：小意思。小意思。刚才和我那位老朋友在甲板上看见有鸭子卖，就想起章小姐的话来了。

章：（幽默地）唔，那位朋友，难道也是一位工程师么？

金：不，不，他过去是做生意的。那时候……唔，我在火柴厂里做工程师，他是我们火柴厂的主顾。

章：哦……那么这鸭子只好拜谢了，……

施：（正在答复文执中的问语）……这次国民代表大会就要通过宪法了！所以，今后的中国，是一个上了轨道的民主国家！我是人民的代表，人民有什么话，我替人民说什么话，所以我希望人民来向我说话，而不是让我向人民去说什么废话！

文：对！对！但是你的政见……？

施：如果一定要我说几句话，那就是：我们如今都是一个伟大的民主国家的公民，我们都可以有一切自由，有一切权利！尤其是对于抗战有过功绩的人民，国家一定给他褒奖——但是，那些曾经妨碍过抗战，借着抗战的机会而为非作歹，不顾民族利益，而图谋私利的人，他们不应该有什么权利，不应该有什么自由！就是说：我们要剥夺这些人的权利和自由！

（章定一等都大声鼓掌，金铸新看看别人，也鼓了鼓掌。）

（突然播音机响了。）

声　音：诸位！此刻南京的广播电台有重要消息报告，请注意：——

（大家都紧张起来。重婚夫妇走回来。）

文：此刻（看表）南京有新闻广播？

声　音：最高当局目前正举行在历史上有重大意义的会议，讨论抗战胜利以后的一切的政治，军事，经济，文化，社会等等问题，将有惊人的决定，每一个国民都应该注意：比如，在政治方面，宪政实施以后，人民如何执行民权？等等，比如在经济方面，战后的土地纠纷，怎么样解决。得到过分的利益商人，怎么样处置？币制，就是说我们的法币，在战后应该怎样整理？物价应该怎么样平抑？……

金：（不自觉地）哦……

声　音：囤集在商人手里的物资，应该怎么样处理？……等等，在社会方面，比如抗战军人的眷属，抗战中的重婚夫妇等等问题，都将要有新的法令公布！每一个同胞，都应该时时刻刻地加以注意。这些法令至多在一个礼拜以内就要公布了……

文：这是那一个电台广播的？奇怪——（奔下）

旅客甲：好啦！太平年月要回来啦！

旅客乙：土地，币制，物价，物资这许多问题都要解决了？天啦，我们将来的生活是如何的美满呀！

（于是一片欢声，大家都纷乱的谈论起未来的快乐世界来，——）

（——我要收回我的土地房屋，盖一所大花园！

——我们再也不用一百元钱一管的黑人牙膏了！

——发国难财的商人恐怕要倒霉啦！

——法币太多的人才担心哩！整理币制啦！

——抗战中吃苦的人要翻身啦！

——抗战中享福的人该受罪啦！）

王　嫂：可是诸位老爷，我们家三狗儿，我那死鬼男人到底在那儿呢？

金：（在人丛中急急忙忙地穿出去，像在找谁）……

叶：你看，重婚的问题政府不也是要解决了？你不要着急呀！

吕：晓得是怎么样解决？

叶：既然是解决，那就是大家都不吃亏。你放心罢！

吕：大家都不吃亏！世界上的事都是我们女人吃亏。

叶：不会的！不会的！

（刘云汉上，李共存追随在后。）

李：（哭丧着脸）本家，你看我怎么办？怎么办？

刘：……

李：你听见广播的消息了，政府对于物资一定要严格统制啦！我那许多的货怎么办呢？怎么办呢？

刘：唉！唉！……

李：现在我真后悔！偷偷地囤积了这些货，现在脱不了手了！将来如果被政府查出来，那不是全部完了蛋。

刘：你的货，你的货，你的货在那儿哟？

李：还囤集在重庆啦！

刘：哼！总比在路上好呀！

李：本家，你别说风凉话了！在重庆还不是一样危险？我人一走，准定被人吞了！你替我想想办法呀！本家！你替我想想办法呀！本家！

刘：哎呀！我的本家！我还有什么办法呢？我如果有办法……

李：天啦！如果此刻能把这批货脱了手，变成现款就好了！

刘：现款又有什么用？不是要整理币制？

李：币制即使整理，钱还是钱啦，总比一批货全部被没收统制强了多呀！老兄，本家，你想办法，看谁肯买我的货，我廉价脱售！

刘：本家！……我没有办法！

（许兴国上，向李示意。）

李：本家，你来，你来，我们商量看！（拖之而去）

王　嫂：这位老爷，你说，刚才那喇叭里说什么？是不是我的死鬼……

许：那倒不是，但是汉口已经有电报回来了，说你的死鬼男人到了汉口了。

王嫂：（眼泪快流出来了）真的？真的？汉口到了没有？汉口到了没有？（奔出去）

（金铸新奔上。）

金：老兄你到那儿去了？怎么在甲板上找不到你？

许：我正在找你呀！告诉你一个好消息：刚才广播里报告，币制要整理了，这是一个发财的好机会！

金：（转而一惊）发财的好机会。

许：乘这时候，把法币抛出，大批收进货物呀！

金：你抛出法币，这时候谁又肯要法币？

许：自然有那阿木林呀！他怕货物被没收，法币也许有改变，总比货物好办呀！——哎，老兄，此刻有地方挪一笔款子么？

金：在这船上那儿有款子呢？

许：嗨！嗨！眼看一笔财发不了，我的钱太少了！

金：你买进货不怕脱不了手么？

许：老兄！你真傻！法律不究既往，在法令公布之前！我拿钱买了货，这不比法币在手里更稳妥么？——得了，老兄，你不能帮忙。我再去另想办法，那家伙正急于要脱售，迟了怕别人抢了去！（欲走）

金：是谁呀？谁这么傻呀？

许：就是我那朋友的朋友——哦，老兄少打听，别破坏我的秘密！（欲走）

金：（主意不定）你！……

许：老兄，你既然不能帮忙，别耽误我的事了！（下）

（众人还在议论纷纷，欢声一片。）

金：（突然坚决地向外去，——忽又转身。）章小姐！对不起，我去一会就来。（刚向外走）

（刘云汉颓然走进来。）

金：（突然开门见山）老兄，请问那批货脱了手了么？

刘：（一怔）什么货？

金：我痛快地跟你说了罢！你的货如果想脱手，我可以全部收买！

刘：你……

金：快点！你说罢，你有多少货？

刘：我……

金：干脆告诉你，我有位朋友想拓你便宜。

刘：你的朋友？

金：就是你的朋友的朋友，穿灰军装的。

刘：真的？怪道他在胡说……

金：说实话，货物我有办法脱手，没有亏吃，你我都是干买卖的，那两个家伙不一定靠得住。

刘：这倒是真的。

金：快点，他们停会儿又要来捣蛋麻烦了。快点罢，你有多少货？

刘：（掏出一堆纸单）这是全部提单，货已经在路上了，在南京提货。

金：一共是多少货？

刘：你看着上面罢，都是时令货，货价一共是一千二百三十几万。

金：你什么价钱肯脱手？

刘：你总不能让我太吃亏呀！

金：六百万可以了罢？

刘：你让我蚀一半的本，那怎么行？老兄，我不赚钱就是了，一千二百三十几万，你除了那三十几万零头罢。

金：好，八百万成交罢，脱不了手，也是你吃亏。

刘：不见得我还是有办法，好！一千一百万罢，少了不卖。

金：好！九百万！

刘：一千零五十万，不能再少。

（李共存在舱门口一现。）

金：好！他来了，一千万整，你卖就卖，不卖，去让他拓便宜罢！

刘：（四顾）好，卖给你！

（许、李隐去。）

金：那么提单先交给我。

刘：你的款子？

金：（掏出支票簿，银行存款折等等）你看，这儿有一千五百万，先放在你那儿作抵，到南京再办手续。

刘：好罢。

（个人收起单据，众人还在热烈讨论。）

（欢叫如前。）

（许兴国、李共存上，金、刘急分开。）

许：诸位，文武双全的人物又来了！

（众哄笑。）

许：刚才我就提议过：我们胜利号上的同志为了庆祝凯旋。开一次同乐大会，现在广播里又告诉我们那么多好消息，更应该庆祝一番！诸位女士，诸位先生，以为如何？

（众大叫"好"！）

许：（试探地）老兄，怎么样？痛痛快快地玩儿一阵吧！我这几个法币，也许没有了！

陈白尘　吴祖光　周彦　杨村彬 / 133

金：（兴高采烈地）好！我赞成，我来大请吃！（奔下）

李：大家，这怎么办？你们还快乐？

刘：管他的！快乐一番我也快乐得很！

金：（重奔上）诸位！我们要痛痛快快地庆祝一番！请诸位先生喝一杯酒！

（侍者数人捧酒上。）

（各人取酒。）

（金取酒二杯献给章凯芬一杯。）

金：章小姐，请干了这一杯。

芬：我不会喝……

金：不：一定请请，——诸位！请！（举杯）

许：请！请干了这一杯，我们来开同乐大会！

（众人举杯。）

（文执中奔上。）

文：（抓着许）你干的是什么把戏呀！你为什么在播音机里——

许：（急止）我禁止你说话，否则我打穿你的脑袋！

文：我文执中本我新闻记者的责任！

许：告诉你，我也是新闻记者，你别破坏我的事情！

文：你是新闻记者？有什么证据？

许：（掏一张东西给他看）你看，这是什么？

文：（大惊，转喜）哦：你原来是……好极了！好极了！

许：什么好极了，快举起酒杯来；诸位！干！

（众人举杯，饮。）

众：干！

（突然汽笛长鸣，天空有轰轰之声。不知谁听了一声"哎呀！飞机！"）

金：（大惊）什么？警报！

刘：敌机。（急忙钻入餐桌下）

金：真是敌机。（慌了，钻入桌下）

（众人也突然被惊呆了，相顾失色！各各就近找他自认为可以掩护的地方。）

（许、李定一定神，向舱外窥视一下。）

金：（在桌下）我的支票和存折呢？

刘：我的提单？

金：你的在这儿？

刘：你的也在这儿？

许：活见鬼：那儿还有敌机？现在我们胜利了！这是我们的飞机！

（众大笑。）

（金，刘钻出头来。）

（幕落）

(第一幕完)

第二幕　第一场

船行大江中，将到汉口。

上午七八点钟，天清气朗，太阳光穿窗而入，大菜间内满室通明。

大菜间内的客人，已经排列得井井有条。教授一家刚刚起身梳洗完毕，大大小小如众星捧月般，为老太太垫起一堆高高的被褥，扶她靠在上面。

工厂厂长黄研因用被盖着高卧未起。

荣誉军人马国柱坐在铺上两手各拿一个夹了肉的大馒头吃得有

劲，教授之子逼他讲故事。

金铸新已经穿得西装笔挺，负手在没有睡人的空隙地方走来走去。

刘云汉睡着没起。

王嫂坐在铺上凝目远望若有所思。

叶廷琛和吕秀茹二人唧唧哝哝不知讲些什么。

李共存尚睡着，许兴国伏在他身上唤他。

日本反战同志归中义一靠在墙上读书。

华：武装同志，你再讲宜昌大战呀？

马：（吃着馒头）现在不讲了。

华：不行！不行！昨天晚上还没讲完呀！

马：是呀！讲故事嘛，都要等到晚上呀！晚上电灯来了，大家都吃过晚饭没事了，才讲故事呀！

华：不嘛！不嘛！你昨天讲的宜昌大战，打退敌兵八十万的故事还没讲完呀！

马：我晚上讲，好不好？小同志，我在吃东西呀！

华：那么你快吃！

马：那么你先让他们讲好吗？……

许：（把李搬过身来）起来，太阳都晒在你屁股上了……

李：（含混地没睁眼）去去，讨厌！（李又睡了）

许：（无奈）哼！

华：那么，厂长你讲讲你在抗战里的故事好不好？——他还没醒！——哦，你讲，文先生，你是新闻记者，你的抗战故事多得很呀！

文：我呀！我是专门替人家编故事的，我自己可没有什么雄壮动人的故事呀！

话：哦，金工程师！你来讲一个故事！

金：（正在转念头）哦！哦！我讲什么？

华：要你讲一个故事！

金：好，我讲一个防空洞里的故事！

华：不要听！我不听防空洞里的故事！

金：那我讲一个发财的人的故事，好不好？

华：是不是你自己的？

金：（连忙）不是不是！

华：我不听！不听！

金：那你到底要听什么呢？

华：船长说的，你们都是抗战里有功的人，我要听你自己的抗战故事！

金：（窘）我……没有打过仗呀！

华：你不是工程师么？你讲你自己的故事呀！

金：哦哦……这个……这个……

章：弟弟，不要讨厌人家金工程师有事哩！来，我给你玩！

华：我要听故事嘛！

章：晚上讲！

金：对，对！晚上讲！晚上讲！

华：我不！

章：来！爸爸跟你捉王八！好不好！

华：好！好！捉王八！捉王八！

章：好，凯芬，把扑克牌拿出来。

芬：（撇嘴）没意思，我不玩！（说着从枕头底下拿出牌来扔在床上）

华：姐姐顶讨厌了！

芬：我就是不玩。

陈白尘　吴祖光　周　彦　杨村彬 / 137

章　妻：凯芬，就陪弟弟玩玩，你看，我也来。

芬：（不作声）……

章：（伏在弟弟耳朵边）……

华：（拍着手）姐姐在想心思。

芬：（局促起来）你瞎说！

（章推凯华一下。）

华：姐姐想心思，就不玩牌了！

芬：（撒娇）爸爸！

章：（狡猾地）那么就玩牌。

（章教授说着发牌给大家，凯芬撅着嘴接受了。）

章：娘看我们玩。

章　母：好，谁作了乌龟，给我打手心。

华：不！我说谁输了给他抓痒。

芬：那我不来！

华：你怕输。

章　妻：不要吵，不要吵，奶奶说怎么罚，就怎么罚。

（大家就玩起来。）

吕：（忽然）不行！我不干！反正我不干！

叶：（推开手）那有什么办法呢？怎么办呢？

叶：昨天晚上不是说得好好的？

吕：我没听见，说什么？

叶：（压低声音）啧！"两头大"呀！

吕：（爆发）放你的屁！

（全房注目。）

叶：（慌张）轻点！轻点！

吕：告诉你！你想不出办法，我到了汉口不下船！

叶：那怎么行？

吕：我到汉口一定不下船，我到南京去！

叶：好好，低声点！好好商量，商量……

金：（绕到凯芬身后，走来走去吹着口哨）

（凯芬顿时神气不安起来。）

（章教授偷眼看自己女儿，又看金一眼，金又走一个来回，假装咳嗽，把手里一个小纸卷扔在凯芬身后。）

（凯芬乘众人在看牌，回头。）

（金指着纸卷。）

（凯芬点头把纸卷轻轻取去。）

（章教授却都看在眼里。）

华：我抽你的牌。

芬：（发觉自己只有两张）啊呀！

华：给我抽！

芬：慢点儿！（把牌颠倒放过）

华：（一抽）啊！（指着凯芬）王八！王八！

芬：（把牌一摔）你们通同作弊！

华：（爬起来）胳支你！胳支你！

芬：（笑着）不干！不干！

（凯芬站起来就跑一把将金抓住。）

金：（拦住凯华）好了，好了！（低声向凯芬）回头到汉口上岸去玩呢，好么？

凯芬：（点头）嗯。（偷看纸条。）

许：怎么？怎么？你们是在演外国电影呀？

芬：（忙躲开）胡说什么？

许：小姐？我并没说你呀？

芬：（回向章教授）爸爸我顶不喜欢这种油嘴滑舌的人。

华：何必欢喜他呢？也没要你嫁给他。

陈白尘　吴祖光　周　彦　杨村彬 / 139

章：（大笑）哈哈……

芬：我真要打你！

（凯华一转到章妻身后，一把搂着母亲的脖子。）

章　妻：别闹，别闹。

（凯芬捉不着弟弟，一头扎到章教授怀里撒起娇来。）

芬：爸爸你看，爸爸你看……

章　妻：真是越长越小了。（回头向许）先生们看着笑话。

许：那里，那里，天真活泼！（走向李）懒骨头，可该起来了罢。

（凯芬站起来，瞪了许一眼，气哼哼地。）

（凯芬借此走开，偷偷打开手里的纸卷卷看完了，随便扔到墙角去。）

（金窥着她，同她打个招呼。章教授却把他俩都看在眼里。）

（凯芬搭讪着走出大菜间，金慢慢跟了出去。）

（章教授走来走去抽烟卷。）

（许不在意的样子走过去把凯芬看过的纸卷拾起，看了，撕掉。）

（凯芬又搭讪着走回来，金继亦进来。）

许：（向金）唉，老兄，回头到了汉口，我们上岸去玩儿，好吗？

金：（一愣）我……我不去。

许：你不去？好罢……

王　嫂：（跑过来）什么？汉口到了么？

许：哎呀！大嫂别忙，还没到哩。

王　嫂：唉！怎么还不到呀？

许：快了，快了，你坐在那儿歇一会，要到的时候，我叫你。

王　嫂：真快了么？

许：再有十来分钟就到了。

王　嫂：那我……（忙去打行李）

（金与凯芬在同看一张报。）

（许去踢醒李。）

许：喂！懒虫！起来啦！快到汉口啦！

李：莫踢，莫踢，起来就是啊！（推刘）哦，本家，你也起来罢！快到了汉口啦！

刘：真的么？好！到汉口我下船请你吃豆皮。

李：要得嘛！（一跃而起）

许：好，你们到汉口都上岸玩儿了！（看看金等。搔首而去）

文：（追上来）哎，老兄，我要写篇特写到汉口寄出去，今天让我访问访问你罢！

许：访问我这个不文不武的宣传员？

文：不，老兄，你见外了，我知道你是一个了不起的人物！我还想采访一下，关于你的工作，那一位……

许：（立止）得了！得了！（低声）少说废话！（高声）我是满口的胡说八道！登在你报纸上有什么意思呢！（下）

文：你老兄何必谦虚呢。（追下）

李：哎，本家，汉口除了豆皮丝以外，还有什么好吃好玩的么？

刘：多着啦！还有孝感麻糖！还有虾仁！还有桂鱼，还有汉戏！

李：你都请我？

刘：当然！

李：本家，你真好！你真像发了财似的！

刘：那里？我财倒没有发，不过是快到家了，心里觉得痛快罢了！快点罢！

许：（在窗外叫）到汉口啦！汉口到啦！

（大家一阵骚动。）

众：汉口到了！汉口到了！

王嫂：（提到包袱就向外跑）我下船！我下船！

金：（猛然惊醒）到汉口了？（向芬）快点上岸玩儿去！

（奔出船门。）

芬：（忘了一切）真的。真的。（亦奔出）

华：（追出）姐姐！姐姐！你到那儿去？

刘、李：到了？

黄：（半梦吧地惊起）汉口？汉口要建立十个大炼钢厂，十个大水泥厂，五十家大纱厂，一百家……

（许悄悄溜进来。）

许：厂长醒醒啦！你怎么在梦里做计划呀？

黄：（醒了）哦……我在做梦？

李：真到汉口没有？

许：（微笑）……（以目示意）

叶：（拖妇）汉口到了，下船呀！

吕：我不下！我不下船！

叶：先下去再说呀！

吕：不行，我不承认两头大！

金：（奔回）谁说到汉口的？

许：（笑）我说着玩儿的？

金：（气）你为什么骗人？

许：我没有骗你们呀！

金：不是你说汉口到了么？

许：汉口到不到与你老兄有什么相干？

142 \ 四川新文学大系·戏剧编（第三卷）

金：我……我……我要……

许：（笑）我知道，你要上岸玩儿，是不是？……老兄，你太不够朋友了，你上岸玩儿，可把我忘了！

金：胡说八道！胡说八道！谁上岸去？

（许等大笑。）

叶：好了，好了，你不要吵了！汉口还没到哩！

吕：不管！汉口到了我也不下船！到南京去！

（王嫂奔回。）

王嫂：倒霉！倒霉！这位老爷胡说八道！汉口在那里呀！让我扑了空！扑了空这才倒霉哩！到了汉口找不到我们三狗儿我就找你！

许：对不起！对不起！我眼看花了！

王嫂：你眼看花了？我找不到男人怎么说？（哭）

许：哎呀！你哭什么呢？

王嫂：我怎么不哭？我那么多年辛苦吃下来了，赶到汉口，如果找不到他，我怎么活得下去？

许：嗳呀！大嫂！怎么找不到呢？我包你找得到！

王嫂：你包？你说风凉话！我下了船你就不管了！（大哭）

许：（哄他就原位）你别哭！别哭！别哭呀！

马：（烦了）哭！哭！把咱们的心都哭乱了！

章母：唉！也真是可怜。

马："有缘千里来相会"，哭有吗用？

（王嫂哭得更响。）

马：（皱眉）女人本事就是哭。

许：不然，天生万物都有他的用处，可是放在每个人身上，就各有不同，比如你的腿特别有用，她的眼泪在她也特别有用。

马：我看你就是这张嘴特别有用。

李：马同志你的嘴也特别有用。

（马正从口袋里拿出又一个馒头。）

马：（愣住）我？

李：你看你吃多少东西。

马：（大笑，从口袋里又拿出两个馒头分给他俩）有的是，大家吃，大家吃，昨天我上船，一个老乡送的，我简直吃不完。

李：对啦！这叫做有饭大家吃！

王嫂：（哭得更厉害）……

许：（无法应付）大嫂……大嫂！哭有什么用呢？马上就到啦！

王嫂：马上到了，我更害怕呀：万一他不在汉口……（哭）

许：（忽然心生一计）哎呀！你抬头！

（许向王嫂脸上端详。）

许：不要动，我看看你。

王嫂：你会看相？

许：（点点头）……嗯，你的三狗儿有多久没有信了？

王嫂：打仗以前他就在南京吃粮，后来就没有音信，现在连头带尾算起来总共有九年了。

许：（寻思）九年，九重天，九霄云，九品莲，快得利，九九八十一，九是阳数之极，抗战了几年，你们夫妇分别九年也准碰头，准碰头，准碰头，你的准头生得好，生得丰满（指自己的鼻尖）这就叫准头，就是准跟丈夫碰头的意思。

王嫂：（将信将疑）您骗我？

许：我也是出名的铁嘴，从来不自欺欺人。

王嫂：我在重庆也算过命……

许：怎么说？

王　嫂：（羞涩）也说我们有团圆之日。

　　许：怎么样？我看相看得不错呀！

王　嫂：这倒叫我相信了，哎呀，老爷，你会看相，怎么不早说哩！

　　许：嗳！我是轻易不替人家看相的呀！

王　嫂：这一下我连睡觉也睡得着了！

　　许：对对！大嫂，你先睡一会儿罢！到了汉口我再叫你。好不！

王　嫂：好，好！（拭拭眼泪，倚着包袱睡下）

　　施：可是老弟，这是你说谎话的结果呀！凭你这一点缺点，就不能当民众代表了！

　　许：哎呀！这么严重呀？

　　施：一个当民众代表的，如果说了谎话，老百姓就要把你撤回来，"罢免"掉你！

　　许：哦哟！这样说，得了得了，我还是吹吹牛罢！不想当代表了！

（吕秀茹：忽然站起来，气冲冲地走出去了。）

（叶追了两步，又退回来，看他出了门。）

　　叶：（耸肩一笑）你烦，我还烦呢，你有本事，一怒跳江而死，倒落个大家干净。

（吕忽然又回转来，站在门口。）

（叶掩口不迭。）

　　吕：（静静地）你出来我跟你说。

（叶喏喏连声一同出去。）

　　李：嗨！活现行！

　　刘：（感慨系之）唉！老弟，——哦本家，你又不懂啦！这也是一种艳福呀……世上最怕是女人不缠着你，缠着你都

陈白尘　吴祖光　周　彦　杨村彬　／　145

好办！

李：怎么本家？你又发牢骚了，是不是又想起丢在重庆的那位太太了？

刘：啐！那也叫太太？丢他妈的！老子有的是！管他的，看老子回了家，讨不到漂亮老婆？只要有（拍拍腰包）——穿好衣服没有？准备快点上岸吃去！

（章凯华在舱外叫：）

华：到汉口啦，到汉口啦！

（文执中奔入。）

文：到汉口啦！到汉口啦！——嗳呀！老兄你又跑进来啦！

（找许谈话）

（一片声："真到汉口了！真到汉口了！"）

刘：走！上岸去！

李：好！（向许一笑）走！

（吕奔入，叶追进。）

吕：我不下船！我不下船！

（外面已经乱起来。）

（金向凯芬使眼色。）

芬：爸爸，我要上岸去玩。

章：靠了岸，马上就要开的。

金：我可以陪令嫒去，在江边看一下就来。

章妻：凯芬，别去了罢！

芬：（不悦）我去看看就来！

金：不要紧的，章太太！

章：（微笑）好，你一定要去，就去罢！可是孩子（含意）可不要去远啦！看看就回来！

许：（向章教授）不要紧，章教授，有我哩！——喂！老兄，等一等，我也去！

金：（大大不悦）你也去？

许：怎么？怎么？我是你的老朋友呀！

（奔出。）

文：（也追出）老兄，我也去！我也去！

（船真靠岸了，外面一片湖北口音，小贩力夫喧哗不绝。）

（江汉关的钟正敲十点。）

（码头上欢呼之声大起！——

"欢迎胜利号的同胞！

"欢迎抗战英雄！

"欢迎抗战有功的大学教授和文化人！

"欢迎建国有功的工业家！"

……）

（暗转。）

（第一场完）

第二幕　第二场

船刚离开汉口，欢送的呼声犹隐约可闻。大家都渐渐安静下来。

马一边吃着馒头，一边向章凯华讲宜昌大捷的故事。

记者文执中在和国大代表施民权谈话。金和凯芬密语，章教授一边抽着烟斗。

许和李在舱门口有所计议。

马：……那一天，我军用一百二十尊大炮向宜昌城的敌军，轰！轰！轰！足足轰了三小时，然后我们三师人就不顾死活，拼命攻城了，一批人上去，垮了！再一批人上去，又垮了！第三批再上去——咱就是第三批！那时候，咱们的大炮，机关枪，飞机，坦克车和敌人的机关枪。大炮嚷成一片，只听得乒乒乓乓。响得你头昏眼花！咱们就是这么冲呀！冲呀！冲呀！……

华：你头上戴着钢盔没有？

马：不戴钢盔还行？……

文：施代表，刚才在汉口开幕的？代表大会是那一天有什么消息？

施：刚才在汉口听汉口办事处说，昨天举行开幕礼，因为各省市的代表大都到齐了。

文：那么您迟到了怎么办？

施：开幕礼自然是赶不上了，但我打算到芜湖下船，乘火车赶到南京，重要的议程是赶得上的。

文：您知道现在已经有了些什么提案？

施：提案太多，总有好几百件！

文：关于经济方面的很多么？

施：自然很多！

文：有关于币制的么？（看了一眼许）

施：听说是有的？

文：币制是不是要改革呢？

（金和刘闻听赶过来。）

施：这个我还不能知道。

刘：请问施代表，以您的推测，币制方面，是不是会有大的变革？

施：币制问题，我们现在还无法预测。

刘：法币会不会不值钱？

148 \ 四川新文学大系·戏剧编（第三卷）

施：这个也不晓得。

刘：再譬如说，有一种人在国难期间发了财，现在带了无数法币回家，国家根本不知道他，又如何制裁他！

施：国家怎么样制裁，我们自然不知道，但我知道国家一定会制裁他。

刘：（焦灼地）我刚才听说，上次欧战后，纸票子用车装，买一只鸡要几万钱。

施：似乎有这种事情。

金：（坦然地）有法币的人倒不要十分担心，囤积货物才有点危险哩！施代表，这次代表大会会讨论统制物资问题么？

施：还没有听说有这一类的议案。

金：那么请问物资是不会再统制了？

施：（含笑）还不知道。

金：（故意慨叹）唉：抗战胜利了，商人可倒霉了！法币在手里不妥当，货囤在手里也不放心！真是两难呀！

刘：（横之以目）……

金：老兄，你说是么？

刘：（无法）自然！自然！

章：所以金工程师，还是你我没有钱的人舒服，有钱的人发愁哩！是不是？

金：是呀！是呀！

章：所以，阁下也不必杞人忧天了！

金：是呀！是呀！不过那些商人可真头痛呀！你说是囤货好呢，还是现金好呢？

黄：目前最好的办法，是投资给工矿事业。

（许和李穿场而过。）

金：但是譬如说，现在有人有一批货在手里，总比现金比较稳妥吧？我想。

刘：为什么呢？

章：因为据施代表的报告：代表大会里有币制方面的议案，而没有统制物资的议案呀！

刘：（大惊）哦……

金：我……我倒不是这个意思，章教授。——但您是经济学教授，您的意思是——？

章：（笑）我此刻还不打算发表什么意见。

金：为什么？

章：我怕有商人偷听了去，学了乖！

金：（大笑）对！对！……我们这儿难免有商人！

（播音机突然又响了。）

广播声：请听时事报告：——

国民代表大会今日开第一次会议，曾经讨论，有关政治、经济、文化议案多起，其中关于改革币制一案，讨论最为激烈，一般预料，会议中或将通过一新币制法案，关于文化方面……

（以下字音模糊，忽又换了音乐。）

文：（又看表）这会儿有广播？（忽然想起）哦！（忙奔出去）

施：已经讨论议案了？

（金和刘均倾听。无言。）

叶：奇怪，代表大会对于婚姻问题怎么没有讨论呢？

吕：你还管那些做什么？汉口不下船就算了，你难道还想回汉口。回你的老家？

叶：不，不，不，我不过这末说说罢了！

吕：我知道你还是舍不得你那黄脸婆子跟儿子，你下船好了！

叶：你看，你看，这是那里说起，我到南京好了，还说什么呢？

马：……我就第一个爬上了城，手执大刀，见了鬼子就杀！杀！杀！一连杀了十八个鬼子！我自己也昏倒了！

华：哎呀！你后来呢？

马：后来，我还不是活着？

华：你受伤吗？

马：你真傻！不受伤，这条腿会坏吗？

华：那么这一个顶大顶大的勋章就是这次宜昌大捷得到的？

马：对了！这就是咱得这第二十七个勋章的故事！

华：（起立）这是抗战英雄！敬礼！

（许奔入，文追上。）

文：我知道你在什么地方，你刚才是不是又在——

许：老兄，你怎么成了我的影子了？

文：我是探访新闻呀！

许：这不是时候！老兄！

文：哦……

（金又与芬在密语。）

（刘不安地走着。）

（李进来。）

李：（向刘）本家！我告诉你好消息，听说币制要改革了；我两批货幸而没有卖掉，你说是不是喜事？

刘：（不耐烦）嗯嗯是喜事！是喜事！

李：本家，你怎么不高兴呀？

刘：活见鬼！谁说我不高兴？

李：你为什么走来走去？

刘：那我就坐下……（坐）

华：（向金）荣誉军人的故事讲完了，金工程师，你的抗战故事呢？

陈白尘　吴祖光　周　彦　杨村彬／151

金：（没听见）……

华：金工程师！

金：我……

芬：弟弟要你讲抗战故事哩！

金：弟弟！我没有到过前线呀！

华：咦，上午我就说过了，你做工程师的，在抗战里也有功呀，你就讲你自己的抗战故事呀！

金：好，好，我就讲防空洞里故事吧！

华：又来了！我不听防空洞故事！我要听工程师故事！

芬：你就讲你怎样做工程师的故事不好吗？

金：（窘）这……这……

许：章小姐要你讲，老兄，不能不讲呀！

芬：去你的！谁同你说话！讨厌！

许：哦，讨厌——我走开！

华：讲嘛！讲嘛！你到底有没有抗战故事呀！

金：嗯……有……有……

刘：（拍拍金肩膀）老兄，我同你咬个耳朵。（向外走）

金：（如释重负）好！我有点事就来。

（许令李尾随之。）

华：狗屁工程师！抗战抗了那么多年，一个故事都讲不出来！

芬：弟弟！你又骂人！

华：我骂他和你有什么相干？

芬：不跟你说！

许：凯芬小姐又生气啦！

芬：讨厌！谁又跟你说话了？

章：凯芬，过来，我跟你说话。

芬：什么，爸爸？

章：刚才汉口玩儿得好吗？

芬：好。

章：你走远了没有？

芬：没有走多远。

章：如果没有走多远，就快点回头吧！

芬：（不懂）我不是已经回来了吗？

章：（笑）我是怕你在另一方面走错了路。

芬：（睁大眼睛）爸爸！你？

章：抗战结束以前的晚上，你不是还做过梦。

芬：（点头）……

章：当心那个梦！又有人要送大衣给你了！

芬：没有！没有！爸爸！

章：我看得很清楚！我只是警告你！小心上当！

芬：我不会上当！

许：哼！不会？小姐，马上我就要请你看戏了！

芬：又来了，讨厌！

许：又讨厌？好，再走开！

（王嫂忽然从梦中醒来。）

王　嫂：哎呀！看相的真灵验！我真碰见他了！

许：（大惊）哎呀！你碰见谁了？

王　嫂：哦，老爷，你看的相真灵呀！刚才我碰见我们三狗儿了！

许：你在哪儿碰见的？

王　嫂：（想了一想）哦……我是做梦，梦里碰见的！

许：哎呀！大嫂！误了事啦！汉口已经过了！你怎么不下船呀？

王　嫂：（大叫）哎呀！这怎么得了呀？我要下船呀！我要下船呀！

（抓了包袱就向外跑）

许：（追过去）你别乱跑！你别乱跑！

陈白尘　吴祖光　周　彦　杨村彬 / 153

（众哑然。）

（金上，刘追上。）

刘：老兄，你别走！我们仔细谈谈！

金：没有什么谈的，一言为定，那有后悔的道理？

刘：我们以前不过是口头的协定，不足为凭的？

金：（回坐位上）好，不必谈，不必谈！

刘：（不舍）老兄不是我后悔，实在是彼一时，此一时……

金：（制止）现在我们不谈，可不可以？

刘：老兄，不谈不行的，我实在吃不消……

金：那么好，我跟你谈。（拖之再出）

（金和刘下。）

芬：这是怎么回事？

章：你慢慢地看吧，教你当心的道理就在这里！

芬：怎么？金工程师？……

章：（耳语）……等着看罢。

（荣誉军人王金标背行李上。）

王：诸位同志，这儿有位子吗？

华：有有有，刚才空了一个位子。——武装同志你也是荣誉军人？

王：是呀！小朋友。

华：怎么没有人替你找地方？你是荣誉军人，该有房间住呀？

王：谁知道？咱自己在找，随便什么地方罢！

华：不动，让我数数你有多少勋章？一、二、三、……哎呀！你有二十六个？比他只少一个？

马：谁？二十六个？——老乡，你行！——那儿去？回老家？

王：（难为情地）咱不，咱家里没有人啦！

马：怎么啦！

王：老婆跟人家当差，跑到四川了，我到四川找老婆去。

马：你上四川去？你票子呢？

王：（示之）这儿！

马：呀！怪道别人不给你位子，你上错了船啦！咱们这条船是开南京的呀！

王：（大叫）哎呀！上错了船啦？（背了行李就跑）停船！停船！（下）

马：（感慨系之）唉，有的找丈夫，有的找老婆，找丈夫的找不到丈夫，找老婆的找不到老婆！

章　妻：唉！天下真没有十全的事呀！

马：咱可不知道找得到找不到呢？

（外面女人声音！"找到了！找到了！"）

马：（大惊）谁找到了？

（一个女人带了一个孩子上，直奔重婚夫妇——叶廷琛和吕秀茹的坐处——原来是那叶廷琛的原配夫人叶戴氏。）

叶：（大惊，起立）呀！

吕：（惊）谁？……

戴：（立在他们面前，一语不发）……

叶：你……怎么？……（无地自容）

小　琛：（向戴）妈，这是不是爸爸？

叶：哦！小琛！（低头）

吕：（恍然。愤然而去）好……（下）

叶：（追去）你那儿去？那儿去？（下）

戴：（叹一口气）唉！孩子，找你爸爸去呀！

小　琛：……（追去）爸爸！爸爸！（下）

戴：（亦追出）小琛！小琛！……（下）

旅客甲：这又是一出戏！

旅客乙：这出戏还没有完啦！

马：嗨！有老婆的老婆嫌多了！

（王嫂嚎哭而上，许追在后面。）

王　嫂：我不想活啦！我不想活啦！

许：你别急呀！到了九江下船，再送你回汉口就是了，别哭呀！

王　嫂：等我到汉口，晓得他又到那儿了呀？

许：大嫂，你别哭，看你的主人家干什么了？

（金入，刘又追进。）

（李尾随入。）

刘：老兄，你不能对我置之不理呀？

金：（板起脸）你不用跟我说话！

刘：你怎么这样对我？你不能不讲理呀！

金：什么不讲理，你说出让别人听听！

刘：我说你不讲理！

金：你再胡闹，我可对不起你了！

刘：怎么样，你敢怎么样？

芬：（大惊）你们这是干吗？

许：小姐，你看戏吧，别管闲事。

金：你再胡闹，我揍你！

刘：你这骗子，你敢！

金：（正要动武）……

王　嫂：不行！不行！我要下船！我要下船！（奔向舱外）

许：你哪儿去？船不会停的！（拖住她）

（外边王金标的声音：我要到四川去呀！）

王　嫂：你松手！让我走！（脱身向外跑）

（王嫂向外跑，王金标向舱里来，两件包袱行李轧住了。）

王：不行！不行！我到九江去干吗？

王　嫂：谁到九江？

王：你走呀！

王　嫂：你走呀！

许：你们都进来坐吧！到九江你们都下去。

王：你到九江下？

王　嫂：你到九江下？

王：哎呀！你是谁？

王　嫂：（大惊）你是三狗儿？

（两人木然而立，行李包袱落地。）

许：（急忙拉开镜头）好戏呀！这是新《武家坡》呀！

李：还看什么呀？学外国电影来一下呀！（推二人拥抱）

（二人急分开。）

（全船大笑。）

（四宪兵突押程颂年汉奸上。）

（众人惊止。）

宪兵甲：诸位同志，这一位没有地方坐，你们能让一个座位给他么？

许：这是什么人？他没有舱位？

宪　甲：每一个舱里都不欢迎他，所以我到你们大菜间来了。

许：为什么？

宪　甲：因为他是伪汉口市长，是一个押解到南京去的汉奸！

旅客乙：什么？汉奸？

章：（跑上去）这位不是颂年兄？

程：……

章：呕……颂年兄不认识小弟啦？

程：（口吃）唔……

章：颂年兄比从前发福了，乍一看真快不认识了，这几年还得意罢？

陈白尘　吴祖光　周彦　杨村彬　/　157

程：（低头）……

章：可是小弟弟不才如故，依旧是过的粉笔生涯，两袖清风，一家五口……同志，程先生住在那里？

宪　兵：在舱底下厕所旁边。

章：好，好，再见，等一会儿过来畅谈。

（宪兵押程欲行。）

章：还有，还有，我还要道歉的，四年前，老兄约我来汉口，我不能效犬马之劳，有负盛意，真是抱歉之至。

旅客丙：汉奸还要座位？打死他！

众：打！打！打！打汉奸！打汉奸！

宪　乙：诸位：审判汉奸，自有国家的法律，不能动手！

众：不管他！打！打！打！

（众人拥来要打。）

宪　乙：不许动手！——没有办法，汉奸先生，只有到厕所旁边去坐了。……连同我们也陪你闻臭味！

（宪兵押汉奸下。）

李：章先生，这家伙实在难过。

章：兄弟平生嫉恶如仇，而这个人实在是无恶不作，不奚落他几句，怎消得心头之恨。

（忽然水中起巨声，舱外大叫。）

章：怎么？

许：（在窗口）汉奸跳水自杀了。

（枪声两响。）

许：这算不了自杀，枪毙了！

（金与刘依然对峙着。）

章：你们二位还要动手吗？这两出戏还不好看么？

刘：是他要动手！……

章：不要说了吧！你们看那是在抗战中吃了辛苦的，是如何幸福了，那在抗战中投机取巧当汉奸享福的，如今到水里受苦去了。你们二位坐下来想想吧！……

（幕落）

（第二幕完）

选自陈白尘、吴祖光、周彦、杨村彬合著：《胜利号（三幕剧）》，胜利出版社四川分社，1943年

老 舍 赵清阁

|作者简介| 老舍简介参见第二卷四幕剧《国家至上》。

赵清阁（1914—1999），河南信阳人，著名作家、编辑、画家。代表作品有话剧《女杰》《反攻胜利》《雨打梨花》《此恨绵绵》等。

桃李春风[①]（四幕剧）

（节选）

首 幕

时　间：

民国二十年左右，初春。

地　点：

河北省某县辛镇，勤庐。

人　物：

辛永年：男，四十五岁。身长，瘦而健，微须。为小学、

[①] 该剧本又名《金声玉振》，是为纪念教师节而作。

中学教师者已十五年，热心教育辛苦备尝，志未稍馁；是有心人，而体质与个性又足以副之。（简称辛）

刘习仁：男，十七八岁，辛之弟子。家贫，而有向上心，性纯挚，唯举止有卤莽处。（简称仁）

辛翠珊：女，二十岁，辛之侄女。父去口北营商，数年未归，随伯父长大。体弱而美，娴静多愁，受中等教育，心地善良能吃苦耐劳。（简称珊）

辛运璞：男，辛之子，比翠珊稍小。资质稍钝，而甚忠勇，身体亦壮。（简称璞）

胡晓凤：女，二十一岁，辛之近邻，亦其弟子。聪明好动，天真活泼。为人可善可恶。（简称凤）

胡力庵：男，四十二岁，晓凤之父。胡与辛为世交，数代为小贩，至力庵而暴发。富而不学，头脑简单，不受乡人敬重，故愿结交官吏文士以自高身价。（简称胡）

学生：男女四五人，甲、乙、丙都很年青天真。

景：

辛老师的书斋，祖产"勤庐"之一部分。原系两间，现打通成为一间，故颇宽敞。其设置，一如辛之为人，方正简洁。偏左有单扇门，通院中；开门可见松树短篱。门旁壁上悬宝剑一。剑右为窗，上半糊纸，下半安玻璃。窗下置条案，案上陈大果盘，盘中一大南瓜，色金红可爱。右里侧有门，悬蓝布帘，通内室。右壁有书橱，置书甚多。橱前有巨椅长案，为辛工作处。案上置书，文具及文卷等。左壁前有方桌，两旁置木椅。桌上有大锡壶，及老式茶杯。壁上悬旧画或对联。

开幕时，初春下午，微雪，春寒尚厉。辛着旧皮袄，蓝布棉裤，独坐斋中，为学生改文卷。室中无火，辛时时起立，踢"弹腿"取暖，虽学文而不略武功也。刘习仁冒雪来，敝衣破帽，略有怒色。

仁：老师！（立左门内，距师尚远，似不愿趋前者）

辛：（放下笔）习仁！冷不冷？快过来，我摸摸你的手！

仁：（不动，将破帽取下）不冷！叫我来干吗？

辛：你过来呀！

仁：（勉强的往前挪了两步，未语）

辛：（捡出仁的作文簿，热诚的）过来看！（见仁并未走近）怎么不过来呢！（点首）过来，我好给你细细说一说呀！

仁：（无可如何的走过来）

辛：你看，第一，你的字写得太潦草！有人说，字写得整齐的人会长寿，咱们不要迷信那个。可是，年轻的人，要养成事事细心的习惯；字，写出来是为给别人"看"的，不是教人家乱猜的，怎可以不往清楚里写呢？（看仁）

仁：（不耐烦的点头）

辛：第二，你这一篇，我数过了，一共才有七百多字，倒写了八个别字，五个错字。这怎么行呢？不会写的字，应当查字典哪；不爱查字典，可以问我呀！

仁：（极不耐烦的）我，我没工夫！

辛：（惊讶）习仁！这是怎么说话呢？（立起来，拍仁的肩）你怎么啦？

仁：我，我……

辛：怎么样？说呀！

仁：我，我，……老师，你太严了！我有事，你放我走，行不行？

辛：（有些伤心）呕，你要走？难道你不愿意……好，走吧！（坐）

仁：（戴上破帽，走）

辛：（见仁已走至屋门，忙追上）习仁，等一等！你大概心里有什么委屈吧？（往回扯仁）来，来，告诉我，我会给你想办法。是不是同学们欺侮了你呢？

仁：（摇头。勉强的随辛回来）

辛：呕，我说你的字太潦草，文章写得不好，你不高兴了？我说你不好，为的是教你学好呀；一个作先生的，还能巴结学生，谄媚学生吗？你本来写得不好，我要是硬说你好，不是误人家子弟吗？你想想看！

仁：（还摇头）我，我……

辛：怎样？有什么心事？告诉我！我知道你的父亲不在世了，家中相当的困难。可是，一个年轻的人还怕困难吗？没有困难，怎能见出咱们克服困难的本领呢？是不是？

仁：（吸了两下鼻子）

辛：说吧！来，坐下说！（指给仁方桌旁椅，自坐外首之椅）

仁：我不坐！

辛：在老年间，老师的地位差不多和父母一般高，不是大家都供天地君亲师的牌位吗？今天，师生的关系虽然跟从前不大一样喽，可是彼此还应当是好朋友啊！我有事，就求你作；你有事，你有事，也应当求我作！不要看我比你大几岁，就疏远我哟！

仁：老师！我心里难过！

辛：来，来，坐下，坐下！（扯仁坐下）慢慢的说！（向右叫）翠珊！翠珊！快来呀！（向仁）说你的！

仁：（向右看，似怕翠珊进来而听去心腹话者）

辛：说吧！翠珊听见也不要紧，她也是个苦孩子，比你还苦，自幼就死了娘，爸爸出外七八年了，也没一点消息！

老舍 赵清阁 / 163

珊：（慢步自右门上。梳双辫，穿着青布长棉袍，系围裙像乡间的闺秀）伯伯！干吗？

辛：（温柔的）有热茶没有哇，姑娘？给我们倒两大碗来！

珊：火上熬着粥呢，没有开水。

辛：是小米粥不是？盛两大碗来！习仁，这个天气，就是抱着大碗喝小米粥才舒服！

珊：也得稍等一会儿，米刚下了锅。

辛：好，我们等一等！可别故意耗着我们哪！

珊：那哪能呢！

辛：要两"大"碗，两"大"碗，姑娘！

珊：（娇娇的一笑）是啦，伯伯！我不能用酒盅盛粥！（向右下）

辛：（笑）这位小姐顶厉害啦！习仁，你刚才说我太严，可是我就很怕我的侄女，什么事她都管着我！可也什么事都替我作，没有她我就不能够像这样的安心教书了！所以我又爱她，又怕她。好，说你的吧！

仁：老师，我打算不再上学了！

辛：（像冷不防被打了一拳那样吃惊）什么？不再……上……学？

仁：没法上学了！爸爸死后，几亩田全卖了，就凭我哥哥在外边作小买卖，寄回来点钱过日子。可是，上月，上月……

辛：我不会耻笑你，有话尽管说吧！

仁：上月，我的嫂子教人家给拐跑了，哥哥来信，说不再供给我们钱啦！

辛：那不过是他一时的气愤，他还能把老母亲饿死吗？

仁：也很难说！不管怎样吧，我也是娘生的，我为什么不可以养活娘呢？自从娘一病，什么事情都是我作，我升火，煮饭,挑水……老师,你说我还有工夫温功课,查字典没有?我怎能不敷衍了事?怎能不写别字?

辛:呕!呕!好孩子!好孩子!难为了你!你的书没有白念,你知道尽责尽孝!好!

仁:我打算退学,好去作点事,养活老娘!(立起来)老师,你能不能帮忙给我找点事作呢?

辛:坐下,等我想一想!(沉静片刻)你不要退学!尽孝要紧,读书也要紧!

仁:我等将来有机会再读书!

辛:不那么简单!少年不努力,老大徒悲伤!你必须乘着年轻,打好了根底!我看哪,咱们要赶快把你娘的病治好,再给你哥哥写封恳切的信,劝他回心转意,不就行了吗?

仁:哪有钱治病呢?我也不能给哥哥写信……他不养活老娘,我养活!

辛:听我说!你不愿给他写信,我替你写。他是一时的气愤,我一劝他,他就会明白过来。至于治病的钱……(掏怀)哈哈,你看,十块钱!草药不过三二十个铜板一剂;吃上两剂小药,把其余的钱留着过日子;等着你的哥哥来信,不是全解决了吗?全解决了吗?(把钱塞在仁的手中)

仁:(轻轻把钱放在桌上,往辛处推)老师!我不能拿你的钱!不能!

辛:(佯怒)怎么?难道我不是你的先生,咱们连这点有无相通之谊也过不着?

仁:不是!不是!先生你也穷呀!

辛:不错,我也穷,可是比你好多了。你看,这所勤庐是我的,还有二三十亩地。等我过不去的时候,出手一卖,不马上就有钱了吗?(拾起钱又往仁手中塞)拿着!不许再

老舍 赵清阁 / 165

让；赶快回去，给你娘请医生，抓药，买二斤白米熬点粥，快去！

仁：（握着钱，迟迟不肯去）

辛：快去吧！

仁：（抹一下眼）老师！谢谢……

辛：快走！这点事值不得道谢的！记住，钱的最大用处，就是救人之急！去吧！

仁：（匆匆的鞠了一躬，往外走；走了几步，又转回来）

辛：又怎么啦？

仁：老师！老师！

辛：不要再麻烦了，快回家呀！

仁：老师！同学们都说你太严，今天我才知道你的心顶好！

辛：因为我的心好，我才对学生严加管教，我盼望我的学生个个有出息，都成为有用之材！好，你去吧！

仁：可是，先生，有朝一日，那些不用功的学生会把你赶出来，或者甚至于打你，老师你要提防一点！

辛：习仁，我谢谢你的警告！去吧！

仁：那么，老师从此是不是可以对大家的功课放松一点，分数打宽一点呢？

辛：那，绝对不能！他们把我赶出来，我自己另打主意。只要在学校一天，我就不能敷衍学生！我不能为几十块钱，卖了我的良心！你快回去吧！明天见，想着把药方带来给我看看！

仁：明天见，老师！（下）

珊：（端着两大碗粥上）咦！那个学生怎么走了呢？

辛：他娘有病，我叫他快回去。粥，放在这儿。姑娘你也喝一碗好不好？

珊：（放下碗）我不喝，我还得上街买东西去呢。

辛：（一边吸粥，一边说）买什么东西去？

珊：买什么？难道伯伯忘了？

辛：忘了什么？

珊：明天不是伯母的二周年祭日，不是预备了十块钱买祭礼吗？

辛：（愣住了）呕！

珊：把钱给我吧！

辛：（觉得不好意思了）钱……姑娘，翠姑娘，你可别又生气呀！你知道我的脾气，就不用把事情往心里放了！把你气病了，我又得手忙脚乱！我把那点钱给了刘习仁，他娘生病，没钱买药！

珊：（控制着感情）我并没生气！（可是忽然转过脸去）伯母！（低泣）

辛：（忙走过来）翠珊！翠姑娘！不哭哇！你这一哭，教我怎么受呢！（珊仍泣）翠姑娘，不哭！不哭！我去弄几块钱来，你去买东西，好不好？好孩子，你要不住声，我可也要哭啦！

珊：（勉强止悲，语声相当的大）买礼物不买，倒没多大关系，我是想念我的伯母！

辛：对了，我也那么想，有礼物没有，并没多大关系！祭死人还能比救活人更要紧吗？你也不是专想你的伯母，而是百感交集！苦命的孩子，没了娘，丢了父亲，前年又把个知心的伯母死了，光跟着我受苦！我知道，我知道你心中的委屈！

珊：我并不委屈，真的！你把我抚养大，我愿意永远跟着你，就是我爸爸忽然的回来，我也还跟着你！

老舍 赵清阁 / 167

辛：不要那么说吧，他是你的父亲，我的弟弟，都是一家亲骨肉啊！再说，跟着我除了受苦，没有一点好处！

珊：乘早别那么想，伯父！你的慈爱教苦楚都变成了甜蜜！我佩服你的热诚，正直，热心教育！

辛：翠姑娘，怎么今天忽然夸奖起我来了？（一笑）

珊：嗯……（勇敢的直言）伯父，你可也有个最大的缺点！

辛：说吧！人非圣贤，孰能无过呢？

珊：你只顾教别人的子弟，可不管自己的儿女！

辛：（慈祥温和地）难道我没管运璞和你吗？你虽然是我的侄女，可是我拿你当亲女儿一样看待，也没放纵过呀！

珊：不是管教，是教育！

辛：什么意思？翠姑娘！

珊：伯父，你送我到大学没有？

辛：呕，呕，呕，我明白了！（坐）

珊：（抢着说）"我"没有关系，你供给我在高中毕业，我已感激不尽！我说的是运璞弟弟。他今年夏天就毕业了，可是升大学的钱在哪儿呢？你已经教了十五年书。

辛：预备再教十五年，或者廿五年！

珊：你挣钱不多，又喜欢"急公好义"，手里没有一点积蓄。

辛：积德胜积金啊，翠姑娘！

珊：伯父作了一辈子教师，自己的儿子可入不了大学，这合理吗？

辛：也没有什么不合理的，姑娘！

珊：伯父，你有学问，有本事，作任何别的事情去，都能多挣几个钱，足以供给弟弟上大学。

辛：我不能因为拼命提拔自己的儿子，而耽误了许许多多别人家可造就的儿女！一个作先生的，要拿一切青年当作儿女，不论哪一个学生有了出息，都是作先生的光荣！翠珊，不用替运璞着急吧，他的心地不错，他自有他的前途！要依着我的心意，我看他最好去作军人！

珊：（惊讶）当兵去？伯父你是怎么啦？

辛：我没怎样，我并不是瞎胡说。我是说，以他的身体，性格来讲，他宜于作军人！"作军人"与你心中的"当兵"，也大不相同。"当兵"是过去的名词，而我所希望于他的是作一个真能保卫国家的好男儿！

璞：（着青布棉制服，发乱脸伤，由外急跑入）爸爸！爸爸！

辛、珊：（同时）怎么啦？运璞！

璞：（喘得说不上话来）啊，啊……

辛：先喘喘气！不定又跟谁打了架！

珊：（过去扶住璞）弟弟，怎么啦？

璞：爸爸！学校里起了风潮！

辛：为什么？

璞：因为校长待学生不公平！

辛：呕！翠珊，给弟弟洗洗，裹一裹。我到学校去看一看。（立，去取壁上的长袍）

璞：爸爸，你不能去！

辛：我怎么不能去？我去给大家调解，不就没有事了吗？

璞：不能去！

珊：是呀，伯伯，你还没问弟弟怎么受的伤呢！其中必有缘故！

辛：（一笑）还用问缘故？还不是人家瞎闹，他也跟着瞎闹！我也作过学生，年轻的人遇到风潮还不亚赛吃了蜜？好，我还是看看去！（穿上了长袍）

璞：爸爸，你不能去！（拦住辛）他们贴了标语！

老舍 赵清阁 / 169

辛：标语和我有什么关系？

璞：标语上也打倒你，爸爸！

辛：也打……倒……我？（坐下了）凭什么打倒我？

璞：同学里有好多不喜欢你的，爸爸，因为你教书太严。风潮一起的时候，本来没你的事。可是校长用了点手段，大家就都朝着你来了。我替爸爸说了几句话，话还没说完，就打起来了！

辛：嗯！好！我问你，运璞，你是因为我是你爸爸，才跟他们打呢？还是因为我是个好教师呢？

璞：（极真诚的）你是好爸爸，也是好教师！

辛：（感伤）啊！好教师！好教师可被学生们打倒？翠珊，运璞，我的白头发多不多？

璞、珊：（相视无言）

辛：（摸着鬓边白发）为什么白的？为谁白的？十五年的心血只落得个"打倒"！（感慨）

璞：爸爸，何必这么灰心呢？

辛：不是灰心，是伤心！我还能为这点挫折，就放弃了教育吗？学生欢迎我，我是鞠躬尽瘁。不欢迎我，我还能就改弦更张，前功尽弃？我还是到学校看看去，对学生说明白了我的心思，我就痛快了！（起立）

璞：爸爸，你不能去，说不定他们会动武的！

辛：我又不是去打架，怕什么呢？即使他们真的打我，我颇能禁得住几下呀！

珊：伯伯！算了吧！这不是你的好机会吗？

辛：好机会？

珊：我劝伯伯改业，你不肯。现在，人家不欢迎你，何苦再恋恋不舍呢？你另找点事作，增加点收入，好教弟弟升大

学,不比受这个罪强吗?(面有喜色)

辛:怎么,翠珊,你仿佛很喜欢我这样受侮辱?(微怒)

珊:伯伯,塞翁失马,安知非福呢!

辛:(更怒)我告诉你,教育就是我的马,永远不能失!(往外走,珊、璞齐阻止)闪开!

璞:(哀求)爸爸,何必跟他们动气呢?

辛:我动气干吗?我要去教训教训他们,教他们明白哪是好,哪是歹!(还往外走)

珊:(扯住辛)伯伯!学生们在闹事的时候,往往是不分青红皂白的!你明天再去不行吗?

辛:(厉声)不行!(要从珊手中夺出,但自知力大,怕伤了她,乃止)放开手!

璞:珊姐,放开手!我同爸爸一块儿去!

辛:(厉声)你去干吗?我一个穷教员,还用得着保镖的吗?笑话!

珊:我不能放手!伯父,你爱打我,打我好啦!我没爹没娘,我不能再没了伯父!不要说学生们打了你,就是把你气病,教我怎办呢?(泣)

辛:(沉默片刻,低声的)翠姑娘,我不生气!我教了十好几年书,难道还不晓得学生心理吗?学生都年轻,哪个不贪玩?我自己小时候也是淘气精啊!我明知他们贪玩,而在功课上一点也不肯放松,他们自然讨厌我。可是,我不能不硬着头皮干。我宁教他们今天恨我,而将来感激我,可不能教他们今天喜欢我,而将来咒骂我。放开我!我去跟他们心平气和的说一说,他们必定能明白过来。一个当先生的,就好像是一个医生,明知病人无望了,还要死马当作活马治。我劝劝他们去!好孩子,放心,我不会跟他们生气！

珊：（松手，叹气）唉！

璞：爸爸，我跟你去！

辛：用不着！（行至门口，遇胡晓凤，同学四五人来）晓凤，你们干吗来啦？

凤：（剪发，穿女生制服长衣短裙，而戴金镯与满手的戒指。天真地跑着进来。笑着）辛伯伯，我们来看看你！

众：（都着制服，亲热的）老师！

辛：都进来！（退回原位）

凤：（向珊点点头，乘辛转身之际，拉了拉璞的手，而后耳语一二句）

璞：（点点头，向外走）

辛：运璞，你干吗去？

璞：（不会扯谎）我……

凤：我请他到我家里说一声，我在伯伯这儿哪！

辛：呕，去吧！

璞：（急去）

辛：（坐）晓凤来坐，大家都坐！翠姑娘，把这两碗粥端走，再盛几碗热的来，每人一碗！

珊：（收拾碗）

凤：伯伯，我们不喝粥！翠珊，不要麻烦！

众：我们不喝，老师！

辛：（向珊）翠姑娘，你去端。他们喝不喝，随他们的便。

珊：是啦，伯伯！（下）

辛：晓凤，学校里怎样了？

凤：风潮完啦，明天放一天假，后天上课。

辛：怎么完的？

凤：（与众面面相觑，不敢回答）

辛：告诉我呀！

凤：伯伯你可别生气呀！

甲：校长就是混蛋！

辛：这是怎么说话呢？不许！

乙：他哪配作校长！

丙：太不公道了！

辛：到底是怎么一回事？晓凤你说！

凤：风潮本来是因为校长待学生不公道才起来的，可是一会儿一变。变来变去，大家把平日所不满意的先生们全拉了进去，一齐打倒。大家谁也不晓得闹的是什么啦，可是越闹越大。

辛：连我也打倒，是不是？（惨笑）

甲：我们几个知道先生你没有过错，只是你平日教功课太严，所以他们也要打倒你！

乙：简直是一群糊涂蛋！

辛：不用骂人吧！我也有自己的缺点。晓凤，往下说！

凤：他们贴出打倒伯伯的标语，运璞可真勇敢，他们贴，他就往下撕！

辛：所以，他们就和运璞打起来了？

凤：那还能"不"打起来吗？

甲：我很后悔没有帮助运璞！

乙：你胆子太小了！

甲：我胆子小，你呢？

乙：我是没有看见他们打；要是看见，我一定帮助运璞，我不怕打架！

丙：（轻视的）你？

老舍 赵清阁 / 173

辛：好了！好了！，别在这里再打起来！

凤：（娇嗔）你们要乱插嘴，我就不说了！（瞪了大家一眼）这时候，校长看出缝子来了。他硬说风潮是运璞一个人鼓动的，挂出牌示，把运璞开除了！风潮呢，也就这么糊里糊涂的结束了！伯伯，你说奇怪不奇怪？

辛：（点头无语）

甲：老师，有这样的校长，我们还怎么在这里念书呢？

乙：咱们干脆都退学，回家跟咱们爸爸说，每家拿出点钱来，请辛老师另开一个学校！

丙：我愿意！

丁：我也愿意！晓凤，你呢？

凤：我当然更愿意了！辛老师跟我们家有好几辈子的交情，我爸爸有钱，当然愿意帮忙！

甲：老师，你愿意不愿意？

辛：（立起，徘徊）我无话可说！

丁：老师，你答应我们吧！你要办学校，我的爸爸一定拿钱！

辛：没有这么简单的事！你们都去吧！好好的读书，不要再闹了！

丙：有那样的校长，我们怎能好好的读书呢？

辛：我自己办学校，也许比他办得更坏！教育不是容易办的事！

乙：反正我们愿意跟着先生你念书！

辛：好！我很感激你们！你们这一点热情，就给我很大的安慰！都去吧！呃，（揭案上的卷子）把你们自己的作文簿拿去！

众：（捡收文卷）

甲：老师，你真的就不再到学校去了吗？

辛：不再去！

乙：运璞就白白的教校长开除，你也不去说个理吗？

辛：（摇头）

丙：先生你太老实了！

丁：老师，我们还可以来问你几个字，或是求你讲讲书吗？

辛：可以，（又一想）不要再来吧！你们上我这里来，难免犯口舌！

甲：老师，你教我们这几年，难道就从此不再来往吗？我们是你喜欢的学生，难道从此就不再教训我们了吗？

辛：（低头无语者片刻）你们都去吧！

乙：老师，我不管什么口舌不口舌，我要来！我舍不得你！

辛：（慢慢往外走，似领大家出去者）我也舍不得你们！不过，还是不来的好！

丙：老师，是不是你从此不再教书了？

辛：我？我要教一辈子的书！

丙：那就好啦！你上哪里教书，我就到哪里念书！我老跟着老师！

辛：（抚丙之头，有无限感慨）都去吧！我们拉拉手！（与甲乙……一一握手，有欲泣者）

甲：（随众去，又回来）晓凤，你不走吗？

凤：你们先去吧，我等会儿就走。

乙：（已去，又回来）老师！

辛：干什么？

乙：（手颤着）怕你没钱花，我，我，这是我的一点点心钱！（把钱放在桌上，跑出去）

辛：给你！（追）你回来！

凤：伯伯！你追不上他了！

老 舍 赵清阁 / 175

辛：晓凤，这点钱交给你吧，你还给他好了！

凤：他是真心孝敬你的，伯伯！

辛：我知道！我知道！可是我不能收下！

凤：伯伯！我看哪，你不必再教书了吧？

辛：怎么？

凤：你看，既挣不着钱，又受苦受气有什么前途呢？

辛：前途？你没看见吗？那（指门外）就是我的前途！

凤：什么？谁？

辛：（指门）刚刚出去的那几个学生。教书的就是要牺牲了自己，给青年们造前途！只要有一个有出息的学生，一切苦楚就算没白受！

凤：虽然话是这么说呀，可是伯伯你牺牲了自己，也还牺牲了运璞，就有点不大合理吧？伯伯你穷，运璞就不能升学，伯伯你想一想，这对吗？

辛：晓凤，你很喜欢运璞，是不是？

凤：（含羞，而不便否认）他很好！

辛：晓凤，我告诉你，虽然咱们是几辈子的交情，虽然我不应当多管儿女们自己的事，可是我觉得你有钱，我们穷，恐怕这件事不会有什么美满的结果！

凤：（微怒）难道有钱的就是坏人吗？

辛：我不敢那么说！（想岔话）咦？翠珊盛粥去，怎这么半天还不来呢？（叫）翠珊！翠珊！咦？上哪儿去了呢？

凤：也许上我们那里去了吧？我看看去！

辛：等一等！倒怕她到学校去了！学校里还有一点东西，几本书。

凤：听，大概是我父亲来了！我找翠珊去吧！（急往右走）

胡：（在院中）大哥！大哥！

辛：进来！力庵！（往外迎）

胡：（同运璞进来。穿狐皮袍，趾高气扬）学校里出了岔子，大哥？（没等回答）我早知道要出岔子！大哥，你管教学生太严啊！（坐）

辛：运璞，倒茶去！

胡：不喝！刚刚喝了半碗粳米粥！

璞：（向右下）

辛：（坐书案旁）力庵，你说我管学生太严，你的女儿晓凤也是我的学生呀，难道你不愿意我严加管教她吗？

胡：我看那有点看三国流泪，替古人担忧！你看我认识几个字？斗大的字，我认识七个八个的！可是，我也照样发财呀！想当年，我穿短衣裳，打赤脚，卖苦力气，现而今我穿狐腿袍子！学生念书就是挂个幌子！真仗着念书发财，没有那么一回事！学生既是这样，咱们何必非一个萝卜一个坑呢，丁是丁，卯是卯的干呢？现在好极了！太好了！

辛：什么好极了？

胡：学校里不要你了，你想再干也不成啦，还不很好？你听我的，（去案前）我跟你说几句知心话！你不要再教书，我替你去找事，准保钱多事情少，身分又高，别的不成，这点忙我总可以帮得上！咱们辛镇镇里镇外，谁不知道你是老学究，人品好，学问好？又谁不知道我是财主，有钱有势？咱们哥儿俩要是打成一条鞭，文武双全，谁还敢惹咱们？我给你找个好事，你叫运璞上大学，取个功名。我就把晓凤给了他！

璞：（端茶来，闻胡语，急放下碗而退）

辛：哈哈哈哈！

胡：你笑什么呀？我说的是真话！咱们是老世交，你穷我阔，

老舍 赵清阁

你有文才，我有家财，咱们要成了亲家，我告诉你吧，这一县都得属咱们管！你说是不是，大哥？

辛：我没那个福气呀！（立起来，伸伸腰）

胡：（坐）那么你打算干什么去呢？

辛：还是教书！

胡：我真不明白！多少有房子有地的人来提亲，我都舍不得我的晓凤！她，人有人才，文有文才，在这一镇上找不出第二个来。别人上门赶着我作亲，我理也不理。现而今，肥猪拱门，我把她白送给你辛家，你倒哈哈一笑！过了这村，可没有这店，你别后悔呀！

辛：力庵，我不会后悔！咱们俩，虽然是老世交，可是你不明白我，我也不能明白你，再说，儿女的婚事也根本用不着咱们操心。

胡：大哥！我看你是钻死牛犄角！好，我再多给你两天工夫，你细细想一想！

辛：不必再想，我的事我自己会安排。

胡：你怎么安排，可以听一听吧？

辛：比如说把勤庐和那点地卖出去，再求朋友们帮忙，我"自己"不是可以办个学校吗？

胡：卖房子，卖地，办学堂？你呀，辛大哥，简直是拿家产打水漂儿玩吗？买房子买地才是兴旺的样子，怎能往外卖呢？好啦，你要真那么办，我的女儿可就不能作你的媳妇了！我硬教她一辈子不嫁，也不能嫁个没家没业的人！

辛：我也并没说，我要你的女儿作媳妇呀。

胡：你太难了，大哥，（怒）你看我的女儿连一文钱也不值吗？你太糊涂了。

珊：（由外入）胡大叔，怎么发了脾气？

胡：我发脾气？你来听听！我给他找好事，他不作！我说教晓凤和运璞作亲，他不干！他还要卖房子卖地！发脾气？我一辈子也没见过这么糊涂的人！

珊：（惊）伯伯真要卖勤庐吗？

辛：（点点头）弄点钱我自己办学校！

珊：（急）伯伯，你干什么我都不拦着，卖勤庐，不行！我生在这儿，长在这儿，这儿的一草一木都在我心里长了根，伯伯，不能卖，不能卖！

辛：（温柔）别着急，珊姑娘，咱们慢慢的商议。（岔话）你刚才上哪儿去了？

珊：我？出去借了五块钱。

辛：干吗？

珊：明天是伯母的祭日啊，你又忘了？

辛：对！对！待一会儿你买东西去，咱们好上祭。

珊：勤庐还卖不卖？

辛：再商议！不忙！

胡：翠姑娘，你说一句：晓凤要跟运璞成了亲，好不好？

珊：那，我不敢说什么，胡大叔。

胡：啊！你也看不起晓凤？

珊：不是，不是！

胡：我知道，你们都看不起我，也就看不起我的女儿！凭我手里那点钱，还愁找不到个好女婿吗？哈哈哈哈！（含怒而去）

珊：（追）胡大叔，别走啊！

胡：（回头）不走干吗？我没工夫在这儿受闷气！（下）

凤：（故意携运璞上）

璞：（不好意思，往出撒手）

老 舍 赵清阁 / 179

凤：怕什么？这年月，男女都是自由的！

珊：凤姐姐！你偷着听话儿来着？

凤：呸！连你也敢小看我？你有什么？没爹没妈，没有一分地，没有一个铜板！敢小看我！

辛：晓凤！

凤：连你也老糊涂了！咱们看吧，看谁干得过谁！

璞：晓凤！

凤：回头见，运璞！记住，你是个新青年，要挺起腰杆来，抵抗压迫！（急下）

璞：（欲追她）

辛：运璞！

珊：（扑向辛，哭）

璞：（进退两难，垂首立）

辛：（一边拍着珊的肩，一边对璞说）运璞，你知道我不喜欢你胡大叔，请他来干什么呢？

璞：晓凤教我去的。

辛：晓凤！晓凤！老是晓凤！你难道不晓得胡家是暴发户，咱们是穷书生吗？

璞：她希望我能上大学，所以请胡大叔来劝劝你。

辛：哼！（向珊）珊，去买东西，好给你伯母上祭，大家都痛痛快快哭一场！

珊：（止泪）伯父！勤庐卖不得呀！卖了它，他们就更看不起咱们了！

辛：（悲愤激昂）看得起我也好，看不起我也好，反正我看得起我自己！我是个给国家造就人才的！天地君亲师，我是师！（"师"念重）

第二幕

时　间：

前幕数日后。

地　点：

同前幕。

人　物：

辛翠珊　辛运璞　刘习仁　胡晓凤　挑夫（老王，简称王）

辛永年　学生（甲、乙、丙、丁四人）　胡力庵

辛永寿：永年之弟，事业失意，溺于酒，体弱志昏易好易坏。（简称寿）

景：

同前幕，唯帘卷橱空，器物凌乱耳。

开幕时，勤庐已售出，辛家正收拾东西，即日迁出。书斋中，桌椅与器物乱置，堆着三四个铺盖卷。辛翠珊独在室中，看看这个，难过；摸摸那个，痛心！仍倚壁而泣。

璞：（搬一桌由右门入）珊姐！快弄吧！（放下桌，吐气）怎吗？又哭？事到如今，哭有什么用处呢？

珊：你们男人的心都是石头的！你好像一点也不在乎？想一想，你我是生在这里，长在这里的呀！每一堵墙的棱角，每一扇门的声音，都被我摸惯了，听惯了，倒好像它们都是我自己身上的东西！离开它们，我就丢了一半儿身体，我活不下去！

璞：我也难过！我恨不能到哪儿去挖一堆金子来，给爸爸去办学，我恨不能卖了自己，好教爸爸舒服一点，咱们难过，

老舍　赵清阁

爸爸不更难过吗？爸爸卖房卖地，是为办学，咱们还有什么话好说呢？

珊：我不反对伯伯办学！我佩服伯伯的精神！可是，可是，噢，我说不明白我的心思，我的感情！我难过！（连连吻壁）我舍不得勤庐！连这墙上的土，今天我才晓得，都是香的！

辛：（在旁室，伴作高兴的喊着）翠珊！运璞！快一点哟！快快弄完，好去住新房子哟！

珊：（勉强的扬声）慢不了，伯伯！（抹泪）

仁：（负着不知多少东西，由右门一步一停的进来）运璞！快接一接！

璞：（忙过去相助）

仁：（把东西都放下了，擦汗）看！我这一趟搬了多少东西，运璞，咱们俩赛一赛呀？

珊：（啼笑皆非）唉！习仁，你好像觉得这很好玩，是不是？

仁：……（不知怎样回答好）

璞：习仁是热心作事，珊姐！他还能不晓得咱们都很难过吗？

仁：翠珊姐姐，我告诉你吧！比如说，辛老师下个命令：刘习仁，你去把那座山铲平了！我就马上去平山！老师要是说：刘习仁，去把海填满了，我就去填海！不问理由，不问结果，辛老师教我干什么，我就去干什么！我愿意一辈子老跟着辛老师，像一条义犬老跟着主人似的！

珊：要是学生们都像你，也就好啦！可是……（换了话）习仁，刘大娘的病好啦？

仁：好啦！娘非常感激辛老师！你看，（从怀中掏出两个杂面饼子来）今天刚一天亮，我就爬起来啦！娘说：习仁呀，干吗去？我说：娘啊！帮辛老师搬家去。娘就给了我这两

个饼子，说：快去吧！不准吃老师的饭，饿了就啃两口饼子！（很骄傲的把饼子又藏在怀里）

辛：（仍在旁室喊）习仁，运璞！你们都干什么哪？还不来？

仁：来了，老师！（飞跑而去）

璞：来了！（也跑去）

珊：（在室中徘徊，作不下事去）

凤：（轻手蹑脚的由左门进来，轻轻的叫）翠珊！

珊：哟！你呀！（很不高兴的）你干吗来了？我们连房子都卖了！你还认识我们吗？

凤：不要这样说话，翠珊！我来帮帮你的忙！

珊：那可不敢当！

凤：翠珊，何必呢！我问你，这所房子是谁买了去的？

珊：谁买去不一样呢？反正不再是我们的了！

凤：你爱这所房子，是不是？

珊：爱它又怎样？还不是白掉些个眼泪！

凤：翠珊，你别对我这样，行不行？（拉珊的手）咱们是好朋友，前两天吵过几句嘴，还算得了一回事吗？

珊：（躲开一点）好朋友？恐怕不能吧？

凤：唉！我告诉你实话吧！这所房和那点地都是我爸爸买去的！

珊：（冷酷的）你们买去我们的房，就是帮我们的忙吧？

凤：你听我慢慢说呀！

珊：说不说大概都没有什么关系了！（坐在铺盖卷上）

凤：爸爸买去房子和地，可是契纸上写的是别人。

珊：有点不好意思，是不是？

凤：还不是不好意思！

珊：是……？

老舍 赵清阁 / 183

凤：是为好白白的交还给你们！

珊：什么？（惊讶）

凤：我再说清楚一点。我出的主意，都是我的主意，教爸爸把勤庐买过来，而不由爸爸出名。假若辛伯伯愿意，我教爸爸把勤庐退还，那笔钱就作为供给运璞上大学的！

珊：（喜，起立）真的？

凤：还能是假的？

珊：我不相信！（由疑而怒）你不要戏弄我吧！我心里已经够难受的了！快走吧，别耽误我作事！

凤：翠珊，你怎这么多疑呢？

珊：你想想，凭胡大叔那份儿爱财，怎能忽然这么大方呢？

凤：我不是告诉你了吗？这都是我的主意，我已经跟爸爸闹了两大顿。我说，不依着我，我就上吊！爸爸没有办法，才答应了我。

珊：那么，你真喜欢运璞？

凤：我真喜欢他，非教他上大学不可！你看，你爱勤庐，就还住勤庐；他应当入大学，就去入大学，多么好哇？我不是自夸，我比你们都聪明点儿！

珊：可是伯伯怎办呢？他卖房子是为办学校的！（愁）

凤：还是托我爸爸给他找个事作呀！

珊：伯伯不肯哪，他老人家的个性极强，你是知道的。

凤：这就看你的啦！他顶喜欢你，最听从你的话！退还勤庐的事，你朝我说。劝辛伯伯找事作，我拿你是问。咱们各尽其力，没有不成功的事。

珊：真的，你可真聪明！（高兴）

凤：你不再小看我了吧？也不恨我了吧？

珊：（一笑，抱住凤）你是好姐姐！

王：（挑着东西，置于左门外，进来）辛姑娘！老师呢？（此"老师"系尊称，不必有师生关系也）

珊：（望外看了看）怎么，老王，你又把东西挑回来啦？

王：是呀！我跟辛老师说吧！

凤：别教老师看见我，我走啦！咱们的事就照计而行，非作到不可呀！（与珊握手，向左下）

珊：不送啦，凤姐姐！老王，到底是怎回事？

王：（不耐烦）你叫出辛老师来不就完了吗？省得我说两遍！

珊：（叫）伯伯！伯伯！老王把东西又挑回来啦！

辛：（抱着好几套书，由右门进来，极慎重的把书放下）翠姑娘，别动这些书，等我自己收拾！老王，怎么回事？

璞、仁：（同抬一大衣箱来）好沉，好沉！

王：哼，大概是一箱子金条！

辛：书！箱子里满是书！书就是我们读书人的金条！老王，怎么回事呀？

王：辛老师，罗汉寺的大师傅说，房子不租了，教我把东西挑回来！

辛：不能啊！我已经给了定钱！

王：月空和尚说，他不知道辛老师要办学堂，光是老师去住，他情愿不要租钱，办学堂，太乱，庙里受不了。

仁：（怒）老师，我去跟他们讲理，别人好欺侮，欺侮辛老师，等等，我刘习仁就不好惹！

璞：这简直是欺侮人，怎么接了定钱又后悔呢？习仁，走，到庙里讲理去！

辛：习仁，运璞，给我老老实实的搬东西去。月空和尚是我的老朋友，他绝不会对我失信。老王，你再跑一趟吧，告诉和尚，我只住他的房，暂时不开学校呢。

老舍 赵清阁 / 185

王：是，辛老师，还把东西挑了去？

辛：挑了去！

王：（向左下）

仁：怎么，老师，你又不办学校啦？

辛：先别问，搬东西去！

仁：是！（同璞下）

辛：翠姑娘，乏了吧？歇一会儿，交给我收拾。我不怕累，干起活来，我就像一头牛。

珊：伯伯，庙里既不愿把房租给咱们，咱们就先别搬家了吧？

辛：我的小姐，你有点累昏了吧？咱们的房既然卖了，咱们能够不搬走吗？

珊：商议商议，大概可以不搬家。

辛：跟谁商议？

珊：比方说，买咱房子的人，要是肯把房子退回来，咱们还非搬不可吗？

辛：我简直的不能明白你的意思。翠姑娘，别跟伯伯绕弯子，有话就直说吧。

珊：伯伯，你猜咱们的房教谁买去啦？

辛：姑娘，你是怎么啦？字据都写了好几天啦，我还不知道谁买去的？别跟伯伯闹着玩了吧，我心里也并不好受！（坐下发愣）

珊：伯伯，我说实话吧，房子是胡大叔买去的。

辛：胡力庵？（要发怒，可是控制住自己）也好，谁买去不一样呢？

珊：刚才晓凤来过了，她说已经跟她父亲说好，把勤庐白白退还给咱们，那笔钱送运璞升学用。伯父，我舍不得勤庐，运璞应当升学，晓凤又是善意，我看可以这么办；不知道您肯不肯？

辛：（斩钉截铁的）我不肯！假若胡力庵出这笔钱来教我去办学，我可以接受。因为办学是为了大家。他供给运璞是为了晓凤，我不能出卖我的儿子！翠姑娘，咬牙！帮助伯伯！咱们先搬到罗汉寺里去，我慢慢跟和尚商议，他肯多租给我几间房呢，我就招学生；他不肯呢，我再另想主意。我要是能弄到一块地，自己盖几间房，不是更合用吗？呕，我明白了，和尚的反悔，未必不也是胡力庵出的坏主意。

珊：（长叹）唉！

辛：翠珊，别难过！只要伯伯有份儿诚心，事情就没有办不通的。我办学是为教育大家的儿女，大家还不帮我的忙吗？

甲：（同乙、丙、丁由左门进来，入室即脱衣）老师，我们帮你搬家来了。

辛：（立）谢谢你们，我这儿的人够用了，你们赶紧回学校，别耽误一天的功课。

乙：我们不愿在那儿念书了，听说老师要办学校，我们愿意转学过来。

辛：我办学校可不能拉别人的学生啊！

丙：老师，你办学，我一定来。我已经对爸爸讲过，爸爸也愿意。他还说，老师有什么用着他的地方，他一定乐意帮忙。

辛：好，你们都回去吧，人多了，反倒更乱。你们帮不了我的忙，而白耽误了你们一天的书，我心里不好过。

珊：对了，你们回去吧，伯伯的书是不许别人动的，可是除了书，我们简直没有什么东西！

甲：（向大家）怎样！咱们走？

老舍 赵清阁

众：（失望的）那么，老师我们走啦。（向外走）

辛：（叫丙）大成，你下学回家的时候，问问你父亲，能不能借给我一块地呀？有了地，我就可以平地起新房，用不着将就庙里了。

丙：（喜）我一定去问。爸爸有的是地，他准能给老师一大块。

辛：好吧，说明白了，不是我私人用，是办学校。

丙：我明白。（同众鞠躬下）

辛：（对珊）你看，翠珊，只要咱们的心诚，脚步走的正，一定会有人帮助咱们。

珊：胡大叔来了。

辛：你招待他一下吧，我不愿见他！（要走）

珊：（拉住他）伯父，伯父，听听他要说什么。

胡：（进来，态度傲慢）大哥！翠珊！听我说，去住和尚庙不是什么体面的事。再说，我也听说了，和尚不准你去开学堂。（等辛说话）

辛：（要说话，又不屑的止住）

胡：我办事讲究干脆嘹亮。（掏出契纸来）大哥，你的房契，原物交回。（递）

辛：（不接）我的房子已经卖了，钱也拿到手了，怎能再要房契呢？

珊：（假装作事，但情不可抑，手与唇都颤动）

胡：那笔钱，你拿着也好，我拿着也好，可是咱们得起个誓，咱们俩谁也不能动用一个，都给运璞留着，好教他入大学。大哥，我告诉你，我一辈子没作过这样赔本的事；这回，为了自己的女儿，就叫"没法"，你怎么说？

辛：不行，我一定要办学。

胡：难道你就不顾你的儿子？

辛：我也得顾别人的儿女。

珊：（不能再忍，过来）胡大叔，把契纸给我。

辛：翠珊，你干什么？

胡：翠珊，我不能给你。想当初，你爷爷临死的时候，把这所房子和二十多亩地分给了你的爸爸。谁教你爸爸乱想发财，硬把地都卖了，出去作生意。到如今，地也没有，人也不见了。唉！发财不发财，都是命啊！这点财产要交给我，我早就把它弄得像个样儿了。多了不说，起码现在已变成一顷多地了。

珊：我知道这是伯父的财产，我不过替伯父拿一会儿。我舍不得勤庐！（唏嘘）

胡：契纸可不能随便交给别人。你看，（拍拍口袋）我的钥匙，我自己老带在口袋儿里。（又拍拍胸）房契地契都永远放在这儿。什么话呢，这是命！命不能随便交给别人。

珊：（怒）你们这些老……（止住，往院中跑）

辛：你干什么去？翠珊！

珊：（哭叫）我出去跑，嚷，哭，我要疯了！

寿：（在院中）哥哥！哥哥！

珊：（迎面遇见寿蓬头垢面，提着个肮脏的麻袋，害怕，往后退步）伯伯！伯伯！

辛：怎么啦？谁呀？

寿：（已至门口）是我，哥哥！

辛：（惊喜）是你？老二！（接过麻袋置于地上。双手拉住弟弟）弟弟！（欲语而气塞）弟弟！

珊：爸爸！

胡：老二！

寿：（似半醉）谁？你是我的小翠珊？长这么大了？

老舍 赵清阁 / 189

珊：（也拉住他）爸爸！

寿：（向胡）这是——

胡：连我都不认识了？胡力庵！

寿：呕，看样子你发了财？好，好！

辛：老二，你上哪儿啦？几年哪，都没给哥哥来封信。

寿：没混好，没混好，没有脸回来。（向四外打量）这是怎么回事呢？要搬家？

辛：翠珊，先去打盆水来，教他洗洗脸。

寿：不洗，脏惯了。（一下子坐在地上）大哥，是不是要搬家？你也没混好？

辛：嗯……

珊：爸爸，先别问了吧？饿不饿？弄点东西吃。

寿：不吃，有酒吗，倒可以喝一点。有酒没有？

珊：家里没人喝酒，你要喝，我买点去。

胡：我有酒，教运璞拿点来。

珊：哦，我想起来了，那天给伯母上祭，不是买了一点酒吗？我拿去。（下）

寿：怎么？嫂嫂不在了吗？

辛：（难过的）不在了，这几年可以说是家败人亡！（坐）

胡：不是我爱说难听的话，你们老哥俩都太笨。办学堂，当教员，是赚不着钱的事，大哥是一把死拿，非往下作不可。二爷，你太不会作买卖，又非出去不可。到现而今，老大卖房，老二连身整衣裳也没有啦，我看你们怎么好！

寿：力庵，话不能这么说，我一点也不笨，我有本事，无奈运气不佳，处处失败，所以就混成个叫花子了。虽然如此，我并不服气，我还得弄点钱，再出外经商，不发了财，我就不再回来了。

珊：（端着一茶杯酒上）怎么？爸爸你还要走，刚进家门就又要走？

寿：刚进"家"门？这勤庐不是卖了吗？

珊：爸爸！

辛：老二！我是没了办法，但分有法子，我能卖祖产吗？作了十好几年的教员，我不能为生活困苦就去改行！教育本来就是清苦的事业，我不知道我教书教得好不好，但是我的确知道我很尽心！我若是一旦放弃了我能尽心尽力的事，而只去混饭吃，我就变成了个酒囊饭袋，只为肉体而活着，那就还不如死了好呢！

寿：（抢过酒杯，一饮而尽）咱们弟兄一样！我还得走！已经飘流了八年，我还要流荡一辈子呢！在外面，我作生意也好，不作也好，心中总比在家里圈着痛快！大哥，你把房子卖了？卖了多少钱？给我，我马上走！多□我发了财，我才回来呢！

珊：爸爸，你说的醉话吧？

寿：有这么二三年了，我老醉着！一醉解千愁。真是半点不错！不论有什么过不去的事，只要一醉，就很快活的过去了！喝过酒，倒头一睡，连梦也不敢来打扰我，简直是半仙之体！大哥，看在同胞兄弟的情义上，你请我痛饮一顿，今天喝个痛快，我明天就走！你能给我多少钱？

辛：你要多少呢？

寿：勤庐卖了多少钱，我要多少钱！（摇晃着立起）

胡：（抢着说）勤庐又不是你的，老二，你怎么了？

珊：爸爸！

寿：力庵，我没跟你要钱啊！这（指兄）是我的亲哥哥！我跟他要钱是应该的！大哥，你说是不是？

老舍 赵清阁 / 191

辛：是，老二！

胡：咱们要不是世交，我也不愿意跟你们多费话！咱们既有父一辈子一辈的交情，我就不能看着你们瞎胡闹！老二，你听着！这所房，和那点地，是我买的！

寿：（讽刺的）这就是父一辈子一辈的交情！

胡：老二，你不用俏皮我，你听着！看，房契在这里，我交还大哥。大仁大义，我敢说！那点钱，你不能要，大哥也不能要！

寿：给谁？

胡：给运璞留着，好教他上大学！你们老哥俩只有这么一条根，不造就他造就谁呢？运璞上大学，大哥去找个事作；你呢，老二，在家歇一歇，还是去种那点地。等过个一年半的，我把我的晓凤给运璞，教他们成亲。过些日子，他们给你们辛家生个胖娃娃，你看有多么好呢！不信，咱们把三老四少请出来，听听我的话，他们要有说我不对的，从此我就不再姓胡！

寿：（思索，忽然急迫的）可是，力庵，后面还有人追我呢！

珊：追你？谁？（惊异）

寿：债主儿！我的债主子很多，唯独这一个厉害，所以我只好跑回家来！

珊：爸爸，你……（难过得说不出话来）

辛：老二，欠他多少钱呢？

寿：不多，两千多块钱！

辛：那，你放心得啦！咱们的房子和地一共卖了三千五呢！

寿：给我！给我！

辛：我一定给你！虽然我说过这钱不能作别的用，但为了我要你悔过自新我把钱给你！

寿：到底是亲哥哥呀！

珊：爸爸，伯伯这笔钱是为办学校的呀！

胡：唉！大哥，我把房契拿走了。二位，再见。今天把房腾清，明天我好派人修理！（气极）

珊：（急）大叔，别不管了哇！

胡：我怎么管？一位是走四方道儿的老学究，一位是醉鬼，我跟他们费什么话呢？（越说越气）钱到他们手里仿佛连狗屎都不如，教我怎么办呢？我没工夫跟他们捣乱，走啦。（下）

辛：力庵，不送啦。（转向弟）老二，那位债主子在哪里呢？

寿：把钱给我，我给他送去。

辛：先给你两千五，够了吧？给他送去，赶紧回来；我自从你嫂子去世就戒了酒，今天我的老二回来了，我得破戒，晚上我跟你喝酒，谈谈心。（给钱）

寿：（手颤着接钱）翠珊，你陪爸爸去，不远！不远！

珊：这里正忙啊。

辛：去吧，翠珊跟你爸爸说说话呀。唉唉，一晃儿八年没见了！

寿：走啊。小翠珊！（提破袋）

珊：咱们还回来呢，把口袋先放在这里吧。

寿：（忏悔，落泪）

珊：（诧异）怎么啦？爸爸！

寿：哥哥！（拉住珊，痛苦得似立不稳者）我，我骗了你。出去八年，我没混好，我只学会了喝酒，骗人！可是，我并没忘了哥哥，也没忘了翠珊。骗别人，我一声不哼；今天，我骗了你，大哥，我不能不告诉明白了你。大哥，我从此改邪归正，有这两千多块钱在手里，有翠珊跟着我，

老舍 赵清阁 / 193

我还能混起来，混好！大哥，你原谅我不原谅？

辛：（点头）亲弟兄，我原谅你！

珊：我跟你上哪儿？爸爸！

寿：我骗谁也不能骗你，翠珊，这个镇上，我不能住，咱们到黄家庄去。

珊：（夺出手来）我不去！

辛：珊姑娘，在这儿，你也没了家；跟你爸爸去还不是一样吗？

寿：爸爸不远千里而来，就为的是你呀，你看，咱们父女租两间小房，收拾得好好的。你过日子，我规规矩矩的作个小生意；黄家庄离这里又不远，想你伯伯，咱们就来看看，多么好呢？

珊：（迟疑）我……

辛：二弟，你跟我一块儿住在罗汉寺去不好吗？

寿：（思索）不好。

辛：怎么？

寿：我怕你的眼睛，你的眼睛里有股正气，又有一股和气，教我手足无措。我骗了你。你，大哥，真配作个教师！连我，你的弟弟都应当叫你老师。翠珊，你去不去呀？我不勉强你，你要爱跟着伯伯就不用去。

珊：（目睹辛，矛盾不忍去）伯伯把我养大的，他就是我的父亲！

寿：我可是你的亲爸爸呀。

辛：去吧，翠珊，有你看着他，他也许就改好啦。

珊：（想了想）好吧！

寿：（喜）啊！我的小女儿，爸爸有了你，就一定会改成好人了！

辛：珊，就去收拾收拾吧。不能空着手走啊。

珊：我还得告诉运璞一声哪。

辛：叫他来，见见叔父啊！

寿：谁？

辛：你的侄子运璞。

寿：（慌）别，别叫他来！我没脸见他！

珊：（去看铺盖卷）这个是我的。（提了提又放下扑向辛）伯父，我不能去，我愿意跟着你，你是我的伯伯，我的父亲，也是我的老师！

辛：（难过）跟着我也是受罪啊！

寿：（也难过）难道你就不要你的爸爸了？

珊：（又想了想，矛盾，苦恼）你是我的爸爸，我要你改好，咱们走吧！伯伯，我走啦！（欲去）

辛：你不拿着东西吗？

珊：我！（仍不舍去，又回来，抱住辛）伯伯，我不能走！我要跟着你，永远跟着你！（哭）

寿：（已走至门口）走哇，我的孩子！

璞：（扛着一箱上）珊姐姐，怎么还哭呀？（放下箱，看见寿）爸爸，这是谁？

辛：运璞，快去行礼，那是你的……

寿：（抢着说）别说，我走啦。（掩面跑去）

璞：谁？（赶至门口）

珊：（急追至门口，扯开璞）爸爸！爸爸！（坐在门口唏嘘）

辛：（过来）翠珊！让他走吧，他还会回来呢。（挽起她）

璞：叔父回来啦？怎么又走了呢？

辛：运璞，这就是个教育问题。你的叔父，比我聪明，有本事。可是他不喜欢读书，而一心想发财。结果，他一遇到不幸与打击，他便支持不住了，而往下坡路溜下去。可怜

老舍 赵清阁 / 195

的老二!

珊:伯伯,他还会回来吗?(止泣拭泪)

辛:把钱花完,他就会回来了。

珊:那么伯父你怎得了呢?

辛:明天的事,明天再说吧。翠珊,你知道我帮助他,也就是教育他,我相信,只要我有诚心,我就会感化他。运璞,你还收拾东西去。

璞:是。(下)

珊:伯伯,钱教爸爸拿走,你还怎么办学呢?

辛:走着瞧吧。有人帮助我呢,我自己办学;办不成呢,就再当教员去。反正教育和我算是分不了家啦。

丙:(低头进来)

辛:你看,帮我忙的人来了,怎样?大成?

丙:我对父亲说了。

辛:你父亲怎说?

丙:他,他——

辛:说吧,求人的事,成不成没有关系。

丙:父亲说,他很佩服老师,他愿意帮老师的忙!

辛:好极了!

丙:不过,不过,他说愿意帮你个人的忙。老师若是自己要点地,他诚心愿意送给你几亩。办学校,他连一分地也不能给你。

辛:什么意思呢?

丙:父亲说学校没用,除了教给学生什么自由恋爱,跟打球以外,什么也没有。

辛:呕,大成,你回去吧,谢谢你来回跑这么远。

丙:那么,你自己不要爸爸的地?

辛：回去替我谢谢你父亲，我自己不要地。

丙：（叹气）唉！再见吧，老师！（走了几步，又回来）老师！你等着，多□我自己当了家，我送你一顷地去办学校。

辛：傻孩子，等你当了家，我不知道死到哪里去啦。去吧，好孩子！

丙：（下）

珊：得，又碰了一个钉子，伯伯怎么办呢？

辛：怕碰钉子，还作得成事吗？为个人的衣食住而不怕碰钉子，是寡廉鲜耻。为社会事业而不怕碰钉子，是艰苦卓绝。不用着急，咱们有办法，我就是沿街乞讨去，也得办学校。（叫）刘习仁！刘习仁！

仁：（上）来了，老师。

辛：把扁担抬筐拿来，拿来！

仁：是！（下）

辛：珊！老王一个人挑不了这么多的东西。我和运璞，习仁，也得挑一点，大概有三趟，就可以搬完了。你看家，饿了就烤个馒头吃。

仁：（拿着扁担与筐，上）老师，我挑什么？

辛：把那些书装好。

仁：（装筐）

辛：（叫）运璞！

璞：（上）干什么？

辛：习仁，你跟运璞扛铺盖。我挑书。

仁：老师，书比铺盖沉啊，我挑书。

辛：我的书，不许别人挑，再说，你们嫩胳臂嫩腿的，就挑得动吗？

仁：我能挑！

璞：我挑得动！

珊：伯伯，让他们挑吧！

仁：书上不是有一句："有事，弟子服其劳"吗？

辛：（笑）我是"以身作则"啊。（提提筐）瞧我的吧！（挑起）习仁，运璞，扛行李，走！

三十二年七月十九日脱稿于北碚

三十二年十一月九日修改于重庆

原载《文艺先锋》1943年10月3卷4期

选自老舍、赵清阁著：《桃李春风（四幕剧）》，中华全国文艺界抗敌协会成都分会主编："文协成都分会创作丛书"，中西书局，1943年

沈蔚德

|作者简介| 沈蔚德（1911— ），湖北孝感人，笔名维特、沈维特，戏剧理论家、作家。先后在上海神州女校、北京两级女子中学、湖北省立第二女子中学读书，1933年入中华大学外文系读书，1935年入国立戏剧专科学校学习，后在该校研究实验部深造。1938年起，历任国立戏剧专科学校助教、讲师。中华人民共和国成立后，先后任中央戏剧学院讲师、南京师范大学（原为南京师范学院）副教授、教授等。代表作品有剧本《春常在》《民族女杰》等。

春常在（五幕剧）

（节选）

时　间：
　　现代
地　点：
　　内地某乡镇上
人　物：
　　方老师——方树仁。乡镇小事教员，年约四十余岁，是乃仁者。

方皓——其义女。年十二，天真活泼，聪明美丽。尤具仁心。

陈奶妈——方皓之乳母，年近五十。

夏希绅——当地巨绅。神色枯厉，性情偏执，时有不近人情之处。

胡媚紫——其后妻，三十余岁，风骚阴毒。

夏宛容——其女，年十八九，温宛若玉，楚楚可怜。

贾任义——三十岁，夏希绅之账房，阴险小人。

朱校长——小学校长，胆小怕事之好好先生。

白若玉——方皓之生母。年二十余之半老佳人。

赵老大——富农，约五十余岁，性情耿直倔强。

赵菊贞——其独女，年十三四岁。

赵老二——其弟。夏希绅佃户，壮年农夫，勤俭朴实。

赵士洪——赵老二之子，八九岁。小学生。

张大娘——乡妇。

小雷子——其子，十来岁，哑吧。

石少卿——"杜少卿"式的旧家公子，以好施荡产，现为小学教员，年近三十，与夏宛容夙有情愫。

石福——其家仆，六十余岁。

周丙元——年二十一二，曾为夏希绅家长工。

江三混子——刁滑之地痞，三十余岁。

传慧老道——到处云游，不务正业，常与江三混子等为伍。

异乡人——粗鲁憨直之彪形大汉，曾为盗，后改经商。

康医生

夏凌云——小学生，夏希绅之族侄。

小学生——数人

乡民——若干

景：

第一幕：方老师住宅门前

第二幕：方老师住宅室内

第三幕：仝前

第四幕：第一场：夏希绅家中客厅

　　　　第二场：仝第二幕

第五幕：仝第二幕

第一幕

时　间：

夏日午后。

地　点：

乡镇小学后院，方老师住宅门前。

景：

　　这座乡镇小学的校址是从一座旧文庙改造的，后院的三间后殿便暂时做了方老师的住宅，这院内左角有古树一棵，植在石砌的圆座之中，枝叶参天，浓荫满地。院右则有狭地一畦，种着一些花草、蔬菜。几棵美人蕉和忘忧草正盛开着花，红黄相间，如火如荼，颜色极其鲜艳。南瓜藤到处蔓延，柔软的长臂伸到那殿门前去抱住那两根朱红柱子，而且几乎爬到上面那个大月洞窗窗口里去偷窥屋中的风光。走廊上，两旁卍宇栏杆，几根竹竿斜搭树上，竿上晾着衣服，此外还搁着几个小矮凳。走廊下来，是几级宽大的石阶直通到院里的甬道。

　　这庙年久失修，墙垣已有倒塌之处，人们为了抄近，有时

沈蔚德 / 201

便穿过这个后院；因此，方老师住宅门前，有时倒也鸦雀无声，十分清静，有时却又熙熙攘攘，成了人迹不断的往来要道。

时当初夏午后，夕阳斜照，满天晚霞。只见院中风吹草动，花枝招展；古树上，飞鸟归巢，啁啾不已。殿前却杳无人迹，甚为寂静。

遥闻操场上小学生欢笑跳跃，闹成一片。小顷，欢笑声渐近，一转而为和谐的歌声。

小学生歌声：

春常在，

在我心中。

那怕它凄风苦雨，冰天雪地，深秋与严冬，心中和煦乐无穷。

一意求和平。

心地放光明，

日月悬碧空，

合作矢精诚，

心弦起共鸣，

燕语与莺声。

相亲复相爱，

心花常常开。

桃红又李白。……

（一群小学生嘻笑跳跃而来，每人手提书包。满面春风，载歌载舞的走着。）

柳絮，你轻轻舞，

蝴蝶，你慢慢飞，

谁说春去不再来？

人人心中春常在，

一片好世界！

（歌声甫毕，学生甲乘势揉了小学生乙一下，小学生乙几乎跌倒，大家一阵哄笑。）

小学生甲：（跳到围着树根的石磴上去）来，来，大家耍一会儿再回家，太阳老高老高的呢！我们来捉迷藏好不？

众小学生：（七嘴八舌的）不，我说丢手巾！不，我说枪圈！不，点花名才好玩。……

（吵吵嚷，莫衷一是。）

小学生甲：大家别嚷，听我说……

（小学生夏凌云忽然跳到石磴上，把小学生甲推下去。）

夏凌云：你说什么，大家听我说……

小学生甲：（气愤）夏凌云你推人……

夏凌云：（强横的）推了你又怎么样？只许你站在这儿说话，不许我说话？大家听我说，我们顶好是……（不料他的话也未完，从树上掉下一滴潮腻腻的东西，可巧落在他的鼻尖上）啊？这是什么？（甲手去摸，涂成一个花鼻子）

众小学生：（拍手大笑）花鼻子！看夏凌云的花鼻子！

夏凌云：（羞而且恼，仰头细看）原来是你这个死东西捣鬼！

众小学生：（也仰头察看，发现树上有鸟窝，这时鸟声啁啾，清脆可听）啊鸟窝！鸟窝！他吃了鸟屎！鸟屎好不好吃？你倒是说呀，你怎么不说了哇！哈哈！……

（夏凌云气愤的拭去鼻上的鸟屎，一言不发，跑到走廊去拿了一根空着的晾衣竿，又复跳到石磴上，仰头测量树身的高矮。）

众小学生：做什么？你要做什么？

沈蔚德 / 203

夏凌云：它捣我的鬼，我捣它的窝！

赵士洪：（急忙上去拉住他）夏凌云不行，你忘了方老师的话吗？我们不但要爱别人，而且要爱一切的生物。你捣了它的窝，要这大风大雨来了，那些小鸟儿怎么办？假如有人把你家里的房子拆了，你睡什么地方？

夏凌云：（挣说，粗声）哼！谁敢拆我家的房子？走开！我偏要捣！

赵士洪：（仍然拉住不放）算了，算了。我们大家玩别的好不好？……

（夏凌云话未说完，一手摔开他，就拿竹竿往树上捣去。一瞬间，鸟巢虽未捣下，一只羽翼未丰的鸟雏却已落出巢外，呱然坠地。大家呀的一声，跑去拾起，聚而观之，见小鸟已被摔伤，奄奄一息。）

小学生乙：（摸着手掌里那个闭目喘息，肉突突的柔软小东西）你看，这小鸟儿摔得只剩一口气了，它的毛还没长全呢！（忽闻枝头鸟噪声甚为急燥）它的妈妈在树上叫它呢，你听！

（大家均动了恻隐之心，面面相觑，默然无语。）

小学生丙：（自告奋勇）我来爬树，把它送还给它妈妈去。

夏凌云：（拦住他）给我！是我捣下来的，不许送到树上去！你们这群推车抬轿的种，敢不给我！

小学生丙：（怒）你骂人！我们推车抬轿的是不好种，你们夏家有田有地就是好种！哼！算了吧，王家伯伯说的，你们姓夏的就没有一个好人，你们叔叔夏希绅，夏二老爷就是一只有名的瘦狼，吃人不嫌有骨头的。大家看！就这个样子！（他拉长了脸，瞪着眼睛，背着手，大踏着步，做出一个严厉老年人的神情，向众人面前冲去）

众小学生：（觉得好玩，纷纷作逃避状）狼来了，狼来了，快跑呀，快跑呀！

（夏凌云恼羞成怒，拿着竿子要打小学生丙。）

小学生丙：（幽默的）怎么，侄儿打起叔叔来了？啊？

（众哄笑。夏凌云气极，无可发泄，又拿竹竿去捣鸟巢。）

赵士洪：（急忙又去拉住，一面劝大家）大家别闹了。你也别去捣鸟窝啦，好不好？方老师说过……

夏凌云：去你的罢！方老师，方老师，就是阎王老子我也不怕！你配来管我！（两人扭了几下，夏凌云一竹竿打在赵士洪头上，赵士洪忍不住呱的一声哭了。众小学生大为不平，一哄而上）

众小学生：你打人！你打人！走！我们带他到方老师面前说去！走！

夏凌云：走就走！告方老师又怎么样？

（众小学生夺下他的竹竿，扯扯拉拉的把他拥走。）

小学生丙：（见赵士洪站在原处不动，回头喊他）来呀！赵士洪！不能叫他白打！

赵士洪：（摸着头上的痛处，抽咽着）我——我不去。我——不——恨他，不去告他。

小学生丙：好吧，你不去告，我们替你去告！（随众同下）

（赵士洪一人在此，抹着眼泪，一边拾起打架时从书包里掉在地下的笔墨。赵菊贞上。她年约十三四岁，穿一身花洋布短裤褂，梳着两个小辫。圆圆的脸，黑黑的皮肤，浓眉大眼，红脸蛋，薄嘴唇，富于乡村少女的健美，同时带着乡民的朴实淳厚的气味。但在她大眼睛一闪，薄嘴唇一撇的时候，却也显出娇憨之外还有三分慧黠。）

赵菊贞：士洪弟弟！你在这儿干什么？（上前帮着他捡东西，抬头看他）又跟人打架了是不是？小淘气！嗳哟！看你头上这个大包！（忙用手掌替他揉摸，赵士洪本已止哭。这时却

沈蔚德 / 205

　　　　　　不由得又复涕泪交加。赵菊贞拉到石级上坐，安慰着他）别哭了，是谁欺侮你，告诉菊贞姐姐，菊贞姐姐去骂他。

赵士洪：（摇摇头）不用去骂，这会儿已经不大痛了。他自己会后悔的，要是他知道我下半年就不上学了，他一定不会打我。

赵菊贞：你还没毕业，为什么下半年不上学了呢？

赵士洪：爸爸说——（神色凄凉，喉咙发硬）

赵菊贞：是二叔不要你进学堂了吗？（他点头）为什么呢？

赵士洪：学堂里下半年都要做制服，爸爸说，没有那么多钱买布；又说妈妈病了，家里没人做事。我要不进学堂，就可以在家里照看弟弟妹妹，放放牛，拔拔草，帮着打打杂。

赵菊贞：（叹息）也不怪二叔心狠，总是"穷"的不是！（沉吟）制服费！（忽然）二婶的病还没好吗？（士洪摇头）可惜我又不能去看看她。（拉着士洪的手，亲切的）士洪弟弟别难过，菊贞姐姐替你想办法。你回去跟二婶说，菊贞问她好，叫她耐心调养，明天我再请隔壁张大嫂带点吃食过来。再叫她劝劝二叔，说还是让士洪弟弟念完小学的好，菊贞姐姐说，钱有办法。这些话记住了吗？

赵士洪：（连声唯唯，面有喜色）记住了。妈妈常说菊贞姐姐是顶好顶好的姑娘，她很想跟你见面谈谈，可是又怕大伯伯骂。

赵菊贞：唉！这都是我爸爸那股子别扭劲儿闹的，好好的一家人，弄得你不理我，我不理你，比路人都不如，真是何苦来呢！……（忽闻路旁有老人咳嗽声）你听！就像是我爸爸来了！

赵士洪：（慌忙立起）我要回家了。

赵菊贞：好弟弟，别怕他！你就看见他发起狠来老虎似的，可不知道他的心才软得像棉花呢！你别走，咱们正好跟他苦说说。……

（赵老大吸着旱烟袋，缓缓走来）。

赵菊贞：（迎上去，娇憨的）爸爸！

赵老大：你在这儿！我那儿没找到哇！这么大的姑娘了，成天在外面乱跑，这会又跑到学堂去干什么？

赵菊贞：嗳唷！我来玩玩，不许吗？那怎么您也来了？也跑到学堂来干什么？

赵老大：没受过教训的丫头！管起老爸爸来啦！（揉着眼睛，指着躲在菊贞身后的孩子）那是那家的孩子，躲着干什么？

赵菊贞：那是咱赵家的孩子！他躲着就为了不敢见您！（把士洪推到赵老大面前）士洪弟弟，出来叫声大伯伯！

赵士洪：（胆怯的）大伯伯！

赵老大：哼！（微微跺了跺脚，板下脸想走）

赵菊贞：（追上去）爸爸！您别走，让我来给您装一袋烟。（不由分说，抢过旱烟袋，替他装烟）怪不得您生气，我今天还没尽过孝心呢！

赵老大：（无可如何）这个丫头！看你眼睛咕噜噜的乱转，又该出什么坏主意啦，你可小心！要是爸爸爱听的，你就说；要是爸爸不爱听的……哼！

赵菊贞：我不敢惹您生气，爸爸！就算您猜着了，我是有话跟您说。您且等我把话说完，再看这话女儿该不该说。

赵老大：你舅舅跟你表哥来了，家里有事。你快说吧！我没有工夫。

赵菊贞：我先问问，您疼不疼我？

赵老大：傻丫头！这还用问。

赵菊贞：您疼我，为的我是您独养女儿，对不对？我再问您，舅舅跟表哥是什么人，为什么他们穷了，你就周济他们；他们来了，您就打酒买肉的请他们？

赵老大：那是亲戚呀！人那有不顾亲戚的？

赵菊贞：那就对了。不过，只顾我妈的兄弟，可就不顾自己的亲兄弟，您疼自己的女儿，疼自己的内侄，可就不疼自己的亲侄子，您说怪不怪？

赵老大：（正颜厉色）菊贞！你越来越不象话了，你倒想教训起我来了？

赵菊贞：（哀求的）爸爸！做女儿的不敢！爸爸就生我这么一个女儿，平时多疼我，做女儿的还能故意惹您生气吗？可是今天女儿实在忍不住了，您就打死我，我也要说的。您是不知道现在二叔家里的情形——士洪弟弟，你过来，告诉大伯伯：二婶怎么病了两个多月躺在床上哼哼，又没钱买药，又没有吃的；小二儿、小三儿、小四儿怎么没人照应，整天滚得一身泥，摔得满腿青的；小五儿又怎么没奶吃，饿得瘦猴似的；二叔又怎么一把土一把汗的种田种地，推车抬轿，做得腰弯背驼，也不够家里吃用。还有你自己，下半年又怎么没钱交制服费，不能上学堂，只好在家里抱娃娃，放牛喂猪，做一辈子的睁眼瞎子。（说得声泪俱下）士洪弟弟，你说呀！你跟大伯伯说呀！自己的亲伯伯，又不是外人。

赵士洪：（给菊贞说得伤心，满腹委曲）。菊贞姐姐！（抱着菊贞痛哭起来）

赵菊贞：士洪弟弟！别哭！现成有大伯伯给你作主！

赵老大：（忍不住看了他们一眼，长叹一声）唉！（立起身来想走）

赵菊贞：爸爸，到底……

赵老大：（强自镇定）这丫头！你瞎闹些什么？这就叫"自作孽，

208 \ 四川新文学大系·戏剧编（第三卷）

不可活!"谁叫他爸爸当初不听我的话？他既然眼里没有我这个哥哥，我就心里没有这个兄弟，他的事我管不着，你就别夹在里头起哄了。

赵菊贞：爸爸！您……（忽听有人喊士洪）

声　　：士洪！士洪！（赵老二匆上，肩上掮着锄头。弟兄们彼此见面一怔，但是不交一语。他径向赵士洪走去。）

赵老二：士洪！放了学半天。还不回家。走！回去，不死你！

赵菊贞：（上前，亲热的）二叔！……

赵老大：（厉声）菊贞！你也给我快回家去！

赵菊贞：知道！我这就来！

（赵老大无奈，下。赵老二拉着士洪就走，菊贞上前几步。）

赵菊贞：二叔！（赵老二不理）二叔！您慢走一步，侄女有句话说。

赵老二：（眼睛不看她）不敢当，姑娘有什么话跟我说？

赵菊贞：我爸爸知道二婶病着，小五儿没奶吃，这是二十块钱，说让您先去买点糕喂喂他。士洪弟弟的制服费过两天再拿过来，您千万可别让他停了学不上。

赵老二：（眼睛钉着她）这真是你爸爸的意思吗？

赵菊贞：（低头，含糊的）是的。（忽然抬头，满脸诚恳）二叔！我爸爸向来嘴硬心里软，您还不知道吗？如今年纪大了，老脾气更是改不了了。看在多年弟兄面上，您就……

赵老二：（冷笑）姑娘，难得你的一片好心。可是我赵老二人虽穷，却也穷得硬朗。难道这会伸手，拿了姑娘的钱，回头再叫你挨一顿臭骂？我宁可穷死，也不能那么没有骨头。（拉着士洪，掉头径下）

（赵菊贞手持钞票，凄然怅望。少顷，正欲转身，忽闻树后有呻吟声，吓了一跳，转到树后去看。）

沈蔚德　/　209

赵菊贞：谁？一个要饭的花子！你躺在这儿怎么了？

周丙元：（从树后地上欠起半来身子来，浑身发抖）我……不舒……服！又发冷……又发烧！嗳哟！我的妈……呀！

赵菊贞：看你这个样儿，真是病得不轻！你尽躺在这儿也不行呀！

周丙元：我走不动了，才在这儿歇歇。（向她细看）哦！你不是赵保长家的菊贞姑娘吗？我是周丙元呀！

赵菊贞：周丙元？哦，你不是在夏二老爷那儿做长工的吗？怎么就落得这个样子？

周丙元：咳！我三天两头打摆子，一天比一天的没精神，那还有力气做活！夏二老爷见我老害病，就把我给辞了。我又不是本地人，无亲无故，无处投奔，只好……

赵菊贞：夏二老爷也太狠心了，那么大的家当，就白给你一碗饭吃，替你把病养好了又怎么样？

周丙元：咳！他是算盘打过梁的人，那顾穷人的苦处！

赵菊贞：你的家呢？

周丙元：我的家离这儿还有一百多里路远呢？没有盘缠，回不去！咳！想不到周丙元年轻力壮，会把命送到这儿！真是"好汉只怕病来磨"！嗳哟，我的妈呀！（力竭声嘶，倒在地下只顾呻吟）

赵菊贞：（惶急）这怎么办呢！（转身看殿上大门，笑着在自己脑袋上打了一下）我真糊涂，现放着一个看病不要钱的高明医生在这儿，为什么不请他老人家来给他看看呢。（跑上石阶，叩门）方老师！方老师！（无人应声，门也推不开）不在家？啊，也许在前头小学堂里开会吧。（向周丙元）你真运气，单单睡倒在方老师的门前。我替你去找他来给你看病，你就在这儿等着，别走了。

周丙元：（感激）不敢劳动姑娘，我准在这儿等。……

（不待话毕，赵菊贞早已抽身去远，周丙元静卧，呻吟。远远微闻化缘之声。江三混子歪戴帽，斜披衣，嘴里哼着小调，拖着两只破鞋，踅他而来，在树下坐着歇凉，化缘声渐近，江三混子闻声急隐树侧。传慧老道上。他身体魁梧，面目狰狞，虬髯绕颊，头挽道髻，身穿道袍。先贼眉贼眼的四面看了一看，便直上石阶，在门前化缘。把锡杖上的铃摇得哗啦作响，一面哼着那老套的口头禅。）

传慧老道：无量佛！道有道，非常道！法非法，看缘法。天无缘，日月不明；地无缘，草木不生；人无缘，呼唤不灵。贫道云游天下，今日路过此地，只望施主结个善缘，发个善心。施一点香火钱，功德无量！……（推不开门，四顾无人，伸手去偷取竹竿上晾的衣服。江三混子蹑足上阶，从后一把抓住老道道袍的衣领，倒拖他下来）

江三混子：（低声喝道）好个贼老道！我跟你可真是有缘呀！

传慧老道：（惊惶失措，回头一见他，方才放心）江三混子，好小子，谁叫你来混搅合的？到了手的财，叫你给赶跑了；外带吓了我一大跳。

江三混子：你好大的胆子，大白天就摆动手，亏得落在朋友眼里，要是给别人看见，怕不打折了腿，挑断了脚筋，那才叫你走不回去爬回去呢。

传慧老道：咳！"狗急了跳墙，人急了上房"。有什么法子呀！

江三混子：来，来，咱们坐下来谈谈。（二人在树下落坐）好久不见了，这些时你在那儿发财？

传慧老道：咳！到东乡去转了一趟，也没捞着什么油水。在杨家店一件买卖，我巡风，谁知人家早防着啦，进去一个逮一个，真好比"瓮中捉鳖"。害得我在外面老等，左等右等，谁知等出一条老黄狗，它连声招呼也不打，"刷"的一声，

沈蔚德 / 211

从黑影窜上来，一口咬着我的腿肚子不放，你瞧，这儿还裹着呢，（指腿）要不是菩萨保佑，我顺手一攮子就把它的喉咙扎了个透明窟窿，只怕今天都见不着你老哥呢！

江三混子：（把耳朵上边夹着的半根香烟取下点燃吸着，悠然的）险喽！我劝你还是少干这些险事。我常说，硬的不如软的，明的不如暗的。又道是，抢不如偷，偷不如骗。我江三混子从小没爸没妈，没产没业，也混到半世人生了，到如今不缺吃，不少穿，安安稳稳的坐在这儿，连皇帝老子也没奈何，不就亏了这一个马扁儿的功夫？所以，不是说笑话，你要修到我这样的道行还早呢！

传慧老道：（恭维的）你老哥那还用说？近来一定发财。有什么事儿，可别忘了提携提携我贫道哇！

江三混子：（骄倨的）那还用说！我马上就有一条妙计。不过，你现在腰上可有几个现钱，这儿不是说话的地方，咱们先到街上小酒铺来上四两，一边喝，一边谈着岂不好吗？

传慧老道：（苦脸，往身上乱摸）真倒霉，今天就没化到钱。不瞒你说，我从早晨到现在，才吃过一个烧饼，这会儿五脏神就喊人上香啦！

江三混子：（眼光手快）你那大襟里是什么？拿来瞧瞧！（早从老道怀里抽出一个酒葫芦来）

传慧老道：（忙来抢护）那是……那是……

江三混子：别"那是"啦？我知道这就是杨枝水，仙人露，吃了能长生不老的续命汤。（拔开塞子就咕咚咕咚的喝）

传慧老道：（无可奈何，可怜巴巴的）老兄嘴下留情，嘴下留情，千万剩下几口让贫道也解解喝。

江三混子：（把眼睛一白）我说老道，你这就不痛快。照说既是一个道儿上的朋友，你就不该藏私。你想，没有这个仙汤还能想出什么妙计？难道说，等会儿咱们钱到了手，我还能扔下你一个人独吞吗？

传慧老道：是的，是的，可是你到底有什么妙计？能多大的油水？

江三混子：（几口酒下肚，舌生莲花）钱啦钱！多少人为你害了相思病，多少人为你不顾了性命。你听，钱！钱！这个字儿说出来都好听，更别提从前那白花花的洋钱碰洋钱的响声儿，听了有多么迷人啦！现在尽用钞票，可惜是个哑吧；不过那花花绿绿的模样儿也怪标志，就像一个穿红戴紫的小媳妇，一见了她，你就忍不住眼皮子发痒，骨头里发酥，从心里要笑出来！你要着了她的魔，那可就白天想着她，晚上梦见她；望得一个到手还想两个，得了东施还想西施，没完没了，没止没歇，到后来睡在棺材里还伸出手来呢！

传慧老道：咳！钱自然是好东西哇！人说"钱能通神"，又说"瞎子见钱把眼开"，三岁孩子也知道钱的好处，这又说它干吗？

江三混子：你听呀，这就到了正题啦！你只知道钱好，人人都想它；你就不知道"无有钱拜斗，有了钱烧手"这句老话？遇着那些钱多了烧手的人，就用得着咱们了。你看咱们是会花没钱，有些人是有钱不会花，这是不是天大的一件冤枉事？咱们要是帮着他们花了，岂不也算积了功德？

传慧老道：有钱不会花？天下那有这样的傻子？

江三混子：你瞧，就真有这样的傻子！我们这儿现成放着一个石大少爷，他家世代书香，富有百万，直传到他父亲手上，却一味的好善，兴学校，办善堂，修桥补路，赈灾济贫，把家当耗了一大半。他死后，偏偏这位儿子——石大少爷更是呆头呆脑，不知道钱的好处。无论谁，只要一张嘴，也

沈蔚德 / 213

无论数目大小，总是有求必应，挥金如雨。不到十年工夫，给人连诓带骗，最近已是一贫如洗，可是他族里人却个个发了财，现在慢慢都不上他的门了。老实说，前两年我也作成了他几次，现在……

传慧老道：（失望）你说了半天，到底还是一篇废话！

江三混子：你别急呀！现在我到了没法的时候，还是找他救救急。本来，"巧媳妇做不出无米的饭"，家当完了，也只好歇手；可是话说回来，"老马不死旧性在"，只要他手头稍有余钱，他禁不住就要给人，真像钱烧了手似的。你想，人家要是能拔根汗毛，不能比咱们的腰还壮吗？

传慧老道：（色然而喜）那我们怎么下手呢？

江三混子：那倒不难，拍马得正拍在马屁股上。这位石大少最爱人提起他的老太爷。你要说这个人见过老太爷，或是这件事老太爷当年是想做的，那就没有不成的。倒是有两件事不好办。第一，因为他现在钱不凑手，凡事要由他的老家人石福作主，所以难了许多；第二是我出面的回数太多，石福那老家伙心里很不痛快。

传慧老道：那么就由我出面怎么样？

江三混子：（摇头）你也不行。第一你摸不着那个大少爷的脾气，嘴头又笨；第二，你在这儿常来常往，只怕也逃不过石福的眼睛。最好是咱们俩都不正面出头，只算是替另外一个人求告，也许还有七八成凑手。

传慧老道：一时上那儿去找这个人呢？

江三混子：譬如说，你要是有一个徒弟……（从树后发出一声呻吟，两人惊惶四顾，发现周丙元睡在那儿）

传慧老道：（仓卒之下，忘却自己是出家人，狰狞的）路死路埋，沟死沟埋的混账东西！敢来偷听老子们的小话。你要是敢来坏老子们的事，只看你那几根鸡骨头可当得了老子们的拳头！

周丙元：（莫名其妙）你这是干什么？欺负我这个病人？

江三混子：（劝住老道，向他示意）喂！你正好收他作个徒弟呀，怎么倒发了愣劲儿？（向周丙元）别理他，他是个疯老道。呃，穷朋友！我认识你是在夏家做过长工的周丙元，现在英雄落难，困在此地。人说，"四海皆朋友"，我们见你可怜，倒想帮你弄点盘缠，大家也都叨一点光。现今正有一件不费事的买卖，你可肯作？（弯下腰去，向他附耳而言）你看这样够多省事？将来钱到了手，咱们是三一三十一的平分。

周丙元：（摇首）我周丙元穷虽穷，还没做过这样不讲廉耻的事，我不干！

江三混子：（冷笑）不讲"廉耻"，"廉耻"卖几个钱一斤？我看你还是没饿够，你就抱着你的"廉耻"等死吧！（甘言诱惑）朋友，其实我们也不是本心愿意，都是叫穷挤的。再说这又不是杀人放火，挖墙掏洞的险事儿，就靠我这两张嘴唇皮动动，你又不担斤两？说不成，咱们至多认个晦气；说得成，我们落几顿饭店钱，可是你也许就治好了病，回得了家呢？我看你还是想开一点的好！

周丙元：（半晌，长叹）咳！好吧！只要菩萨保佑我的病好，回到了家，死了也闭眼。

传慧老道：无量佛！咱们伙计算搭好了，可是我还不知道怎么下手哇！

江三混子：（四顾）别嚷，那边有人来了。来，来，我告诉你，横直都听我的调度就是了。（偕老道隐入树后）

（石少卿上，石福随后。石少卿穿一件半新的本色白绸长

沈蔚德 / 215

衫，手持黑纸折扇，举止倜傥，面目清秀，隐含一团英气，然而有时显得很豪放，有时却彷佛显得是憨厚。石福穿一件旧蓝布袍，洗得褪了颜色，然而仍很整洁。他须眉皆白，老态龙钟，这时紧跟着他的少主人之后，亦步亦趋，似乎有所陈说。）

石　福：少爷！不是我大胆，总来啰嗦。您的脾气，到现在可真得都改了才成呀！

石少卿：（漫不经心的走来赏玩阶下的美人蕉）石福，我现在已经很谨慎了不是吗？处处都听你的话。你看这美人蕉，真是娉娉婷婷，大有弱不胜衣之态！

石　福：我不懂什么美人蕉不美人蕉，我只知道当初老爷临去世的时候，说："石福！我把少爷交给你了，你要看着他好好做人，成家立业！"可是到现在，眼看着家产是差不多花得一光二尽，快三十的人，连少奶奶还没定下。石福这两年常发老病，腿子一天比一天的无力，只怕早晚是不中用的了，到那时候，见了老爷，叫我说什么呢？

石少卿：（肃然，安慰他）你也不要难过。钱财本是身外之物，并且贵在流通，散给世人总比藏在自己窖里单传给儿孙的好。我石少卿庸庸碌碌，一无所长，幸而秉承了先父一点济世救贫的遗志，没有成为一个利禄熏心，唯钱是命的守财奴，总算上可以无愧于祖宗，下也可以聊以自慰了。自古道："知子者莫如父。"我这点居心，别人也许不知，老爷一定明白，你放心好了。

石　福：（瞠目不知所以）照这么说，谁也不应该攒下多的钱，谁要有了多的钱就得想法子散给别人？那还成什么世界？那谁还辛辛苦苦的攒钱，那也就分不出谁是穷人，谁是富人喽！

石少卿：（微笑）我问你，世界上为什么一定要分穷富？分了穷富又有什么好处？

石　福：（倒也给他问住）那……那……可是少爷，别人都不像您这样想。当初老爷少爷一手周济的人，现在都发了财了，可也不见得都散给别人，照样自己留着慢慢享福。

石少卿：那是他们不明白大道理，咱们不必管他们。

石　福：（见他执迷不悟，渐渐急躁）石福也是一个不明白您这种大道理的人，暂且说句大胆的话，我看您这种行善的法子，简直是"偷鸡不着，倒蚀一把米"。您觉得自己是一片好心，把家财都散了来救济穷人，其实倒白便宜了那些好吃懒做，弄巧卖乖的坏东西。他们明知道少爷的脾气，只要脸子一苦，说上三句哀告的话，您就不问底细的往外掏钱了。说您也不信，他们很有些当您是个衣饭碗，大肚子的弥勒佛，没了落子就想□□秋风，当面千恩万谢，背后还笑您一声傻子，这真是何苦呢。不说别的，就说前村的王小二吧，上月跑来说他七十岁的老娘要死了，哭着求□舍一副棺材钱，后来我一打听，他家里那里有什么七十岁的老娘，只有一个二十几岁的婆娘。大概他把少爷给他妈的棺材本，都买了什么花儿，朵儿，胭脂水粉，孝敬了这位婆娘了。

石少卿：（皱眉半晌）石福！你也不要把人心都看得那么黑！

石　福：（自悔失言）少爷，不是石福的话太刻薄，确是现在的人心都没少爷想的那么好。少爷自小娇生惯养，老爷的家教又正派，那知道外面的世情。俗话说"善有善报，恶有恶报"，老爷和少爷两世行善，天总有眼睛的。不过石福免不了有时要提醒少爷两句，别反上了小人的当就是了。

石少卿：（笑着）以后有什么事，我都先跟你商量一下，如何？

沈蔚德　/　217

石　　福：那是少爷看得起石福了。（顿一顿）今天小学里听说发了薪水？

石少卿：你又不放心了是不是？（从袋里掏出一把钞票，留下几张，余外交给石福）我只留下几十块钱零用，剩下你就替我放着作家用吧。

石　　福：是呀，米又该买了，还有柴火……

石少卿：（挥手）去吧！去吧！谁听你这一套！

石　　福：是！石福回去叫家里的端正晚饭，少爷早点回来吃饭。

石少卿：（点点头。徘徊于花草丛中，口中微吟）风吹花影动，疑是玉人来！

石　　福：（走开去几步又走回来，似乎看破他主人的心事，机密的）少爷是不是等一个人？

石少卿：（微惊）我等谁？

石　　福：（笑容可掬）当然是等夏宛容，夏小姐！

石少卿：（以不答答之）我看，你还是去招呼晚饭吧。

石　　福：是，我就去。（自言自语）夏小姐真好，心慈面软，脾气好，人正派，跟少爷倒是天生的一对儿，只可恨她的爹太刁难，要不然这一头亲事岂不早就有了定夺了？

石少卿：（笑着）我倒不急，要你急什么？（作出打呵欠的样子）"我倦欲眠君且去"。去吧，去吧。

石　　福：（摸着白须，且言且走）石家的人，有两代都是我眼看着长大的，如今我正急着要看第三代的人呢！（下）
　　　　（石福去后，江三混子从树后探出半身，见石少爷有上石阶之意，忙指挥树后二人，一齐发动，是呻吟声及抚慰声突然大作。）

周丙元：（勉强立起）哎哟，哎哟，……

传慧老道：（扶着他从树后走出，假慈悲的）咳！慢点！慢点！我

看你就在这儿歇歇吧。（把他靠在树下石墩之前）

江三混子：（也来帮忙，向传慧）你也别急，等会儿找几位施主凑点钱吧，（回头见石少卿，假作惊喜之状）这可是你的善心感动天地，想不到马上就碰见一位天字第一号的大施主，这可是你们俩的运气到了。（上前）石大少爷，可巧您在这儿。（向传慧招手）过来，你见见这位石大少爷。

传慧老道：（打一稽首）石大施主！

石少卿：这是……

江三混子：（连忙接腔，口若悬河）他是离这儿十里外杨村清妙观的老道，法名叫传慧。清妙观原是一座破庙，年久失修，早已没有香火了，这老道平时就靠到处化缘过日子……

传慧老道：无量佛！

江三混子：有一天晚上，下着小雨，他正在观里打坐念经，忽听门外，有人哼哼唧唧的，接着又咕咙一声，他忍不住跑出来一看，原来是一个病人晕倒在观门口了……

传慧老道：（抢着开口）无量佛！

江三混子：（瞪他一眼）他连忙把他背进庙里，用姜汤救活，一问，才知他是个远路人，从小父亲在关外经商，多年未回，也不知到底生死存亡，他的妈一双眼睛都哭瞎了，所以他到了二十岁，就立志出来一路要饭寻找父亲，不想受尽风霜，竟得了重病。……

传慧老道：无量佛！

江三混子：得，你往下说吧！我让你说。

传慧老道：我说就我说，你怕我不会说吗？（向石少卿）贫道见他是个孝子，又在贫病之中，便把他留在观中，一面化缘养他，一面替他求些仙方医病。不料病状还没有起色，观里人不肯容他，他又立意要走，贫道自量无力成全他的大

沈蔚德 / 219

志，只好打算一路陪送着他，到天涯海角走上一趟。

江三混子：我是刚才才听老道说起。您看，这一个是万里寻亲的孝子，这一个是慈悲为怀的老道，在现在这年头儿真上那儿找去？可是就没人肯成全他们，您说怪不怪？我当时听了，忍不住就叹了一口长气，说："咳！要是石老太爷在世就好了。这件事只要有一点风声落在他老人家耳朵里，不等你开口，早就想法子成全你们啦！"（向他们两人示意）

传慧老道：无量佛！

周丙元：（呻吟）咳！

石少卿：（慨然倾囊）我这儿还有几十块钱，先拿去用吧。

传慧老道：无量佛！（连忙伸手想接）

江三混子：（连忙示意）我想他们这也不是一天两天的事，倒是得想一个长久之计才好。石大少爷往日是何等有气魄的人，那真是救人就救到底，送佛就送到西天；这几十块钱！……（摇头）如今我知道你手头也很紧了，既是这样，我看我们不如再找别的施主设法吧，别反叫大少爷为难。

石少卿：（惭愧的）你的话不错，我现在确是有点力不从心。你们要不嫌少，先拿这几个钱去吃一顿饭，回来我再替你们想想法子。

传慧老道：（接过钱，道谢）无量佛！多多少少都是个善心。

石少卿：你们先别着急，且等一等。

江三混子：我们不走，就在这儿。

石少卿：石福！石福！（下）

（石少卿走后，传慧老道看着，江三混子噗哧一笑。）

传慧老道：（拍手跳脚的）好家伙！敢情这么容易！简直是哄孩子

噻！（数钱）一五，一十，二十，三十，……五十，五十三块零五角……哈哈！吃一顿饭，来半斤干酒，叫两个菜，买一盒香烟……够了，够了。

江三混子：（铁青着脸，一把抢过钱来）够了，够了，你看你这副穷相！简直就得意忘形了噻。

传慧老道：（笑容顿收）怎么，那个钱……

江三混子：钱！钱暂时搁在我这儿。（往口袋里一放）别那么不开眼界啦！那个小傻子不是又去给咱们想法子啦吗？等一会儿咱们再看，看是怎么个分法。

传慧老道：（有点着慌）怎么分法？那还不是咱们俩平分。

周丙元：什么？还有我的份儿呢？

江三混子：（待理不理的）谁出力出得多就多分，出得少就少分，天公地道。

传慧老道：我念了无数声的"无量佛"！

周丙元：我一个劲儿的哼哼！

江三混子：哼，你们！你们要不是我……

（贾任义上。他穿一件灰色旧绸袍，拿一把墨油纸扇。獐头鼠目，一脸奸笑，却偏摇摇晃晃，踱着方步，做出一派斯文的形状。他见他们三人正在争吵，便停住脚步，侧目睨视。）

贾任义：（慢吞吞的）你们在干什么呀！

江三混子：（慌忙赔笑）贾管事先生！怪不得吹来一阵好风！我们……我们哥儿们闹着玩哪！

传慧老道：哼！谁跟你们闹着玩？说得好就好，说得不好，咱们拼着个"树倒猢狲散"，大家玩不成！

江三混子：你这个愣老道，乱嚷些什么？幸亏贾先生不是外人，你怕真没有王法了。

沈蔚德 / 221

贾任义：到底为什么，让我来评评理看，好不好？

江三混子：小事，小事，其实跟贾先生说说倒也无妨。（与贾低声耳语，少顷，目视老道）你看，还有一笔大数目还没有到手呢，这就闹起来了。

贾任义：我看，你们也别闹，也别再痴心妄想的等啦！那位大少爷此去，好有一比。

江三混子、传慧老道：比作什么？

贾任义："肉包子打狗，有去无来"。

江三混子：怎么呢？

贾任义：（微笑）癞臭虫，癞臭虫，挤不出一点油水来啦！刚才我来的时候，正看见他跟他那个老家人在操场上嘀咕呢，那个老家伙一个劲儿摇头，这还用说吗？

江三混子：（顿足）小家伙倒容易对付，怕的就是那个老家伙。

贾任义：（奸笑）我真不懂，你们现放着一位活佛不拜，倒去给罗汉烧香，这不怪吗？

江三混子：那还有什么活佛？

贾任义：（朝石阶上努嘴）眼前不就是？

江三混子：你不是说方老师？

贾任义：怎么不是，有名的"方善人"呀！你怎么不找他去？

江三混子：（踌躇）这个老头子虽说也常做好事，可是看样子不大好说话，只怕有点扎手。

贾任义：（也自沉吟）谁说不扎手呢？他到这儿两三年了，起先谁也不理会他；可是慢慢的，慢慢的，人心就都向着他了。现在，他就像一颗彗星似的，照得漫天雪亮，把咱们夏老爷这轮明月的光辉都给盖下去了，我们这样的小星星更别提了，你说气人不气人！（狠毒的）别忙，总有一天……（忽然觉醒，转向江三混子等）他有钱，他当然有钱，没有钱他就能三百五百的白施舍给人啦。做惯了好事的人那有瘾的,就像吃上鸦片烟的人一样,一天不行个好,连心里都难受。去吧,我劝你们还是找这个方老头子吧,我知道,宰鸭子得拣肥的宰。……

传慧老道:咱们就试一试也行,好在不会蚀本。

贾任义:(拍着江三混子的肩)对呀!我劝你们别傻等那头了。哦,说起方老头子来,前天托你打听的事怎么样?(朝石阶上努嘴)

江三混子:没有什么新鲜的,就是前天听陈奶妈跟石福说……(附耳而言)

(周丙元一直在断断续续的呻吟,这时忽然勉强撑起,爬到贾任义脚边。)

周丙元:贾管事,你行行好,救我一救。

贾任义:(憎恶的躲开他)你这是做什么?

周丙元:贾管事,我在夏家已辛苦了三年了,无论做得好也罢,坏也罢,我可总也没敢偷懒。晚睡早起,看门守户,种田种地,推车抬轿,那一样我没出力?谁知害下这种瘟病,让主人家给歇了。这只怪我的命,也怪不得主人家。我现在只想求贾先生在主人家面前美言一句,总念我辛苦的三年旧情,赏几千盘缠钱,让我回到家,我到死都忘不了夏二老爷的恩典!可怜我家还有个老母亲,贾先生,你修修好,连你也积德不小呢。(拉住他的衣角)

贾任义:(冷笑,一脚踢开他)你这个没出息的东西!二十来岁的小伙子,什么事不好做,却偏哭哭啼啼,开口闭口求人家的恩典!

周丙元:我病了这些日子,做不动重活儿,身边又无分文存下,你叫我怎么好呢?

贾任义：做不动重活儿，就做点轻活儿，天下有的是不要本钱，不费气力的买卖，那也都是人做的。我告诉你，你太年轻简直就不懂人事。一个人做事要是净靠不偷懒，出死力，本本分分的，包你不知什么时候就饿死。恩典，哼！恩典，谁会有什么恩典给谁呀！他用得着你的时候就要你，用不着你的时候就当双破鞋给扔啦！为人只能靠自己！靠自己！有那个伸手去讨的，不如拿那双手去挣，去捞，去偷，去抢！你这个没出息的东西，可就会躺地下，让人家拿脚去踢你！（阴笑）嘿嘿嘿……贾大爷踢了你还是看得起你呢！就凭我这一番开导你的话，有钱也买不到哇！

江三混子：（凑趣）看呀！我看你就凑合点儿，做做我们的徒弟吧，别三心二意啦！

周丙元：（黯然垂首，忽发苦笑）想不到我周丙元有个今天！我的妈呀，你算白养我一场了！（又呜呜的哭起来）

江三混子：瞧！瞧！这一小子简直的要疯！你自管抽风吧，咱们待会儿见！（拍拍腰包向老道一歪嘴）今天我作东，咱们且到小酒铺去喝他一个烂醉再说！（向贾任义虚邀一句）贾先生，喝两杯去？

贾任义：谢谢！我还有事。托你的事要留心，月底到我那儿拿钱。

江三混子：蒙您栽培！待会儿见。（向老道）咱们走吧。（退下）

周丙元：（情急大喊）喂！还有我呢！你们上那儿去？还有我的份儿呢？……（踉跄追下）

（贾任义见状，不禁一哂，正待转身，赵老二匆上。）

赵老二：（径自走上台阶，叩门）方老师在家吗？

陈奶妈：（从月洞窗口探出半身）谁呀？啊！赵家二哥，方老师不在家，一早就进了城了。

赵老二：我知道，今天还回来不？

陈奶妈：（看看天色）这会怕快回来了。进来坐坐？

赵老二：不啦！我过一会儿再来吧。（转身）

陈奶妈：你看见我家小姐没有？（赵老二摇头，陈奶妈叨唠着）她上那儿去了呢，真怪！（又缩回屋去）

（赵老二下台阶想走，被贾任义叫住。）

贾任义：（冷冷的）赵老二，你借的钱该上利了，夏二老爷的规矩你是知道的。一个月不上利，利上加利。到期不还钱，派人割你田里的谷子，从此以后再不许借。

赵老二：夏二老爷的厉害谁不知道，你就是弄得家破人亡，也不敢少他一个大钱呀！你不用催，不出十天，包你本利一起还清就是了。

贾任义：空口说大话有什么用？你的谷子还在田里，天上又没有掉下钱来。你能先把这个月的利钱上了就是头等好汉。

赵老二：（冷笑）你别从门缝里看人，把人都看扁了，我现在就还你夏家老爷的本，以后再也不借好不好？哼！这种阎王债就差点把你的命都要了去，未来谁还敢借！

贾任义：赵老二，这话是你说的吗？夏二老爷的钱搁在家里又不怕耗子给吃了，谁叫你们一个一个小心谨慎去上门求着借的？我又问你，那个放债的不取利钱？这几年青黄不接的时候，要不亏了夏老爷的钱给你们周转，你们怕不早到枉死城去做了饿鬼了。哼！一个人还是小心好，不要一时只顾嘴头说得痛快，到了急时再抱佛脚就晚了。

赵老二：你放心，贾管事，以后包你没有上门再去麻烦夏二老爷。多亏他老人家的周转，才弄得我们一年不如一年。天可怜我们这些睁眼瞎子，现在总算看见面前有一条明路了。贾管事，别的话少说，我赵老二十天之内准把本利一齐还清就是。（掉头就走）

沈蔚德　/　225

贾任义：（干笑）好大的口气！（忽有所触，追上去）赵老二，我问你，这又是那个方树仁给你们出的好主意，是不是？

赵老二：你要说是方老师，就明说是方老师。这么提名道姓的干什么？人家可真是圣贤的徒弟，你们……哼！

（数小学生跳跃而过。）

众小学生：（一面模仿着一个人的行动，一面回顾，嘻嘻哈哈，你推我搡的）狼来了！狼来了！快跑，哈哈……（退下）

（贾、赵二人正在愕然，夏希绅上。他将近五十，身材极其瘦长，顶发微秃，一张骨多肉少的瘦长脸，苍白之中泛着灰色，他带着一副近视眼镜，虽然隔着一层玻璃，但从那低陷的眼眶中放躺出来的两道灼灼的目光，依然有似箭锋，所到之处使人感到刺痛。他的眉光时蹙，双唇紧闭，神色至为枯厉；然与其说是严冷，不如说是有点忧郁。他说话永远用简短的句子，而口气斩钉截铁，除了在感情激动的时候，手都有种神经性的痉挛而外，平时举动都力求镇定，表示出一种傲慢刚愎，凛凛不可侵犯之势。贾任义一见主人来到，便迎上去，惟恭惟谨的。）

贾任义：二老爷！

夏希绅：（并未停步，只微微颔首）唔！

贾任义：我知道您今天要到小学来开教务会议，所以想先来照料一下，可巧遇见赵老二，我正催他上利，他……

（赵老二见提到他，鼻子哼了一声，掉头径下。夏希绅这时偏偏注意到了。）

夏希绅：（停步）那个人是谁？

贾任义：就是东村的赵老二，他种着二老爷家的田，还借着二老爷家的钱，这家伙本来就是个牛性子，最近更是狗眼不认人，见了二老爷连招呼都不打一个，简直是岂有此理。

夏希绅：（淡淡的）记下他的名字，你知道该怎么办。（举步）

贾任义：（追上去）您请留步，我正要告诉您。什么下他的田啦！逼他的债啦！那般乡下人现在都不怕了，他们有了靠山啦！（夏希绅不语，但脸上露出注意的神色）您猜怎么着，现在有个坏蛋在背后出了坏主意，教他们设立什么农民互助合作社，说以后根本就不用□□的们。你想要不然他们怎么会一下子横眉竖眼睛，翻脸不认人啦！我说出主意的这个人简直是有意跟您为难嚶！

夏希绅：这个人会是谁？

贾任义：真想不到，就是，是，是，（朝石阶上努嘴）是这儿小学里的老师，方树仁。

夏希绅：（冷哂）一个小学堂的教员！

贾任义：您可别小看他。他刚到这里来的时候，不错，他不过是来当一个小学的穷教员，自然喽，谁会去答理他？可是待下两三年来，不知怎么一来，这儿的人心就都向着他了。那些种庄稼的人，那些小学生，那些学堂的老师，无论穷的，苦的，老的少的，谁都向着他。有个大小事也是找方老师，屁事没有也口口声声方老师。人人嘴里谈着一个他，心里搁着一个他，他说句话就是圣旨，连他放的屁都是香的。……就不说那个老头子吧，连他那个毛丫头都给众人整天捧凤凰似的捧着，您说邪门不邪门儿！

夏希绅：呵？真的这样？难道他是白莲教，会邪术？

贾任义：据我看，也不是什么邪术，就是个爱卖个好，图个"善人"的名气，比方说，周济周济穷人啦！大小事帮他们个忙啦！您想，那些推车、抬轿、种田、出力的下贱坯子，天生的穷骨头，小气鬼，哪还受得住这些小殷勤，自然就都像亲生的爹妈似的孝敬着他喽！

沈蔚德　/　227

夏希绅：哼！没出息，去讨这些乡下人的好！

贾任义：说的是呀！像二老爷这样有身份的人，当然那有工夫去理会这些天生的贱骨头啦！可是坏就坏在这个上头。他越这么假仁假义，就越显得您的不仁不义。我常说，在咱们这儿，夏二老爷就是地方上的土皇帝，您要怎么样就怎么样，谁也不敢不低头。不要说您，就是我吧，谁见了不喊声贾管事，站着动也不敢动。可是，您瞧，现在出了方老头子这么一个恶霸，胆敢在老虎头上来搔痒？赵老二又是个什么东西，刚才竟可回我的嘴，还说了二老爷许多的混账话，您说往后我还怎么办事？再说，您也面上无光呀？

夏希绅：（冷笑）你也别小题大做，难道他们还敢造反不成！

贾任义：这可难说，方树仁不过是一个糟老头子，又不是什么三头六臂，难道咱们还怕了他？可是地方上的人心要是都向着他，那可说不定会闹什么事出来。我知道你不相信，我不过是一片忠心，早点提您个醒儿，叫您防防罢了。我早就留上心了，这个人虽不是什么白莲教，可也真有点来历不明，您想，他没有太太，可有个女儿；那老奶妈有一天嘴漏了，又说这女儿不是他亲生的，这是我托人打听出来的。他不像个有钱的，可是有时又几百几百周济穷人。听说他文才很好，博古通今，可是甘心情愿来教这开蒙的小毛娃子；住在这么一个死乡下，整天跟这些黄泥巴腿们鬼混。现在又慢慢跟您作起对来了。我看，这其中必有道理！

夏希绅：（沉吟）照你这么一说，倒是真应该留留神。

贾任义：（得意非凡，连忙凑上去，机密的）是呀，再说，以后您也叫宛容小姐少到这儿来找那个方丫头玩，刚才您一出门，我就看见宛容小姐到小学这儿来了。您想，宛容小姐是金枝玉叶，名门的闺秀，方老头子跟他女儿既不是什么正经路数，要是受了他们一点沾染，那还了得！再说这儿人又杂，年轻的男教员也多，万一……（奸笑，装做惶恐的样子）嘿嘿……按理，这话轮不到我来说，您可千万别见怪！

夏希绅：宛容也来了？她怎么没跟我提起？

贾任义：我远远的吊着她，眼看着她走进学堂大门的。您要不信，我陪您到面对大殿上去，那边居高临下，看这边看得很真，您只管在大殿里开会，我替你在外面见着，等她来了，我来叫您如何？（夏希绅不语，向前走去，贾任义紧跟在后面，一路说着话）我看您非得留心那个方老头子不可，不说别的，就是他们的合作社成功了，您的威信也就差不多了。再说…………

（夏、贾二人边谈边下。台上空寂，夕阳已将落山，光线较前黯淡，鸟雀归巢之声大噪，走廊上一直紧闭着的门这时忽然呀的一声开了，走出一个面貌慈祥，衣履整洁的老婆婆，原来是陈奶妈。她站在门边，看看天色，然后走来收那晾在竹竿上的衣服。）

陈奶妈：（自言自语）饭也做好了，天都快黑了，怎么他们爷儿俩一个也不回来呀？

（她的话声未绝，从右边墙边，悄悄走上一个人来。来人是一位十八九岁的少女，柔软的长发很自然的披在肩上，长颈细腰，脸庞极其清秀，只是稍嫌瘦削，而且没有血色。她的眉尖微蹙，目光澄莹，在欲语未语之际，那张小嘴常是颤抖着的，使她不得不用牙来轻轻咬住下唇。她那种凄凉的神色，异常哀怨动人，就像一枝长在石缝里的弱草，长年遭受风吹雨打，而得不着阳光的温抚，以致苍白纤弱，令人望而生怜。她穿一件淡青色的绸袍，滚着细白边，非常素雅；然而在这暮日晚风里，却让她本就荏弱的身材显得更为单薄。她悄悄走近石阶下。）

夏宛容：（低声呼唤）陈奶妈！

陈奶妈：（惊喜的）夏小姐！是你！我还当是我们的皓小姐回来了呢。

夏宛容：（怅然）怎么她不在家？

陈奶妈：可不是，放了学就没有到家，又不知道到那儿去了。夏小姐上来坐一会儿，她就会回来的。

夏宛容：（四顾，凄凉的）不了，我想回去了。

陈奶妈：（亲热的）快别走，我知道你出来一趟也不是容易的，来，来，上来坐会儿，（端过一张小凳请她坐下）可怜，这两天病好一点没有？

夏宛容：（强笑）本来不是什么大病，还不是那样儿。

陈奶妈：咳！这都是闷出来的，真该多出来走走，也散散心。不是我说，您那家里，也真亏您待下去的。那会儿我还和石管家提起夏小姐呢，……（转身远眺，自言自语）我们都觉得您跟石大少爷真是……啊！说着，说着，那不是石管家的来了。

（石福上，陈奶妈喊住他。）

陈奶妈：（向他示意）石管家！您瞧夏小姐在这儿。

石　福：（惊喜的）夏小姐，（走上石阶）您来了。

（夏宛容含笑点头。）

陈奶妈：夏小姐，您坐一会儿，我去放下衣服就来。（进屋去）

石　福：夏小姐！刚才我家大少爷还在这儿等着见您呢！（夏宛容含羞无语）咳！不是我斗胆说一句，我们家这位爷的脾气您是知道的，心眼太好，手又泼撒，老爷死了这么多年了，家当散完了倒不说，全不想到自己身上的事，这小学堂的事不过是个虚名儿，省得开着罢了，那里谈得上靠它养家活口，成家立业。我也苦劝过他，就是不肯信。夏小姐，您跟我们少爷从小就认识，又在这小学堂里同过事，您的话，他是不会不听的。您是明白人，我老是想着，要是有一天我们少爷娶了一个好少奶奶，那，那我就省下不少的心了，您说对不对？

夏宛容：（腼腆的）石少爷吃亏人太好了，……（凄凉的微笑）我跟你老人家一样，也希望他将来后福无穷！

石　福：夏小姐的话一点不错，这个年头，人太好，就要吃亏……哦，夏小姐！您在这儿多玩一会，我找我家少爷去。

夏宛容：你别……，我就要回去的。

石　福：您千万别走！您正好替我劝劝我家少爷呀！（下阶急走）

　　（夏宛容起立，似乎想作一个手势来制止他，但终于没有。目送石福去后，她怃然有顷。）

夏宛容：（口中微吟）萋萋芳草忆王孙，柳外楼高空断魂。杜宇声声不忍闻，欲黄昏……

　　（她正欲走下石阶，忽闻人声，方皓和几个小学生扶着哑吧上，方皓年约十二岁，天真、美丽、活泼、聪明。平时举动虽很孩稚，但有时则极爱沉思默想，常常一个人，手撑着头发呆出神，努力想去了解许多不是她这样年龄所能了解的问题，像个哲学家一样。她懂得人世的甘苦，极易同情别人，当她去慰问别人或看护别人时那态度，口气，则俨然是个成年人似的。她有一双瞳仁极黑的大眼睛，永远射出热切的光辉，而且看人时总是仰着脸一眨不眨的直看到别人的心里去。那眼光显得又深厚又真挚而含着极高的智慧，使人不由得便会感到信任、亲切、慰贴、而又油

沈蔚德 / 231

然生敬仰之心，使你不敢当她是一个孩子。她穿一件浅黄色短到膝弯的西式衣裙，忙得气吁吁的走来，一面招呼着后面的几个小学生。）

方　　皓：来，来，把他扶到这台阶上坐下。（见宛容，极亲热跑拢来）哦，宛容姐姐你来了。

夏宛容：你才回来，陈奶妈记你半天了。这个孩子怎么了？

方　　皓：他是张大娘的儿子哑吧，腿摔坏了，我想给他治一治。

哑　　吧：（抚着伤腿，直抹眼泪）呀哦，呀呜……

（陈奶妈上，见状心里明白。）

陈奶妈：（埋怨的）我的小姐，整天尽顾管这些闲事，放学不回来，我就知道准有这些麻烦。饿了吧？我特意做了几个你顶爱吃的南瓜饼，只怕都凉了，快去吃吧。

方　　皓：（正替哑吧收拾创口）我不饿，奶妈，你先吃吧。（向宛容）宛容姐姐，你帮帮忙，别让他乱动，我去拿药来。（入屋去）

陈奶妈：（向宛容）夏小姐，您看，我们小姐跟他爸爸整天忙的就是这些个。

夏宛容：（慨叹的）咳，皓妹妹有方老师这样一个爸爸，自然……想起来真是惭愧！

（方皓持药瓶纱布等上，替哑吧洗涤，敷药。）

方　　皓：（大人的口气）别动，洗干净了才好上药呀！别哭，不要紧的，搭了药，几天就好的。

夏宛容：（看她手术很熟练）皓妹妹的手段真好，简直像个小小的外科医生似的。

方　　皓：那里，这都是平常看爸爸给人家治病，学的。

陈奶妈：（见有人夸方皓，高兴的）我们小姐人虽小，可真有心眼儿，无论什么一看就会。这两天，天天晚上跟着她爸爸学治病，叽里咕噜的外国药名记得不少了。什么阿，阿，阿屁灵，鬼灵啦，又是什么妙极灵啦的念得滚熟的了。

方　　皓：（忍不住笑）奶妈，别胡诌了，西药里只有阿司匹灵、奎宁、妙特灵，那里有你说的那些个。

陈奶妈：管他说的对不对，只要"灵"就行，我就喜欢这个"灵"字，你想，药要是不灵，还有什么用呢！（夏宛容，方皓，及小学生们都笑）这是老实话，我没说错呀！我的好小姐，快点收拾吧，我给你热饼去。（下）

方　　皓：（扎好伤口，满意的站起来）好了。回去好好休息休息，明天再来换药，还痛吗？

哑　　吧：（摸摸裹好的腿，笑了。可是一会儿又抚着腹部，口里连咽着涎水，苦着脸要哭）哦，哦，……

方　　皓：（温柔的）怎么啦？你肚子疼？

哑　　吧：（摇头，打着手势，表示腹内空虚，要想吃东西的）

小学生甲：他说他肚子饿了。

小学生乙：她妈一早出去，到现在还没回来，门还锁着啦！

方　　皓：呵！（想了一想，转身跑进屋去）

夏宛容：（目送之，会心的一笑。向小学生们）你们在那儿看见这个哑吧的？

小学生甲：我们在学校门口的高地上，看见他下来，坐在那儿哭，腿都摔破了。我们要来找方老师，可巧看见方皓，我们就把他搀来了。

（方皓悄悄捧着一盘热气腾腾的饼出来，递给哑吧。哑吧有点迟疑。）

方　　皓：你吃呀。

（哑吧拿在手里便狼吞虎咽的吃起来。他吃得如此香甜，以致连众小学生都眼馋起来。）

沈蔚德 / 233

方　　皓：各位小朋友也吃一点？

众小学生：我们不饿，我们不饿，给他吃吧。走喽！（大家一哄而散）

方　　皓：宛容姐姐，你看他真的饿急了。

夏宛容：（笑）难道你自己不饿？

方　　皓：我不……

（陈奶妈上，一眼看见哑吧在吃饼。）

陈奶妈：怎么？这个饼给他吃？

方　　皓：（忙向宛容示意）我已经吃饱了，这是剩下的一块给了哑吧。对不对，宛容姐姐？（宛容笑着点点头）

陈奶妈：不是我小气，因为这是你爱吃的，你要给哑吧，另外还有……

方　　皓：（跑上去抱住她，撒娇的）得了，我的好奶妈，我知道你疼我。……

（张大娘上。）

张大娘：（一路大声自言自语）咳，真是怎样说的，谁要他这个短命的老爱爬高上低，摔死了倒也罢，摔得半死不活那才坑人哪！……哑吧！你……哦，方小姐，他的腿……

方　　皓：（安慰她）张大嫂，不要紧的，不过是皮肉受了点伤，只要不碰脏东西，天天来换换药，就会好的。

张大娘：（俯身去看伤口，已包扎好，喜笑颜开的）阿弥陀佛！方小姐，你真是观世音菩萨转的胎。十来岁的姑娘，心肠这么好，保佑你将来多福多寿，说个好婆家！咳！有什么法子，他爸去世的早，就剩下他这么一条根，偏生又是哑吧！我一天到晚做死做活母子俩也吃不饱。今天上他舅舅家去借了两升米，偏生他就摔着了。咳！多亏你方小姐照应，（推哑吧）走呀，还死在这儿干什么？（扶之起立）你

　　　　　倒是说声谢谢呀？咳！偏生你连句谢谢都不会说。（强按住他的头，点了几点）走啦！方小姐，陈奶妈，夏小姐，一齐待会儿见。（扶着哑巴走去，自言自语）你这个倒霉东西，只怕都快饿死了，快回家，给你做饭吃去。（下）

方　皓：（回头，注意宛容的面色）宛容姐姐！你又伤心了，为什么不能快活一点呢？

夏宛容：你看哑吧虽苦，可是他还有个妈妈……（揾泪）

方　皓：你看，你又想你妈妈了。你又不是个小孩子？

夏宛容：不但小孩子少不了妈，人大了也许更少不了一个妈。

方　皓：（深思）我懂，我也常想，要是我现在有个妈妈的话……

陈奶妈：（陡觉不安，起立）皓小姐！你真……

方　皓：（误会了她的意思，连忙改口）不，当然我很快活。宛容姐姐，我跟你一样，也没有妈妈，可是你看，我不是很快活吗？

夏宛容：你有一个从小带大你的奶妈，还有一个疼你的爸爸。

方　皓：（欣然）宛容姐姐你也有爸爸呀！

夏宛容：（凄然）不错，我也有爸爸，他也很疼我。……

陈奶妈：（突然）爸爸到底是差远了，姑娘家大了，跟着自己妈妈才是正理。有什么心事啦，许配人家啦，有个妈妈，才有个商量，这些事难道还好意思去和爹爹说吗？男人家的心脏说软也硬三分，那想得到这些委屈。夏小姐，我说的对不对？我家皓小姐也说大不小的了，我嘴里不说，心里也常想，要是她能跟着她妈妈的话……（哽咽）

方　皓：（眼泪盈眶）奶妈！别说了。

陈奶妈：（自悔失言）呃，真是，我真糊涂，夏小姐来了半天，茶都没吃一杯。（急忙进房去）

　　　　（夏宛容已是低头暗泣。）

沈蔚德　/　235

方　　皓：宛容姐姐！别难过了，你的身体本来就不好。

夏宛容：（拉住她的手）好妹妹，你不懂，有时我真想死！

方　　皓：快别这么想，宛容姐姐。咱们不该说这些话的。你看这些花开得多好看啦！（采了一朵美人蕉给夏宛容）

夏宛容：（拈花苦笑）"今年花胜去年红，可惜明年花更好，知与谁同？……"

方　　皓：宛容姐姐，别老说这些伤心话，你陪我玩玩，好不好？我讲一个故事给你听，从前有姊妹两个，她们没有父亲，也没有……

夏宛容：（起立）时候不早了，我要回去了。

方　　皓：不，你等一会儿。（转身跑进屋去，拿出一个大洋娃娃出来）你看这个洋娃娃。

夏宛容：（不禁莞尔）这么大了，还玩这个玩意儿。

方　　皓：不是，这是我小时候玩的，今天奶妈找出来给我看。你瞧，他脚上这只绣花鞋，多好看，这也是我小时候穿过的。

夏宛容：绣得真好，怎么只有一只呢？

方　　皓：奶妈说，那一只找不着了。

夏宛容：（微叹）天下的事本来就不能两全。

方　　皓：宛容姐姐，你又……

　　　　（忽然远远有杜鹃鸟的鸣声，宛容不觉一惊，方皓也侧耳而听。）

方　　皓：（欣然）你听，石老师来了。

　　　　（鸣声渐近，石少卿上，原来这鸟鸣声就是他吹的口哨。）

石少卿：宛容！（急步上前）

方　　皓：石老师！宛容姐姐来了半天了。她老是那么伤心，你陪她谈会儿罢，我进去一会就来。

夏宛容：皓妹妹你别走。……

方　皓：宛容姐姐，你应该快活一点才是！石老师，待会儿见！

（抱着洋娃娃含笑而入）

（方皓走后，两个人都感到有些窘困，不知话从何处说起。）

石少卿：（走到她的背后）这两天身体好些吗？

夏宛容：（闪躲的）好些。

石少卿：四天以前，石福送去的人参吃了没有？

夏宛容：收到了，谢谢你！

石少卿：你一定又没吃，为什么这样不顾惜自己呢！

夏宛容：（苦笑）你知道，那又有什么用呢？

石少卿：（叹息）咳！可是，前天，叫方皓给你的那首词，看到了没有？

夏宛容：（仍不看他，轻声的）看到了。

石少卿：你真不知道这两天我是多么着急，急于想得着你的回音，那怕就是片言只字也好。容！你一定得回答我。

夏宛容：（不应）

石少卿：宛容，回答我，问嫦娥到底有意与否？

夏宛容：（仍不应）

石少卿：宛容，我们也认识了两三年了，为什么老是这么"相见争如不见，有情还似无情"。难道你到现在还不明白我的心吗？

夏宛容：（迸出一句话来）"他生未卜此生休"，你叫我说什么才好呢！（泪如雨下）

石少卿：（又难受又急躁）宛容！你为什么老是这样绝望呢？到底为什么，你也说个明白呀！

夏宛容：今天，父亲跟我说……

沈蔚德

石少卿：他说什么？

夏宛容：那个贾任义……

石少卿：他怎么样？

夏宛容：父亲说那个贾任义人很好……你还不明白吗？

石少卿：难道你父亲有意把你许给……（切齿）那个下流种子！不会，绝不会的，你父亲就说糊涂，也不会连眼睛都瞎了。

夏宛容：（长叹）还有我的后母，你知道。

石少卿：真是狐狸精！不过这没有什么关系，问题在你自己，你到底打算怎样？

夏宛容：我，我只有死。

石少卿：宛容，你为什么说这种话，难道你一点都不想到我呢？我们可以一块儿走，随便走到天涯海角，只要你肯把自己完全交给我。（热情的拉住她的一双手）

夏宛容：（被这热情的动作吓着了，极力挣扎）少卿，你放开手，你……

（贾任义引夏希绅上。）

夏希绅：（严冷的）宛容！

夏宛容：（低头）爸爸！

石少卿：（勉强的）夏老伯！

夏希绅：（不理他）唔！（向宛容，缓缓的）该是你吃药的时候了，这里风大，对你不合适，我看还是回家去吧。

夏宛容：是，爸爸！（低头径下）

（石少卿正想也走，被夏希绅叫住。）

夏希绅：少卿！你父亲在世的时候，虽然石、夏两家一向不大来往，可是就亲谊上说，我总是你的长辈，今天既然看见你，不能不开导你两句。你也快三十岁的人了，既不能守祖业，又不务上进，长此下去，怎么还配为人师表呢？

石少卿：谢谢老伯的教训！我不知道怎样才算守祖业，也不知道什么是上进；自问只要不损人，不利己，清夜醒来，扪心无愧，就得了。

（他说完了话，昂然而去。夏希绅嘿然无语。）

贾任义：这个败家子，亏他还有脸说这些话！我看您以后决不能再让宛容小姐到这儿来，这个败家子简直的没存好心，万一……

（忽闻远远欢声雷动。）

声：方老师！方老师！方老师回来了…

贾任义：您听，这些人声就像蜜蜂朝王一样，在朝着那个方老头子哪。咱们且看看，到底是怎么一回事。（人声渐近，贾任义拉拉夏希绅的衣角，二人隐在树后。方老师和朱校长走在前面，后面跟着众小学生及赵老二，张大娘，众乡民，等人。方老师穿一件半旧绸长衫，身体瘦长，看上去似乎还不到五十岁，可是鬓发已经灰白。前额上皱纹很多。他眉目清朗，一脸的和悦慈祥，像冬天的太阳一般的令人感到温暖；举止从容安静，说话声音低而缓，惟恐惊着人似的，然而吐字清晰，每一个字都清清楚楚的打在人耳鼓里。他在听别人讲话的时候，常是弯背低头，极注意的侧耳倾听，不让人家的申说有一点走漏的地方。这时他挟着一个纸包，含笑缓缓走来，不住用眼光去抚慰那些围着他的人们）

小学生甲：（仰着脸）方老师！

方老师：（慈祥的摸摸他的头）好孩子！

朱校长：（衷心地）在这些小孩子心目中，方老师真是他们的太阳！你有时走开一下，他们就找，就问，连玩儿都没精神。还有这儿的许多本地人也是如此，要是方老师不在面前，他们的生活便没有重心了。这真是方老师人格感化的力量，可谓能使顽石点头，造福地方不浅了。

方老师：朱校长说得如此郑重，可不敢当。……（方皓从屋内跑出）

方　皓：爸爸！

方老师：皓儿！（走上台阶）

方　皓：（上前一把牵住方老师的衣角）爸爸，你……哦，朱校长。（深深一鞠躬）

朱校长：（含笑）好孩子！等急了吧？（向方老师）好，明天见！

方老师：不进来坐会儿？

朱校长：不了。（径下）

（方老师登上石阶，见众人不肯散去。）

方老师：（环视）诸位有什么事找我吗？

（此言一出，大家争先恐后的喧哗起来，尤其是那些小学生们。）

众小学生：（七嘴八舌）方老师，我们告夏凌云！他欺负人，他打鸟，打人，他……

夏凌云：方老师，他们笑我……

张大娘：（同时）方老师！……

方老师：（向小学生）你们先让一个人说，这一个人说完了那一个人再说。

小学生甲：方老师！他乱推人。

小学生乙：（手里拿着那个受伤的鸟）方老师！他乱推人。他还捣树上的鸟窝，把一个小鸟都快摔死了。您看！多可怜！

（方皓接过去看）

小学生丙：他还用竹竿打赵士洪的头！

夏凌云：（强横的）他们笑我……

方老师：（和悦的抚着夏凌云的头）夏凌云，上次你对我说，你知道强横是不对的，你已经改了，对不对？

夏凌云：（嚣张之气自然的没有了，变得惭愧而委曲）可是，他们学我叔叔夏希绅的样子，叫他瘦狼，喏，这样。（模仿刚才小学生丙的样子）

小学生甲乙丙：（哄笑）你的叔叔夏希绅本来是个狼嘿！吃人的豺狼吗！

夏凌云：（又气又急）他们取笑我，方老师！他们还有笑我，所以我就忍不住胡来了。（抽咽）

方老师：（拍拍夏凌云的肩头，向众小学生）夏凌云固然脾气不好，但是你们应该好好劝他，原谅他，帮助他变成一个好人才对，千万不要永远把他看成一个坏人。不让他有机会改过自新，这样一来，也许索性就坏到底了，是不是？小朋友们！

众小学生：（也自惭愧）是的，方老师！我们永远应该爱别人，帮助别人。（自动的来向夏凌云道歉）夏凌云，是我们不对，你别委曲了。

夏凌云：（拭泪）是我不对，我不该打人。……

张大娘：（好容易得着机会，畏畏缩缩的从人丛中挤出来）方老师，刚才我们哑吧多亏方小姐照料，我心上实在过意不去。刚好我从他舅舅家拿了几个大南瓜，送一个给小姐吃吧。（说完，从身后拿出一个大南瓜，双手捧给方老师。大家均觉好笑）

方老师：（笑着）不敢当，这也是粮食，怎么好……

张大娘：（情急）您要不拿着，就是嫌这东西太粗，（一下子塞到赵老二的怀里）赵家二哥，烦你给接过去。（回身就走）我灶里正烧着火啦！（下）

方老师：好，谢谢你，张大嫂。

众小学生：（笑着，一哄而散）走呀，吃饭去喽！

（小学生下时，江三混子，传慧老道和周丙元上。三人交头接耳，想伺机而动。）

方老师：（向赵老二等乡民）你们诸位？……

赵老二：他们本来都是想向夏二老爷家借钱的，听我说您要办什么互助合作社，特地想来打听一下。

方老师：这并不是说我要办，我不过替你们大家想个法子罢了。这都有一定的组织方法，需要先计划计划。

赵老二：那么，各位先回去，等我跟方老师先请教，再回各位的信罢。

众乡民：好！好！……（纷纷走去）

（方老师和方皓，赵老二正欲进屋，江三混子，传慧老道及周丙元抢步上前，三人均有几分醉意，江三混子更甚。）

江三混子：方老师，你看这儿的两个人，他是……

传慧老道：我是个云游老道，……不，我是清妙观的老道，他是……

周丙元：我有病，我是个大孝子，我万里寻亲……

江三混子：总而言之，求您施舍几个钱。

传慧老道：对了，要几个盘缠钱，好让他回家！

周丙元：我是外乡人，我已经一天没吃饭了，（打个饱嗝，步履摇晃）我有病！打摆子！求……

（三人醉容可掬，胡言乱语，赵老二实在看不顺眼。）

赵老二：（一声断喝，抓住江三混子的肩膀）江三混子，看你喝得还像个人样子不像？少在这儿胡闹！乖乖的给我滚吧！

（顺手一推，江三混子踉踉跄跄直跌出多远）

江三混子：什么？你敢打人？

方老师：（向赵老二）赵家二哥！

赵老二：（解释的）我使唤牛使唤惯了，手重，没想到他这么纸灯笼似的，（向江）起来吧！装什么死！

江三混子：（从地上爬起，指着赵老二，虚张声势）好，赵老二！我算记住你了，咱们往后再见！（一溜烟的下）

（这里传慧老道和周丙元二人面面相觑，不知如何是好！赵菊贞急上。）

赵菊贞：方老师，您回来了，我正找您呢。哦，方皓！刚才这儿大树底下躺着一个病人，又哼哼，又哆嗦，真作孽！我叫他……（抬头见周丙元）噫，怎么你的病又好了？

周丙元：（含糊其辞）我，我是打摆子，这会儿好些了。

赵老二：（向方老师）方老师，别理他们，都是些骗白食吃的，没一句真话。

方　皓：不，爸爸，这个人倒是真有病，你看他脸色多黄呀！

方老师：（点头）对了，他真像是个恶性疟疾的病人。（向周丙元）我看你还是在我这儿先吃一顿饭……

周丙元：在这儿吃饭？

方老师：吃过饭，我好给你看病。

周丙元：给我看病？（看着老道）

传慧老道：（粗声）咱们要的是钱，什么看病不看病的，走吧！（拉着他走，一边恶声嘀咕）还说什么善人啦！简直就他妈的不开眼嘿！呸！算老子们倒霉！

赵老二：你这个瘟老道，你说什么？

方老师：（止住他）算了，我们到屋子里去吧。

方　皓：（手里一直拿着那个受伤的小鸟）来呀，菊贞姐姐！

（方老师含笑牵了方皓的手，赵老二捧着那个大南瓜，还有赵菊贞，一齐走进屋去。周丙元与传慧老道远远的站

沈蔚德　/　243

着，神色沮丧，甚为没趣。）

周丙元：你看，石少爷的钱，一顿饭就吃光了，明天不要说回家的盘缠，还得挨饿。

传慧老道：挨饿！有的是办法，咱们骗不到手，就偷他娘的。

周丙元：偷？

传慧老道：是呀，徒弟，这原是师傅我的本行，我传给你。（向石阶上努嘴，切齿）他妈的，不给钱，装蒜，今天晚上，咱们就偷他这个糟老头的。走！（推周丙元走，一边和他耳语，二人下）

（大树后面，贾任义和夏希绅走出来。）

贾任义：（指着石阶上面的大门）刚才可都亲眼见啦？我的话怎么样？

夏希绅：（踱开几步，突然，回头站住，像一只狼似的，露着牙齿缓缓的低声说）好！这个方树仁，我总有法子叫他后悔的。哼！

（幕急下）

第二幕

时　间：
　　　　紧接上幕。

地　点：
　　　　方老师住宅室内。

景：
　　　　这是三间后殿当中的一间，房子十分古旧，墙上的粉垩和栋梁上的朱漆都已剥落，但是高大宽敞，气象仍极轩昂。两边沿墙是两排嵌在墙里的木龛，里面供着历代先儒的牌位，因为住在这儿的人谁都愿意它们还是按照数十年来的老样儿摆着，所以这些个仍然被保留得纹风不动，致使这屋内添了一种异样的色彩。木龛尽头，两边墙上各有一门通到左右两间偏殿。正面是几扇隔扇门，全打开时可以看见我们在第一幕看见过的门外两根朱红柱子，走廊上的栏杆和阶下的花草。隔扇门两边，各有一大月洞窗，在门全关上时，这里便是室内光线的来源。方老师平时就拿左面一间当做自己的卧室，右面一间给方皓和陈奶妈住，而当中这一间便作了书房和起居室。室内陈设朴素简单，异常整洁。一张老式书桌，放在近中央处，桌摆着几叠书和一些笔砚等文具，桌后一张太师椅。靠左墙立着一个矮书橱，橱顶上搁着一个药箱和许多洗涤、注射等用的治疗器具。月洞窗前，靠右墙立着一个圆形的半桌，上面有一张放大的半身人像照片，还有一个大胆瓶，里面插着盛开的萱草和美人蕉。另外还有一张吃饭用的小圆桌，几张茶几椅子和小凳之类。

　　幕启时，一线夕阳正从月洞窗口直射到那张半圆桌上，满屋金光灿烂，映得照片中人像栩栩欲活，瓶花也似含笑。窗外一片碧空，树影晃动。微闻鸟噪，远远有悠扬的晚钟一声声传来。

　　正面的隔扇门开了，方老师挟着那个纸包，牵了方皓的手，含笑进来。赵老二捧着那个大南瓜和赵菊贞也跟着走入。

方　　皓：爸爸！您这么这么晚才回来呀？吃了饭没有？
方老师：吃过了！就因为他们定要留我在城里吃个早晚饭，所以回晚了。你吃过了没有？
方　　皓：（吞吞吐吐）我，我也吃过了。（指方老师拿的纸包）爸爸！这是什么？

方老师：带给你的礼物，猜猜看？

方　皓：鸡蛋糕？（方老师摇头）饼干？糖食？

方老师：（笑）这孩子！今天怎么一个劲儿尽往吃的上头想呀？

方　皓：（咽口涎水，有点失望的）难道不是吃的？我倒愿意它真是吃的呢！

方老师：不管它是不是吃的，既然你刚才吃过晚饭，就搁着等一会儿再说。（把手上的东西放下，一边擦脸上的汗，一边招呼赵老二）赵二哥，请坐。

赵老二：这么热的天，方老师刚一到家，我就来啰嗦！实在是大家憋急了，谁都盼望这件事早点成功。

方老师：是的，我也这么想，所以我今天特为进城去打听了一下。

（方皓倒了一碗茶来给方老师。）

方　皓：爸爸，您喝茶。爸爸，（指药箱）我今天用了你的药的。

方老师：干什么？

方　皓：张大嫂的儿子哑吧摔坏了腿，我给他治了的。

方老师：哦！怪不得她硬要送那个大南瓜给我。好孩子，你慢慢学会了治病，我就把那个药箱子送给你。

方　皓：真的？那敢情好！可是在您没送给我之前，我现在还要借用一下，我想给那个摔坏了的小鸟儿再治一治。

方老师：小鸟儿？好吧。你尽量练习练习。

赵老二：（笑）方小姐，等你把小鸟儿治好，我送一个鸟笼子给你，养着它玩。

方　皓：谢谢你！（跳着跑去拿了药，和赵菊贞两人到一边去播弄小鸟儿去了）

方老师：（慈祥的看着她，笑了笑，接着从身边拿出一些印刷品来，向赵老二）诸位的苦处这两年我都是亲眼看见的，每年一年忙到头，等到田里收了，一还租，剩下的连吃用都不够，……

赵老二：是呀，像现在家家黄的吃完了，青的还在田里的，两下接不上。要是家里再有个红白大事，或是有个三病两痛的，那才叫坑人哪。唉！实在没有法子，就只好借阎王债呀，方老师，您想，这种债还没到手就先扣一个月的利钱；每月一分利，十个月一个对本；到月不上利，是利上滚利；这样滚下利，等到谷子能变钱，您算算，又得刨下多少去？今年收进来的一少，明年又得借不说，还得多借一点才成。就这样一年年下去，一年不如一年，永远也还不清，到后来就逼得你只有上吊；上吊，方老师。去年腊月，我们村里的李老五不是就在南山脚下的松树林里上吊了吗？

方老师：咳！

赵老二：借这种债，好比大荒年吃观音土，明知道吃了也是胀死，可是饿极了，不吃又吃什么呢？

方老师：其实政府近年来早就注意到庄稼人的这种痛苦，所以才鼓励大家来组织农民互动合作社，一方面用农业科学方法来教大家改良耕种，一方面又实行农贷借钱给大家做本钱。

赵老二：那敢情好！可到底又是怎么个借法？上那儿去借呀？

方老师：这里有许多章程，我大略看了一下。其实筹备起来也非常简单，只要有两三个人发起，再邀别人加入，满了九个人就可以开一个筹备会，拟定社的名称和章程，介绍其他的人都来入社，再决定一个日子开个创立会，等到那天大家到齐，开了创立会，选出职员，如社长，理事会等等，那么就可以填造社员名册，到县政府去登记。这样一来，大家就变成一个团体，凭了这个名义就可以向城里的农民银行或是合作金库去请求借款了。这种利钱当然很轻，而且到期不还，还可以展期，利钱或是跟以前一样。

赵老二：（努力想去了解句中的意义）开会，名册，社长，登记……（终于感到惶然）方老师，您知道我们这些人都是拿锄头的家伙，平时怕的就是开会，登记这些玩意儿。您想，我们这些人，连斗大的字，都认不得半升，拿着笔杆真比他妈的铁锹还沉，那会这个把戏。（好像婴儿望着慈母似的）我看这个什么社长简直就是你当了吧！什么事只要方老师领着头儿就没错儿。

方老师：（微笑）这个，不是我不肯尽力。这个社长是要从社员中推选出来的，我不是庄稼人，连社员都没资格。（沉吟）我早想到一个人，要是他肯加入，那就好办了。

赵老二：谁？

方老师：你哥哥赵大爷！他现在是个保长，公事手续上也熟些。

赵老二：（默然，摇头）只怕……

方老师：有机会我想找他谈谈，这也是地方上有关公益的事。

赵老二：我看……这事儿当然也不能找夏二老爷那些人来管，只要他一沾边儿，管保这社就成了他家的稀罕物，又正好掐在你的脖子上了。可惜我们这几块料碰见这些事，又都是"狗吃刺猬，不知道从那儿下手"！这可怎么办呢？

方老师：别着急，赵二哥！慢慢筹备起来再说，我当然总是随时帮你们的忙。再说，将来县政府那边也可以有人来指导，就是银行管农贷的外勤工作人员也可以帮助大家来组织。

赵老二：（大喜过望）好，这就行了，我这就告诉他们去。方老师，我们虽听说有银行借钱的话，只当是谣风；也闹不清是怎么一回事。这次要不是您点醒，我们还在那儿"坐井观天"呢。天开了眼，我们再也不用借夏二老爷的要命钱了。我这就告诉他们去!

方老师：你还告诉大家，互助社，合作社，就是大家互相帮忙，共同作事的意思；以后不但可以跟银行借一笔钱，放给大家用；就是耕牛，人工，修沟，修坝，这些也可以互相借用，或是换工，或是一起修筑，大家你帮我的忙，我帮你的忙，有什么事不会让你一个人发愁，大家都来想法子，就像一家人似的。

赵老二：对，这样才是正理。我先去告诉他们。（走了几步又退回来）可是向银行借的钱什么时候才能到手呢？

方老师：（沉吟）等到组织好了，再去登记，请款，……往里周折，总要两个月光景。

赵老二：（失望，又回来坐下）咳！那可算是"远水救不了近火"了。

方老师：（也自踌躇）最好是一方面积极筹备，一方暂时找一笔垫款……好，我也许先可以凑一点钱出来，暂时应付大家的急。

赵老二：（不安的）方老师，您的手头也不宽，那能常常挤兑您呢？那我们不成了混蛋了吗？这可万万不能。（拍案起立）妈的，人是贱骨头，咬咬牙也是一样过，咱们饿死了也不去借夏家的钱。没的倒把他这瘦狼越发喂肥了!

方老师：赵二哥，你……

（这时赵菊贞悄悄走上来，牵牵方老师的衣角。）

赵菊贞：（低声）方老师，我这儿攒的有一笔钱，是给士洪弟弟下半年做制服费的，二叔先拿去用吧，怕他不肯要您替我说说!（掏出钱来，递给方老师）

方老师：好孩子！难得你有这番好意。（接过，向赵老二）赵二哥！钱本是给人通个缓急的，何必这样拘泥。无论是谁的，要

沈蔚德 / 249

　　　　　是他现在暂时用不着,你就借用一下也不妨。
赵老二：(误会)您要我还去借夏二老爷的钱?
方老师：哦。不是,那样的钱自然也不能借。我是说你自己一家人的。(把钱搁在桌上)
赵老二：(看看菊贞,心里明白)方老师,这个钱也不能借。
方老师：为什么?
赵老二：不为什么,就为我们哥儿俩……
　　　　　(门外有脚步声。)
　　声：方老师在家吗?
赵菊贞：不好!是我爸爸!他看见我在这儿又该骂了。
方　皓：走!菊贞姐姐,到我屋里去。
　　　　　(方皓与赵菊贞避入右面内室。赵老大推门而入。)
赵老大：(哈哈腰)方老师!吃过饭了?
方老师：赵大爷请坐。
　　　　　(赵老大与赵老二相见仍互不理睬,赵老二起身告辞。)
赵老二：我走了,方老师,明儿见!
方老师：好,我们明天再谈。
　　　　　(赵老二下。)
赵老大：咳!我家这个没出息的,刚才又跟您啰嗦什么?
方老师：谈的组织互助社的事情。
赵老大：哼!他还配谈互助呢,还是先顾顾自己吧!哦!我正为这件事找您,听说士洪下半年要缴制服费,他那个穷爸爸,那儿有这个力量。没说的,看在祖宗面上,我替他出了吧。可是我不愿意让人家知道这是我垫出来的,所以想先存在方老师这儿,到时候只说是您借给他的就完了。
方老师：(微笑)我倒不便冒这个美名。不过,赵大爷要是不见怪的话,我倒想问一句,你们弟兄倒是为什么伤了和气

250 \ 四川新文学大系·戏剧编(第三卷)

的呢？

赵老大：咳！"家丑不可外扬"，还说他干什么！

方老师：俗话说，"冤家宜解不宜结"，何况是一母所生的亲弟兄，有什么话说不开的。

赵老大：方老师，你不知道底细。咳！想那年我们的老娘倒下来的时候，我家老二他才八岁，天天晚上都是我带着他睡。热天的蚊子臭虫又多，临睡我点起蚊烟不算，半夜里他只要一搔痒，我就起来点上灯给他捉臭虫。一夜起来好几次，总是听见他睡贴实了我才放心睡。后来直到他十二岁，我讨了老婆，才让他一个人住到外间去。我常拉着老二的手说："老二，妈受了一辈子苦，可就生了我们弟兄两个，咱们可得给她争点气呀！"那时老二也真听话，一天到晚跟着我在田里苦做，从来也不知道顶个嘴，偷个懒的，人家个个夸他，您想，我做哥哥的反会不心疼他吗？……

方老师：（点头）我也听说你们弟兄原先是极和气的，好像后来是为了你弟兄的亲事，你们哥儿俩才……

赵老大：（把桌子一拍）他的亲事，谁说不是？天下的人都是害在那些婆娘手里。知道我本想给他说一个本乡本土的姑娘的，又有陪嫁，又知道根底，日后也落一家亲戚走走，有个照应。那一样不好？谁知我家老二，你看看他见了人就脸红，整天不开口的人，那时候却早跟王大姓家里一个从外边带回来的使唤大姐儿两人打得火热了。我虽然也听见一点风声，却也不十分在意。我给他说了一家，就是西村郭老的幺女儿，女家也答应了。有天晚上，我正陪着两位媒人在喝酒，商量明天放定的事，老二一推门进来了，脸上雪白，站在我面前半天，冷不防的就对我说："哥哥，别的事我从来都依你，就是这一件不行。我不要郭家的姑

沈蔚德 / 251

娘。"我就问他，郭家的姑娘那点不配你？他死死不开口，闹得我火上来了，忍不住骂他："我知道你不成人，看中了王家那个使唤丫头，一个不知来路的外路货。这个不要，那个不要，难道你想娶她不成？"谁知他就像邪神附了体似的，眼睛都红了，说："对了，哥哥，我要就不娶，要娶我就要娶她！"您想，当着那两位媒人面前跟我下不来，我气极了就说："好，好，你现在人大心大，把哥哥我简直不放在心上了，我管不了你，可是也不能眼见着你在这儿胡闹。你一定要娶那个外路货，明儿先分了家，你自己立了门户去娶去。可是一句话，从此以后一刀两断，你只当没有我这个哥哥，我也只当没你这个兄弟，谁也别理谁！"老二听了这话怔了半天，一声不响的走了。第二天多少乡邻来劝，可是我们赵家，从我们的爷爷起，就是有名的牛性子，打死不回头，谁劝也没用。马上分了家，老二搬到村南头去住，随后就娶了她。到第三天，他领了新娘子来拜茶，我当然不见，我没有这么一个弟媳妇儿！这么一来，十多年我们弟兄就没说过一句话。……

方老师：其实自家弟兄究竟是自家弟兄，事过多年，现在还何必顶真呢？

赵老大：(一声长叹) 唉！瞧，当初不听我的话，他现在落了什么好处？他那老婆，田里的活儿一样也不会做，体子又不结实，十天里头倒有一天哼哼唧唧的闹病。倒是会养，劈里拍拉养了一大堆孩子，又没有个外婆家照应。千斤担子还不是落在老二一个人身上，做死做活也够不上一家人吃用，怎么会不穷呢。我有心照应他吧，他那个脾气您还不知道，真是"毛厕里的石头，又臭又硬"。反倒给人家笑话我，说我自己伸手打了自己的脸。咳！那个婆娘真是白虎星，讨了她就是晦气……这些话不该在方老师面前说，怪没意思的。得了，士洪制服费就先交给您，可千万别提是我出的。

方老师：（笑指桌上的钱）赵大爷，你不用往外面掏了，刚才已经有人替你缴了。

赵老大：有人替我缴了，那会是谁？

（赵菊贞从室内跳出，方皓跟在她后面。）

方老师：（笑容可掬）爸爸！是我！

赵老大：这孩子！吓了我一跳！是你，你那儿来的钱？

方老师：那您就别管了，横直不是偷来的，您放心。爸爸我知道您一定会替士洪弟弟想法子的，所以我就先来了一步，您看我机灵不机灵？

赵老大：哼！该□！

赵菊贞：我说爸爸，您既然心里还是顾着二叔，何不就干脆跟二叔说了话得了。老这么别别扭扭的，连我都闷得慌。爸爸……

赵老大：少多嘴！

赵菊贞：还有，您老是恨二婶，我真不明白，其实我看二婶人挺好的，又和气，又能干。孩子多，家里穷，这也不能怨她不好呀！我回回碰见二婶，她总是问您好，还问妈……

赵老大：（怒）要她来问我好，我还没死呢。等我死了你再跟那个婆娘亲热去！口口声声的二婶，二婶，她是你那家子的二婶。你要认她就别认我，我没有这么一个好兄弟媳妇儿！

赵菊贞：（吓得不敢作声，噙着眼泪）爹爹！您这又何必呢，女儿不敢惹您生气。

方　皓：赵大爷，菊贞姐姐是一片好心，你别错怪了她。

赵老大：（软下来）方小姐，不是我爱生气，我就不能听人家提起

沈蔚德　/　253

那个婆娘的事。(向菊贞)得了,别哭了,下次少多嘴就是。回去吧,回去吧,刚才你妈还找你啦。(向方老师)那个钱的事就麻烦您啦,费心费心!

方老师:好,暂时就这么办吧!再见!

方　皓:菊贞姐姐,明天来玩呀!

(赵老大父女下,方老师父女送客转身。)

方　皓:(紧紧依在父亲身边)爸爸!

方老师:(拉着她的手)皓儿!

(半晌,父女二人相对无言,心里充满了幸福之感。)

方　皓:(轻轻的埋怨)仅自不回来,我等了您一天!

方老师:好孩子!告诉我,这老半天你做了些什么事?

方　皓:(跳到半圆桌边)您看,我摘了这么多鲜花搁在妈妈面前。刚才我明明看见她在笑着,笑得多好看呀!我想妈妈一定跟我一样,很喜欢花儿的。

方老师:是的,你妈妈也很喜欢花儿。(近前,对像沉思,口中微吟)悠悠生死别经年,魂魄不曾来入梦……

(从月洞窗口透进来的一缕明丽的阳光至此突然熄灭。远远有悠扬的钟声传来。)

方　皓:天慢慢黑下来了,妈妈的笑容也没有了。(转身)爸爸!我总觉得妈妈还活着。

方老师:(微惊)是吗?

方　皓:每逢只有我跟您两个人在一起,和您谈着妈妈的当儿,——就像现在这个时候——我就看见妈妈的影子在我们中间,她简直是活着的,跟我们一样的活着。

方老师:是的,她活在我们这些活人的心里。……怎么?孩子,你哭了?

方　皓:没有,我太快活了。爸爸,我常常想,我真好,我有一个顶顶疼我的爸爸。您不知道，有时候我简直快活得想哭；可是爸爸！有时候我又禁不住害怕，我怕……啊！爸爸……我真不知道要怎么说才好！

方老师：傻孩子！不要想得太多，其实总有一天你要离开爸爸的！

方　皓：我离开？不会的，不会有的事。

方老师：会的，你看那些小鸟儿，等到翅膀长全了的时候，不是就各自飞走了吗？姑娘家大了也是一样，到那时候，你就不会这么蹦蹦跳跳，跟爸爸这么亲近了。

方　皓：（怔了半天）那我宁愿长不大，永远做我爸爸的小女儿，一辈子不离开您。

方老师：（大笑）傻孩子，我逗你玩的。最亲爱的人是永远不会离开的，就是人离开了，心也还是亲密的结在一起，对不对？快别难过了。来！来！你的学业考试明天还有一天，快点温习功课吧，不要胡思乱想了。

方　皓：（振作）是，爸爸。（去开书包，拿本书来坐在方老师面前一张小凳上看）

（方老师点上一盏灯，坐在书桌上，翻着那些印刷品，一边沉思，一面挥笔疾书，屋中沉静了一会。）

方老师：（偶然抬头，见方皓仍是若有所思）皓儿！又不听爸爸的话了，你在干什么？

方　皓：我在想……

方老师：又想什么？

方　皓：爸爸，为什么赵大爷不肯跟他弟弟讲和呢？

方老师：（长叹）为了赌一口气。

方　皓：为了赌一口气，弟兄就十年都不说一句话？

方老师：当然是不值得！

方　皓：真奇怪，他们为什么那么傻呢？

沈蔚德　／　255

方老师：人有时候是这么傻得可怜的。

   （半晌。）

方　皓：爸爸！您不是常说，爱能叫人快乐，给人幸福吗？

方老师：是的，爱能叫人快乐，给人幸福。

方　皓：宛容姐姐的爸爸也很爱她，可是她并不快乐，也不幸福。

方老师：自私的爱，偏狭的爱，常常不能给人幸福，只能叫人痛苦。

方　皓：怎么叫自私的爱，偏狭的爱？

方老师："自私"就是爱别人只是为了自己，也就是只顾自己不顾别人。"偏狭"是只爱自己亲近的人，而不能爱所有的人。真正的爱要宽大，要能牺牲自己。

   （半晌。）

方　皓：爸爸！

方老师：还有什么问题，我的小哲学家？

方　皓：（突然）爸爸，一个人饿极了，一定是很难过的。

方老师：当然，要是你亲自尝过那种滋味，你就更懂得了。

方　皓：（忽然笑着跳起来）我懂得，我懂得。可是奇怪，我现在虽然饿极了，却并不难过，反而很快乐，这是什么道理？

方老师：（拉着她的手，细看她的脸）你现在饿极了？难道你没吃晚饭？

   （陈奶妈手里拿着活计，适自内室出。）

方　皓：（惭愧的）爸爸，我刚才对您说了谎话，我实在并没有吃晚饭，奶妈做的南瓜饼都给哑吧……

陈奶妈：（上前）啊？都给哑吧吃了？我的好小姐，我特地搁了三勺猪油，一个鸡蛋，结果都给了他吃了，连声谢都没说，咳，咳，这是什么说的。

方　皓：（看着爸爸，乞援的）奶妈，不要紧，张大嫂还送给我一个大南瓜，明天又好做饼了。

陈奶妈：不要紧，天哪，你一直饿到这会儿，这还了得！咳！早又不知道，饭也没有了，幸亏还有点儿米，我马上去煮吧。这是怎么说的，你长到这么大，从我喂奶的时候起，多□儿让你饿过呀！（一边说，一边忙叨叨的就要往外走）

方老师：陈奶妈，不用去煮饭了，这儿倒有一样现成的。（把先前拿回来的纸包打开，原来是四块大面包）

方　皓：面包！（跳上来）爸爸，您怎么也不早说呀！

方老师：（笑）我也没有早知道呀！拿去吃吧，孩子，你今天做了一件值得奖励的事，觉得很快乐是应该的。还有一件礼物，是我早就留下的，现在也先给你看看。（走入左面内室）

（方皓拿着面包大吃。）

陈奶妈：慢点吃，看噎着！

方　皓：（塞得一嘴）今天这面包真好吃，我从来不知道这面包有这么好吃。

陈奶妈：人要是饿了，什么都觉得好吃，小姐！

方　皓：这么说，奶妈，你还是老让我带饿一点才对呀！

陈奶妈：别说傻话吧，小姐，顶穷的人家没有吃的是叫没有办法，那有平白挨饿的道理呀？

方　皓：那么，倒是顶穷的人，最懂得好吃的滋味了。

（方老师手持一个小盒，自内室出。方皓迎上去。）

方　皓：爸爸，那是什么？

方老师：（很郑重的打开，取出一串红珠子似的东西）你看，这个好看不好看？

方　皓：真好看，鲜红，透亮，又圆又润，就像一串大樱桃似的。那儿来的这个东西呀？

沈蔚德 / 257

方老师：这是一串珊瑚手串，是我母亲像你这样年纪的时候戴过的，那时候的小姑娘都兴戴这个。我母亲没有女儿，又只生了我一个，所以死的时候便给了我。

方　皓：原来是祖母的纪念品。

方老师：是的，纪念我母亲的东西现在只剩下这一件了，我特地留着，预备你小学毕业以后，下半年考取中学的时候再送给你。

方　皓：（感动的）谢谢您，我一定好好的有心读书。

方老师：这个手串本身不过是个装饰品，不值什么，可宝贵的是它所代表的感情，我死去的母亲和还活着的我，这两代人的心意都寄托在这上面，将来交给你保存着。

方　皓：（虔敬的）将来我一定把它老带在身边，好纪念她老人家。

（方老师又庄重收起，陈奶妈在旁惊美不已。）

陈奶妈：别说不值什么，现在这些东西又时新了，很值不少钱呢。前天我听说周大老爷的二姨太太买了一串玛瑙珠子，花了好几百，我看您真得好好的锁起来，这儿庙大人杂。荒乱得很，万一闹个贼偷，怪可惜了的……咳！我真老糊涂了，怎么尽说这种不吉利的话。呸！（往地下吐了一口）

（一阵风吹得隔扇门呀然大开，灯光飘忽不定。）

方　皓：喝！好大的风！

陈奶妈：（借此起身）天变了，看样子要下雨，我去盖酱缸去！（下）

（父女二人正自收拾，风中送进一阵笑语声，接着几个小学生跳入。）

众小学生：（七嘴八舌）方老师！方皓！好凉快！好凉快！

方老师：（笑着）你们这是来问功课，还是来……

众小学生：讲故事！我们请方老师讲故事给我们听！方老师前天答

应了我们的。

方老师：不错，我差点忘了，好吧，大家安静一点，等我想一想。

众小学生：坐下来，坐下来！听方老师讲故事，听方老师讲故事！

（众小学生正在纷纷就坐，忽然门外啄啄有声。接着有人用低沉而粗厉的声音问。）

声：方树仁先生在家吗？

方　皓：这是谁？（走去打开门）

（夏希绅缓步走入。他今晚喝了点酒，微醺之下，脸色更为青冷。众小学生见了他，不由都悚然起立，面面相觑。他先用那令人感到刺痛的眼光向室内扫视了一周，然后走到方老师面前。）

夏希绅：对不起，打扰你们了，方先生，你倒是真忙呀！

方老师：没什么，不过是预备讲个故事给他们听听。

夏希绅：（冷笑）大概又是什么狼呀狗呀的吧？我猜的对不对？（向众小学生炯逼视，众小学生纷纷退避）

小学生甲：（低头）我们走吧。

方老师：（安慰的）不用，方皓，你先带他们到那边屋里去玩一会儿，我就来。

（方皓引众小学生入内室。）

方老师：夏先生请坐。

夏希绅：唔，我站着的好。（很暴躁的在屋里来回踱着，四处打量，他走到长壁龛边，拿起木牌来看）先儒颜回之位，先儒冉有之位，……哼！（走到书桌边翻翻）组织农民互助社应注意的事项。……（走到方老师面前，冷冷的）方先生……

方老师：（一直等着他先开口）夏老先生！

夏希绅：你知道我的来意吗？

沈蔚德

方老师：不知道，夏老先生今天还是第一次到舍下来，一向没有请教。

夏希绅：（表面上突然变得很客气）不错，在小学校务会议上我们倒时常见面——我是校董，你是教员代表——那会儿谈的都是些公事，此外就很少有机会来拜望方先生，真是对不起得很！然而方先生的人品，声望，道德，文章，我是一向久仰的。

方老师：不敢当，树仁只不过是一个小学的普通教员罢了。

夏希绅：我也常替方先生觉得委屈，以方先生这样的人才，一个北京大学教育系毕业的教育专家，只在这种穷乡僻野当一个小学教员，整天跟些黄泥巴腿，蠢猪一般的种田佬，还有那些拖鼻涕的毛娃子在一起鬼混，实在是大材小用，可惜得很。

方老师：（微笑）我倒不这么想，夏老先生，乡下的朴实和小孩子的天真，倒是天下最难得的珍宝呢。

夏希绅：（不禁暴躁）最难得的珍宝？好，就算他们都是天下的大宝贝罢，方先生，假如说，现在县城里有一个较高的位置，就说是一个县立中学的校长吧，你要愿意去，只要我写一封信去就马上可以成功，你知道我在地面上还有这一点力量。

方老师：谢谢夏老先生的好意。我昨天也接到一封信，是省城乡村师范的一位朋友给我的，要我去当教员，我也预备回绝。

夏希绅：为什么？

方老师：因为我在这儿住久了，跟当地人和这些小孩子混得很熟，不愿意丢下他们就走。

夏希绅：哦，原来如此，（冷笑）方先生，我劝你不必专说这些好听的话，这些话只好骗骗那些蠢猪和三岁小孩子，在我的面前不必白费。咱们打开窗子说亮话,你一心一意的恋栈不走,这样牢笼人心,跟我作对,到底是什么意思?

方老师:夏老先生,你完全误会了。……

夏希绅:我一点没有误会。(抓起桌上的文件)这是什么?你以为我不知道吗?

方老师:哦,你说的是农民互助社,我为了不忍看见他们受穷受苦,所以才点醒他们一条明路,想不到引起夏老先生的误会。

夏希绅:你岂不知帮助他们就等于反对我?我恨这些当地人,我最爱拿铁锁套在他们头上,看着他们搓手,顿脚,跪在我面前痛哭求饶,我才高兴!可是你偏要拉起他们来,处处松了他们的绑,你这不是跟我为难是什么?

方老师:(骇然)夏老先生,我真不明白,你为什么这样恨他们,你自己本乡本土的人,你们都是从这一块土地上生长大的?

夏希绅:(狞笑)你觉得奇怪是不是?那么让我索性告诉你!不错,我是从这块土地上生长大的,你晓得我们夏家这是个望族,一向是受人尊敬的,可是不幸,我是个丫头生的,你懂吗?我从小就被人看不起;直到我父亲死了,家当被哥哥们占去了,我母亲也给他们逼得嫁了,我那时才只有十二岁。没吃少穿,告贷无门,就没有人从眼角上看过我一眼。有天清早,我决定像个小告花子似的,走出村子,到外面去闯天下去了。

方老师:(同情的)一个十二岁的小孩……后来怎么样?

夏希绅:不要问后来怎么样,总之,什么样的事我都做过,当放牛娃儿,当书童,当小伙计,一直熬到当管事,做店老板,做商界的巨头,一个人在外面苦撑了二十多年,我有了

　　　　钱,也就有了身份。我说,"我现在可以回家了,好让那些人看看,丫头生的儿子也有今天。"于是乎我就回来了,就像平空从天上掉下来一样,把这些人都吓了一跳,他们以为我早就饿死了。我买房子,置地,立刻成为乡间的一大富人。可是怎么样,从前那些笑我的,骂我的,拿石头打我的许多族里人,本地人都一窝蜂挤上门来,朝我磕头作揖,恭恭敬敬的称呼我作夏二老爷,打都打不走,连那些当初不认我的亲兄弟都来向我说好话,借钱,因为他们已经都穷了。人都只认得钱,钱!好,我现在有的是钱,那么就该我来笑他们,骂他们,拿石头往他们身上打了。……

方老师:(同情的)夏老先生,我现在很懂得你为什么要恨他们。但是我不赞成你这种想法,你这种泄恨只能惹起更大的恨,你恨我,我恨你,你又恨我,我又恨你,永远没有止境;怨恨是一根毒刺,戳在人心上永远拔不掉。它整天流着血,叫你觉得痛,你以为泄了恨你就快乐了?不,你还是不快乐,对不对?就好像是心上那根毒刺,你以为拔了就好些,结果那个伤口还是在烂,它照样流血,疼痛,永远不会收口。

夏希绅:永远不会收口!(头慢慢低下去,如中了魔术一般)

方老师:(像对小孩子讲书似的)我们人活着,都想能活得很快活,可是怨恨不能叫人快活。怨恨叫人猜忌,提防,烦恼,孤单,好像自己故意把自己一个人关在一间黑屋子里一样;其实你只要平心静气的放开胸襟,把眼光放远大一点,能够原谅别人,进一步再能爱别人,那你就看见外面原来是一片阳春美景,只等你出去饮酒作乐。夏老先生,心境原是自己造成的。我不信你不懂爱别人的乐趣,就不说爱自己的父母兄弟吧，我们既能爱自己的妻子儿女，为什么就不能爱别人呢？

夏希绅：（喃喃的）爱自己的妻子儿女！（悲愤）宛容的母亲，还有宛容……我都爱，我都喜欢，可是连她们都看不起我，恨我！

方老师：是吗？这决不会的，这是你的心肠太偏窄的原故。

夏希绅：不，你知道宛容的母亲是此地叶翰林的孙女儿，琴棋书画，她从小无不会，可是为了穷，不得不嫁给我。过了门五六年，不过五六年，她就死了。……她虽然没说过什么，可是我知道她嫌我俗气，嫌我是丫头的儿子，你懂吗？自从她死了之后，我更恨，无论什么人我都恨！

方老师：（感到凛冽）可是宛容……

夏希绅：宛容太像她的母亲！

方老师：（慨然）宛容的身体很不好，你不应该把她关在家里……

夏希绅：（如被针刺，突然暴怒）你……你竟敢干预我的家事？你是什么人？

方老师：刚才我们不是还像老朋友一样的谈着吗？夏老先生，为什么你不能当我是你的一个老朋友呢？（伸出手来）

夏希绅：老朋友，哼！（如梦初醒）只怪我喝了点酒，怎么会跟你这个人谈了这么半天。（极力镇定）方先生，我们少说废话，你对于我刚才的提议究竟觉得怎么样？

方老师：什么提议？

夏希绅：就是我好意荐你的事，到县里去当中学校长。

方老师：谢谢你，夏老先生。人各有志，我说过，我一时还并不打算走。

夏希绅：那么我再问你一句，以后你是不是还要在这儿领着这些乡下人胡闹？

方老师：凡是我认为该做的事，我总希望它能成功。

夏希绅：好，好！

方老师：但是我希望夏老先生不要误会，不但如此，我还希望你能领导他们来做，你做这种事情是最合适的，夏老先生，你是这本地人，你的子孙将来也要在这儿根生土长，难道你真的不爱这块地方，不爱这在同一块土地上生长的人吗？为大家谋幸福，也就是替自己谋幸福。你真能眼看着别人啼饥号寒，而自己毫不动心？夏老先生，我不是此地人，然而我也爱这个地方，你难道……

夏希绅：你的花言巧语说完了没有？方先生，不怪你是个出名的好人。有好人就有恶人，那我就算是个出名的恶人吧。那么，你可要知道，好人和恶人是水火不能相容的。你要是再不知趣，不赶快离开此地，那时可别怪我不客气！好，记住这句话。（起身径下）

方老师：（赶上一步）夏老先生……（见夏希绅已去，不禁怃然长叹）

（方皓自内室悄出。）

方　皓：爸爸！他走了？（方老师点头）我听见他的喉咙很高，他吵些什么，您生气了吗？

方老师：没有，我只觉得他可怜，他很不幸，他是个病人。

方　皓：我也觉得他可怜，他一定很不舒服，我从来没看见他笑过。爸爸，您会治病，为什么不给他治治呢？

方老师：（摇摇头）很难，病根种得很深了，试试看吧。……（众小学生自内室伸头探看，终于一个个都跳出来）

众小学生：（欢呼）他走了，他走了，方老师给我们讲故事，讲故事！

方老师：（不禁微笑）好，现在我倒真想起一个很好的故事来了。

大家都坐好，我们马上开始。（众小学生在小凳上，围着方老师。方老师定了定神，开始用极清朗的声音慢慢说出以下的故事）

方老师：从前有一个很深很深的山谷，那里成年被雪盖着，天色老是阴沉沉的，只听见冷风呼呼的吼，不见一丝太阳光。小鸟儿，小虫儿都冻死了，树木和青草都是枯黄的，从来也没看见一朵有颜色的开着的花。深谷里有一个打柴的樵夫，独自住在一座破茅屋里，天天上山打柴，卖给附近的人家。他常常自己对自己说："打柴是很好的，给人家去烧火，在这儿，火真是好东西呀！"可是有一次，他看见一个老婆婆坐在炉灶旁边，一边烧火，一边擦着眼泪，他忍不住问她："老婆婆，你为什么哭？我的柴不好烧吗？或是烟子熏了你的眼哪？"老婆婆说："不是，灶里的火烧得很旺，不过我心里还是冰冷，一点不觉得暖和！"说完，两点眼泪滴到地上，立刻冻成了两颗冰珠子。樵夫听了，一颗心也好似马上结成冰块块，非常悲伤。他从此立志要去寻找一种能够温暖人心的火。可是到那儿去找呢？他第一天正坐在茅屋前面发愁的时候，看见许多人正朝对面那座大山上指指点点的望着，一问，原来大家都听说那座山上有个仙人洞，那洞里老是像春天一样的暖和，天是蓝的，水是绿的，有太阳，有白云，有开不完的花，有唱不歇的鸟……景致非常的好，只可惜没有人知道究竟在什么地方。因为没有去过的根本不晓得在那儿，而去了的人又舍不得回来，所以大家只好空想想罢了。那樵夫听了，却很高兴，心里想："只要知道的确是那座山，我一定会找到那个仙人洞；到了那个仙人洞里，我也可以找到那种温暖人心的火。"于是，有一天他便带了干粮，拿了一把斧头爬上那座高山去了。

小学生甲：后来他找到那种火没有？

小学生乙：嘘！他当然会找到的。不要打岔！

方老师：那座山很高，很大，很险，满是冰雪，高低不平，难走极了。有几次他几乎掉下来摔死，有一回睡在山洞里差一点给大毒蛇咬伤了。到后来干粮也吃完了，衣服也撕烂了，脚也走破了，气力也用尽了，他只得走到一座大树林里暂时歇坐下休息，可是忽然听见野兽吼叫的声音越来越近，他吓得连忙起来，爬到一棵大树上面去。再回头往下一看，原来是一群老虎、豹子和豺狼，在那儿打架，抢着吃一个人的脑袋呢！……

众小学生：啊！多可怕！

　　（众小学生听得出神，渐渐进入想象的梦境中，本来从两个月洞窗口和打开的隔扇门望出去，只是一片漆黑的天空，这时突然明亮，隐隐约约现出一幅虎豹撕吃人体的景象；以后就随着所讲的情节，出现着各种有连续性的活动的幻境。方老师渐渐暗淡得只剩一个黑影，只有他的声音仍极清晰明朗。）

方老师的声音：樵夫吓得闭上眼睛，手脚都瘫软了。突然又听见一阵小孩子的哭声，睁眼一看，原来是那些老虎和狼从草地里又拖出一个七八月大的活小孩来，眼看又要给它们吃下去。这时樵夫陡然有了勇气，从腰上抽出那把斧头，跳下树来，一顿乱砍，把那些虎狼给吓走了。樵夫把小孩抱在手上，小孩把手围着他的颈子笑了，樵夫立刻觉得心上很温暖，所有的气力恢复了。他决定要抚养这个小孩，于是在树上搭了一个大鸟窝给她住，又捉了一个母山羊来喂她的奶，小孩子就一天天的长大了。……

小学生甲：（拍手欢笑）住鸟窝，吃羊奶，多好玩呀！

（幻境陡灭。众小学生似从梦中惊醒。）

小学生乙：（埋怨）别人正听得有趣，给你打断了。

小学生丙：方老师！他是男孩子，女孩子？

方老师：（微笑）当然是女孩子，女孩子不是总比男孩子可爱些吗？

众小学生：（七嘴八舌）不，男孩子可爱，不，女孩子可爱，不要吵，好好听着方老师，讲下去！讲下去！

方老师：好，我们接着讲下去。那个女孩子慢慢长到十来岁，非常聪明，美丽，活泼，而且仁慈。……

（幻境复明，现出一个活泼女孩子在森林里的景象。）

方老师的声音：她非常爱护这森林里的生物，就是一个小虫，一个小蚂蚁都不肯去伤害它们，因此这山上的鸟兽鱼虫都成了她顶好的朋友。在她一个人无聊的时候，画眉便来唱歌给她听，麻雀便来陪她谈天，山鸡便来跳舞给她看。她在山沟里洗衣服，鱼便来衔开浮萍，仙鹤便来拾掉在水里的袜子。她烧火做饭，便有兔子来送野菜，猴子来搬柴火。……樵夫看着，心里快乐极了，连寻找仙人洞的事都忘了。忽然有一天，有一只羽毛非常好看的大鸟，飞到这女孩子的面前就掉下地来，闭着眼睛只管喘气，差不多快死了。这女孩子仔细一看，原来翅膀上流着血，是被猎枪打伤的。女孩子把它放在大鸟窝里，找了些药草给它敷上，又喂它东西吃，过了几天大鸟完全好了，女孩把它放在树林里，可是它并不飞走，却朝着女孩子一个劲儿叫着。女孩子从小就跟鸟兽在一起，所以懂得它们的话，她听见那大鸟叫的是："跟我来，仙人洞！跟着我来，仙人洞！"不觉非常奇怪，便告诉樵夫，樵夫想起了寻找仙人洞的事，于是就同女孩子一起跟着那个大鸟，大鸟往那里飞，他们就跟到那里。弯弯曲曲的走了许多路，最后大鸟飞到了一个山洞门口便不飞了，向洞里叫了几声，一个穿着白颜色长袍的仙女迎了出来，谢谢樵夫。原来这女孩子正是白衣仙女的女儿，因为樵夫救了她，所以仙女特地派大鸟去接他们到这儿来。他们走到洞里一看，果然另外是一个世界，明晃晃的太阳，和暖的微风，蔚蓝的天空上，白云顽皮的彼此追赶着，碧绿的水塘，白鹅在划着水玩。柳树跳着舞，黄莺儿唱着歌。红的桃花，白的李花开成一片，一阵阵清香扑鼻，蜜蜂儿，蝴蝶儿飞来飞去，忙得一刻不停。尽管外面世界上是冰天雪地，风雨飘摇，可是仙人洞里的人却永远享受着春天，樵夫在那里找到了能使人心温暖的火，非常快乐，而且幸福。……

（幻境这时特别明亮，现出一派花红柳绿，鸟语花香的春景。隐隐遥闻《春常在》的歌声有如仙乐。）

众小学生：（不禁随着歌舞起来）

　　相亲复相爱，

　　心花常常开，

　　桃红又李白。

　　柳絮你慢慢舞，

　　蝴蝶，你慢慢飞，

　　谁说春去不再来？

　　人人心中春常在，

　　一片好世界！

（幻境陡灭，众始惊觉。）

众小学生：春常在！春常在！真好，真好！

（陈奶妈上。）

陈奶妈：你们还不回家？外边下雨了！

众小学生：天下雨了？

陈奶妈：下了半天，待会儿路上下雨了，看回不去！

方　皓：我们只顾听故事听得入神，怎么一点也不知道呀！

众小学生：（此时方觉天色昏暗，雨声淅沥可闻）我们真还一点也不晓得呢！大家快回家去，快快回家去，下雨了！下雨了！再会！再会！方老师，方皓！……

（众小学生唱着春常在歌纷纷冒雨归去，歌声渐远。）

方老师：（见方皓仍在发呆）皓儿！时候不早了，快去睡吧！

方　皓：爸爸！要是真有这么一个春常在的仙人洞，那该多么好！

方老师：是真有的，不过有许多人不认得那条路罢了！

方　皓：要能认得那条路够多好！

方老师：其实并不难，你看那樵夫最初也不认得路，不过他懂得帮助别人，同情别人，爱别人，就自然而然的到了那个境界了。

方　皓：爸爸！……

陈奶妈：小姐，不早了，快去睡觉吧。整天爸爸爸爸，你倒也让他老人家歇歇呀！

方　皓：（顺从的）爸爸，我去睡了，明儿见！

方老师：明儿见！

陈奶妈：您也早点睡吧！小心累着！

方老师：我还要写一点东西，你们先睡吧！

（陈奶妈与方皓下。方老师微露疲倦之状，然仍振作精神，伏案疾书。远远有更锣声，陈奶妈施上，见方老师正在工作，欲言又止。）

陈奶妈：（轻轻的）方先生！还不歇着？

方老师：（咳嗽，以手抚胸）不，我不累。

陈奶妈：（埋怨的）您一天到晚的忙，总是直忙到三更半夜还不睡，

沈蔚德

人又不是铁打的，那儿来那精神！前年您那一场大病好险，医生就说过平时要静养，要不然，犯一回就重一回。去年又连犯了两次，近来我看您的饭量比以前已经差多了。还是少管他们的闲事，自己的身体比什么都要紧。人家说："管闲事，落闲事"，又不闹谁的好处，省省心不好吗？

方老师：不要紧，我自己知道，（忽然想起）哦，正好，我想起一件事来。（取出那个装珊瑚手串的小盒）明天你把这个拿去问问，看能不能抵押出几个钱来。

陈奶妈：（接着在手里）您要拿老太太的遗物去当钱？

方老师：对了，不久我有一笔用度。

陈奶妈：这几年我们皓小姐可把您给累苦了，我虽然跟着您吃口现成饭，也常替你想，现在皓小姐一天比一天大了，眼看着要进中学，将来还要进大学，还有出阁的陪嫁，咳！这些用度可真不在少数，怎么能都压在您的肩膀上呢！咳！要是她的爸不死，她妈还活着的话……

方老师：陈奶妈，这方面你不必着急，事情慢慢的来，我总有办法的。我现在还有另外用钱的地方，好，去吧。

陈奶妈：是。（仍然迟疑不去）方先生！

方老师：什么事？陈奶妈？

陈奶妈：我有一句话要对你说，今天憋了一天，我都不敢说，可是我实在又忍不住不说。

方老师：为什么不敢说呢？

陈奶妈：怕您听了受不住。皓小姐……

方老师：皓小姐怎么样，你说！

陈奶妈：皓小姐的妈还活着，她过两天就要到这儿来。

方老师：（起立）真的，你怎么知道？

陈奶妈：是石福石大爷说的,他昨天为了田租子的事到了一趟离这儿八十里的长林县县城,在县衙门碰见一位女客,她问起方老师的情形,石福石大爷就一五一十的对她说了,她说她和你是老朋友,过两天要来看你。

方老师：老朋友？……那也许不是她……

陈奶妈：可是听石大爷说的那岁数,模样儿简直没有一样不像。石大爷见她问得紧,也觉得奇怪,后来问别人,才知道这个女客姓白。

方老师：姓白？

陈奶妈：看,连姓都不差,还会错吗？阿弥陀佛,老天爷！让她们母子团圆吧！我死了都闭眼！

方老师：（走到照片面前）若玉！若玉！一别十年,当真你还在人世间吗？

陈奶妈：可怜的皓小姐,她自己小时候的事情,还一点影子也不知道呢！

方老师：你先别对皓小姐说,因为这消息还不一定可靠,且等到了那时候再说。

陈奶妈：我知道。连我也不敢一定,惟愿是真的就好！方先生,您也别再想什么,快歇着吧！可怜,皓小姐还睡得熟熟的呢,她那儿知道……（一面唠叨着,一面走进右边的内室去）

（方老师独自在室内不安的走着,喟然长叹,最后关上门窗,拿了桌上的油灯走进内室去,屋内昏昏黑,远远更锣声又起,由近而远。静了一会,门外忽有微声。）

传慧老道的声音：（低微的）行了,行了,是时候了。

周丙元的声音：（疑迟）还早吧！

传慧老道的声音：嘘！

沈蔚德 / 271

（拨门闩的声音，最后门轻轻的被推开，在一缕清光中隐约看见两个人影子。）

传慧老道：你动手，我在外边儿给你巡风。

周丙元：我怕不成，还是你……

传慧老道：窝囊废，学呀……（闪出门外去）

（周丙元在室内摸索，抓了一些东西塞在大襟内，后来正想进内室，不慎发出声响，急伏室隅。方老师持灯出，终于发现了他。）

方老师：是谁？（周丙元浑身发抖）啊，你不是那个害疟疾的病人吗？你到这会儿才来？也好，我就这会儿给你看看吧。（往取诊器，周丙元乘此想夺门而出，被方老师拦住）

周丙元：（战抖）方……方老师，下……下次不敢了，您放了我吧。

方老师：（微笑）只要病人上了我的门，我是决不放过的。

周丙元：我这还是第一次……

方老师：第一次米，更应该仔细察看。把衣服解开！

周丙元：（把大襟里的东西掏出，原来是一个听筒和一个洋瓷盘子）我就拿了这两件，此外再没有什么了。

方老师：我正找听筒呢！原来你拿去，可是你不会使呀。喂，别扣钮子，到这儿来。（周丙元不明白，不敢走近）不要害怕，我自信还不是个庸医，不会治死你的。

周丙元：（扑通一声跪下）方老师，你饶了我吧。我是一时糊涂，上了传慧老道的当，您……

方老师：（笑着扶他起来）你起来，不用多说了。我现在不过是想给你看病。

周丙元：给我看病？真的？

方老师：当然，明天也许你就不来了，我这会儿又正空着。坐下，先听听肺部。

（周丙元半信半疑的坐下，方老师替他诊视。最后拿出一包丸药和几张钞给他。）

方老师：你的确是打摆子打得太久了，所以非常虚弱，幸喜你原来的底子很好，还没有别病。这是一包治摆子的药，天天吃几粒，就会好的。这是一百块钱，拿去做盘费，好回家养病，我看你是个老实本分的小伙子，以后千万不要再走到邪路上去。走上邪路很容易，再想回头就难了。好，你去吧。

周丙元：（怔了半天，突然大哭）我真该死，您原来真是个好人。我瞎了眼，倒来偷你的。现在叫我来世怎么报您的恩哪？

方老师：嘘！别嚷，不要给别人听见了。

（陈奶妈和方皓上。）

陈奶妈：他，他，深更半夜跑来做什么？

周丙元：我真该死……

方老师：（抢着说）是我约他这时候来看病的。

陈奶妈：这时候还替人看病！我刚才仿佛听见门闩响，又是扑通扑通的，还当是闹贼！他这会儿又哭个什么劲儿？

方老师：你的病不要紧的，别难受！

周丙元：方老师！我……我……我给您磕个头吧！（爬下去就磕头）

方老师：（连忙扶起）你快去吧！

周丙元：我这一辈子也忘不了您的好处！（正想往外走，又回转身来）哦，方老师！我劝你别得罪夏二老爷，他可不是好惹的，我仿佛听见他家贾管事跟江三混子说，要拿您怎样怎样呢。咳！真是好人难做。您可千万小心，别落在他们手里。

方老师：我知道了，你走吧，明天千万回家要紧！

（周丙元下。方老师拉住方皓的手。）

沈蔚德 / 273

方老师：孩子，吓着没有？

方　皓：没有，刚才我要做梦，爸爸，我梦见那个穿白衣裳的仙女，她的相貌就像那照片上的妈妈一样，又高贵，又美丽，她站在一个山冈上，向我招着手，叫我到仙人洞里去，可惜我刚到洞口，就给吵醒了。

方老师：别可惜，孩子，过两天那个像你妈妈的仙女会真的来看你的，你说好不好！

方　皓：惟愿做一场这样的好梦，不要在半路上醒过来。

方老师：那个女孩子的梦倒不会醒，可是那个樵夫的梦快要醒了！

方　皓：爸爸你说什么？

陈奶妈：小姐，还是去睡吧！

方老师：（悽然）我说的刚才那个故事，"一个樵夫和一个女孩"！

（方皓仍然瞠目不知所以，陈奶妈有点明白，低下头去。方老师转身走到窗前。幕徐徐下。）

　　　　选自沈蔚德著：《春常在（五幕剧）》，商务印书馆，1945年

吴祖光

| 作者简介 | 该作者简介参见第二卷四幕剧《凤凰城》。

风雪夜归人（三幕剧）

（节选）

地　点：

序幕——雪后的黄昏，"阔人"的后花园

第一幕——大戏园子的后台，春天晚上

第二幕——次晚，花园里的小楼

第三幕——第四天早晨，"戏子"的家

尾声——二十年后，花园里的小楼，黄昏到夜晚

人　物：

李蓉生

王新贵——即窗内的男子

马大婶

陈祥

魏莲生——即倒在雪里的病人

小丑

苏弘基

徐辅成

章小姐

俞小姐

玉春

兰儿

马二傻子

乞儿甲

乞儿乙

小兰——即窗内的丫环

第一幕

时间往回数到二十年的样子。

那病人临死时说的"好大的城"就是这个大城。

正是太平年月，四海无事，士大夫之流日酣戏于笙歌之间；锦城丝管，舞乐升平，"上有好者，下必甚焉"，流风所被，那地方便成了罗绮飘香，文物鼎盛之区。

那时最使人迷恋忘返的就是城南一带的戏院子。歌台舞榭上虽只是演出些泡影昙花和蜃楼海市；然而骚人墨客，妖女狡童却把它当作了抒怀寄情之场。于是舞台上的一些傀儡人物就变成了他们吊西风寓愁绪，拈红豆寄相思的对象。他们的爱好，渐渐从剧中人移向扮演剧中人的演员身上，他们迷恋的范围就渐渐从台上移到台下，从前台移到后台——

后台便成了最能引人遐想，动人情绪，浪漫而神秘的地方。

可好这儿就是一个大戏院子的后台。

大戏院子的后台，普通都分作为几部分，正靠舞台的是大家公用的化装场所同上下场的过路，此外挂头二牌的名角，各有单独的一间屋子。

我们现在看到的就是一间给头二牌名角单独享用的化装室。

化装室的一角：屋子已经半旧了；墙是用米色夹白花的粉纸裱糊起来的，上端还镶了一道玫瑰紫色的花边。

右面的墙，靠近与左面墙连接处，有一个门，挂着大红绒布帘子，是通过公用化装场不再到舞台的，化装室的地基比舞台低，所以从舞台走进来，要下三层台阶。门右边是个大乌木炕，当中放一个炕几；两边各摆着六面体的长方绣花枕头，垫着蓝布棉褥子，可以两人相对而卧；炕几上放着一把茶壶，两个茶杯；靠里面放了一顶红结子的黑缎瓜皮帽。

左面的墙我们看见得比较多，有一个窗户，白纸糊的窗扇支起着，窗下放一张桌子，正面一张椅子，桌上放着一个小木箱，盖子打开，粉，油，胭脂摆了一桌；当中立一面圆镜子；旁边一盏玻璃罩的煤油灯，点亮了。

桌子左边，脸盆架上放着脸盆，搭着一条毛巾。

再向左，墙上有长条衣架，现在一顺挂了许多东西：一件灰哔叽的夹袍子，一件熟罗的"巴图鲁"黑背心，一条黑白相间的丝围巾；再过去就是些演戏用的黑水纱，甩发，马鞭子，戏衣等等。此外墙上还靠着些刀枪之类。

再往左又有一个门，门开着，外面是直通戏园子大门的一条长通道，有灯笼的红光照见通道的一小段。

门左靠墙，斜放一架大穿衣镜，红木颜色的框架子，四面雕刻着古老样式的花纹。架子上挂了一柄拂尘。

屋当中有一个小圆茶几，两张小圆凳。

屋顶正中挂的一盏白瓷罩子的煤油保险灯，照得满室通明。

像这样的一间屋子本无神秘之可言，然而"像由心造"，人心是具有最大权威的东西；只要我们心里曾存在着"神秘的后台"的观念，那末后台便是神秘的了。

是春天的夜晚，天朗气清，窗外春风入户，室内温暖合度，一切都显得香馥馥软绵绵的。

十一点多钟，戏园子里最火炽的阶段，大轴子的戏演到最好处的时候。

这时候，我们纵使没有到前台去，然而可以想见前台拥挤的情形，不但所有的座位——池子也罢，包厢也罢，前排也罢，后排也罢——都坐满了人，座位之间的人行道也加满了凳子，最后面出口的空地方也密匝匝里三层外三层地挤满了来听"蹭戏"的老内行们；因为在大轴戏之前就已经查过了票，大门就解了禁了。

我们所看见的名角儿独享的后台化装室，反而是冷清清的，只时有一阵阵的锣鼓，胡琴，喝彩声从前面偶尔传来。

现在室内只有两个人：李蓉生同王新贵。

李蓉生正在收拾那方桌上零乱的脂粉匣子，把那些零碎东西一件件搁进那小木箱去……

王新贵则是扎手舞脚地仰卧在那张木炕上，两条腿跷起，上面一只脚举得高高的。

  王：（出了一口长气）好舒服，好舒服……（扭转头往地下啐了一口唾沫）这份儿穷挤！我站在紧后头，踮着脚，伸着脖子；白搭，还是看不见，听不见。我就说：别受这份儿罪了，后台清静，还是后台歇着去吧。

  （王新贵三十四五岁，五短身材，风尘满面，皮肤是又黑又焦又粗又糙的颜色，尖鼻子，薄嘴唇，眼珠子乌溜溜地随时都似乎在闪动着向四处张望。）

（社会上有一种人，喜欢兴风作浪，爱吹善捧，见利忘义，幸灾乐祸；又如水银泻地，见缝便钻；善于谄媚阿谀，也常转眼六亲不认；或者还正是在这种社会里必须具备的自卫本领，所以这种人到处都有，王新贵就是其中之一。

他幼失怙恃，自小漂流在外，走江湖，跑码头；穿街过巷，终年与青皮光棍为伍，练就了一身混混儿的本事；尤其是两张薄片子嘴，伶牙俐齿，滔滔不绝。

十几年的流浪生涯，他说过得没什么意思；他想"改邪归正"，过点儿安稳日子。）

（今天他是有所求而来，小平头儿剃得挺整齐；穿了一件刚洗干净的灰布大褂儿，脚上是千层底黑布鞋，白线袜子；灰布裤子，扎着黑腿带儿。）

李：（还在收拾东西，口里唯唯应酬着）是啊，还是这儿清静得多……（回过头来笑着）可凡是到这儿来的，都不是找清静的。

（李二哥名字叫做李蓉生，早年在科班学戏，玲珑能语，光被四座，红极一时，曾负神童之誉。然而上天是多么不公平呵，唱戏的最畏惧的"倒仓"的难关，就注定了他一生的命运，观众万目睽睽，看着这红得发紫的年青人从高高在上的三十三天，一个"壳子"翻下十八层地狱去。可怜他只是个孩子，他的感觉他的痛苦都是说不出来的。光荣的赞美变成了梦中的陈迹，舞台换了另一个新的颜色。仅仅十三四的幼小者便经验了改朝换代的沧桑，有谁体贴得出那心中的辛酸。

那辛酸怎样来表现呢？他不会说，也不会怨，只在夜深人静时，睡在凄凉的空洞的房间里，追慕着舞台上的辉煌，静静地淌那辛酸的眼泪。

让时间侵蚀了他的心志,湮灭了过去的光荣;他现在三十岁了。饱经风险,鸟倦知还,做了名花衫魏莲生的跟包,间或为他吊吊嗓子。魏莲生是李蓉生的同门师弟,现在则一贤一不肖,相去不可以道里计。这气运真是太无凭据的东西。)

(李蓉生天生一张忠厚面孔,长脸蛋儿还带几分旦角的清丽;只是神色之间充满着懊丧同疲倦,缺少年青人蓬勃的精神;头发微乱,胡髭不整,穿一件半白的黑绸夹衫,袖口卷起,露出白色的内衣来。)

王:(点头咂嘴)对!这话对!凡是到这儿来的,都不是为找清静的。干这一行是有一个意思。过得热闹,这叫"朝朝寒食,夜夜元宵"哇。

李:咳……(转过身来,坐在就近的椅子上)您……(用手握住嘴,打了一个呵欠)你不用这么说,干一行怨一行,我们可真觉不出有什么意思来。

王:这是怎么回事呢?

李:(疲倦地笑)说起来也好笑,空空的戏园子,一会儿就坐满了,台上唱戏,台底下听戏,灯明火亮,锣鼓丝弦儿……(停住了)

王:是啊!这还不热闹吗?这还没意思吗?

李:没意思的在后头呕。大轴子唱完,"唢呐"一吹,戏就散了,打那儿来的回那儿去,楼上,楼下,池子,两廊,原来坐得满满的人,立时马刻呼呼呼,走了个干干净净,紧跟着灯一灭,台上台下黑阒了,冷清清,连鬼影子也不见一个……

王:(坐起来)说得是啊。

李:要是本来不热闹倒也不觉得,就是这么,原来热呼呼的,一下子冷下来……

王：天下没有不散的筵席，尽这么想还有完了。

李：（摇摇头）谁不是好聚不好散。（动起情感来）一天天的日子这么过了，可怎么不教人寒心。

（前台传过来一阵喝彩声。）

李：（激动地）你听！

王：（站了起来）没说的。我们的魏莲生真是红得发了紫喽！

李：（勾起心事，低下头去）是，他混得不错。

王：（也有感触）这才叫"运去黄金失色，时来顽铁成金"，又说是"长江后浪催前浪，世上新人换旧人"，想当年魏三儿还是个小毛孩子的时候……（摇摇头）咳，不用提了！

李：（讶然）你跟我们老板早就认识？

王：（得意地）早认识，早认识，我看着他长大的。（用手比一比高矮）后来他到了十岁进了科班，我就闯荡江湖十几载。想不到这回回来，他真了不起了。

李：我们老板只要好好干，往后还能更好。

王：是啊！行行出状元！可是年头改了，当初魏三儿要去学戏的时候，他老爷子还满不高兴，说自己个儿没出息，养不活一家老少，才逼得孩子跳火坑，当戏子。（大有骄矜之意）那时候亏得我在旁边儿直劝，说唱戏也是靠本事挣钱，没什么说不出去的，才结了。

李：这话可一晃儿又是十年的事了，这两位老太爷老太太也都死了五六年了。可怜他们苦了一辈子，好容易儿子走了运，又等不及，死了。

王：（一仰脖子）这归运气。

李：（感慨系之）"世间好物不坚牢，彩云易散玻璃碎"，这古话儿是不错的……

吴祖光 / 281

王：（不关痛痒地笑）李二爷，你这才是"听评书落泪，替古人担忧"哇。

（一阵喝彩声过去。）

李：（破颜而笑）我的脾气就是改不了，自个儿的事愁不过来，还老替别人发愁……

王：再说人家正是走红运的时候……

（左面通甬道的门，有一张脸一现，又退了出去。）

李：谁？

王：（也随着望出去）没有人呀。

外　面：（女人的声音，有点儿发颤）李二爷……

李：（纳闷儿）是有人……叫我嚜。

外　面：（低低的声音）李二爷，李二爷，劳你驾出来一趟。

李：（向外走）谁这时候来找我？（走近门口，向外望去，惊异地）呕，马大婶儿！你怎么啦？

外　面：（听不清楚的夹着哭泣的声音）急死人呕，李二爷……

李：进来说，别着急，大婶儿。

（李二哥走了出去。）

外　面：不，李二爷，不……（底下便唧唧哝哝地听不清楚）

（李二哥又走进来。）

李：（向外面）进来，大婶儿，进来说，不要紧的，没有外人……

（马大婶儿畏畏缩缩地跟了进来。）

马：急死人呕！真急死人呕……（说着话，泪珠儿就滚了下来）

（屋里罩上了一层愁雾，马大婶就是愁海里的根芽。

听说古时候有所谓"葛天氏之民"，一天到晚过着无愁无虑的日子，幸福，快乐。常是后世人理想生活的准绳，马大婶的生活庶几近之;然而只是庶几近之而已,就是说并不完全一样。

马大婶一向也是没愁没虑的,尤其是没有快乐。马大婶的生活是不是就是"葛天氏"生活的升华呢?

我不知道马大婶能不能代表最苦的人群,她生下地来就受贫穷,不知道何谓幸福,何谓快乐,也从来不多想幸福同快乐。因为她从来也没有接触过幸福的边缘,自然也就不知道何谓受苦,又从何而知道自己乃是不幸的人。

为了过日子而活着,无所谓而生,又无所谓而死;不怨天,不尤人,无悔恨,无希求;马大婶就是那无数被生活折磨得成了麻木的人群中的一个。)

(马大婶五十上下年纪,囚首垢面,衣衫褴褛,如今却正在焦虑之中,因为她虽然麻木,却还保留一样最可宝贵的本能,就是爱,亲子之爱。)

李:怎么啦?您说呀!怎么啦?

马:我们二傻子……(哽咽着)抓走了……捐起来了……

李:二老弟?怎么会?

马:怨他自己个儿啊,昨儿个晚不晌儿,他赶车回家,钻被窝儿里,都睡了。谁知道接壁儿牛大嫂的儿子德禄来找他,说今天多挣了几吊钱,非拉他出去喝酒不可;我瞧他们挺高兴的,也就没拦着,谁知道一宿也没回家。一大早儿出去打听,才知道他们闯了祸……(泪随声下)让人家给捐起来了……

李:闯了什么祸呢?

马:你知道,我这孩子就不能喝酒,三杯下肚儿,就醉得个迷迷糊糊。出门让冷风一吹,俩人晃晃悠悠,不知怎么就晃到牛犄角胡同去了,醉得受不得,倒在一家大门底下就睡着了。赶好巡夜的老爷们打那儿过，德禄醉得轻点儿，爬起来就跑，剩下二傻子稀里胡涂不知道跟人家老爷们说了些子什么，还把人家老爷们打了，后来就给带走了……

李：带到那儿去了呢？你见着他没有？

马：我跑了一天哪！求人，打听，到天黑了才知道就捐在牛犄角胡同口儿上的什么"拘留所"里头，又求了人，借了十吊钱，才见着了他，可怜这孩子只捐了一天就不成个样子了。他挨了打！老爷们说他深更半夜待在人家大公馆门口儿，叫他走，他不走，还打人，准是没安好心，"非奸即盗"！你可想想……就凭二傻子，你可说……

李：这是打那儿说起！这是打那儿说起！

（王新贵轻蔑地斜了一眼，走向木炕上睡了下来。）

（前台又传来一阵彩声。）

马：可是这就得求求魏老板了，二傻子说他醉倒的地方正是法院院长苏大人家。魏老板跟苏大人有交情，要是能求得动苏大人说一句话，他就能放出来了。

李：那您放心罢，你来巧了，苏大人正在前台听戏，说不定呆会儿就要到后台来呢！

马：（惊喜）谢天谢地！谢谢你！求求魏老板给我说说情吧！我今天找了魏老板三趟了。

李：你是到家里去找的？

马：是。

李：他今儿个一天有五处饭局，一清早就出来了没回去。

马：是啊，我知道魏老板忙。我真是过意不去哟！咳……你知道我靠着这孩子挣钱吃饭呀，他要是……

李：你别急，这也不是什么大不了的事，你坐坐歇会儿。

马：不，不，李二爷，我能见见魏老板吗？

李：老板现在正在台上，你坐在这儿等等他，还有半个钟头就散戏了。

马：那这么也好：我在大门口儿待会儿，过会儿再来，牛大嫂子也在门口儿等我呢。他们德禄昨儿晚上也是一宿没回家；八成儿是看见我们二傻子叫老爷们抓走；吓得他也不知跑那儿去了。牛大嫂子也是急得不知怎么好，他那个瞎了眼睛的老伴儿也在家里急得直转磨呀！

李：好，那你待会儿再来也好，我先跟老板说，你尽管放心就是了。

马：（请安）谢谢你啦，谢谢你啦。（向外走，擦眼泪）这些孩子呀！年纪小，愣头儿青，就会在外头捅漏子闯祸，那儿知道做父母的心疼呕！

李：（跟着送出去）你放心，你放心。

（两人出了通甬道的门。）

外　面：（马的声音）过半个钟头，是不是？李二爷？

外　面：（李的声音）是，还有半点钟。过道儿黑，你走好了。

外　面：（马的声音）我摸着走，看得见，谢谢……（声远）

（李二哥又走回来。）

李：咳，这年头没有好人走路的份儿喽！

王：（鼻子里冷笑了一声）"马善被人骑，人善被人欺"，活着本来就是这么回事。

（李二哥低头坐下。）

王：这是谁？

李：我们的街坊，马大奶奶。（感叹）受苦的人呕。

王：说起你们老板，我倒想打听打听，十几年不见了，不知道他脾气改了没有？

李：你说什么脾气？

吴祖光　/　285

王：比方说吧：人老实，爱哭，也爱帮帮人家的忙。

李：（微笑）长这么大了．还爱哭？可是老实，爱帮忙，那是改不了的。我就敢说，马大奶奶的儿子，我们老板准能帮忙给救出来。

王：（笑）好人哪，（伸一个懒腰）我托他的事，不知道给我办了没有？

李：是我们老板让你今儿晚上到后台来的？

王：是啊，前天见着他，他没说什么，就叫我今儿晚上到这儿来。

李：那就是成功了，今儿准有喜信儿。

王：不知道给我找个什么事情，千万别又是在外头跑街的事，这十几年可给我跑伤了，我真想过过安静日子了，（不自然地笑）这也是我老不成材，混了半辈子的人了，倒过来还得找小兄弟帮忙。

李：你这是……

（话犹未了，有人来，李二哥本已觉得难以措辞，就势住口不说。）

（陈祥自通甬道的门进。）

陈：（笑嘻嘻地）嘿！

（陈祥二十岁左右的年纪。）

（陈祥是个学生，出身富厚之家，自幼娇生惯养，正是爱玩的时候，那儿有耐心烦儿念得下书去，虽然是个学生，其实十天里没有五天摸书本儿。

问到他过去的十几年都干了些什么，他也许倒记不起来。大概是能说能跑之后，就喜欢放炮，放风筝，跳房子，再大一点就开始交朋友，然后再跟朋友打架；后来就爱看武侠小说，也学学剑仙侠客之流，在家里抢枪耍棍；过年的时候，玩玩推牌九，押宝。到如今他又改了趣味，好听戏，就变了戏迷，而且还捧起戏子来；每天来听魏莲生的戏，上场下场，一律怪声叫好；人也是前台后台乱钻。）

（这浑小子陈祥一进门，顺手抄起墙上靠着的一支花枪，晃了过来。）

李：哟，陈先生，可有几天不见啦。

陈：没法子，跑不出来，学堂里考书。

李：（敷衍地）唔，考书。

陈：足足儿地考了五天，这回可真"烤糊"了。

李：可该散散心了。你在前台听戏来着。

陈：对了，我坐在第四排，等会儿还有两个朋友想到后台来玩。

李：好呀。我们老板就快下场了，你坐坐等他。

陈：（向外走）等他下了台，我再来。

李：你好走。

（陈祥在门口抢起花枪，要一个"下场亮相"，然后把那枪扔在墙角，扬长而去。）

王：（斜着眼睛）这是干吗的？

李：我们老板的朋友。

王：捧角儿的？

李：（点点头）……

王：还是个学生？

李：是啊。

王：（一撇嘴）别他妈的丢人了，"七十二行不学，专学讨人嫌！"这也配叫学生！

（前台一阵彩声，如春雷大震。）

李：（站起来）莲生……（急改口）老板要下场了。

吴祖光 / 287

王：怎么？戏散了？

李：（走向墙上挂戏衣处）还有一场戏，要换衣裳。

（李二哥把墙上挂的一件红缎子斗篷同一个马鞭子拿在手里，刚走到屋子当中站好。）

（"呼"地一声，通舞台的门帘子掀开，一个戏装的美人飘然入室。）

王：（从坑上翻身下来）老三！

魏：（一笑）你来啦。

（名角儿毕竟不凡，魏三儿身上就像是带着一阵风，一片迷人的光彩。

说来奇怪，天下就有人能够违背了造物的意旨，变更格调，强分阴阳，百炼之钢化为绕指柔，把男人涂脂抹粉，硬装成女的，一些人也就见怪不怪，积非成是，甚至于会觉得男人装成的女人更像女人些。

魏莲生也已经习惯了他的这种生活，能眉挑，能目语，行动言笑之间不知不觉忘记了自己还是个男人。

魏莲生现在正是春风得意，在红氍毹上展放万道光芒，如丽日当午，明星在天，赢得多少欣美同赞美。

然而那欣美，那赞美，值得什么呢？如同一块美玉长埋在泥沙里，被泥沙封住，掩住了固有的光彩；但是美玉究竟是美玉，只待一番冲洗，一番提炼，便能反璞归真，显出本来面目。

罪恶知道它自己是最丑恶的，所以它时常是穿着最美丽的衣裳，所以那掩蔽在美玉外面的泥沙，是异样璀璨夺目的颜色；魏莲生天生成功了名角，常被阿谀淫靡的人物所包围，他也就习于那些阿谀，那些浮华。至于他那良善的天性所表现的，就只是借着那些阿谀者的力量，作些廉价的慈悲。

他忠人之事，急人之难，爱听些受恩者的恭维，虽不见得乐此不倦，却已习以为常。

人苦不自知，魏莲生立下愿心，想普救众生，然而他竟想不到救自己。）

王：（谄媚地）是啊！听你老弟吩咐，来了半天啦。

（李二哥把斗篷给莲生披上。）

魏：（转身对桌上的镜子，整理头饰）没有在前台听戏？

王：（趋前）来晚了点儿，人太多了，挤不上，坐在这儿，听听前台叫好儿的声音，也就算过了瘾吧。

李：（扑哧一笑）你还是那么能说笑话。

王：不成喽。"一事无成两鬓斑"。你这老哥哥也就只有指着说笑话过日子了。

魏：（转过身来）二哥，（摸摸鬓角）这朵花儿掉了。

（李二哥开开小箱子，取出一朵花来给他别上。莲生又转身去照了照镜子，再回身来。）

王：怎么样？老三，我的事情？

魏：说妥了。

王：（追问）那儿的事？

魏：法院苏弘基苏院长家里缺一个管事的，要找人，我就荐了你去。

王：（作了一个大揖）老弟，你赶明儿还得红，还得了不起。我交朋友交了一辈子，今儿才算真交着了好人。

魏：您还客气。

王：不是客气呀，你好心有好报，我忘不了你。

魏：苏院长正在前台听戏呢，一会儿就得到这儿来……

李：（把马鞭子交给他）您该上场了。

（魏莲生接过马鞭子，往舞台门走。）

王：（追上一步）我是不是就在这儿等着见他？

魏：（又走回来）您在这儿等着，一会儿我给引见。

王：（看看自己的衣裳）我就这样儿就成？

魏：（一笑）这么漂亮干净还不成！

王：（手摸着脑袋，掩不住高兴）拿我开心。

（通舞台的帘子掀开，一个脸上画着豆腐块儿的小丑露出上半身来。）

小　丑：（压低着声音）嘿！上场了，魏老板！

魏：（皱眉，任性地）来啦！

小　丑：（一纵下阶）"来啦"？误场啦！我的姑奶奶。

魏：胡扯什么，你？（举起马鞭子照小丑的头上就是一下）误了场活该！

小　丑：（缩脖儿）得啦，得啦。

（小丑做个身段，一把抓住莲生，跑出门去。）

（李二哥眼望着通舞台的门呆立不动。）

王：李二爷，还有多半天散戏？

李：就这一场了，一会儿就完。

（两人都坐下。）

王：想不到我会到苏弘基家里当差使去了。

李：您说的要清静清静。

王：（高兴地）是啊，真是"姓何的嫁给姓郑的了"，"正合适"（郑何氏的谐音）。莲生这件事办得不错。够朋友。

李：可是也许头一天您就得赶上一场热闹。

王：什么热闹？

李：苏大人明天过四十岁生日，在牛犄角胡同公馆里做寿，唱堂会，还有我们老板的戏呢！

王：真的？（脸上闪过一道异样的光）

李：可不是。唱《尼姑思凡》，苏老太太特别点的，是我们老板向来不唱的戏。

王：（心不在焉）好哇，明儿还有好戏听。

李：是名角儿都有，大轴子是全体名角儿一齐上台的《龙凤呈祥》。总得唱到天亮才散。

王：（点头）眼福不浅，这回我真是该转运了……苏弘基（急改口）苏大人家里目下有多少人哪？

李：好大的一家子人：老太太，太太，大姨奶奶，二姨奶奶，三姨奶奶去年死了，今年过年的时候，又接了一位四姨奶奶。还有三位少爷两位小姐，顶大的少爷今年十六岁了。

王：三位姨奶奶……您知道这三位姨奶奶那一位顶得宠呀？

李：那还用说，当然是顶小的。

王：（低声）什么出身？

李：班子里的。

王：（微微一笑）……

李：听说是大家出身，很读过点儿书呢。我见过两面，人倒是挺和气，挺好的；一点儿习气都没有。呕！现在就跟苏院长在一块儿听戏呐。

王：（精神一振）是吗？

（沉默片刻。）

（前台又有彩声传来。）

王：（嘘了一口气）李二爷，您不怪我发牢骚吧？其实苏弘基又算个什么呢！十年前他还没得意的时候，穷得比我现在好不了多少，我那时候跟他住的就隔一道街，有时候在街上碰见，还不是称兄道弟的，可是如今……

李：（同情地）咱们认命吧！这有什么法子呢？

王：其实他怎么阔起来的……您知道不？

李：（摇摇头）……

王：（凑向前去，压低了声音）私贩鸦片！这就是杀头的罪名！

李：本来嘛，"人不发横财不富"呕。

王：（怨愤地）可是他就是当朝一品的大官儿！大官儿，大官儿还不就是他妈的强盗！

李：轻点儿声音！

王：（哈哈大笑）这本帐别人不知道，可是我肚子里清楚！我就敢说，他见了我的面，就不能跟我甩架子。我认得他！他唬不住我！他跟我充不起来！他……

李：（忽然站起来，摇手）他来了！

（王新贵马上住口不说，狼狈地背过身去。）

（苏弘基同徐辅成一前一后从过道的门走进来。）

李：（恭恭敬敬地）苏大人，您来啦。

（苏弘基大模大样地点点头。）

李：您这边儿坐。

苏：（对徐辅成一伸手，指炕）这儿坐。

徐：（有音无字）唔唔唔……

（两人各坐了炕的一边。）

（所谓大宫，所谓法院院长——这名称或者尚待斟酌，然而意思不错——苏弘基，是四十上下的壮年人，一身绫罗绸缎，衬出他"炙手可热势绝伦"。他行路时高视阔步，旁若无人，坐在椅子上时，懒懒地蜷成一堆；与人谈话时，发出不必要的大笑，气焰之盛，可见得官运甚旺，正是"英雄得志之秋"。

王新贵所说的话或许不是向壁虚造，然而也八成儿靠不住；他把苏弘基说成了出身贫贱，多份是为了出他那口虚荣的心中闷气。苏弘基可能是当年穷光蛋，如今赤手成家；也可能是宦门之后，曾经一度家道中落，现在又时来运转；也可能是王新贵完全胡说八道，苏弘基根本是袭先人余荫，所以高官显爵。其实呢，所谓"大官"也者，自古有之，本不自今日始；世人亦自古相传，皆以官高为贵，钱多为富，那势力也早就是根深蒂固，牢不可拔的。苏弘基又何尝能够跳出这圈子，那末他当年的如何如何，我们正大可以不必管他。

他这官是用什么法子得来的，就不必说了，现在的情形是执法犯法，多么便当的事，苏弘基安得不神气？怎地不发财？）

（另外一个陌生人是苏弘基的朋友叫做徐辅成，亦是当今贵官之一，年纪三十来岁；大概是作官未久，尚有几分率真之气，比苏弘基要略为拘谨些，安静些，实际上这些人真乃"一丘之貉"，其间相差也不过百步与五十步的分别。）

苏：（咳嗽一声从袖子里拿出块白手绢擦擦嘴）辅成兄，这儿没来过吧？

徐：（欠身）是的，第一次。

李：（送上两杯茶）您喝茶。

（苏弘基点点头。）

（李二哥走到墙角处找张凳子坐下。）

（王新贵一直不回头。）

（前台一片彩声过去。）

苏：这时候来刚刚好，等散了戏，那些人往外一挤，就走不过来了。

徐：唔。

苏：莲生马上就下台，我们等不到几分钟的工夫。

（又一阵彩声。）

苏：怎么样？辅成兄，你这不常听戏的人，对今天的戏还觉得有点儿意思吗？

徐：好极了！好极了！就是……还不大很懂。

苏：（略有些窘）是这样的，是这样的，我初初听戏的时候，也不免如此。然而渐渐就习惯了，就上瘾了，就"一日不可无此君"了。

徐：（半开玩笑）"此君"就是指的魏莲生吗？

苏：（哈哈大笑）我马上介绍他见你，此人不但多才多艺，而且温文尔雅，（竖起大拇指）称得起是风尘中一个人物！

徐：所谓"十室之内必有忠信，十步之内必有芳草"，这是不错的，加上老兄的眼力……

苏：（得意非凡）岂敢，岂敢……

（又一阵惊天动地的彩声。）

（一阵锣鼓之后，散戏的"唢呐"吹着"尾声"的调子。）

苏：（站起身来，走向舞台的门去）来了，来了。

（门帘一掀，魏莲生跑下阶来，停在苏弘基面前。）

苏：莲生！

魏：（喘息未定）苏院长！（顺手将马鞭递给李二哥）

苏：（亲睦地）莲生。来，我给你……（引向徐辅成）这位是徐大人，刚放的天南盐运使。（向徐）这是魏莲生，魏老板。

徐：（矜持地微笑点头）久仰，魏老板。

魏：（拱手）徐大人，您多捧场。（解下身上披的斗篷）您坐，请坐。

（李二哥忙将斗篷接过去。）

（徐辅成回原处坐好。）

（魏莲生到化装桌前，对着桌上的镜子下装；李二哥帮他卸下头饰，一件件放到一个小锦缎匣子里去。苏弘基就站在他身旁看下装。）

魏：（转过头来）您早来了？

苏：来了正赶上你的戏。（指徐）徐大人还有三五天就要动身赴任，今天还是头一回听你的戏呢。

（魏莲生转向徐辅成一笑。）

徐：我是个大外行，门外汉，可是真觉得魏老板唱得好，这次头一回听魏老板的戏，可惜也许也就是末一回了。我没几天就要走了。

苏：不哇！明天还可以听一次。

徐：呕，明天在府上。

魏：（又回过头来）是啊！明儿个晚上，我们给苏大人上寿。

苏：那里，那里，不敢言寿，大家聚聚；不过辅成兄，明天莲生唱《尼姑思凡》，真是一出好戏。

徐：（点头）有名的，有名的，一定洗耳恭听。

苏：（拍着莲生肩头）这么样：现在你下装；我同徐大人先走一步，在冷红楼等你，大家吃吃谈谈。（看表）现在还早，只有十二点钟。（要走）

魏：（站起身来）您慢走一步。（向王新贵）我给你引见。这是苏院长。

王：（躬身垂手，请了个安）院长。

（苏弘基表示的是大官儿的派头，两眼茫然看着他们两个，似乎是不明白怎么回事。）

魏：不是跟您说过了，我给您找了一个管事的？

苏：（"明白过来"）噢！好的，好的，你姓什么？

吴祖光 / 295

王：（恭谨地）姓王。

苏：嗨。可以。正好明天我公馆里有事，你一早就到公馆里来，你认识不？牛犄角胡同……

王：（肃立不动）认识。

苏：是的，是的，莲生可以告诉你。（向莲生点点头）就这么好了，你下了装就来。

徐：我们还到前面去找尊夫人吗？

苏：四小妾呀。不要去找她了，我已经告诉她，叫她散了戏自己回去，好在有兰儿陪着她，还有她自己的马车。

徐：噢，噢。

苏：莲生，我告诉你，玉春要跟你学戏。

魏：四奶奶也要学戏？

苏：她让我跟你说的。

魏：就怕我教不好。

苏：咳！太太奶奶们能学得好什么？（打个哈哈）吵得凶罢了，还不就是那么回事。辅成兄，走吧。莲生，等你呀，你就来。

魏：是，您好走。

（王新贵向门旁一站，送行，已经有"家人"的样子。）

徐：（已经向外走，又回身打个招呼）一会儿见。

（徐辅成苏弘基走出了通外面的门。）

（李二哥忙着帮莲生下装。）

王：（走过来）老三，这回我也不跟你说谢谢什么的了。这也不是谢谢就完得了的，（感激涕零的样子）一句话……咳，我这辈子忘不了你就是了。

魏：您说到那儿去了，（心里高兴）时候也赶巧了，明儿个正好是苏大人做寿。头一天把事做好了，中了他的意，往后就好办了。

王：老弟，你真是好人……

（陈祥由外面走进来。身后跟着两位年轻小姐，一位是章小姐，另一位是俞小姐。）

陈：莲生，辛苦了。

魏：陈先生。

陈：莲生，我给你介绍，（指章小姐）这章小姐，（指俞小姐）俞小姐。

（莲生各与她们点头为礼。）

魏：请坐。我们这儿真是又脏又乱。

（两位小姐相对一望，笑了起来。）

（这两位小姐是戏迷，除了学堂读书，闺房针指之外，就好的个听戏，她们还不能十分"开通"，见了普通的男人，尚不免有点"避之如狼虎"的感觉，然而对于戏台上的魏莲生等等都心向往之，不能自己。

她们常瞒着家里的人偷偷出来听戏，每当她们所喜欢的名角儿上台的时候，往往就一阵轻轻的脸红，一阵轻轻的心跳，不自觉地会微微俯一下头，眼光移向下面，好像是怕那台上的人看穿心里的秘密。

每一回戏散回家，她们就不免坐在屋里，默想那些驱逐不掉的心影，那缭绕不去的声音：无论是一个薄嗔，一个浅笑，都能消磨她们一些静静的时光；那怕在睡里，梦里。

同女伴们见面的时候，常常不觉各自说出那心里的话，自然是很含蓄的，就是最无顾忌的欢笑里，也保持一个限度，不敢多说。自然譬如听见别人说到魏莲生什么人怎么样啊的时候，那就非听个明白不走。

她们当然很想认识那些所向往的人，然而还得需要一些勇气，她们会想到认识了怎么样呢？第一句话该说什么呢？自己该怎么打扮才能给人家一个美好的印象呢？

她们也曾经准备过一套动人的辞令，是些新鲜而聪明的语句。

现在可是见了魏莲生的面了，那些好句子却不知那儿去了。这红绝一时的青年伶人就坐在她们面前下装，是神奇？是美妙人？她们说不出来。）

（章小姐有点发慌，不知该怎么好，俞小姐在尽力镇定自己，像是"满怀心腹事，尽在不言中"的样子。）

章：（挣出一句）不，不……不客气。（脸就红了）

陈：莲生，章小姐是我的同学，俞小姐是我的表姐，她们都顶爱听你的戏的。

魏：二哥，给倒两碗茶。

（李二哥放下收拾的东西，去倒茶。）

章：不，不……（又说不上来了）

魏：（头面都已下尽）对不住，我先洗脸。

陈：你洗，你洗，别管我们，她们就是来看你下装的，赶明儿，还要来看你上装呢。

（莲生走向脸盆处洗脸。）

（李二哥把茶放在桌上，两位小姐向他道谢。李二哥又去整理桌上的东西。）

（章小姐把俞小姐的衣襟扯了一把，两人又相视一笑。）

（陈祥把李二哥放在椅子上的马鞭子拿在手里抢着。）

（王新贵见插不上嘴，想走了。）

王：老三，我先走了。

魏：（抬起头来）好吧。明天……

王：你就不用管了，明儿个一清早我就到牛犄角胡同去，你不是也得去拜寿吗?

魏：是。咱们明儿见。（又低头洗脸）

王：好，我走了。

（王新贵从通甬道门出。）

陈：莲生，你听见我给你叫好没有?

魏：（含糊不清地）听见了。

陈：（作了个"趟马"的架子）一掀帘儿，你刚出来，我就给你个"碰头好儿"。后来我就一连气儿叫了八种不一样的。

（两位小姐就"格儿格儿"地笑了起来。）

陈：她们俩还叫了呢。

章：（脸羞得通红）你!

（俞小姐拿起茶杯喝了一口茶。）

魏：（拿手巾擦干了脸，抹了点雪花膏，没话找话）叫好儿倒是也有个意思。

（章小姐气得直冲着俞小姐努嘴。）

（莲生拿了衣架上的夹衫同背心，走到屏风后面去。）

魏：（在屏风后面）对不住，您三位坐坐。

陈：你换你的衣裳，别管我们。

（李二哥已将桌上的东西同衣架上的水衣、甩发等等，都放到小箱子里盖好。）

陈：（将马鞭子交给李二哥）收起来吧?

李：（接过来）劳驾。

（李二哥又将桌上搁的刀枪等等都抱起来，走出通舞台的门去。）

章：（走过来扯一下陈祥的衣服，低声）陈祥!你这个死东西!

陈：（大声）我怎么啦?

（两位小姐急得要命，赶紧止住了他，陈祥用手指指，莲

吴祖光 / 299

生正在屏风后面换衣服。)

(两位小姐各下死劲地瞪了他一眼。)

陈：莲生，我们想特烦你唱一出戏，成不成？

魏：成啊，你说什么戏吧。

陈：《红拂传》。我们好些同学跟朋友都想听你这出戏呢。

魏：干吗单挑这出戏呢？我就是这出戏唱不好。

(陈祥示意于两位小姐，叫她们说。)

俞：(怯生生地) 魏老板唱得好。我们都爱听这出戏。

魏：好吧。我试一试。

俞：你说，什么时候能唱呢？

魏：还得排排才行，今儿个初三，五天，初八晚上唱吧。

(章小姐不觉高兴得一跳。)

陈：好极了，准有好些我们认识的人来听，明天我就想法子登报去。

魏：别太过火儿吧，唱砸了怪丢人的。

俞：说那儿的话，魏老板那么客气。

陈：莲生，我们就常这么说你，说你就是这点儿顶好："不骄傲"，这样儿顶好了。越是了不起的人，越是心平气和，待人和气；越是半瓶子醋，越是晃荡得厉害……(咽了口唾沫) 这种半瓶子醋呀，就好死了也有限！

(马大婶从外面走了进来。)

(一进来看见屋里尽是生人就站住了。)

陈：(厉声) 干吗的？

马：(吓住了) 我……我……

陈：(大喝) 说呀！来干什么的？

马：(一句话也说不出来) 不……不……(转身走了出去) 不，不干什么！

(马大婶吓得落荒而走。)

陈：(目逆送之)什么东西！

(莲生从屏风后面走出来，衣服，鞋子都换好了，还在扣着背心的扣子。)

魏：谁呀？

陈：一个穷老婆子。(得意地)溜门儿贼，我一看就知道她没安好心，想瞧瞧没人就顺手捞几样儿走，幸亏我们在这儿。

魏：(扣好了衣服走到穿衣镜前照一照)是啊，后台人杂。

俞：以后真得留神哪！门还是常关着点儿好。

(章小姐真个去把甬道的门关上了。)

(李二哥从舞台门走进来。)

陈：蓉生，刚才来了一个溜门儿的，想偷东西，让我给骂跑了。要不瞧她岁数大了，我抓过来就给揍了。

李：真谢谢您啦。

陈：所以我们就把门关上了，往后，这门儿还是常关着点儿好。

李：对了，对了。

(李二哥到屏风后面把莲生换下来的戏衣拿出来放在炕上折。)

(莲生把衣架上的丝围巾拿下来，对着穿衣镜，围在脖子上。)

(两位小姐向陈祥示意。)

陈：莲生，明天下午有工夫没有？

魏：有什么事？

陈：我们想约你一块儿照戏装像去。

魏：(不由得微微皱眉)明天怕不成。

陈：你没空？

魏：明天法院苏院长在家里做寿，有堂会。

陈：那就改后天。

魏：（摇摇头）啧……（从桌上拿起一叠请客帖晃了晃，一半炫耀一半厌恶地）你看，那儿有工夫？

陈：（目视两位小姐）……怎么办？那就再说吧。

魏：（怕得罪了人）反正我一得空就成。

陈：那好，等我再来约你。

章：（扯陈祥衣角，向门外努嘴）……

陈：好，我们走了。

（三人欲行。）

魏：章小姐，俞小姐，我们这儿没有好招待，真是过意不去。

俞：我们打搅这半天，才真过意不去哪。

（章小姐在后面捶了俞小姐一下，暗示钦佩之意。）

陈：咳！这么客气，再见，再见。

（三人拉开门走了出去。）

魏：（站在门口，躬身为礼）好走，我不送了。

（李二哥已将所有戏衣折好，用一块蓝花包袱包起来。）

魏：（走回来）咳……（手扶着头，烦噪地）真磨死人！

李：（像个大哥哥似地）别这么说啊，人总是一片好心。

魏：好心……（啼笑皆非）可真叫人受不了。

李：（看着莲生的神色，关心地）你累了，早点儿歇歇呐。

魏：不行啊，苏大人在冷红楼等我消夜呐了。

（李二哥怜悯地望着他不响。）

魏：（呆立半晌）我走了。（向外走）

李：（止住他）你得等会儿，马大婶儿要来找你呢。

魏：（讶然）马大婶儿？找我干吗？

李：二傻子叫巡街的给抓走了，给拘起来，要找你跟苏大人说情放出来。

魏：怎么跟苏大人说情？

李：是夜里吃醉了酒，睡在苏大人家门口儿，叫巡夜的给抓走的。现在就拘在牛犄角胡同的"拘留所"里。

魏：那去找警察厅陈厅长说说就行了，苏大人说不定还不知道呢。

李：只要你看怎么办好了。

魏：她还不来，我得走了……

（陈祥忽然又跑回来。）

魏：咦？陈先生？

陈：（抓住莲生，喘息未定）莲生……我问你。

魏：什么？

陈：你明天在苏家的堂会，唱什么戏？

魏：（不起劲）《尼姑思凡》。

陈：我们没听过你这出戏，想听。

魏：真是"打鸭子上架"，我不能唱昆腔，苏老太太愣要点这个，没法子。

陈：我们想听，怎么办呢？

魏：就去听好了。

陈：我们怕进不去。

魏：做寿吗，总该进得去的。

陈：要是不让进去，找你成不成？

魏：可以，可以。

陈：苏公馆是不是在牛犄角胡同？

魏：对了，牛犄角胡同西口儿里头顶大的那个大红门就是。

陈：好，明天见，她们还在门口儿等我呢。

吴祖光 / 303

魏：明天见。

（陈样返身疾下，刚走出门。）

陈：（在门外）谁！（怒喝）你！你又来了！你来找死吗？

（马大婶儿在门外。）

马：我……我找魏老板。

陈：你也找魏老板？

（莲生赶出去，正碰着陈祥退了进来，马大婶也跟进来。）

陈：莲生，看！就是她，刚才就差点儿偷了东西走，现在又……

魏：不是，您闹错了，这是我的街坊马大婶儿，找我有事的。

马：魏老板，救救我吧！

陈：（呆了半天）那……（大为无趣）那我走了。

（陈祥急忙走了。）

马：魏老板，我，我找了您四趟了，我真……（哭了起来）

魏：别急，别急，马大婶儿，您坐坐，歇一会儿，慢慢儿说。

李：莲生，我先走了。（向马大婶）大婶，您别着急，二兄弟的事，有法子办，我跟莲生都说过了。（一手提箱子，一手提衣包）大婶儿，我家离得远，得先走一步了。

马：您别张罗。您先走吧。

（李二哥放下了箱子，去炕几上拿起那顶瓜皮帽戴在头上，重提起箱子，走出门去了。）

马：魏老板。这回您说什么也得帮我穷老婆子的忙，您知道，二傻子要是出不来，我也就活不成了。

魏：您先坐下。

（马坐凳上。）

魏：您尽管放心，我包他明天准出来。这是尽那天的事？

马：就是昨儿晚上的事呀，可就这一天工夫，我那孩子已经不像样子喽。听李二爷说，苏大人今儿晚上来听戏的。您给我说一句话，放了我们孩子出来，我这辈子也忘不了您的大恩。

魏：（有点骄傲的样子）我一会儿还得见着苏院长，他现在正在冷红楼等我消夜呐。

马：（惊喜地）那敢情好了，（站起来）您就去吗？

魏：（点点头）不过，就是不找苏院长也成。

马：那找谁呢？

魏：警察厅的陈厅长呢，我也是熟朋友。（思索一下）其实这种小事情都犯不上求他。

马：（迷惘地）小事情？

魏：是啊，这种事情他查都懒得查的。

马：那怎么办呢？怎么办呢？

魏：呵！想起来了，牛犄角胡同归第五区署管，那刘署长认识我，等明儿早上跟他一说，马上就能放出来。

马：（完全放了心）那就……（请下安去）真谢谢您了……

魏：这就叫"县官不如现管"这种事情找大官不如找小官来得便当得多。（看见马大婶请安）哟，您这是怎么啦？

马：善心有善报，老天爷保佑魏老板开年娶个好媳妇儿，多子多孙，添福添寿，升官发财。

魏：大婶儿，我不是做官的，升的什么官儿啊？

马：我瞧着就是官儿，整天儿跟官儿待在一块儿哩。（严肃地）说老实话，我就知道我来找您不白找，今儿个响午，我顶着急的时候，就在赵瞎子那儿起了一课，说二傻子这回事是命里注定的跑不了。可是不要紧，有贵人星解救。您瞧，这不全应了吗？

魏：（一笑）赵瞎子瞎说惯了的，您就信了他。

吴祖光 / 305

马：我的老天爷，怎么是瞎说啊？这不是都说对了吗？这回事虽说是二傻子命里注定的，可是还是怪他啊。往后我得管着他，再也不许喝酒，出门赶车，回家睡觉，那么大个孩子，也该明白点儿了，这回算是有贵人星解救，赶明儿要是找不着魏老板怎么办？赵瞎子还说我们得安分守己，二傻子要是早明白这个，也出不了这档子事了。

魏：好吧，明天一清早我就给办好，马上我得去冷红楼，苏大人也许等急了。

马：您快去吧。别耽误了公事。（自言自语）这年月还有像您这样的好人。

魏：（要走，又止步）大婶儿，吃了饭了吗？

马：（形容惨变）没有，我都没想着要吃饭。

魏：不吃饭怎么行？我也知道您是指着二兄弟赶车挣来的钱过日子的，一天不赶车，就一天吃不上饭的。

马：不瞒您说，我身上只剩下一吊钱，起了一个课都给了赵瞎子了。

魏：我说是不是。（从身上掏出几块钱来）拿去用吧，吃饭比什么都要紧，大婶又是上了岁数的人。

马：（万万想不到）这……这……这怎么行！（两手缩在背后）我不能……

魏：拿着吧。还客气吗？

马：（接过那钱，攥得紧紧的）魏老板……（再也说不出话来）

魏：去吧。回去吧。回去歇歇吧。

马：（感激涕零）魏老板，卖了我这一副老骨头也报不了您的大恩呀，魏老板。

魏：不说啦。不说啦。

马：那我就回去等信儿。

魏：好。

马：（又请一个安）魏老板。

魏：别再难过了。

（马大婶走出门去。）

魏：（站在门前送她）大婶儿，您真别跟我客气，您是看着我长大的，其实您还是管我叫"小莲儿"顶好，老是魏老板魏老板的，倒显着生分了。

马：（在门外）魏老板，您这是怎么说啊！

（马大婶儿走了。）

（莲生回到屋子里，四面看一看：他是多么愉快，多么满足。

他本该马上到冷红楼去，然而现在反而有点沉不住气；他安于这屋子里的空气，如此宜人，合度，觉得不能马上离开。

他走到穿衣镜前站好，看一看镜子里自己的身影，像是发着有"神异"的光。）

（是那里传来一阵箫管——）

魏：（拿下镜架上挂着的拂尘，对着镜子做着唱起来）
"昔日有个木莲僧，
救母亲临地狱门；
借问灵山多少路？
十万八千有余零。
……南无阿弥陀佛……"

（身背后有人噗嗤一笑。）

（稍偏一点身子，他马上看见镜子里多了一个人。）

（莲生摆着最后的一个身段，一时愣住了。）

（镜子里的那人已经掀开通舞台门的红帘子，在阶沿上站

吴祖光 / 307

了多时。）

（那是个二十岁上下的美妇人，玉春，苏弘基的四姨奶奶。）

春：（笑得像一朵花）魏老板好自在。

（玉春具有非凡的美。

我们每天会碰见无数来往的行人，除去那些大多数的贫穷的人之外，都是金玉其表，器宇轩昂的样子，高贵飘逸，是尘世神仙，赢得多少世人的艳美。

然而世界上有几个人具有慧眼？谁能一眼看穿在华丽的外衣里面也可能深藏着一个痛苦的灵魂。

玉春生得正当时，一片玲珑剔透的青春，她有一张长圆的脸盘：眉毛，鼻子，修长端正，嘴唇微弯，像一张弓；长睫毛底下的两个大眼睛就是两颗闪烁的明星，常在黑暗的天空里发亮。

那年月，人们还免不了要受命运的安排，玉春二十年的生命之页，却是一段愁惨辛酸的历史，谁也不知道这妙龄的小妇人也曾饱经过人海的沧桑。

她生性聪明，感觉敏锐，那她自然就不会安于她现在的姨太太生活，丰衣足食，婢仆环列，对于她都不是幸福，真正的幸福要待她自己去找，她在找。

她美貌，又聪慧；然而也痛苦，也不安。

玉春具有非凡的美，无论是形体或精神。

玉春也具有凡人所无的痛苦，但是生身以来，却从不在人前透露这消息。）

魏：（站好，呆了半天）四奶奶……（放下手里的拂尘）

春：你没想到我来。（返身掀开帘子，低声叫）兰儿，进来。

（玉春走下阶来。）

（兰儿跟着进来。）

兰：（神秘地向四面一瞟）……

（兰儿有十六七岁，是我们历史上千古艳称的"俏丫环"。奴才是侍候主子的，所以兰儿总是跟着玉春形影相随，她已经习惯了那套耳提面命，千依百顺，"叫她往东，她不敢往西，叫她打狗，她不敢骂鸡"。

这才是真正的"为他人而活着"的典型，俏丫环的作用犹之乎陪衬名花的绿叶；兰儿是没有独立的生命的，她所知道的只是如何供人驱使，她所想的也许不止这些了，然而从不说出去。

她们多半是幼年不幸，长辞了父母家人，寄人篱下。运气好的能够安然生活，否则就会在打骂中过地狱的日子——结局也就不堪闻问——到了相当的年纪嫁一个人，或者做老爷的一个小妾，做一辈子死心塌地的奴才。）

春：你在外头过道上等我，等我跟魏老板说几句话。

（兰儿点点头，睁着两只亮晶晶的大眼睛，嘴角上浮一丝甜甜的笑意，一直走出通甬道的门外去了。）

（屋里沉寂。）

（玉春用手拢了一下头发，又笑了起来。）

春：魏老板你真是好人。

魏：（慑于那魅力，有点迷惘）我？

春：（咬住下嘴唇）嗯，一个大好人。

魏：四奶奶……您是说笑话。

春：（一摇头）不，我从来不说笑话。（两眼凝望）

魏：（局促不安）那您……

春：（竖一下大拇指）真了不起哟！救苦救难的南海观世音菩萨，有求必应，救了人出来不算，还拿出钱来给人家

吴祖光 / 309

吃饭。

魏：（放了点心）那是我的一个街坊，一个穷老婆子，穷得怪可怜的；儿子又闯了祸，要是不帮她点儿忙，她就是不急死也得饿死。

春：（点点头）真是可怜。

魏：是吧？您也说是可怜吧？

春：可是比她可怜的人多得很呢，比方说，街上的要饭的。

魏：（说不上来）那……

春：我知道，你要是在街上看见那些要饭的，你准给他们钱是不是？

魏：是啊，穷人是应该周济的。

春：可是你想到过没有？你给了他钱，让他吃饱了中饭，可是晚饭怎么办？明天又怎么过？天下有千千万万没饭吃的人，你能碰见几个？你有多少钱周济他们？

魏：我，我……这个……

春：所以我说还有一种人比她们才更可怜得多呢。

魏：您是说什么人？

春：（急得改口）不说了，不说了，魏老板，还是你好，顶红的名角儿，还认识那么多阔人呀。

魏：（涨红了脸）我没有说……

春：你听着，（顺手将桌上那叠请帖拿起来一张张数着）我想这里头就有警察厅的陈厅长，第五区署的刘署长，这个局长那个处长的；再搭上"我们的"苏院长，还有我听都没听过的那些大长小长们。（一下子把那叠请帖又扔回桌上去）

魏：（讷讷地）那是他们常来找我……

春：是啊！魏老板，你是又有名，又有钱，又算也有势力。你的日子一定是过得挺高兴，挺如意吧？

魏：（略为不快，怔了半天）我没这么想过。

春：一点儿也不错！"没这么想过"，那就是说你过得满有意思。

魏：（望着玉春）……

春：哎哟！忘了"我们"院长还在等你呀，也许在冷红楼等得发脾气了！你该去了！

魏：（迟疑地）……不要紧……

春："不要紧"顶好，我还要问你话呢。

魏：您？（犹豫地）您是不是？……刚才院长说……

春：院长跟你说什么来着？

魏：院长说……我不知道是不是，说您想学戏？

春：不错，我是要跟你学戏。

（玉春向前走一步，莲生后退。）

春：（笑得神秘莫测）可是我刚才已经学了两段儿了。一段儿真戏是你跟那位老太太演的，一段儿假戏，是你跟镜子里头的自个儿演的。（做了一个姿势）你瞧，我学得像不？（歪着头）我要是常跟你在一块儿，还得学更多的戏呐，信不信？

魏：（不知所措）……四奶奶？

春：你横是有点发迷瞪罢？好像是说我们只不过见过两三回，一共也没说过六句话，可是这不要紧呀。这拦不住我关心你，我就觉得我们该是挺熟挺熟的朋友，虽说我是苏院长的四姨奶奶，你是苏院长顶爱捧顶喜欢的红角儿。

魏：（低头不语）……

春：你有点儿害怕，是不是？

魏：（坚决起来）不。

吴祖光 / 311

春：好。那我问你啊。你……（说着，说着，又笑了，像是有点儿难说出口，又有点儿惨）

魏：您只管问吧。

春：那我就问了，我问你呀。你觉着过没有？觉着你自个儿才是个顶可怜顶可怜的人？

魏：（茫然）……没有，我没……觉着。

春：可是我怎么就觉着了呢？我就老觉着我是天下顶可怜的人，也许就不能算人。

魏：我不信，您说到哪儿去了？

春：连你算在一块儿，我们俩差不了多少，可是照现在这么看呀，你……

魏：我怎么比……

春：你说是不是？

魏：我？……

春：（抢着说，手摇得"拨浪鼓儿"一样）别说，别说，我不要你马上跟我说。你得回家去好好儿想想，想了一宿，你要是明白了，那你明天再来找我。

魏：明天？来找您？

春：是明天哪。明天你不是来我们家吗？

魏：（低声）是。

春：你上午来拜寿，晚上来唱戏，是不是？

魏：（点头）……

春：你的戏大概是十二点上场，十一点上装，你十点来，我会叫兰儿告诉你：我在哪儿等你。

魏：嗯。

（玉春眼望着莲生注视不移，那两道目光，就像是两支火箭，射进莲生的心里去。）

春：（深情地）我，我真不知道该怎么跟你说啊。

魏：（有点窘，找出一句话来）您站累了，坐坐。

春：（不自然地笑了起来）这时候才想起来让我坐啊？别跟我客气了。（退了一步）我说得太多了。（静一下）您真得走了。

魏：……不要紧……

春：我也该回去了。（可是站着不动）别忘了，夜里面去想想，我们是顶可怜的人，想想为什么顶可怜？顶可怜的不就是自己不知道自己可怜的人吗？

魏：是。

春：（笑着）好吧。（向外面）兰儿！

（兰儿进来。）

春：魏老板，我得罪你了，你可得多多包涵，今儿个给"我们"院长暖寿，我喝了几杯酒，（摸着自己红扑扑的脸）有点儿醉了。

（兰儿先走出去。）

（玉春也向外走，回头，飞过来一个伶俐的眼波。）

（莲生有点发迷，像在做梦，呆在屋子中间不知怎么好……）

（幕下）

第二幕

人　物：

玉春

兰儿

苏弘基

徐辅成

王新贵

魏莲生

第二天晚上，九点多钟。

所谓"牛犄角胡同苏院长公馆"里的一间"金屋"。金屋不宜大，所以这是一间很温暖清静的小屋子。金屋当然是用作藏娇的，苏院长却自己美其名曰"内书房"。

从左面数起，一个门——出了这个门，可以走到隔壁的另一间屋里去，或者下楼到花园去——门上挂着大红缎门窗帘，绣的是五彩的麻姑献寿。门左旁是红木的八仙桌同太师椅。正面放一张福建漆嵌金花的琴桌。左面有一张楠木书架，连着摆一张雕镂甚精的书案，一张宝座似的椅子。四下散放三五只瓷鼓凳，颜色鲜明，闪闪发亮。

琴桌上面置两座盆景：一些文竹，天冬草，铁线草及长着青苔的小玲珑山石之类。

书桌上摆着文房四宝。

书架上满装着书，一函一函的堆得非常整齐，像是从来也不曾启过封的样子。

屋里还有字画来点缀那新绿色的墙壁，字小，看不清楚，画上半是美人。

正面墙上，一排长窗，用白纸裱糊的盘花的窗格子，窗子支开了两扇，让夜空气徐徐度入，窗外有枝影横斜，是海棠花开得正盛，一球一球地直想伸进屋来。

窗外是后花园，春暖花开的季节，群星在天，璀璨明灭，花香树色，织成春夜的奇景。

八仙桌上，一对龙凤蜡烛燃得正好，红红的火焰照得满屋子喜气洋洋的，桌上另有精美的茶具，纸烟匣，果盘子。

椅子上都盖着红绣花椅披，瓷鼓凳上也都放着红缎垫子。

屋当中挂着的那盏纱灯，没有点亮，让那些红烛，红窗帘，红椅披，红垫子在屋子里荡漾起一片红光。

玉春穿一身新衣裤，白软缎上绣着小红花朵，白缎子绣花鞋，脸上浓妆艳抹，头上戴着花，亮亮晶晶的耳环子，抹得鲜红的嘴唇，红白相间的面颊。

她脸上浮一层淡淡的微笑，淡淡的忧郁，淡淡的梦也似的微醉。此时她用手支颐，倚在桌上，望着微微颤动的烛焰出神，红色的烛光正照在她红红的脸上。

兰儿也穿了新衣，戴了花，似乎也平添几分喜气；背对着她的主人也坐在一张凳子上，低了头想心事。

静静的过了半晌。

春：（轻轻叫）兰儿。

　　（兰儿没听见。）

春：（回过头来，放大声音）兰儿！

　　（兰儿一惊，这回是听见了，然而故意装听不见。）

春：（站起来）兰儿！

兰：（徐徐转过脸来）干吗？

春：（带笑带骂）你这个死鬼，装听不见！过来！

兰：有事说好了，过来干什么？

春：（扬起眉毛）你过来不？（举一举拳头）我捶你！

兰：（懒洋洋的走过来）过来了，有什么事？

春：（上下打量她半天）你这个坏东西，一个人出神，你在那儿想什么？

兰：我们做奴才的，只知道安份守己的过日子，那儿还敢想什么哟？

春：恨死你！

兰：鬼也不相信，你四奶奶会恨我们一个丫头。

春：（抓住兰儿的手）好孩子，我怎么敢恨你呢？我还有事情要求你呢。

兰：兰儿是供四奶奶使唤的，那儿说得上"求"字！

春：（向门外努一努嘴）你去一趟。

兰：什么？

春：我叫你去一趟。

兰：到那儿去？

春：前头，唱戏的地方。

兰：去干什么？

春：（瞪了兰儿好半天）你装傻。

兰：哎哟！这真冤枉死人了；叫我们去，又不说上那儿去，说了上那儿去，又不说是干什么去，还说我们装傻，（要走）我们找个人评评这个理去。

春：（抓紧她）你敢走！

兰：嗐！我是得走。没那么不讲理的。

春：（央求）哎哟！别闹了。我求求你。

兰：我还当四奶奶要捶我呢。

春：你听我说……

（兰儿不理。）

春：（真恼了）好！（放开手，坐下）

兰：（笑起来）四奶奶。

春：（挥手）你那边儿去！别理我！

兰：我闹着玩的，你就真急了。

春：谁跟你闹着玩儿！

兰：叫我去到前边儿干吗？您说罢，我马上去。

春：你真忘了我给你帮过多少忙了。赶明儿小六儿来了，我不许你见他。

兰：（马上收住笑容，撅起嘴来）哟哟！又说这些个！我不来了。

春：一个人总要有点良心才好。

兰：你，你再说什么我也不去了。

春：好了，好了，大家都不闹了，你还是给我去一趟罢。

兰：（顺风转舵）那你就得告诉我：去干什么？

春：去呀……去到寿堂里看看魏老板……

兰：就是这么回事嘛！有什么了不起的，早说出来好不好？省得那么些麻烦。

春：这坏透了的……你到前头去，看看……

兰：（笑嘻嘻地）看看要是魏老板已经来了，就叫他到这儿来，说四奶奶叫他"教戏"。

春：要是还没来……

兰：要是还没来，就等着。等他来。

春：没有比你再坏的，快去罢。

兰：叫我做事还骂我坏，说不去还是不去！

春：（皱眉）闹够了，闹够了！去罢！（掳开右手臂的袖子，露出一只金镯子来）赶明儿我把这只金镯子给你。

兰：不希罕！

（兰儿转身跑出门去。）

（玉春举手想打地一下，没有打着。）

（一阵脚步声，兰儿跑下楼梯。）

（楼梯下忽然有人说话。）

苏：（在楼下的声音）跑什么？兰儿！

兰：（在楼下的声音）到前头听戏去。

苏：（已经走上来）听戏也用不着跑啊！傻丫头。

（兰儿没有搭腔，像是走了。）

（苏弘基闲散的样子进来。）

苏：（手指着）玉春，我就知道你会享福，一个人躲在这儿。

（玉春仍旧坐下，呆望着桌上的烛焰，没理会。）

苏：（走过来，用手抬起她的下巴）你怎么了？

春：酒喝多了，我头晕。

苏：（像哄孩子似地）好逗能嚘！不要紧，一会儿就好。你看这对龙凤蜡烛点得多好，弄得屋子里这么喜气洋洋的，这才是双喜临门哪……

（玉春站起来，走到窗前去了。）

（苏弘基略略一震，脸上激起一股怒气。）

苏：（不悦）玉春？

春：啊？

苏：你生病了，是不是？

春：没有。

苏：没有病你就该高高兴兴的。今天是我过生日；是我的好日子，也是你的好日子。

春：我知道，我没不高兴。

苏：唔，那就是了。你知道前头多少客人，我够多忙；特为跑到这儿来看看你，还不是为了你酒喝得太多了，怕你不舒服。

春：（俯一俯身子请个安）谢谢您。

苏：（大笑）这倒用不着跟我客气，我的好孩子……

（走上前来。）

春：（退向门口）我去倒杯茶给你喝。

苏：用不着，我不渴。（一把将玉春抓住）

（玉春欲躲不成，只好站着。）

苏：玉春，我告诉你，我约了徐辅成徐大人到这儿来谈一件事。

春：（无所谓）嗯。

苏：谈一笔生意。

春：（又要走）那我出去。

苏：就是不要你出去，你得留在这儿，好好儿……招待，招待他……

春：我怎么……

苏：我得说服了他，我得下点儿功夫，徐辅成是个老实人……（见玉春毫不感觉兴趣的样子）听见吧？你不许走。

（有人上楼梯的声音。）

苏：他来了。（放了手）

（王新贵掀帘子，伸进头来。）

王：徐大人到。

（苏弘基点头走出去。）

（王新贵将门帘高高举起。）

苏：（在门外）这是我的内书房，请，请。

徐：（在门外）是，是。

（徐辅成同苏弘基先后进来。）

（王新贵恭敬的放下门帘走了。）

（徐辅成同玉春互相打招呼。）

徐：四夫人没有听戏？

苏：玉春喝多了酒，在这儿休息。

徐：四夫人真是海量，昨天喝那么多酒，今天比昨天更多。

春：（冷冰冰地）我不能喝。喝得也不算多。

徐：（无话可说）……

苏：辅成兄，请坐，请坐，坐着谈谈。

（苏弘基同徐辅成都在就近的椅凳上坐下。）

苏：口干得很。玉春，叫兰儿去泡一壶普洱茶来。

春：兰儿……

苏：噢，我糊涂，兰儿去听戏去了，那就另外叫个人来。

春：后头屋里有开水，我去。

（玉春拿了桌上的茶壶，走出门。）

苏：（以目送之）辅成兄，你觉得我这孩子怎么样？

徐：确是艳福不浅。

苏：老兄亦有意纳个宠如何？我来做媒。

徐：（摇手不迭）不行，不行，担当不起，我没有这个福气。

苏：必是嫂夫人的规矩森严喽。（发出一串不必要的笑声来）

徐：这倒不一定，我同内人都觉得家里人口少一点，要清静得多。

苏：既是嫂夫人不干涉，那你不要管；等我来给你张罗。

徐：（失措地笑）……

苏：嫂夫人确是贤慧可敬。现在正在前面听戏是不是？

徐：是的，她看着好玩。我们平时都不常出来看戏的。

苏：（摇头）做官的像老兄这样规矩，现在真是凤毛麟角，可遇难求的了。（是钦佩，又是讥讽）哈……哈……

徐：（怩忸地）小弟是初入宦途，阅历太浅，仰仗指示的地方很多，以后不太见外才好。

苏：那儿的话，不客气，我们要知道这一点，就是互相帮忙，互相照应；心灵手快，那就自然无往不利了。

徐：（欠身）承教，承教。

（玉春拿着茶壶掀帘子进来。）

（徐辅成微显不安之状。）

（玉春就八仙桌上倒了两杯茶，送给徐辅成同苏弘基。）

（苏弘基对她笑笑。）

徐：（拱手）得罪，得罪。

苏：这是内府的贡品顶好的普洱茶，辅成兄尝尝，的确能够消食解酒，止渴生津。

徐：（呷一口）真好，真好。

苏：（也喝茶）我们现在谈谈那件事怎么样？

春：我出去。

苏：（抓住她的手）不必，不必，你待在这儿好。

春：不，我到花园里走走。

苏：（无可奈何）好，酒喝多了，花园里走走也好。或者到前头听戏去。不要一个人待着发闷。兰儿怎么也不陪陪你？这孩子！

春：我不要人陪，我叫她去的。

苏：（亲昵地）你等一会儿可以去听莲生的《思凡》，你不是还要跟他学戏吗？

春：（点点头）唔。（对徐辅成）徐大人坐坐。

徐：（欠身）是，是，请便。

（玉春出。）

苏：（把坐椅向前拉一拉）怎么样？我们把那办法实实在在地商量定规好吗？

徐：我是没有什么意见，我没有经验，我从来还没有……

苏：慢慢儿来。这门生意包你百发百中。（用手在桌上划）这真是最发财的生意，只要运到这儿就是五倍的利息。从前最难的是转运；你想想，几千里的路程，得过几十道关卡，盘问，刁难，敲竹杠；真是费尽了唇舌，卖尽了

吴祖光 / 321

面子。

徐：（摇头）想不到这么难。

苏：（得意之至）就是这样儿，还是赚钱呀。

徐：总是不免危险。

苏：咳！说明白了还不是那么回事，这些人那一个不是……（用手抓钱的样子）酌量给点好处，大家都分点儿肥，又看在是我们院里的货，还不就算了。

徐：是的，是的。

苏：（话锋一转）所以现在好极了，老兄的盐运使衙门不是每个月有来往的车子吗？以后我们就用这车子运货，又不用检查，又不用担心费事，照我们算准能利市十倍。这样有一两年工夫，不用说我们这一辈子不用发愁，子子孙孙也都吃著不尽。

徐：唔！唔……

苏：（见他意尚未决）这算盘打得像铁一样结实，用不着有一点儿犹豫。

徐：……我没有犹豫，只是觉得……（说不出口）

苏：你觉得这是犯法的，是不是？

徐：（点点头）是。

苏：假如你能这么想的话，我应当比你想得更多才对，可是我这么觉着，我们兼营点生意，对国计民生没有什么害处，而且我们是为子孙打算，从古以来，没有说为子孙打算是错的。如今只有号称清高的人是顶大的傻子。

（徐辅成低头不语。）

苏：辅成兄，不是我跟你充老，你实在还嫩得很呢。我叫你声老弟罢。

徐：（略感不快，勉强地）是的，我在学。

苏：老弟，今年贵庚？

徐：前年就过了三十了。

苏：（拍着徐辅成肩膀大笑）怪不得，你还年青得很呀！

徐：（低声）我还想不到这么多。

苏：然而你非想到不可！你现在年纪还青，家累也轻，等到有一天像我这样的场面拉开了，这一大家子人，你就懂得钱真是了不得的东西，不能不弄点儿钱了。纵使不为子孙打算，自己也要预备着防老呀！

（徐辅成不语。）

苏：而你以后的场面一定要扩大，这个盐运使的架子总要摆出来的，不然就会被旁人耻笑。所以我刚才主张你纳一房宠，也就是这个意思，那有说作官在外，没有个三妻四妾的？

（大笑。）

徐：（点点头）说得也是。

苏：自然了，你是行色匆匆，一时张罗不及，以后我们缓缓图之。至于这笔生意，所谓千载一时之良机，惠而不费，我们决不可放掉。

徐：这个要由苏大人主持。

苏：当然，当然，交给我，全交给我办。

（苏弘基交涉满意，于是又哈哈大笑。）

徐：至于详细的办法……

苏：这个"有案可查"也可以马上大致商定。来，来，来，抽根烟，谈了半天都忘了敬客了。

（苏弘基从八仙桌上的烟匣里拿出两支烟同火柴，递给徐辅成一支，各为点好。）

徐：谢谢。

苏：（把烟喷了一个圆圈）等我查查底子。（拉开抽屉，忽又回头）辅成兄！"千里求官只为财"；我们这一官半职也是得来不易啊……

（帘子一掀，王新贵先伸头窥看，然后恭恭敬敬地走进来。）

苏：你来干什么？

王：陆总理到了，来给大人拜寿。

苏：（惊喜莫名）现在在那儿？

王：（报功）是小的请总理到小客厅里去了。

苏：（点头）好，辅成兄，我们去陪总理去，等一等再详谈。

徐：好在我还有两三天才动身，慢慢儿再谈。

苏：那么今天夜里我来仔细划算一下，明天再作定规。

（二人欲出。）

（玉春进来。）

苏：玉春来得正好，跟我们到前头听戏去

春：不，我还是头晕，稍微清醒一下儿就来。

苏：好吧，到前头来的时候，来找我，我给你介绍认识认识陆总理。（对徐辅成）辅成兄请。

（徐辅成、苏弘基同出，王新贵跟在后面也走出去。）

（玉春轻唷一声，取了挂在横木上的烛剪，把灯花剪掉，屋里像是亮了些。）

（王新贵忽然又探头探脑走进来。）

（觉得有人进来，玉春一惊。）

春：（急回身）谁？噢，王管事。

王：（请个安）四奶奶。

春：王管事有什么事吗？

王：没有，（献殷勤）听说四奶奶有点儿欠安？

春：没有，刚才酒喝多了点儿，有点儿头晕，一会儿就好的。

王：要吃点儿什么醒酒的东西不？

春：（坐下）不要，难为你。

王：（又请个安）小的是新来乍到，公馆里地方又大人又多，要是有照顾不到，作错了的时候，要请四奶奶多多包涵，常在大人面前说几句好话。

春：（明白了来意，敷衍他）没有什么，公馆里也没有什么麻烦事情，只要你好好做就是了。

王：魏老板的跟包的李蓉生就跟我说过，说四奶奶顶是宽宏大量的，真是不错！我往后总是巴结着做事就是了，也不枉魏老板荐我来这儿的一番好意。

春：你是魏老板荐来的？

王：我跟他是从小儿的老相好。

春：唔。

王：（渐渐放肆）莲生比我小个十岁的样子，我们是老世交，他爸爸跟我爸爸就相好。我们一小儿就在一块儿玩儿，那时候他多小啊，还光着屁股，穿着屁股帘儿呢。

（玉春原来满腔心事的忧郁的脸庞，亦不禁破颜一笑。）

（这一笑不要紧，更提起了王新贵的劲头儿。）

王：莲生当初学戏还是我的意思呢，他老爷子起头儿总不高兴，可是您瞧："人不可貌相，海水不可斗量。"当年的那个毛头小小子儿，如今晚儿可有多红！

春：（本懒得和王新贵多话，可又禁不住要问）噢，他父亲不是唱戏的？

王：不是，是个铁匠。（大有骄矜之意）我父亲可是个教书先生，因为我们住街坊，莲生小时候又长得好玩儿，所以我们老在一块儿。

吴祖光 ／ 325

春：现在他家里还有什么人？

王：惨哪。他的老太爷子老太太前五年两个月工夫，接着去世了，他还有一个哥哥，去年冬天也病死了。

春：……

王：您就说罢，人真是不能十全，尽管莲生怎么走红运，可是他命生得太硬，克父克母还不算，把个哥哥也克死了。在台上这么红，在台下是个苦孩子。

（玉春抬起手看看表。）

王：我们做朋友的都想着给他说个媒，也免得老这么孤苦伶仃的。

春：现在十点钟了，你前头没事吗？

王：没事，没事，八十几桌酒席都开完了，客人都正在听戏呢。

春：（暗示让他走）你也累了啊？王管事。

王：这不算什么，四奶奶。

（玉春烦起来，走到窗前向花园看。）

王：（滔滔不绝）真可笑，真可笑，前头厅里只容得下五六百人，可是听戏的足足有一千多，起码有一半儿是外头街上的人溜过来的，也有不认识的穿上马褂儿，拿个红封套装点儿钱，冒充拜寿，其实就是骗两顿饭吃，听一宿戏。

（玉春没理。）

王：真是挤得个风雨不透，听戏的都上了台了。

（玉春动都没动。）

王：（看出玉春不快）听说您要跟莲生学戏？

（玉春回过身来，只向王新贵瞧了一眼，走向书桌前大椅子背向坐下。）

王：（尚不知趣）闲着没事，唱唱戏倒是不错，这年头儿，谁不爱唱两口儿……（才看出风色不对）您歇着罢。

春：（回过身来）你还是去前头照应照应，怕总会有点儿事的。

王：（又请了安）是。往后您有事尽管吩咐就是了。

春：是的，往后要是没有事你也不必来。

（王新贵悻然，转身要走。）

（忽然一阵快活的脚步声跑上楼来。）

兰：（在楼梯上就喊）四奶奶，四奶奶！来客喽。

（兰儿跑进来，像一阵风。）

兰：（看见屋里还有人，愣住了）……

王：兰姑娘听戏来？

兰：（望着玉春，不知所措）……

王：（看出其中蹊跷）我到前头去了。

（王新贵向外走，一掀帘子。）

王：（说不出的表情）老三！（把帘子大掀开）

（莲生正站在门口，走也不是，不走也不是。）

春：（站起来）魏老板来了，请进来坐。

王：噢，莲生来教戏的。

（王新贵就走了出去。）

（莲生进来。）

（兰儿如释重负，伸了伸舌头。）

兰：四奶奶，我还要听戏去。

（玉春拉住兰儿的手，送她向外走。）

春：听一会儿就回来。

兰：（笑）不。

（兰儿挣脱了手，跑出去。）

（莲生又开始发窘，站着不动。）

春：（对莲生一笑）坐下吧。

吴祖光 / 327

（莲生一声不响，矜持地在八仙桌旁边的瓷凳上坐好。）

（玉春也对面坐下。）

（静静地让红烛的光在屋里跳跃。）

春：说话呀。

魏：（四面张望，嗫嚅半天）这个小楼真好。

春：怎么好？

魏：……前头的锣鼓家伙声音，到这儿一点儿都听不见了。

春：你是说这儿清静？

魏：（点点头）是。

春：你知道这儿为什么清静？

魏：（摇摇头）不知道。

春：（指窗外）就是那边儿的那堵假山石，把声音全挡住了。

魏：对了，一走过那堵假山石，前头的锣鼓声音就听不见了。

（莲生再也找不出话来说，就住了口。）

（玉春望着他，目不转睛。）

魏：（被看得不安起来）……那假山石真做得好。

春：好又怎么样呢？

（莲生说不出来，又愣住了。）

（玉春笑起来。）

魏：四奶奶笑我？

春：不是呵，我想我们俩这多没意思，好像我找你来，就为着谈谈这块假山石似的……

魏：（也笑了）……

春：你也觉着可笑是不是？嘿！让我问你，兰儿怎么带你来的？

魏：我在寿堂里刚行完了礼，就看见兰姑娘站在窗户外头。

春：她怎么跟你说？

魏：她冲后面儿一努嘴，就走，我就跟着走，就到这儿来了。

春：我是问你她跟你说什么话来着？

魏：她什么也没说。

春：那你真聪明。

（莲生闹了个彻耳根子通红。）

春：（顽皮地）哟！你脸红了。

（莲生实在坐不住，站了起来。）

春：怎么？生气了？唉，别价，别价，别跟我计较吧，我又是喝多了酒，昨天的酒还没清醒，今儿个又喝了不少，我说的话，你只听一半儿就够了，那一半儿你就……（举起手来向窗外一悠）哟！（眼睛也向窗外看去）你看那颗大星星！

（玉春一把抓住莲生的手。）

（莲生不由得一惊。）

春：你跟我来看看那颗大星星。

（玉春拉着莲生走到窗前站住。）

春：你说这海棠花儿讨厌不讨厌？它都想开到屋里来了。

魏：我说不讨厌。

春：那你就给我摘一枝下来。

（莲生探身出去摘下一枝开了的海棠花。）

春：给我。

（玉春把那花拿过来，别在自己头上。）

春：咱们还是讲那颗星星好不好？

魏：好。

春：（手指着）你看见了没有？那颗顶大的。

魏：看见了。

春：它就快落下来了。

魏：你怎么知道的？

春：你别打岔，听我说呀。天上有这么两颗大星星，天还没有黑，这一颗星就上了天，在天上轻轻儿的走，由天这边儿，走到天那边儿，走到西边儿就下了山。它刚一下山，那一颗星就从那边儿出来了。一个由东边出来，一个打西边儿下去，两颗星挂在一个天上，可是一千年过去了！一万年过去了！自从盘古开天地，它们俩从来也没有见过面。

魏：为什么呢？

春：谁知道它们为什么，我说也许是它们俩在赌气，因为它们俩实在是应该见面的，可是老是那个走了，这个才来，这个刚来，那个又走了。

（莲生听了出神。）

春：（望着莲生）你想什么？

魏：……我想它们是命苦。老天爷给安排好了的。

春：什么叫命苦？什么老天爷？我就不这么想。

魏：（略感惭愧）那你说呢。

春：我就老想着：有一天它们真见着了，那多好，那它们该怎么样呢？（见莲生不响，推推他）问你呀。

魏：（胆子大起来，靠近玉春些）那它们准就再也不愿意分开了。

春：可也不一定。我就说在一块儿有在一块儿的好处，分开也有分开的好处，你说对不对？

魏：（老老实实地抓住玉春一只手）我说还是在一块儿好。

（玉春忽然把手一缩，退回八仙桌旁坐下来，笑得"格儿格儿"的。）

魏：（大惑不解）你笑？

春：（笑渐止，变得庄重起来）魏老板，坐下，我问你。

魏：（坐下，肃然）什么？四奶奶？

春：你今天是来干什么的？

魏：（嗫嚅地）……给院长拜寿来的。

春：我问你到这儿来，到这间屋子里来干什么的？

魏：（有点着慌）是，是兰姑娘引我来的……

春：（微笑）你弄错了，我问你是为什么来的？

魏：（想了想，想了起来）是您问了我的话，教我回家想明白了，今儿晚上来告诉您。

春：那么你想了没有呢？

魏：我昨儿一宿也没睡，就想了一宿。

春：想明白了没有？

魏：（颓丧地）没有。

春：怎么没有呢？

魏：是因为我不知道怎么想好。

春：那你是压根儿就没想啊。

魏：不，我也是不知道怎么说好。

春：那等我来问你，你先告诉我，你家原先不是梨园行的？

魏：不是，由我起才唱戏。

春：那你的爸爸是干什么的？

魏：（再也想不到）我父亲？

春：（点头）你们老爷子。

魏：已经过世了。

春：我知道。我问他是什么出身？

魏：（说不出来）他是……

春：是干什么的？

魏：是……

吴祖光 / 331

春：你说呀。

魏：（逼急了，撒谎）他，他不干什么。

春：不作事？

魏：是，他住在家里。

春：是个读书人？

魏：（于心有愧）是。

春：不作事，住在家里，想必是很有点钱了？

魏：（声极微弱）也没什么……

春：那我可太苦了，我才真是地地道道的苦孩子。以前的那段儿让我将来再跟你说；以后的这段儿你应该知道。

魏：（为难地）不，不，我不知道。

春：你别装傻，这没有什么不好意思的，我十六岁就叫爸爸给卖了，我就是人家说的"青楼出身"。我是个妓女。

魏：（目瞪口呆）你！四奶奶……

春：吓着你吧？你想不到我就这么痛快地说出来吧？是呵，谁要是有这么一段儿可羞的事情，谁都不会说的。可是你再想想，这有什么可羞呢？这是为了穷呵！为什么我们会穷呢？

魏：（茫然）为什么？

春：为什么也有不穷的呢？

魏：（自语）为什么？

春：你想不到我过的那段悲惨的日子。不光是我呀，还有的是数也数不清的受苦的人呀。（忽然转出笑容）可是什么叫苦？你知道什么是苦吗？你知道苦里也有乐吗？

（莲生低下了头。）

春：去年冬天，苏院长给我赎了身，娶我当他的第四个姨奶奶。大家伙儿都说："玉春，你好福气呀！你要转运喽！

332 \ 四川新文学大系·戏剧编（第三卷）

你再不过苦日子喽!"(用手一抬莲生的下巴)抬起头来,看着我!

魏:(哭笑不得)……

春:可是这不算福气,也不是转运,像一只小鸟儿出了那个笼子,又进了这个笼子,吃好的、穿好的,顶多不过是当人家的玩意儿。(脸上罩一层阴惨)半夜三更,我神魂不定,老像有人叫着我的名字,说:"玉春呀!你有罪呀!你凭什么离开你这么多受苦的朋友,你凭什么一个人去享福呀!"

(红烛上结了大灯花,光暗下来,玉春又取了烛剪把灯花剪去。)

春:(愤愤地)天知道我多享福来着,天知道我这身好衣裳,我吃的这些好东西,我住的这样好房子,客人的逢迎,老爷的宠爱,听差丫环老妈子的巴结,能给我多少快活。(停顿)莲生呵!我告诉你!人,都在受苦呀,我们怎么能离开我们受苦的朋友。

魏:(含糊地)离开?

春:我想,你一定没有把自己打在受苦的人里吧?你帮人家忙,救人家难,是不是你自个儿的力量?假如是人家的力量的话,人家可又是为的什么?你还高兴,是什么值得高兴?你笑,是从心里发出来的笑么?再说你活着,你想到过你是为什么活着的吗?你想到过你是个男人吗?一个男子汉,(伸出大拇指)大丈夫……

(莲生痛苦地扭转身去。)

春:从昨天晚上我们见了面到现在,莲生,你一点儿长进也没有呵!你爸爸是一个铁匠,可是你为什么瞒着不告诉我?你觉得你的铁匠爸爸会失了你的身份吗?你觉着读书人就

吴祖光 / 333

比铁匠，木匠，皮匠，花儿匠，泥水匠要高几等么，你觉着自己……

魏：不说了，不说了，不……

春：不。我知道你现在心里不受用，可是你不能拦着我，你得……

魏：随您说，我都听着。

春：刚才你从大街上来，是不是？

魏：是。

春：走过大街，走过闹市，你看见有多少数不清的来来往往的行人。

魏：天天都是这样儿的。

春：是呵，连你，连我，都在其内，这些人各走各的路，有的挺高兴，有的不快活，有的走得快，像是急着办事，有的慢慢儿溜达，有的眼睛望天儿，有的低头想心事；一个人有一个人的神气，正像秃子，瞎子，罗锅儿，胖子，瘦子，大个儿，小个儿，一个跟一个都不同似的。

魏：对了，一个人有一个人的长相儿。

春：可是这些人有一样可都相同。

魏：相同？

春：（干脆一句）都没脑筋！（想一想）也许该这么说，脑筋是有，可是从来不用。（悠闲地）该用的东西老不用，日子多了，就发霉，长锈，僵住了。可惜呀！让几十年的光阴就白白地过去了。

魏：您是说我。

春：（摇手）我还没说完哪。这些人里有的是生性聪明，心地好，根基厚的。可是常言说的好哇："道高一尺，魔高一丈。"世上的珍珠宝石虽说不少，可是常常让泥沙给埋住了，永远出不了头。其实，你叫它返本归元，再发光放亮，可也不算难事。

魏：那让它怎么办呢？

春：只要它有这份运气，碰上一个机缘。

魏：运气？机缘？

春：就这么说罢。这就是一根针，扎你一针，一针见血，让你转一下念头，想一想从来没有想过的事。成仙，成佛，变鬼，变妖怪，上天堂还是下地狱，就在你这"一念之转"。

魏：（略有所悟）这念头转过之后就怎么样？

春：那个时候，你才真是一个"人"了，到那时候你才知道什么是快活，什么是苦恼，你才觉得什么是人的快活，什么是人的苦恼。（见莲生静静不动）懂了不？

魏：懂了一点儿。

春：不成！非懂明白了不可。不然的话，迷迷糊糊过一辈子；那么人跟猫，跟狗，跟畜牲，有什么两样？

（玉春停住不再说下去。）

魏：（低了头，有点忧愁，有点悔恨）……我这二十几年的日子，也许全是白过了……

春：（渐渐高兴起来）没有的事，什么日子都不会是白过的。我们也许每一天，每一时，每一刻，都会犯很多的毛病，可耻的念头，顶不好的骄傲，可是只要我们有一天知道了那些错处，明白了那些毛病，认识了我们以后该走的那条路。

魏：一条新的路？

春：对了，知道了以后该走的那条路之后，从前的错处就都变成了这条新路的指南针。

（静了一会儿。）

吴祖光 / 335

春：珍珠宝玉尽管满地都是，可是盖上一层灰之后，就轻易看不出来了。万一我们有一回真看出来了，我们就该把它捡起来，擦干净，把它放到一个有用的地方去。

魏：你这是指着谁说的？

春：（没想到有此一问，有点说不出口，笑了起来）我随便打比方。

魏：没那个事，你得说出来。

春：（摇摇头）……

魏：不然的话，我还是不明白呀。

春：（笑得更厉害）你——不明白什么？

魏：你说的那么些……

春：难道你非得让我说出来，说你根基厚重，心地光明；可惜……（用手对莲生点了点，不说下去了）

（莲生不是傻子，他明白玉春那些影影绰绰的涵义，可是他更盼望听到更实际的话。现在玉春终于说了出来，莲生反而觉得手足无措了。）

春：（缓和空气）咳，我真不好，我胡说了些什么呀？我这那儿算待客呀！（在桌上倒杯茶递给莲生）让我伺候伺候你。（莲生接过来捧在手里，呷一口。）

春：你抽烟不？

魏：不。

春：（点头）好，不抽烟的都是好孩子。

（莲生忍不住笑了起来。）

春：你笑什么？

魏：你装得那么老。

（玉春也笑了。）

（屋里安静而温暖，两个人不动，都不愿冲破这安静。）

（过了一会儿。）

春：莲生，尽管天上那两颗大星星永远见不着面，我可是要找一个朋友，（伸一个指头）不过，有这么一桩。……

魏：有一桩什么？

春：（抱着膝盖，眼睛向窗外看）就是啊，这个人得是个"贫苦之人"，得是个不得意的人，凡是得意的人，我都高攀不上。

魏：（冲动地）四奶奶……

春：不，叫我玉春罢。

魏：（惊喜）玉春！

春：因为你倒有点儿像我的那个朋友。

魏：我……

春：就是可惜你不是苦人，你太得意了，你不愿意作我们这边儿的人。

魏：（情急地）玉春，不要骂我了，我懂得很多了，我不快活呀！我知道我的快活都是假的呀！玉春，你得告诉我……我怎么办呢？我该怎么做呢？

春：（像是自言自语）这儿不是我们待的地方，你带我走吧！

魏：（惊）走？

春：（摇摇头）咳！我也许是太性急了一点儿！总得让人家多想想才好。

（玉春向莲生瞟了一眼，泄露出无限深情。）

魏：（忽然站了起来）玉春！（又愣住了）

（玉春坐定不动，望着他。）

（静片刻。）

春：（微笑）我的傻二哥……

（莲生一股狠劲，上前握紧玉春的手。）

吴祖光 / 337

春：你要干什么？

魏：（愣愣地说不出话来）……

春：咱们再看看那颗星星去。

（莲生扶玉春起来，两人并肩走到窗前。）

（两人倚在窗前不作声。）

（门帘子忽然轻轻地掀开了一点，王新贵偷偷探进头来张望。又缩回头去，门帘又放严了。）

春：（急回身，向房门注视）谁？

魏：（也一惊）什么？

春：我觉着好像有人。

（没有动静。）

魏：没什么。

春：好像帘子动了一下儿似的。

魏：是风吹的。

春：（轻轻地）明天早晨十点钟在你家等我，我找你去。

魏：（意料不到）到我家？

春：你来看我，我也该回看呀。

（两人回过身来。）

魏：你不认识我住的地方。

春：认识，我早就认识。

魏：十点钟，你出得来吗？

春：你不知道，他们总是半夜才睡，十点钟没有人起来，我出门正是时候。这家子人是拿黑夜当白天，白天当黑夜的。

魏：（感动地）玉春，我不知道该怎么谢你？

春：明天再说，该走了，上前头去吧。过一会儿你该上装了，这出《尼姑思凡》你得好好儿唱。

魏：我准唱不好，我那儿还有心思唱戏。

春：可是你非好好儿唱不可，我要去听。

魏：这就是我们的苦处，到了时候，就得唱，不唱也得唱。

春：（打趣地）谁让你吃了这碗饭？

魏：（有点不想动）走了。

春：你先走吧。（又叫住他）慢点儿。（把头上的那小枝海棠花拿下来塞在莲生手里）待会儿把这枝海棠花儿戴在那小尼姑头上。

（烛焰摇红，星光花影。）

（幕下）

选自吴祖光："吴祖光戏剧集"之一《风雪夜归人（三幕剧）》，开明书店，1945年

陈白尘

| 作者简介 |　该作者简介参见第一卷独幕剧《禁止小便》。

升官图（三幕剧）

序　幕

时　间：

一个凄风苦雨之夜

地　点：

一所古老的住宅

人　物：

老头儿——这住宅中看门的

闯入者甲——一个流氓，强盗

　　　　乙——他的同伙

景：

是一座很敞亮的客厅，但由于夜晚，在一盏如豆的油灯之下，显得空旷而阴暗。陈设简单，显得好久没有人住过了。厅外天井里一片漆黑。左右有两间卧室，门紧闭着。油灯被风吹得摇晃不定。

（老头儿——须发苍白，伛腰驼背，是年近八十的人了——手持鸡毛掸帚，从右首房间里出来。）

老：（用掸帚到处打扫着，一面自己嘀咕）灰沙，灰沙，……到处都是灰沙！……一天到晚吹不停的灰沙！……天吹暗了，地吹黑了，人也吹得迷糊了！……（看看天井）晓得什么时候啦？

（风声凄厉，电线在哀号着。）

老：嗯！风更大了！

（灯光摇曳。）

老：（走近客厅通向天井的落地窗，向天）老天爷！你有个完没有？……吹！吹！

（正当他一扇扇关窗时，随风飘来了卖唱的歌声："说凤阳，话凤阳，凤阳原是个好地方。自从出了朱皇帝，十年倒有九年荒！"）

（他倾耳听着，一阵风吹去了歌声，他也恨恨地关上最后一扇窗子。）

老：十年九荒！十年九荒！……十年九荒也罢了；十年倒乱了十年！……（摇头叹息）

（远处传来一声女人的惨叫。）

老：……这又是？……什么世道啊！（再走近窗子静听，什么又没有了）

（却来了雨声。）

老：哼！又下雨了！……这是什么天！什么世道啊！

（风雨间歇地咆哮着。在那稍为宁静的刹那，又传来一片混乱的叫嚣：里面有呼号，有惨叫，有怒吼，有呻吟，……但辽远得很，风雨一响，又被淹没了。）

老：（举起油灯，倾听片刻。为之太息）世道乱喽！……大难临头喽！

（当他举着灯火走向对面房间，正想开门时，忽然清脆地响了两枪。）

老：（惊慌地立定）又是什么事？（走回来，向外照看了一阵）老天爷，快点天亮吧！

（又是一阵枪响。）

老：难道……今儿夜里都过不去么？……唉！

（再向对面房间走去。当他开了门，进去，正转身来掩门之际：——通向天井的落地窗被推开一扇，闪进一个人来，——闯入者甲，身着玄色长袍，头戴黑铜盆帽，敞着领口，露出雪白衬褂，左手推门，右手端枪，搜寻着灯光的来源。）

（身后又闪出另一个人来：——闯入者乙，短袄裤，头顶破毡帽，肩上背负着偌大一个衣包。）

老：（冲出来）谁？

甲：（贴上后面的门窗，端正枪，低声威胁地）住口，再出声打死你！

（乙躲藏在甲的身后。）

老：（司空见惯，毫不惊奇）唔！……二位请坐！

甲：不许动！

老：唉，二位是客人，我们主人不在家，我这个看门的也得替主人招呼招呼呀！

甲：（强迫地）不许你动！

老：唉唉，好汉请别动手！我这两根老骨头经不住你一拳的！

甲：那就少说废话！

老：好，好。……（坐下）那么二位好汉要些什么？

甲：要什么？

老：说老实话，我们主人不在家，这儿是被光顾过不止一次了，值钱的东西早没啦！就是这些笨重家具啦！

乙：（向甲一笑）这老家伙倒大方！

甲：（笑，拍老肩）老头儿！别怕，咱哥儿俩来不是那回事！只借你这儿躲躲风！

乙：你没听见枪声吗？

老：（看看他的衣包）唔……刚才就是（指他们）？

甲：对！……你明白！——得了，话说明白，咱哥儿俩今晚在这儿躲一夜，天不亮就走，什么也不碰你的。

（乙在背后正偷起一个花瓶，揣上身。）

老：这……这……

甲：怎么着？

老：二位好汉来了，喜爱什么拿了去，那是没办法的事；可是二位要住在这儿……

乙：你要咱哪儿去？外边侦缉队还在……

甲：（打断他）老头儿，怎么样，你说？

老：那人家要说我"窝藏——"

甲：（出枪逼之）答应不？

老：（推开枪口）唉，您别急呀！我也没说就不答应！

乙：你答应了？

老：（看看枪）有这玩意儿，有什么办法呢？……

甲：你知道它的厉害就行！（向乙）来，用绳子把他捆起来！——老头儿，对不起，委屈你一夜。

陈白尘 / 343

老：要捆起我？

甲：不捆你谁敢保险？

老：(冷笑) 我说呀二位好汉，我老头子爬不动走不动，您还怕我逃？要说怕我走风，你们又没抢我的拿我的，我犯得着？再说我这条老命，还想活两年，我得罪了您，未必还想活？

甲：我瞧你也不敢！……

老：再说，我老头子既然答应了二位住这儿，好人做到底，我还得给二位把把风，捆我起来不要紧，半夜里有个风吹草动，谁给您报信？

甲：你会把风？

老：我住在门房里，那儿有根绳子通到这儿，这儿您瞧悬着个铃铛儿；一声有事，我将绳子一扯，铃铛儿一响，二位就可以赶紧预备，——这儿有门，通到后花园去（指右首房）。那一间（指左首房间）是睡房，一条死路，可走不通。

乙：(商议地) 就让他去罢？

甲：老头儿，我不怕你捣鬼！把好风，请你喝杯酒；出毛病，老子可要你的命！

老：(笑) 可不是，我这条老命在您手掌心里！

甲：那就快滚！灯留在这儿！大门关好，机灵点儿，有什么动静先拉铃铛。

老：(迟疑起来) 门房里就这一盏灯……不碍事，就让我睡在这椅子上罢。

甲：这椅子我要睡！去去！你去看门！

老：唔唔，我去看门，我还要去看门，……铃铛就在这儿（扯了一下）有了动静，我就这么……

344 \ 四川新文学大系·戏剧编（第三卷）

老：（回头）这个门是通花园的……

甲：知道了！知道了！

（老头儿去了。甲向天井中张望一眼，即打开右首的房门。）

乙：是通花园的？

（甲又推开左首的门照一照。）

乙：还有床，老大，咱们睡在里边吧。

甲：伙计，那是条死路，没有门！

乙：那？……

甲：这洋椅还不舒服？（捡张长沙发）我睡这一张。

乙：也好。

甲：妈的，这房子倒不坏！

乙：像个衙门——

甲：（非笑地）你进过衙门没有？

乙：（不好意思地）老大，您啦？

甲：我？（感慨系之地）哼！

乙：（坐上另一张沙发，不禁一跳）哦！

甲：你瞧你，见过世面没有？——这是洋椅！叫沙发！怕什么？

乙：哦哦！……

甲：想当年，我也坐过两年衙门！……得，好汉不提当年勇！——咱们来瞧瞧这票货。（打开包袱，里面塞满衣服、首饰、银钱）伙计，今儿运气不坏！你瞧这件线春袍子，全新的，还没穿过。（在身前比了一比，不由自主地穿上身试试）怎么样，合式么？

乙：老大，您这么一打扮，可真有个官派！

甲：（得意）是吗！人要衣装，佛要金装！难道做官是天生的？不信你穿起两件衣服来，可不就大派了？

乙：（果然捡起一件长袍，打算试一试，眼看着甲）这一件……？

甲：（制止）得！瞧你身上肮里肮脏的！——伙计，别忙，跟我干两年，有得你穿的！（收拾起衣包）

乙：（懊丧地）我穿起来也……也不会像样儿！

甲：你这家伙好没志气！跟着我，将来总有官给你做的！（似乎已经有了官气，架子十足地坐下）

乙：官？我都能做官？（惊讶不已）

甲：那有什么！有钱就有办法！伙计，我阅历得多啦！哼，老子是时运不济，倒了楣，瞧，再过三年，老子有了个百儿八十万，省长不说，道尹知县什么的，总买它个把个来玩一玩！（燃起烟来，自我陶醉）

乙：（横也不是，竖也不是地坐不安稳）可是我，老大，您看可有这个出息？（结果还是蹲在椅上）

甲：（端详着）伙计，倒不是我当面奉承，你五官端正，天庭饱满，只要时来运来，还怕少了官做？

乙：（乐得手舞足蹈）老大，您……您……开玩笑！

甲：（正色）我跟你开玩笑？你去打听看：那些省长，督军什么的，又是什么出身？不是靠钱，就是靠枪杆儿！有几位那猴形儿，简直抵不上你哩！

乙：（笑得合不拢嘴）您……您……

甲：可是伙计，像貌不单只讲五官的；站也有站像，坐也有个坐像，你这个上头还差劲儿！

乙：（连忙坐下）哦，哦，（干笑）没……没坐惯！（端坐起来）

甲：对！这就像个样儿！——可是做大官儿的，又得随便点儿，你这付必恭必敬的形儿，可又像个小书记了！

乙：那！（更加坐立不安）

甲：那有什么！假如有朝一日你真做了官，只要我开导开导你，有个三五天，什么都学会了！

乙：（不能信任）老大，当真的？

甲：我还骗你不成了？

乙：可是我，……

甲：（摔了烟）得，别想远了，睡了罢，四更了！（随身倒在长沙发上）

乙：是啦，老大。（捡起烟蒂儿过瘾）

甲：（呵欠连天）伙计，天不亮就得爬起来走啊，先把这票货弄出城。

乙：（躺在单人沙发上不断变换位置，企图舒服点）是啦，老大。（又抽了一口烟）

甲：打一个朦胧就得叫醒我呀！

乙：嗯。（又换了个躺法）……哦，老大，您看这票货，能值多少钱？

甲：睡了罢！算这些账干吗！

乙：总值个好几万罢？

甲：（敷衍地）嗯，嗯。

乙：（终于把一双腿敲在靠背上）……一回就是好几万，干上十来回，就是好几十万！……老大，您说有个几十万就可以买个什么？……

甲：（沉沉欲睡）唔，……唔，……

乙：哦，知县，……还有道尹什么的，还有省长！

甲：……唔……

乙：知县……有好大呀？……县太爷，县大老爷……青天大老爷，……（自己低声地笑了）

（乙手中烟蒂掉下了。）

陈白尘 / 347

（窗外风雨凄厉。）

（远处惨叫之声不绝。）

（枪声也隐约可闻。）

（灯光昏暗。）

（仿佛有脚步杂踏声。许多人压低嗓子在问——哪儿？哪儿？在哪儿？……）

（暗转）

第一幕

时　间：

　　夜晚——天亮

地　点：

　　县衙门的大客厅——即序幕的住宅

人　物：

　　知县

　　秘书长

　　知县太太

　　艾局长——财政局长

　　马局长——警察局长

　　钟局长——卫生局长

　　萧局长——工务局长

　　齐局长——教育局长

　　闯入者甲——即假秘书长

　　闯入者乙——即假知县

　　老百姓子、丑、寅、卯、辰、巳、午、未

景：

依然是序幕的那间客厅，但由于灯火辉煌，由于少数家具的色彩变换，由于略为改变并增加了些布置，原有的空旷与阴暗已经被富丽堂皇所代替了。

第一场

（脚步声，询问声，继续不断，继续增高。）

（甲和乙同时醒了，急忙跳下椅子。）

乙：什么事，什么事，老大？

甲：快！走那个门，到后花园！

（乙背起衣包，与甲逃进了右首的门。）

（门外追赶扑打之声嚷成一片："打！打！打死他！"）

（通天井的窗门冲开，知县——好像刚从卧室中逃出，一手提着袍襟，一手提着鞋帽，身上的短衫裤已经被殴打破烂。——狂奔而入。）

（与他同时进来的，是秘书长，——身上的长袍马褂也被扯烂了。——面色如土，狂奔进来，当即扑倒在地。）

（知县藏到沙发背后，但又觉不妥，想进内室。）

秘书长：（在地下爬不起来）知县大人！我完了！

（门外正在呼噪着："哪儿？哪儿？在哪儿？"）

（一群老百姓——手执棍棒，蜂拥而入。）

（知县尚欲逃窜，已经为老百姓所包围，于是聚而殴之，一边发出狠毒的咒骂。）

子：你还乱拉壮丁吧？你还买卖壮丁吧？

丑：打死了算！老子一家人都死在他手里！

寅：狗人！你还刮地皮吗？（按他头）让你啃地皮！

陈白尘 ／ 349

卯：我二十石谷子都让他没收了！看他狗入的吃得好肥！

辰：剥掉他的皮！

巳：打啊！打啊！打死这狗官！

午：你再来拆我的房子吗？

未：你还挖人家祖坟吧？

寅：狗入的！断了气？

众：死啦？死啦？

寅：走！再找他的母狗去！

（众人又呼啸而去，经过秘书长身旁，每人又重重地踢了几脚。）

众：（骂着秘书长）这是秘书长？……什么秘书长？狗头军师！狗头军师！……

（众人下。）

（右首房门慢慢打开，伸出甲和乙的脑袋来。）

乙：（向甲伸了伸舌头）这是怎么回事，老大？

甲：（机警地跑过来，搜查一下知县的身上，毫无所得）妈的，一点彩头都没有！

乙：（跟过来捡起知县的袍褂）老大，这套衣服？（笑，希望允许）……

甲：（不屑地）算你的罢。（又去检查秘书长）

乙：谢谢您啦，老大！（急忙穿了起来）

甲：（依然无所获）都是冬天的臭虫！——嘿！你倒穿起来啦！

乙：（干笑）您看，可还……可还像个样儿？

甲：我说嘛，人要衣装！这可不有个样儿啦？（摘去他头上的毡帽）再换上这顶帽子，（捡出知县的呢帽）瞧，官还不是人做的？（将毡帽戴上知县的头，忽然发现）哎呀！伙计！你瞧罢！（抬起知县的上身）这家伙可不像你？——

简直是一个模子里出来的!

乙：（惊喜欲狂）当真?（看着知县，摸着自己的脸）

甲：你说罢，做官的有什么了不起？跟你还不是一样的人？连相貌都一样!

乙：（傻笑）那我?……

（从天井那边跑来两个武装警察。）

警察一：报告!

警察二：报告!

（乙大惊失色，急欲遁去，甲按住他。）

甲：（镇静地）进来?

（警察一、二进入。）

一：（向乙敬礼）报告县太爷：奉了马局长命令，听说有乱党来县衙门捣乱，特派小的们来弹压。

乙：（吓得跌坐在椅中）唔……

甲：（遮断乙，制止他别动。——对警察）马局长？——唔，你们的局长自己怎么不来？这儿出了那么大乱子，县太爷受了惊，都说不出话来了!

一：是！马局长已经来了！小的们是跑步来的，所以先到！县太爷受了惊?

甲：要不是我在这儿，你们县太爷可要吃亏了！瞧你们秘书长不是给打死了?

一：是！那一位是?

甲：（将毡帽压了眉目）这是我打死的一个乱党！——唔，你们俩先把这个死尸抬去埋了。

一：是!

甲：（一回头看见乙的一双光脚板挂在那儿，踢他一下，使他藏起）嘘!……

陈白尘 / 351

乙：（惊叫一声）哎！……

一：大人怎么啦？

甲：瞧，给乱党追得连皮鞋都掉了。（捡起皮鞋）大人，您进房间去休息一会罢。

乙：（如释重负）好，好，老大！

甲：什么老大？（暗地里搗他一拳，顺势搀扶他向左首房间去）你们快点把尸首抬出去！快！（下）

一：是！伙计，来罢！好差事！

二：倒楣！县衙门里鬼都没一个？

一：还不是跑光了！

二：唉，知县太太都没在？

一：（暧昧地）还不是跟财政局长艾局长在一道？

二：（会意地微笑）唔。……哎呀！这家伙还没死？

一：真的动起来了？

（警察一、二惊惧地跑开。）

知　县：你们是谁？……我没有死？

一：知道你死没死呀？……你是人是鬼呀？

县：我是人……我是知县大人呀！

一：你是知县大人？这就活见你妈的鬼了！

县：真的！我是……

（甲冲出。）

甲：怎么的？

一：这个死的活了，还说是知县什么的哩！

甲：对了，就是他动手打县太爷的！抬出去，不管死活，埋掉！（对着脸一巴掌）妈的，死罢！

县：（惨叫）呀……

甲：（用手巾塞住他的嘴）快抬去埋掉，反正活不成了！快！

快！（入左首房间）

一：是！——伙计，来，快点抬出去！

二：就这么半死不活地埋掉？

一：快抬走！快抬走！（低声）活生生的干吗埋掉？抬了去卖！——好卖二十万！

二：（惊喜）卖去当壮丁？

一：快！快！抬到壮丁营去！

（警察一、二抬知县大人下。）

（甲探头出视，急反身招乙。）

甲：快快，走罢！

（乙穿上了皮鞋，出。）

乙：他们走了，老大？

甲：快走，快走！再不走要露马脚了！

乙：（惊喜交集）他们把我当着县太爷？

甲：得啦，走罢！拆穿了可不好玩儿！（推乙向右门去）走，走走，快！

（天井里有人叫："打死的？好！快去埋掉！埋掉！"）

（接着跑来一个人，——那是警察局马局长，身材奇短，但总爱耀武扬威地全副武装。——气喘喘地奔上。）

马局长：大人！大人！哎呀，您受惊了！您受惊了！（敬礼，再加以握手。）您……？

乙：（木然不知所措）……

甲：您是马局长？

马：阁下尊姓？——哦，刚才抬出去的那个暴徒就是您打死的？

甲：是的，我是知县大人的老朋友，姓张。大人刚才受惊不小，精神有点儿恍惚，您看，他话都不能说。需要休息才

陈白尘 / 353

行。(扶乙,想进左首内室去)

马:哦!真的!(连忙打扫沙发)大人这儿休息罢!(过来搀扶他)这儿休息!

甲:(推开他)您坐,您坐,我来招呼。(扶乙坐沙发上,自己夹在马局长前,遮掩着)哦,马局长看见秘书长的——?

马:(惊叫)哦!秘书长!可怜可怜!被他们打死了?这些乱党!混蛋!混账!要重办!重办!(转身向乙挨近)大人怎样?您没有受到伤么?

甲:(遮开)大人受的是内伤,大概是神经出了毛病,看不出。您还是让他休息一会儿罢。

马:哎呀,该死该死!我要早知道就好了!把我局里全部警察开来保护,事情不会如此之糟的!这要请大人特别宽恕。……其实这也不能怨卑职,(凑近去,小声)从昨天早晨起,艾局长拖住我们打牌,一连就打一百零八圈!卑职是生怕有什么公事,所以提早回家,一到家就听到消息,一听到消息就马上赶来。……(四顾)看,到这会儿他们一个都没有到!(看看知县毫无反应)

甲:是是。……

马:所以艾局长这样的爱热闹,实在是太误事,太误大事了!(看看知县还是没有反应)

甲:哦,马局长,秘书长的尸首怎么办?

马:这,张先生不用操心!——来人!
(警察三、四上。)

警察三、四:报告!

马:把秘书长的尸首抬回他公馆去!说我们各局局长马上就过来商量善后!

警察三、四:是!(抬尸身下)

甲：（企图支开他）唔，马局长，目前最要紧的事，是捉拿凶手！您赶快去派警察出动罢！

马：（支吾）嗯，嗯，不要紧，不要紧，老百姓跑不了！现在最要紧的是大人的病！嗨，我的心简直乱了！真是如丧考妣！

甲：此刻不去捉，到了明天凶手都查不出啦！

马：查得出，查得出！查不出把全城的人都杀光！

甲：那怎么可以！——您还是去查一查罢！

马：（无可奈何）嗨，张先生，您是知县大人的朋友，也不必瞒您，您要我此刻怎么去查呀？我的局子里一共只有六名警察；两名在看家，四名都派到此地来了，哪儿还有人呢？将来我向乡镇长要人，乡镇长向保甲长要人，还怕抓不到人？

甲：唔，唔。……

马：还是您来谈一谈出事的经过罢，办案的时候也好作个参考。

甲：这，……等一会再谈罢。我看，知县大人精神恍惚，话也不说，还是劳驾去请位医生来罢！

马：（恍然）哦！……您看，我真乱极了！我真是如丧考妣，什么都忘了！（又走近）大人，我去请钟局长给您瞧病！（转身就跑）

甲：（紧急命令）伙计！别装了！快走！

乙：（舍不得了）怎么？就走了？（刚要起身）

（马局长在天井里："哦！好极了！钟局长您来啦！快！快！"）

甲：糟糕！（推乙躺下）躺下！闭上眼！别动！别开口！

（马局长推着钟局长——卫生局长，五十来岁，一身古老

陈白尘 / 355

的西装，提着药箱，——上。）

马：好了！好了！钟局长来了！——张先生，这位是卫生局钟局长，这位是知县的老朋友，张先生，今儿全亏有了张先生，打死一个乱党，才救了知县大人。

钟：（永远是一副科学家的面孔，冷冰冰地握手）那感谢您啦！（转身就向县长）大人！（弯下腰去就动手诊病）

甲：（大惊）钟局长！等一等！大人睡着了！

钟：（严重地）等？怎么能等呢？——哪儿受伤了？头部？腰部？胸部？（全身乱摸）

乙：（被摸得睁开眼，向甲求救地）老大！……

甲：大人，闭上眼休息罢！——大人受的是内伤，神经上出了毛病，不能谈话，——唉唉，说一两句话也是胡说白道！……

钟：唔，唔。……（切脉，用听筒听）是的，脉搏好快，心跳得厉害，全身都在发抖，这是头脑受了震动，神经受伤，需要安神静养。

甲：对！对！对！您说的完全对！请坐！

钟：（坐下去马上配药）……

马：（附耳低声问）不要紧？

钟：很要休息几天！

（外面奔进两个人来，一迭连声地问："大人在哪儿？大人在哪儿？"）

（一位是教育局齐局长——不过四十来岁，但暮气沉沉，呵欠连天，含着一根白玉嘴子的长烟杆。）

（另一位是工务局萧局长——一身笔挺的洋装，油头粉面，顾影自怜，夹着一个大公事皮包。）

马：（奔去迎接）哎呀！你们这会儿才来！这儿！这儿！

（钟局长在专心配药。）

（甲急得搔耳抓头。忽然心肠一硬。）

甲：（低声向乙警告）不要怕！什么都有我！睡好！装病！

马：你们呀！简直赌昏了头！现在才来！

萧：（不服他的埋怨）你是四条腿的马呀，一拍就跑，当然快！

马：（受了攻击，马上报复）女人是你的命！又给裙带子扣住了？

齐：唉，算了，算了，见面就顶！大人怎么样？

马：大人今儿受了大惊！现在睡着了。要是等到你们来呀，大人的命都完了蛋！

萧：我说啦，你跑得快呀！

齐：（止之）到底是怎么回事？闯下这么大祸？——大人！

萧：大人，您好些吗？

甲：二位请坐吧，大人头脑受了震动，神经受了伤，现在话都不能说。刚才钟局长看的，说要好好儿休息，让他睡一会罢。

马：哦，哦，我忘了介绍：今儿呀，如果不是他先生在这儿，我们大人早没了命，咱们大伙儿也完了蛋啦！——这位是张先生，我们知县大人的老朋友，——这位是教育局齐局长；这位是工务局萧局长！齐局长是持久战的名将，一口气可以打一百二十圈麻将！——这位萧局长是品花能手，外号是摩登贾宝玉，又叫洋装西门庆！

萧：（冷酷地）那末你是军装武大郎了！

齐：（和解地一笑）哈哈！好比喻！好比喻！——别尽在打哈哈！张先生，请问事情到底是怎么发生的？

甲：（乘机挪了张椅子遮住乙前坐下）是呀，我正想给诸位报告一下哩！

陈白尘 / 357

萧：（打量着他）哦，张先生，我们少会，您是什么时候到此地的？

甲：（不防这一手）嗯，我是今晚刚刚到！

萧：刚刚到？——那真是巧极了！

甲：是呀。我和我们……（指乙）大人和我是二十几年前的老朋友啦！这次路过此地，特地来看他。因为是多年不见，一见面就谈呀谈呀，一直谈了半夜！

萧：在他的小书房里？

甲：哎，哎，……是的。……我们就谈呀，谈呀，无所不谈……

萧：（向马暧昧地）知县的"太座"还没有回来？

马：问你呀！我是先走的呀！

萧：（低声）我们离开艾公馆也半天了呀！糟糕！老艾也太不像话了！他们俩现在知道躲到哪儿去了！

甲：咱们正在谈得痛快，忽然外面吵吵嚷嚷，拥进一群人来，嘿，我一看，足有五六百！

马：（舌头一伸）五六百？

甲：总之是数不清的人！有的拿刀，有的拿棍，有的拿枪！

马：居然有枪？

甲：大概是拿来吓人的，也没有子弹。

马：嗯。他们进来要干吗呢？

甲：哪里还讲道理呢，有的嚷：你霸占我房屋，你强占我田地！……

马：嗨嗨！（向萧）这大概是老兄的德政？

甲：有的嚷：你买卖壮丁！你包庇烟赌！……

萧：这又是阁下的功劳了？

齐：何必再斗嘴呢？大家都逃不了！

钟：可没有我的事！

萧：钟圣人！你将来当然是进圣庙的！

甲：还有说：侵吞平价米呀，没收平价布呀，开枪打死学生呀！……

齐：（自我讥嘲）瞧，这就扯到我身上来了！

甲：（笑）诸位原谅，我只是听他们胡说的。

萧：对，对，他们还骂些什么？难道老艾倒没有份儿？

甲：自然还有了：说什么苛捐杂税，囤积居奇，私卖烟酒，征粮舞弊，……骂了一大堆。

萧：这全是他财政局干的！

马：后来呢？

甲：七嘴八舌，胡叫胡闹，哪里说得清呢？看见了县太爷，动手就打！可巧兄弟自幼儿练过十八般武艺，刀枪剑戟无所不能，凭他们这批乌合之众，哪还放在眼里？兄弟夺过一根棍棒，一边保护着大人，一只手就杀出重围！见一个杀一个，见两个，杀一双！只打得他们落花流水，东逃西散！可是兄弟正打得起劲，一回头，我们大人又被他们包围起来了！这一下，兄弟动了火，掏出家伙，（掏出枪来）乒，乒，乒，对天就是三枪！他们还不放手，兄弟对准领头的一个，一家伙甩倒了！这才救出我们的大人，那几百个乱党也就一哄而散了。

马：啊啊啊，……了不起！了不起！张先生你真是！完全亏了你！否则，我们大伙儿可都完了蛋啦！

萧：那么秘书长又是怎么死的呢？

甲：哦，那是……唉，那只怪知县大人预先没给我介绍，在人乱马翻的时候，我也认不清，就被他们拳打脚踢地打死了！

马：我们要替秘书长报仇！

钟：（冷冷地）现在先让大人吃药！

甲：（忙接过来）我来，我来！

（财政局艾局长——三十多岁的中年人，面团耳肥，一付发福的样子。——慌慌张张奔来。）

艾局长：糟糕！糟糕！我才知道！我才知道！怎么样了，大人？

萧：好，你来了，（拖到一边）正在吃药，现在不能讲话，神经受了伤了！唉，（咂咂嘴）"太座"回来没有？你把她拖哪儿去了？

马：（指着他的鼻子）你呀！你呀！

艾：（闪躲地）少胡说白道！——大人！

甲：大人还需要休息，让他睡罢！

马：哦！这位是张先生，我们知县大人的老朋友，刚刚到的。今天的事幸亏有了张先生保驾，否则是不堪设想了！——唔，这位是财政局艾局长！我们县里第一等红人！——我们刚刚听了张先生的报告，真是危险万分，好像一部电影！

艾：哦哦，请张先生再讲一遍吧！

（外面的声音："太太回来了！太太回来了！"）

马：知县太太回来了？

甲：那么，诸位，我们回避一下吧！他们夫妻间一定要恩爱一番了！

马：对！对！我们书房里去坐一会，张先生，你再把经过给艾局长讲一次。（邀众人去内）

甲：好的，好的。——哦，这杯药还没有吃哩！诸位先请！（众人下。）

乙：（得意）怎么，老大？我真成了知县大人啦？

甲：（泼去药）躺下！别动！你的太太来了！

乙：那怎么办！怎么办？

甲：一不做，二不休！你装病！一句话都不许说！到时候我会来救你！（下）

乙：（哭丧着脸）老大！老大！你别走呀！……

甲：（在外）太太回来了？大人睡着了。

（知县太太虽然是三十来岁的人了，妖艳异常，打扮得十七八岁的少女一般。——急急风地登场。）

太太：睡着了？（停步自己再修饰一下，准备一下，然后一个箭步奔向知县，夸张地悲哀）哎呀！你怎么了？亲爱的？受了惊了？（伏在他身上假哭）你看我该死罢，到现在才知道！——这些听差的都混蛋，一个都不来通知我！张太太，李太太，王太太她们一定拖着我打麻将，我说我不能打呀，我心里乱得很，一定要出什么事呀！你看……

（乙闭目发抖，一言不发。）

太：亲爱的，你怎么不理我呀？你哪儿受伤了？膀子？腿？还是头呀？（全身找寻）是胸口，肚子……

（乙只好装死一般，动也不动。）

太：亲爱的，你睁开眼看看我呀！——怎么，你生气啦？（抱他的头使之坐起）我知道你生气，（坐在他身旁，拥抱着他）谁想打牌呢？她们三缺一，死拖住不放呀！好，我再也不打牌了！别气了，别气了！（偎着他的脸）亲爱的，你已经受了伤了，再生气，看气坏了身体！

（乙受宠若惊，目瞪口呆。）

太：（哄孩子似的）别气了，说句话罢，我的心难过死了，——我的心简直要碎了！你说句话呀！（看他）

（乙又闭上眼。）

太：（眼睛一转，撒起娇来）嗯，我知道了，你又在吃艾局长的醋了，是吧？……你看你，做了县太爷还那么小气！我在艾局长家里玩儿，不过是跟太太们打打牌，会有什么呢？回来迟了，都是为了打夜牌呀！——就为这点事生气吗？（再偎上他的脸）得了，得了，别小孩子脾气了，你的病要紧，看气坏了，那我的心，就——我的心就真碎了！（悲苦之声）你，亲爱的，真要我心碎么？

（乙如堕五里雾中，飘飘欲仙。）

太：（手抚其额）你看你，今儿又没剃胡子？我给你打水来洗洗脸好罢？（站起身来）

（乙又闭上眼，仰靠在沙发上。）

太：（微愠）你怎么啦！老跟我装死装活的！有什么话你说呀！

（乙依然不语。）

太：怪了！怪了！你这是什么毛病呀？

（甲潜步入。）

太：你是真病了还是——？哎呀，（注意辨认）你？……

甲：（在她背后）太太，他不是你的丈夫！

太：（惊跳，转过身来）什么？

甲：（手枪早抵住她）不许叫！——我跟你说。

太：你是谁？

甲：你别管我是谁！——告诉你，你的丈夫已经被乱党打死了！这是我替你找来的冒牌货！

（乙睁开眼，贪婪地看着她。）

太：（下意识地看他一眼）他？……

乙：（无声地傻笑起来）……

甲：你看不像么？——这是千载难逢的好机会！

太：你们打算干吗？

362　＼　四川新文学大系·戏剧编（第三卷）

甲：只要你愿意，咱们可以谈一笔买卖！

太：跟我谈买卖？

甲：对了。——现在，你的丈夫死了，第一，你变成了寡妇，没了男人；第二，以后做不成知县太太，你什么都完了蛋，你想是不是？

太：（沉思）……

甲：如果你不愿意守寡，不愿意丢掉这知县太太的位置，那很容易——你就承认我这位朋友是知县大人，是你的丈夫！

乙：（站起来馋涎欲滴地看着她）……

太：这……

甲：很简单：你答应，什么条件都好商量；不答应，咱们马上从后门出去，什么事都没有！——可是从今以后，你就不再是知县太太，而且要守一辈子寡。

太：（看了乙一眼）可是，……如果我只承认一半呢？

甲：一半？

太：既做买卖就得交代明白：条件可以谈，可是财政局艾局长，他跟我的关系想来你已经知道……

甲：（恍然大悟）哦！原来你们？……

太：如果不干涉我的自由，我可以承认和你这位朋友表面上的关系。承认他是知县大人！至于这条件也好谈。

甲：（放下枪）好！知县太太，你真痛快！咱们这笔买卖谈成了！

乙：（大喜向太太）你答应了，你答应（抓她的手）做我的太太？（意图拥抱）

太：你当着真的？（顺手一巴掌）滚开！

（乙被击倒椅上。）

（艾、马、齐、萧、钟五位局长同时伸进头来。）

陈白尘　/　363

众：怎么啦？

太：（跑过去拥抱乙）亲爱的，看打死好大的一个蚊子！

众：哦！……

（暗转）

第二场

（天已经亮了，县衙门里在举行紧急会议。）

（知县大人虽然有病，还是亲自出席。不过是由太太和新任秘书长在主持一切。）

（会议才开始，各位局长都在座，四名警察守卫。）

（不过我们的称呼得变一下了，甲先生既已荣任秘书长，而乙先生既公认是知县大人，我们也只得改口了。）

太：诸位局长：知县大人要我宣布：现在开会了。我是个女流之辈，本不该干预政事，但我今天不能不出席，替大人说明两件事：第一，昨天夜里，大人受了很重的内伤，脑神经有了病，现在还不能说话；说一两句话还可以，不过嗓子都完全变了。……

（甲在太太身后徘徊。手枪不时地在显现。）

太：所以今天的会议要请张先生代为主持。……

艾：（大惊）张先生？……

（各位局长面面相觑，太太乘人不防，突然以一张纸条塞给艾局长。艾局长躲去一边。）

太：对了，大家都知道，昨天夜里的事，如果没有张先生在此地，大人的性命难保。一朝天子一朝臣，知县大人一完蛋，诸位局长还不是树倒猢狲散？——哦哦，我不会说话，——我是说兔死狐悲！——哦，还是不对！我的意思是说：大家也就完了！大人是很感激张先生的，而张先生过去在政界干过十几年，现在秘书长出了缺，所以就请张先生来做我们的秘书长，今天的会议也就请他主持。……

艾：（看完了纸条，态度一变）对！对！张先生肯来屈就秘书长，真是再好也没有了！

马：（跳得更高）拥护！拥护！

齐：（点头）当然很好！

萧：（鬼祟地拖一拖艾）怎么样？

艾：（推开，没理他）……

（钟局长木然坐着。秘书长就乘机发言了。）

书：兄弟本来是路过此地，但知县大人和我是二十多年的老朋友，一定要兄弟帮忙，这叫做却之不恭！……此后都要仰仗各位指教！（敬各人纸烟）

艾：哪里，哪里！

马：客气客气！

（众人附和了一声。）

书：好，为政不在多言！兄弟也不客气了，现在就开会吧……

（秘书长向知县耳语有时。知县正襟危坐，有如木偶，连连点头。）

知：开会，……讨论……讨论……昨天的事！……

（乘人不备，艾局长又与知县太太交换了几句话。）

书：大人的意思：昨晚乱党捣乱，前秘书长被害，大人受伤，这件事对于大人和秘书长个人没有什么，问题是国家的法纪要紧！知县大人都可以随便殴打，则政府的威信何在？将来的政治那可就不堪设想了！所以这件事要重重地严办！请各位提出办法！

知：嗳，……各位提办法，……

陈白尘 / 365

（太太走过来，示意他少说话，坐在沙发靠手上。）

知：（不懂）嗯？……（胆战心惊地摸触她的手）

太：（甩脱他）别动！

（大家正在交头接耳商量。一惊。）

书：大人，您休息休息罢。

知：嗯，嗯，……嗯。

马：（慷慨陈辞）秘书长的意见我绝对拥护！一定要严惩凶手！一定要多多抓些人来，杀！杀！把这些暴徒斩尽杀绝！

齐：嗯，嗯，是要重办！否则我们将来人人自危，谁还敢做官？

萧：重办当然要重办了；可是第一，凶手逃得无影无踪，马局长打算怎么去抓？第二，乱党有好几百，马局长，你的警察据说全部只有六个人，你怎么抓得了？

马：嗯……

齐：嗳，这也是，暴徒如此之多，怕也只能杀一儆百了！

马：（气虎虎地）我警察少也不止六个人！萧局长你可不要信口开河！我们办警政可不比你们办工务，可以谎报个十倍二十倍的！

萧：（冷笑地）那么多几倍呢？

齐：嗳嗳，你们两位是打算唱对口相声怎么的？

书：（连忙接口）两位的意见都对！办，当然要重办！但萧局长的意见也应该考虑：如果多抓多杀，也看我们抓得了，杀得完么？再说，政治家应该力行王道，也不能专门杀人的！所以我们要重办，并不一定就要杀人！

齐：嗯，嗯，有道理！这叫做爱民如子！对！

马：我拥护！秘书长这样说法我拥护！

知：（得意忘形）对！（坐得不舒服，又提起脚来蹲在沙发上）

太：（急忙制止他）坐下！

书：怎么？

太：哦哦，一个虫子！——跑掉了！你们诸位看，大人的神经是受了伤了！一只小虫都吓得跳起来！——大人，您别怕！（拍拍他）

知：嗯，我不怕！（顺势拉着她手）……我不怕！

太：（摔脱手）哎呀，这儿又是一个虫子！（假意用脚踏死）

知：（爽然若失）……

艾：我有一个意见：这次暴动——这是一次暴动！——在这次暴动里不管有多少人，那些老百姓都是盲从的，可以不必深究！但对于主使的人，那真正的乱党，——就是革命党，非严办不可！

书：（注意集中）是的，是的，……

艾：据兄弟调查，在昨夜里暴动之前，先有两个乱党（目视秘书长）偷偷地……

知：（大惊）偷？偷什么？

艾：大人您别怕，不是偷东西——他两个偷偷地先溜进县衙门，大概后来就是他俩指挥一切！（严重地）这两个乱党可不能轻轻放过！（笑）大人跟秘书长的意见以为如何？

齐：对！对！真正的乱党也不能放过！非抓来不可！

书：昨儿夜里我是看见有两个人在指挥一切，将来捕到，我一定认得！

艾：那就对了！现在把这两个乱党丢开不谈，看对这批盲众的老百姓怎么办？

书：对老百姓固然可以不杀，但依然要重办！重办！（着力地丢掉香烟蒂儿）

知：（习惯地去捡起烟蒂儿）对！对！

陈白尘 / 367

书：（慌忙递给他一支烟）您要对火？——这儿有火！（替他点上火，丢去烟蒂）哦，大人，您的精神好一点了？已经想抽烟了？

知：唉，唉。

书：诸位意见怎么办？

马：凡是参加暴动的都抓了来，关到我的游民习艺所去做苦工！

萧：那你的习艺所又要增加经费了？——我的办法是不花钱，抓来的，都罚他们修马路，开水塘！这一来对我们本县又做了两件建设事业，我们现在是建设第一呀！

马：好，这一来，你收的那些马路捐，水塘捐，建设捐，又都可以上腰包了？

齐：建设之首要在于教育！我的意思，重重地罚他们一笔款子，办几所学校才是正经！

萧：得了！你办的那些学校有什么用？你们那位标准教员把"奋斗"两个字认做"夺门"，将来教育出一批人来，好，"奋斗"都不会，只会"夺"人家的"门"！

艾：（抢）不过这一点是对的：应该重重地罚他们一笔款子！至于做什么用场，让我财政局来统筹办理！

书：（轻轻鼓掌）哎，现在大家的意见已一致了！罚款！重重地罚款！至于用途，各局里都可以有一点……不过……

马：我拥护秘书长！我警察局要增加一百名警察，这一笔钱正好……

萧：我要修八条马路！二十个水塘！正需要款子……

齐：那我也不能不办几所学校呀！

钟：（这才开口）咳唉，咳唉，我……我提议……

艾：（打断他）得了，得了，你又是要办医院？我知道，我知道！诸位，学校，公路，警察，医院不都有了么？现在不一定要增加呀。比如警察吧，原来的名额是六十名，可是马局长，你现在实际上只有六名警察，你把六十名补足了额不就成了？学校的经费，公路的建设费……不都是一样？……

马：（跳起来）我警察局的经费你拨足了没有？

萧：唉，艾局长，我的建设捐款让你放了半年大一分，还不够呀？

齐：我的教育经费不是被你拿去囤粮食了？

书：（看见他们的斗争，自鸣得意起来，向知县太太提醒一句）……

太：你们吵来吵去，把正事都忘了！前秘书长的丧葬费，知县大人的养伤费你们都不管了？只管你们的这个费，那个费！前秘书长是该死的？知县大人受了那么重的内伤，就白白地受啦？

（大家沉默。）

书：哦哦，我倒忘了，这倒是最重要的问题。这笔罚款是什么名义呢？当然是前秘书长的丧葬费和大人的养伤费呀，这两笔费实际上都要支出的，总不能用到别处去呀！不过……（沉思）假如这笔罚款能多收一点呢，大人一定也愿意拿出一点来分配给各局来办点事业的。是吧，——大人？

知：是的。是的，——可是我有多少钱呢？

书：（制止他）哦，对了，这笔罚款是多少数目呢？

齐：（呵欠连天地）当然是韩信将兵——多多益善了！三千万！

萧：五千万！

马：不行！要八千万！

陈白尘　/　369

太：几千万够什么？两万万！秘书长的丧葬费，和遗族赡养费一万万！知县大人的玉体不比寻常，也要一万万！

书：好，就遵照太太的吩咐：两万万！昨晚上人数没看清，就算他二百人罢，马局长，你要各乡镇长各保甲长开会交出二百人来！不交人就交钱，每人定价一百万！不折不扣，克日交清！

马：好办法！我拥护！

书：好，就这么决定了！散会！

艾：（大叫）哎！还有问题：这笔罚款应该缴到财政局来！

书：不过，这不是捐税，是罚款，应该由警察局直接收。马局长，暂时由你负责了；将来再存进财政局的金库罢！好了，（急于结束）散会！散会！

马：散会！散会！

艾：（愤然）好！

（知县大人乘着人乱，将花瓶偷起。）

钟：（声嘶力竭地）诸位！诸位！等一等！我有一件天大的事要报告！

（众人只好转身。知县站在那儿不动。）

钟：我们城里最近发现了一种传染病，诸位知道么？

太：（惊叫）传染病？

钟：传染得很快，最近一个礼拜已经死了一百多人。

太：死的是什么人？

钟：当然都是老百姓。

太：唔。……（不再紧张了）

钟：这种病的名字叫（仿英文发音）"狗来拖"！"狗，来，拖"意思是一得病马上就死，马上就被狗来拖了去！

艾：快点说罢，怎么样呢？

钟：马上要预防，要替市民免费打防疫针，要让病人隔离，——马上要办十所隔离病院！要征调一百名医生，三百名看护！要……

艾：（催众人走）诸位，再会了！再会了！

众：（向知县）大人，再会了，再会了！

马：大人！（立正敬礼）再会了！（又过来拉手）

知：（木然，伸手，花瓶落地）呀！……

书：哎呀！大人！您的病又厉害啦！（向众解释地）神经又失常了！花瓶有什么好玩儿呢？——太太，扶大人进去罢！

太：对了，进去睡一会儿吧！

（秘书长，太太扶知县进内室。）

艾：真是神经失常！（匆匆下）

齐：走罢！走罢！（呵欠）我再也忍不住了！

（马，齐，萧三局长下，四警察随下。）

钟：（捡起医药箱）唉！神经失常，所有的人都神经失常了……

（慢慢向外走。）

（艾局长突然回来。）

艾：唉，钟局长，刚才你说这个"狗来拖"的传染病很厉害？已经死了多少人？

钟：（兴奋起来）已经死了一百多啦！再传染开去，每天都会死上百儿八十人的！危险之至！

艾：（若有所思）唔，唔……

钟：艾局长，你拨笔款子出来罢……

艾：是的，唔，我要拨笔款子……

钟：先买些防疫药水……

艾：（拂然）防疫水？那能赚好多钱？

陈白尘 / 371

钟：那你打算买什么？

艾：我打算囤积五百口棺材！

钟：（大怒而去）哼……

艾：神经病！——哎！钟局长！那防疫药水什么价钱？（追下）行市看涨没有？……

（太太提着皮箱愤愤而出，知县大人在后面追来。）

知：太太，好太太！你别走！你别走……

（秘书长赶出阻着去路。）

书：太太，你不能这么做呀！

太：你这位朋友我受不了！我跟你们是做的买卖，讲的三七分账，可没把我自己都卖给他呀！我已经声明在先，我只能跟他维持表面上的关系！

书：是呀！你要搬到小书房去住，这表面上的关系就不好看了呀！

太：我受不了！你看他那付下流相，人前人后，动手动脚，把我当着什么？

书：这是做戏呀，太太！在人面前他不能不……

太：在人背后还要做戏？（决然而去）

知：（哭丧着脸）太太！太太！……

书：哭什么？死了妈？

知：老大……我不能没有太太呀！……

书：笑话！县太爷还会没有个太太？我给你想办法！这个臭女人算了！你让我来摆布她！

（马局长溜了进来。）

马：大人！秘书长！

书：哦，马局长！请坐请坐！

马：（试探地）太太怎么啦！又和大人——？

书：嗨，马局长，家丑不可外扬！可是你还会不知道？我们大人的脾气太好了！

马：是呀！卑职一向替大人抱不平！这像个什么话！她作威作福，简直不把大人放在眼里！秘书长，您真行！今儿一上任就给了她一手！对！我完全拥护您！

书：你来得正好，我正想和你谈谈：这笔款的事，就完全交给你办了！钱决不能再落到他财政局去！你我要团结起来！——马局长，我是个正派人，看不惯那些卑鄙行为，我要替我老朋友来澄清吏治，希望你我能够合作！

马：哪里！哪里！大人和秘书长有什么吩咐，一定效犬马之劳！哦，您刚才会议上说：让各乡镇保甲交出二百人来，您看是否再增加些？

书：再增加些？

马：我想您的办法太好了，为了一劳永逸，我索性多要一百人！让他们交出三百人来！这就又多了一万万法币！卑职并没有别的意思，还是为了官家。拿这笔钱再增加一些警察，也好充实本县的保卫力量！秘书长的高见？

书：嗯，马局长的意见是好，让我回头跟大人再仔细商量一下罢。

马：是的，是的。（知道不能马上通过）哦，秘书长，我还有一件事想同您商量（附耳）：……

书：是令妹？

马：（看一眼知县）太高攀了罢？秘书长？

书：哪里！哪里！……不过，总不能太委屈了令妹呀！

马：这个，这个，……

书：我是完全赞成！但我不能让令妹屈居（竖小拇指）此位，我还要想个两全之策！

陈白尘 / 373

马：那就更感恩不尽了！秘书长，这个媒人自然是您了！（干笑一阵，马上就走）那我告辞了。——大人，您休息，（立正，敬礼，但不敢再拉手了）秘书长，一切拜托了。

书：自当效劳！但是令妹那边——如今婚姻自由，也得征求同意才是。

马：当然，当然，可是没有问题，绝对没有问题！

书：（握住他的手）马局长，以后本县的一切情报，都希望老兄随时通知。——至于刚才那增加一百人，多弄一万万元的事，也不必再和大人商量了，你酌量办罢！

马：（感恩不尽）哦！秘书长！您真是！（拼命地握手，立正，敬礼，立正，敬礼，握手）您真是，您真是我重生父母一般！（匆匆奔走）

知：你们在谈什么？

书：瞧！我教你别发慌，做了县太爷还怕没有太太，马局长把他妹妹送给你！

知：（惊喜得手舞足蹈）真的？真的？

书：你还没听见？

知：（喜极发狂，倒在沙发里翻斤斗）哦……我也有了个女人……

书：（制止）唉唉！……

（艾局长和知县太太上。）

艾：（大惊）知县大人在——？

知：（惊惶失措。继见太太，不悦，坐下）……

书：（打量着他们）没有什么，大人在练习国术。——哦，艾局长有何见教？莫不是已经找到那两个乱党了？

艾：（一笑）那倒不用找，早就在我手掌心里了！

书：（冷笑）为什么不把他们抓起来？

艾：哼，我还不打算就下手。

书：艾局长，你还不能抓他们！你现在得靠他们吃饭！

艾：他们也得靠我吃饭，我不让他们做知县，做秘书长，他们就得滚蛋！

书：老子们拼了不干，你的财政局长又做得成？

艾：所以咱们大伙儿是患难相共呀！

书：这么说还像个话！

艾：既共患难，也得共安乐呀！

书：你要怎样？

艾：秘书长是个明白人，还要我说穿？

书：那么痛快点；谈谈价钱罢！

艾：有例可援：知县太太既是分成拆账，我也照办，不过我不能像一个女人那么好欺负，只分三成！

书：那你要多少？

艾：（先指对方，后指自己）四六拆账！

书：（冷笑）你们要六成？

太：话说清楚：六成是他要的，与我无关。

书：你，你要三成，你要六成，两份儿取去九成；咱们哥俩只落一成？这个知县到底是你们在做？还是我们在做？

艾：当然是大家在做！

书：那咱们让你来干！

艾：没那个瘾头！

书：那么至多给你一成！

艾：（冷笑）一成？

知：（跳起来）什么？又给他一成？一共去了四成；那咱们只得了六成？不干！不干！……

艾：你干我还不干哩！——至少五成五！

书：一成！

艾：五成五！

书：好，添你一点——一成五！

艾：好，让你一点——五成！

知：（向书）不能再添了！

太：（向艾）不能再让了！

知：你嚷什么？

太：你管着我？

书：我不能再添了！一成五！……

艾：我也不能再让！五成！……

（正在激烈斗争之际，马局长狂奔而上。）

马：不……不……得了！……

太：（掩饰地）哦，大人，别开玩笑了。（拉着他）看马局长有什么事？

马：不得……不得了！

知：（出乎她意料之外地甩脱手，走向马）马局长，怎么？

书：什么事？

马：（一边立正敬礼，一边喘息不定）昨儿夜里的乱子，省里已经知道了，省长大人要亲自来这儿视察！马上就到！马上就到！

众：（相顾失色）哦！……

（众人颓然群坐。）

（幕急落）

第二幕

时　间：

　　两天以后

地　点：

　　同第一幕

人　物：

　　知县——即乙

　　秘书长——即甲

　　知县太太

　　艾局长

　　马局长

　　钟局长

　　齐局长

　　萧局长

　　省长

　　侍从

　　真知县

　　马小姐——马局长之妹，知县女秘书

　　听差1、2、3、4

　　警察一、二、三、四

景：

　　同前。但为了这间客厅和内室都被指定为省长的行辕，也就更被打扮得华贵了。

第一场

（听差们在布置行辕：县长卧室的门打开了，听差们进出着，有的将县长的东西搬进后花园去，有的将新置家具搬进卧室。有的则在挂字画，悬灯盏，穿进穿出，好不热闹。）

书：（察看一下听差们的工作）快点！快点！你手里捧的什么？

听差1：新做的绣花睡衣。

书：那送到这（指内室）里面去，这是给省长大人预备的。

1：是。（下）

书：你那搬的什么？

听差2：县太爷的衣箱。搬到花厅去。（向通花园的门走去）

书：县太爷在哪儿？

2：正在花厅里。

书：马秘书——马小姐也在那儿？

2：是。

书：你去请县太爷进来，就说秘书长请！

2：是。（下）

（听差3、4抬地毯入。）

书：就铺在客厅里！快点！慢吞吞！慢吞吞！看一声说省长到了，怎么来得及！

听差3、4：是！（铺地毯）

（听差1自内室上。）

书：去看看各位局长来了没有？——来了就请进来。

1：是。

书：这门上（指内室）新配的钥匙呢？

1：在这儿，秘书长。

书：收好。房间布置好了以后，把门锁起来。

1：是。（下）

（知县和马小姐——马局长之令妹，如今是知县女秘书的身份——低头密语，相拥而出。）

（听差相率退出。）

马小姐：……记清楚了：一个五克拉的钻石戒指，一部小汽车，一座洋房，……

知：（神魂颠倒）唔，唔，一个五克拉的钻石戒指，一部小汽车，一座洋房，……一定办到！一定办到！堂堂一位知县大人，这点东西算什么！

书：（大为不悦）大人，您的演讲词背得怎么样了？

知：（一惊）哦，哦，在背，在背！

姐：（娇媚地）哟，秘书长，大人的讲演稿，您放心。我一定教的透熟！（摘出稿纸）

书：马小姐——马秘书，我相信您一定会办得好，可是省长大人说不定什么时候到。一声到了，怕来不及……

姐：您放心！大人已经背得差不多了。——大人，您把第二段背给秘书长听听……

知：唔，唔，……第二段？第二段是——我记起来了，今天欢迎省长大人的第二个意义，就是……"萧"清……"萧"清……"

姐：（改正）"肃清"！

知：哦，……"就是肃清贪污，建立廉洁政府！"

姐：（提示）"省长大人……"

知：哦，"省长大人一向是提倡廉洁的，所以本县的官员，都能遵守省长大人的教训，刻苦自持。自本官以下，大家都

陈白尘 / 379

是一贫如洗，家徒四壁！……"

姐：（得意）怎么样？

书：很好，就是还不很熟。

姐：今天一定背得熟，您放心！（挟了知县又密语起来）

书：那就很好！（正向外走）

（艾局长进来，稍后，是知县太太。）

书：哦，艾局长您来得正好。——哦。太太也来了。

知：（见太太，愤然转身）咱们后花园去。

太：（不愉快的）哦，马秘书，马小姐，您真好！……

姐：（昂然）怎么样，"太太"？

太：谢谢你，你代替了我不少工作，——可是还好，你还记得叫我声"太太"。（笑）……

姐：（不示弱）唉，我的记忆力还好，要是别的人呀，怕早都忘了！（拉着知县坐下）大人，咱们还是来背演讲稿！

太：哼！看你爬到我头上去。（转身出去）

书：（急扭转空气）艾局长，我们谈谈罢！——省长说不定什么时候到，财政局方面一切都准备好了？

艾：（毫不着急）里里外外都粉刷过了，各种统计表都做好了。连勤务都训练过，外表上是毫无问题。

书：（玩味着）唔，那么，内里呢？

艾：（故意做作）当然是小问题，金库里有点不敷。

书：（急）短少好多？

艾：秘书长不用着急，数字不大，——不过是几千万万。

书：（跳起来）几千万万？

（知县和小姐停止了一下密谈。）

艾：（笑）小数目！

姐：记得么？

知：记得！（背）一个五克拉的钻石戒指，一部小汽车，一座洋房……是不是？

姐：（赞赏地）对了！

书：大人，你和马小姐到后花园去背演讲词罢。我们要谈话。（推之出）

（知县和马小姐神魂颠倒地相拥而下。）

书：（沉默了一会之后）艾局长，这笔款子我和大人都不能负责！第一，这是前任的手续。

艾：（改正）这不是前任！你们不能只要做官不管欠账！

书：第二，这笔款子谁证明？

艾：当然我证明。我可以到省长面前证明是知县大人挪空了的！……

书：（愤怒地）那一定是你信口胡说！

艾：（笑）也许是信口胡说，但秘书长你别生气，我要信口胡说了，你着急有什么用呢？

书：（愤然坐下）好罢，你有什么条件，说罢！

艾：千里求官只为财，您跟大人难道还会带着银子来做官？这几千万万不过是一笔账。我要怎么做就怎么做，秘书长还不明白？

书：（忍一口气）好了，前天的条件再谈谈罢。

艾：我早就说过了：五成！

书：好了，我再加点：二成！你想想看：太太扣了三成，你扣二成，一共五成；大人和我也只剩下五成，咱们两边已经是平分秋色了！

艾：（毫不移动）五成！一点也不能少！

书：（忍痛）好，二成五！

艾：（冷然）五成，不能少！

陈白尘　/　381

书：好，你先把账面上弄清楚了，我们再谈。

艾：那不着急。——五成！

书：（怒）你不能太欺负人！

艾：（板着脸）五成！

（马局长奔上。）

马：（气喘着）好了，好了，这下差不多了！秘书长！（敬礼）

书：怎么样？你警察局完全照我计划做了？（翻计划）

马：差不多，差不多了！第一，两百名警察招齐了，全副新武装：黑衣，黑裤，黑绑腿，黑鞋，黑袜，白手套！——哎呀，为了二百双白手套，已经把附近五个县城都跑遍了！

书：人哪儿来的？

马：嘿，我的游民习艺所就是基本队伍呀！那里有一百人！今天又派人上街抓讨饭的叫花子，抓了一百个精神力壮。秘书长说，街上要肃清乞丐，好，你抓他起来往哪儿送呀？我这是一举两得，乞丐抓来当临时警察，临时警察再去抓乞丐，乞丐肃清了，警察也有了呀！

书：别再扯了，其余的呢？

马：都办好了：第二，是士农工商队，除了教育界是齐局长负责——

（齐局长正好进来。）

书：哦，齐局长，你筹备得怎样了？

齐：好了，好了。只要一声出发，我全县十二万学生马上集合！学生全体都是童子军服装，一个不少！服装是我统筹办理的，所以异常整齐，新领带，新皮带，新皮鞋，完全是新的。我发了命令，谁不买一套新制服，不许毕业！

马：那你的学生可没有我的花头多了，我的农民队是五万个农人，每人限定要穿一式的丹士林蓝布衫裤；头戴一式草帽，脚穿一式草鞋，有一个穿的不一样，要罚他二十万！工人队是一律哔叽的工装衣裤；商人队是一律蓝袍黑马褂；妇女队是一律白色西装，都是五万人一队。妇女队手捧鲜花，其余的每人一面旗子，上面写的是"省长大人万岁万岁万万岁！"

书：口号呢？

马：都训练过了：对省长大人叫万岁万岁万万岁。知县大人是万岁，秘书长和各位局长是千岁。省长车子一到，就大呼口号一千遍！然后整队入城！城里每家住户都关门落锁，每个人都要拿旗子在街上欢迎。——这又是强迫的，不出来欢迎的罚洋一万元！

（萧局长入，后面跟着钟局长。）

书：（点头）很好。可是街道上的布置怎样了？

萧：街道上可完全是赔本生意了：我动员了五万泥水匠，把每一条街的房屋都整理了：门面一般高，檐口一般齐，窗上一律装上玻璃，墙上一律粉刷白粉，这是表示廉洁坦白的。可是门面这么一修理，每家就得十万元。此刻完全是我工务局代办，一个钱还没收哩！

马：哼，你好像每次工程都是自己赔了本的！

萧：我们工务局可不能像你警察局，动不动抓人，关班房呀！

书：好，马路呢？

萧：从车站到县衙门，黄沙铺地，彩棚遮天，五步一个松柏牌坊，十步一个锦缎牌楼！沿街悬灯结彩，包管省长大人看不见一点破烂东西！

书：唔，好好。可是我们还缺少一些东西。——各位办的都够富丽堂皇了，但还没有表示出我们的"建设"！现在是建设第一呀！——萧局长，你再动员三十辆大卡车，尽装着机器。——把电灯厂那些破烂机器都拆下来，装在汽车上，上面写出来：这是建设某某纱厂的，那是建设某某机器厂的，那是建设某某钢铁厂的。另外再动员五十辆大卡车，把破棉花，破报纸装成大包放在汽车上，上面也写出来：这是某某厂的出品，那是某某厂的出品，那又是某某厂的出品！机器是入口货，棉花报纸装的是出口货，都停在车站旁边，好让省长看见。——还有，再动员五十辆客车，在车站开进开出，川流不息，让省长看出我们交通建设。但是要找几百个假装的乘客，都要身穿西装，手提外国的旅行皮箱那才好看，这又要请马局长设法了！

马：好的，好的。

萧：好，汽车我去办。

书：还有，齐局长，你的那些学生，要他们练习唱这个欢迎歌（出歌谱），马局长，你要……（滔滔不绝地在指示）

（萧局长拉艾局长到一边密谈。）

萧：……我发现了一个大秘密！

艾：你又找到个女人？

萧：不是不是！这个秘密呀，关系你我，关系全县！

艾：（惊）到底是什么？

萧：（神秘地）知县大人回来了！

艾：知县大人？（故装不懂）这是什么话？知县大人在后花园呀！

萧：哼！这是个假货！——你到现在还没有看出来？我第一天就起了疑心，他跟这个（指秘书长）家伙都是冒充的！

艾：我不能相信！

萧：不相信？——知县大人现在住在泰安客栈哩！他是被人卖了壮丁，弄得狼狈不堪！昨儿进县衙门，被人赶出去！人家说他是个疯子,我已经见过他了!

艾:你见了鬼了!你那个一定是骗子!

萧:你才见鬼!我跟他谈过话呀!

艾:(敷衍地)好,好,你先莫宣传,回头让我去看看他,便知真假。

书:(转向艾局长来)……哦艾局长,你的财政局大概是没有什么再准备的了。不过,所有的账都得预备好,恐怕省长也要查看的。……(目视之)

艾:(故意不理)没关系,不着急。

书:早点准备好,免得临时抱佛脚。(低声)好了,刚才那个问题,这个数罢!(竖三个指头)

艾:(依然装佯)没关系,不着急哟!

书:好!(竖三个指头再五个指头)

艾:不着急,不着急!

书:(愤然。再转向钟局长)钟局长,你那十二个卫生所的招牌都挂起没有?

钟:挂起招牌有什么用呢?没有医生,没有病床,而且也没有病人!

书:你挂起招牌,我自有办法呀!——齐局长,你向各学校去借出一百二十张单人床来,分到十二个卫生所去。马局长,你再找二十四个人,装扮做医生,每个卫生所两位。至于病人——钟局长,你不是说病人很多么?害什么"狗来拖"病的?

钟:(欣然)给他们治病?

书:(不悦)你这个书呆子!让他们在病床上睡二十分钟,省长看过就完了!

钟:(大惊)那怎么行?"狗来拖"的病是要马上治的,不治就

陈白尘 / 385

死了！

书：哦！那不行！那不行！弄些病人来都死在床上怎么行？

马：秘书长，还是仿照我的办法罢！

书：怎么样？

马：从县监狱里提出一百二十个囚犯来，去装扮病人，样子既很像，监狱里犯人也少了，正显得我们政减刑轻，不又是一举而两得么？

齐：好！好！好计策！

书：好！——可是犯人要逃走呢？

马：那不容易？用铁链子拴在床上！

书：对！对！就这末办！

（警察一上。）

一：报告！

马：什么事？

一：刚才探马来报：省长大人的车子离此地只有五十里路了！
（下）

马：哦！

书：五十里？——快！快！快！各位局长！没办完的事，马上去赶办！——艾局长，（低声）好了，这个数。（竖四个指头）

艾：不着急！不着急！

（警察一再上。）

一：报告！

马：怎么？

一：探马来报：省长大人车子只离四十里了！

书：快！快！各位局长请罢！马局长，一百个乘客，二十四个医生，一百二十个病人！萧局长，三十辆卡车装机器，五十辆卡车装货，五十辆客车运客，齐局长，一百二十张单人床！还有欢迎歌！钟局长，咳，你是死人！还有知县大人——大人！大人！

（众人都忙着穿衣服，戴帽子，连声答应。）

（知县与马小姐相拥而出。）

（知县太太从天井奔来。）

知：什么事？什么事？

姐：省长到了么？

太：到了哪儿？

（警察一又上。）

一：报告！探马说：省长车子离城三十里！

知：哎呀！我的讲演稿子还没有背熟！

马：一百乘客，二十四个医生，一百二十个病人，怎么来得及！怎么来得及！（急得乱转）哦，（向马小姐）妹妹，你说怎么办？

萧：一共一百三十部车子！——离城只有三十里了！

齐：是呀，怎么赶得上！怎么赶得上！

书：（对艾）艾局长！你快点回去呀！……好！五成！五成！（举着全手）五成！

艾：（霍然而起）好！我去办！我去办！

知：（大叫）拿衣裳来！拿衣裳来！

（四个听差分别捧着鞋帽衣褂上，为他换衣。）

太：（挤过来）大人，我和你去接省长！

马：（向马小姐指示）……

姐：我和大人去！

太：你凭什么去？

姐：我是秘书！——你凭什么去？

陈白尘 / 387

太：我是知县太太!

姐：哼!

太：哼什么?

书：(故意夸张地大叫)哎呀!不好!

众：怎么?

书：什么都准备好了,可是县衙门里怎么办?科长,科员,书记,雇员,按名额有一百多,此刻只有几个人在办公,怎么行?怎么行?

知：让听差茶房都去办公!

书：还是不够呀!——哦!有了!各位局长大人,把你们的太太,小姐,少爷,姑爷都请来办公!

知：对!对!

书：马上就办!——知县太太以身作则,请你留在衙门里办公!

太：我不干!

书：马秘书马小姐也留在衙门办公!

马：妹妹,你去办公吧!

姐：我不干!

书：以身作则!以身作则!——好,临时办公费,每小时一万元!

太：不行!五万元!

姐：对!五万元一小时!

书：好!五万元!就是五万元!(转身对众)诸位!还等什么?走呀!走呀!(连着尚未穿好衣服的知县,一齐轰出去)快去办事!快到车站接省长呀!

(众人一哄而下。)

(暗转)

第二场

（客厅里布置得整洁华贵，内室的门紧闭，通天井的落地长窗也反掩着。）

（台上寂无一人。）

（外面鸣金擂鼓。）

（四警察上，开窗门入，分列两旁。）

（四听差上，以黄绸铺地，由天井及于客厅。然后侍立两旁。）

（艾，齐，萧，钟四局长上，左右肃立。）

（马局长戎装，挺胸突肚昂然而入。进门后急侧身立正敬礼。）

（知县及秘书长侧身前导，引进省长——五十岁左右年纪，仪表非凡，严肃端正——上。）

（省长身后跟随着一个侍从，不离左右。）

知：这就是大人的行辕。

省　长：（立定，注视室内，皱眉）嗯，太华贵了！

书：这是为大人起坐会客用的，怕有什么贵客来往，也应该略为考究点。

省：我们为官从政的，应该俭以养廉，一切以简朴为是。——比如这地毯，很贵吧？

知：是的，很贵，很贵，这是昨天刚刚用飞机运来的，道地的美国货，价钱是五十八万！

省：（大惊）五十八万！太贵！太贵！太贵了！知县，你知道我做省长的每个月才花用多少钱？我的薪金，公费一共才三千二百块钱！那要多少年薪水才买得起一条地毯？

陈白尘　/　389

书：省长大人，你听错了！刚才知县回禀，说是五十八元，不是五十八万。——我们知县大人一向口齿不清。

省：哦！你们的知县口齿不清？（向众）是吗？

众：是！

省：那很便宜！五十八元，我都买得起。真正是价廉物美！知县，再请你替我买一张罢。

知：（慌了）哦！……

书：只要省长大人喜爱，那这条地毯就——

省：（严厉地）不不，我是从来不接受任何礼物的！我平生讲究廉洁，最恨的就是贪污！你要送这地毯给我，那不是叫我贪污么？

书：不敢！不敢！小的决不是这个意思！

省：（向侍从）来！

侍从：是！

省：拿五十八元交给知县，让他替我买地毯！不许少给人家一个钱！

侍：是！

省：哦，刚才你致欢迎词——演说的时候，说了什么？——我好像听到："一个五克拉的钻石戒指，一部小汽车，一所洋房。"这是什么意思？

知：那，那……

书：那本来是知县准备送给大人的礼物。但又知道大人是提倡廉洁的，所以就不敢送了。

省：对！对！送给我，决不收，可是价钱便宜么？如果像地毯一样便宜，我很想买下来。

书：是的，很便宜！很便宜！一个钻石戒指，一部小汽车，一座洋房，一共才二百多块钱，也替大人买下来罢。

省：好好，——来人，马上替我付钱！

侍：是。

知：请大人到卧室休息罢！

（知县一转身，分立两旁的人便又列队到卧室门前。）

（知县，秘书长再侧身于省长之前，准备引导。）

（听差1以钥匙开门。）

1：哎呀！怎么开不开？（急得满头大汗）奇怪……

2：我来！（打不开）

3：我会开。（也打不开）

4：是这样开的！（依然打不开）

（四警察也跑过来帮忙。）

马：让我来！（还是开不开）

（知县和秘书长急得满头大汗。）

知：这也是刚刚从美国配来的弹簧锁，所以……

书：但也都是很便宜的货，所以一下打不开来。……

省：（面现不悦）怎么会打不开呢？

艾萧齐：（同时）是呀，怎么会打不开呢？

（三位局长都想去一显身手。）

艾萧齐：我来，……我来，……

书：我自己来！

知：你们都是蠢货！（顿足）看我来！

（众人挤做一团。）

众：（各自叫喊着）我来！……让我！……向左开！……向右开！……这样开！不对！不对……嗯，使劲！使劲！不行！让我！

（你推我，我挤你，正闹得不可开交。）

（侍从向省长做了一个眉眼手势。）

陈白尘 / 391

省：（点点头，马上以手护头大叫）哎呀！哎呀！哎呀！我的头要裂开啦！

（门大开，但众人都惊呆了。）

书：（奔过来）大人怎么啦？

知：大人！大……

众：（围过来）怎么啦？

省：哎呀！头痛呀！头痛呀！……

侍：不得了！不得了！大人又头痛了！

书：怎么样？

侍：大人一发脾气，头就要痛的！——大人进去休息吧！（扶起向卧室去）你们不要进来！大人已经生气了！

知：是！

（侍从扶省长大人入卧室。）

（众人列队门前侍卫。）

（知县秘书长随后至门口，门闭。）

知：（转身）怎么得了！怎么得了！你们怎么搞的？

书：（也向各局长生气）怎么搞的？连一把锁都打不开！

马：（回身骂警察）你们这些饭桶！连锁都不会开！

一：（向听差）你们管的什么事！

（侍从自卧室出。）

侍：诸位老爷们！这下可麻烦了！

书：怎么样，二爷？

侍：我们大人这个病是轻易不发的，一发就难办！

书：怎么样难办呢，请指教！

钟：头痛有什么要紧呢？让我看看。

马：对！对！我们钟局长是位名医，我们知县大人前回的病就是他治好的。

侍：哼！你就是神仙也治不好他的病！

书：那么就没法治么？

侍：治法是有呀，可你们不会相信，这是一种偏方！

书：我相信！绝对相信！二爷，请您指教！

侍：好，咱们坐下来谈！

书：对，坐下谈，（搬椅子）二爷，您请坐。

侍：秘书长，咱们自己人，用不着那么多人侍候罢。

书：对！你们下去！

警察听差们：是！（全下）

（众人就坐。）

侍：（目送警察听差们走完）我的诸位老爷们，我们省长大人这个病，你们可知道怎么起的？

书：正要请教您呀！

侍：我们大人不能生气，一生气，这个头痛病就得发！可是这回到你们贵县来呀，早就把他气坏了。

知：（大惊）哦！哦！……为什么呢？

侍："为什么？"县太爷，您自己还没有个数？——本地的老百姓早在省里把您告下啦！

知：哦！……告了我？我上任以来什么也没有干呀！

书：（暗下制止）他们告了些什么呢？

侍：那可多啦！——大概总是十大罪状罢：第一，是苛征暴敛，滥收捐税；第二，是敲诈勒索，诬良为盗；第三，是包庇走私，贩运烟土；第四，是克扣津贴，以饱私囊；第五，是浮报冒领，营私舞弊；第六，是假公济私，囤积居奇；第七，是挪用公款，经商图利；第八，是贩卖壮丁，得钱买放；第九，是征粮借谷，多收少报；第十，是私通乱党，交结匪类！……总而言之，所有县太爷们会犯的罪

陈白尘 / 393

名，您都犯了！您真是一个模范知县！

知：（起立）这……怎么得了？……

侍：（目视各位局长）而这十大罪状里，每一件都跟局长老爷们有点关系！

各局长：（都起立）哦！……

侍：各位请坐！各位请坐！——所以我们省长大人呀，这回到贵县来之前，先就一肚皮的气啦！而且动身之前，又听说乱党暴动，捣毁了县衙门，这更是气上加气；好，刚才为了这把倒楣的锁，左也开不开，右也开不开，他老人家一气，这个病就犯啦！

书：哦，……那么请教，那个偏方倒底是几样什么东西呢？

侍：很简单，就是一件东西：金条！把金条放在火上熏，熏出烟子来，我们大人只要一闻那烟子的气味，马上头就不痛了！

书：哦！（恍然）哦！……那好办！那好办！（暗扯知县）

侍：可是病有轻重：有时一根金条就够，有时要好几根。

书：那怎么分别轻重呢？

侍：是这样的：左边头痛，一根金条就够；右边痛，要两根；前脑痛，三根；后脑痛，四根；最厉害的是左右前后都痛，那要五根才行！

书：唔，唔，……

知：（问秘书长）怎么一回事？

侍：至于这金条呢，要五十两一根的足赤金子，成色差一点都治不到病！——哦，还有一桩：这金条只能治一次痛，第二次如果再痛起来可就要换新的才行！

书：哦，我知道了，我知道了，马上就办！（拖知县到一边去耳语）

394 \ 四川新文学大系·戏剧编（第三卷）

侍：诸位都明白了罢？——我要去侍候大人了！（下）

钟：胡说白道，世界上没有这种怪病，也没有这种治病的怪方法！胡说白道！胡说白道！

（知县连连点头而去。）

书：诸位都明白了！各位马上去想办法，替省长大人治病罢。——至于现在这一场病，当然是知县大人负责，可是以后他老人家的头再痛起来呢？

艾：（摇头）好厉害的毛病！一根金条就是五十两！如果是五根就得五五二百五十两！

萧：天啊！这个病我怎么治得了？怎么治得了呢？

马：你还治不了这个病？

萧：你当然不成问题了！有马小姐和知县大人帮忙呀！

齐：唉！二位局长，还吵什么！看各人运气罢！

（侍从上。）

侍：我们大人吩咐：等一会他的头痛好了，马上就接见各位老爷。现在请各位老爷先下去休息，五分钟以后，我一个个来请。

马：是，是。——各位，请罢。

（马，艾，齐，萧四位局长垂头丧气而去，钟局长亦随下。）

（知县大人上。听差1捧五根金条及一张收条随上。）

书：二爷，我看省长大人头痛得厉害，一定是左右前后都痛了，这儿是五根金条，费神给大人治一治罢。还有，地毯，五十八元，一只钻石戒指，一部汽车，一座洋房，一共二百四十二元，连地毯共三百元，都替大人买了。这是知县收到大人三百元的收据，也呈给大人。

侍：（拍秘书长肩）秘书长，您办事真爽快！（急下）

陈白尘 / 395

（听差1下。）

知：（苦着脸）老大，这买卖有点不合算。

书：（低声）胆子放大些！咱们要钓大鱼！——太太在哪儿？

知：马小姐？

书：唉，你别急呀！马小姐跟你还没有结婚啦！——我是问那一位。

知：在办公室办公哩！——可是老大，我什么时候才能跟马小姐结婚呢？

书：别忙，别忙呀！马上我给你布置。（附耳）……

知：好！好！好！……

（省长偕侍从上。）

省：知县跟秘书长都请坐！

知：（大惊，转身）哦，大人！不敢！

书：大人贵恙已经告痊了？

省：坐，坐，坐！请坐！嗨，我这个人的脾气很简单，遇到不高兴的事马上就生气，生了气就犯病！可是遇到爽快人，爽快事，只要一句话，我的病就会好的。

书：是的，只怪小的们办事不力，惹得大人生气生病，罪该万死！

知：小的们罪该万死！

省：不，不，你们办事都还不错，我提倡廉洁，铲除贪污的意思，不过是要提高行政效率，什么事要说办就办，一办就好！你们二位都还不错，凭这一点办事能力，我就不相信那些刁民们的控告。他们说你贪污了九千九百九十九万万之多，我怎么能相信？至于说乱党暴动，我想更没有那回事了，刚才出了车站以后，看到所有的布置，整齐肃穆，秩序井然，我异常满意。凭这一点，我也就不相信此地发生过暴动了。

书：是的，大人真是明察秋毫！

知：大人真是明察秋毫！

省：好，我马上传令嘉奖，请下去休息罢。

书：谢大人恩典！

知：谢大人恩典！

侍：秘书长，请你传各位局长来见大人！——先传艾局长。

书：是。

（知县，秘书长下。）

省：这下面是谁？

侍：姓艾，是财政局长，最会弄钱了。

省：唔！我知道。

（艾局长上。）

（省长立刻抱头闭目。）

艾：大人睡着了？

侍：睡着了？——那倒好了！哼，你财政局里那笔账呀，别说大人，连我看了都头痛！

艾：（惊）大人的头又痛了？（试探地）是左边痛？

侍：哼！——你有那个运气？

（知县，秘书长在窗外窥探。）

艾：右边痛？

侍：你自己去问大人。

艾：（惶急地）那么是前脑痛？

侍：咳，你这个人好不痛快！

艾：哦，哦，一定是后脑痛了。

侍：（不耐烦地）好了，好了，别在这儿麻烦了，你下去罢。你财政局的报告和账本我都看了，很好。

陈白尘 / 397

艾：是，谢谢大人！（向侍从，掏出四根金条）这是替大人治病的药。

侍：得了，以后少惹大人生气罢。

艾：是，是。（退下）

（不等传唤，马局长就挨进身来。）

马：卑职求见大人！

侍：得，进来罢，——大人，这是警察局马局长。

马：（立正，敬礼）参见省长大人！卑职是本县警察局长，今儿欢迎大人的盛典，差不多都是卑职一手经办的，在车站领导民众高呼口号的，也是卑职。在马路两旁欢呼万岁的，也是卑职。刚才大人下车，替大人拭去皮鞋上灰尘的，也是卑职。……还有……

省：嗯，知道了。——你的警察局里现在有几名警察？还是六名？

马：大人明鉴：卑职决不敢欺骗大人：在平常时候，实在只有六名警察。但是今天，大人一定看见，起码有二百名！这是卑职体仰大人建设廉洁政治的苦心，卑职手下的警察是仿行寓兵于农的办法，叫做"寓警于民"！在平时为了节省国库支出，所以只用六名警察就够了；但是一旦有事，卑职在十分钟之内就可以召集十万人！

省：唔，可是我的头还是有点痛！

马：我已经带了药来！（探怀取金条）

省：唔，你倒很诚实，肯说真话，所以我的头从左边痛到右边，从右边刚痛到前脑，就停顿着，不往后脑痛了。

马：（向侍从交出三根金条，转身）谢大人栽培！卑职来生来世，结草衔环，都不忘大人恩德！（下）

（萧局长上。）

萧：卑职参见大人，有机密报告！

省：机密？——你有什么机密！是不是又要修造马路，拆毁民房？还是大兴土木，又想挖人家祖坟？

萧：（俯首）卑职知罪，但请大人不要生气，卑职恳请将功折罪，报告一些机密。

省：说罢！

萧：（四顾）大人！

省：（向侍从）去看着门，不许人进来，不许人偷听！

侍：是！

（知县，秘书长隐去。）

萧：（向省长附耳而语）……

省：唔，……唔，……他是真正的知县大人？人在哪儿？

萧：本来，我让他住泰安客栈——一家旅馆里，可是刚才我去看他，已经不见了。

省：不见了？难道会失踪？

萧：依卑职猜想，一定有人把他藏起来了。

省：那会是这一位知县？

萧：不一定。因为这件事我曾经告诉过一个人。

省：谁？

萧：（低声）艾局长。所以大人查问他一下，也许会知道。

省：（很平静）唔，知道了。

萧：卑职拿这机密报告，恳求大人将功折罪！

省：唔。……

萧：（想逃）大人如果没有吩咐，卑职告退了！

侍：唉唉，你走了？

萧：是，大人没有吩咐了！

侍：大人没有吩咐了？——你看大人！（向省长竖二指）

陈白尘　/　399

省：（立刻以手按太阳穴）哦！好痛！

侍：你说了些什么鬼话？让我们大人右边头痛了！

萧：（不舍得地掏出两根金条）哦，……费你的神了！（下。省继续叫痛）

侍：（对省）走了！（向外高声）教育局齐局长！还有卫生局钟局长，一齐来见罢，——（低声）大人，这两位没有多大出息了。

（齐局长，钟局长同上。钟局长携来药箱。）

齐：拜见大人！

钟：省长大人！

省：（以手按左太阳穴）唔。

侍：二位局长，算你们运气：大人的头已经快好了，只有左边还有点痛。——可是刚才大人说了，齐局长，你办的教育太不像话了，怎么让那些教员都一个个饿得面黄肌瘦？听说你克扣了他们的米贴？

齐：没有的事，没有的事，……

侍：还有钟局长，你的卫生局，大人说，毫无成绩，而且在你的账上查出一个毛病来，（翻一本账）这儿账上多支了三元三角三分三厘三！——不是为了这点事，我们大人的头已经完全好了！

齐：是，是。（明知难免，去掏金条）大人只有左边痛了？——那是？——（向侍从竖一个指头）

钟：（提着药箱向省长）大人，您的病我来治一治，头痛是没有什么要紧的，很容易的。

省：（惊）哦！你做什么？

齐：（见机而作）对了！钟局长是位名医！替大人瞧瞧！

钟：（开药箱）这儿有凡拉蒙，有纽禄丰，有加当，……都可以治头痛!

齐：对!这都是好药!

侍：你自己大概有毛病吧!告诉过你：大人的病只有用金条熏烟子来治!你那些什么药?拿开!拿开!

齐：(见势头不对)唔,唔,是的,是的,用金条熏烟子!(掏出一根金条送上)二爷,费心!(溜下)

钟：胡说白道!世界上没有这种怪病!

侍：你才胡说白道!你跟大人送药来没有?

钟：这就是我的药!(举药箱)

侍：我说的这种药!(举金条)

钟：那是胡说白道,那是不科学的!

侍：你是个疯子?还是个傻瓜?

钟：我一点也没有疯!

侍：那么拿药来!

钟：拿去!

侍：拿金条来!

钟：胡说白道!

(秘书长抢进来。)

书：二爷,您别生气,他是个书呆子。大人这份药我来办。钟局长,您下去罢,省长大人的病您治不了!您的医道还不行,(一边送他下去)您那套是外国学来的,不适合中国的特殊国情,懂不懂?(下)

省：简直是一窍不通,这种人怎么能当卫生局长!我要重办!

侍：是!大人休息一会罢。

省：好,过十分钟召集他们各局长和知县来开会,我要训话!

(接过全部金条下)

侍：是!

陈白尘 / 401

（秘书长探身进来。）

书：（掏出一根金条）二爷，钟局长不懂事，这是知县大人补送的，请您在大人前面美言两句。

侍：对！您真能干，我跟您去回。——哦，十分钟后召集各局长跟知县在这儿开会训话。（欲下）

书：是。——可是二爷，我再请教您一件事。

侍：不用客气。

书：我想大人在这儿很寂寞，是不是需要（附耳）……

侍：秘书长，（笑）您真想得周到！刚才大人倒是留意到她了。——可是那位小姐姓什么？她愿意么？

书：姓刘。——她那方面当然没有问题。我已经和她谈过了。名义上就是省长大人的秘书。好不？

侍：好，好。——我进去回。（下）

（知县原在门外等候着，挨进来。）

知：怎样？

书：差不多了！（向外）快快叫人去请太太进来！说是省长大人请。——还有，大人要各局长开会训话，叫他们别走开。

声：是。

知：要她来干吗？

书：（附耳）……懂罢？

知：（惊喜）唔！唔！可是艾局长怎么办？他知道了，又会跟咱们捣蛋罢？

书：（笑）他？我正要报他的仇！这叫做一计害三贤！我要气死他！

知：那么我什么时候可以结婚呢？

书：快了，快了！——听，好像是太太来了，您走开罢！

402 \ 四川新文学大系·戏剧编（第三卷）

（知县刚走去，知县太太即上。）

太：省长请我？

书：唔！太太请坐！——哎呀，我又说错了！此刻我不能叫您知县太太了，应该称呼您刘小姐，刘科长才好。

太：到底什么事？省长要找我？

书：是呀，恭喜您，您要升官啦！

太：升官？

书：刚才省长大人在办公室里视察的时候，特别注意了您。

太：那是因为你特别对他介绍了呀！

书：可是介绍之前，省长就悄悄问过我："唉，秘书长，那位顶漂亮的小姐是谁？"所以我才敢来介绍呀！

太：（其实很得意）谁要你介绍呢？麻烦死了！

书：是麻烦呀！你看，省长大人说，他这次来少带了一位秘书，要请您当他的私人秘书哩！

太：那，那我不干！——我是知县太太呀！

书：低声一点！此刻再也不能提什么"太太，太太"了，省长大人如果知道您是知县太太，那办我们一个欺骗之罪，大家都完了蛋！

太：那我不能去做他的秘书，就把一个知县太太丢了呀！

书：当然不必丢！——等省长大人一离开，您还是知县太太呀！此刻是将计就计，您刚才既做了刘科长，现在只好当一当省长秘书了。（低声）再说，您在省长面前替我们做一个耳目，对大家都方便一点呀！知县和各局长一定都要感谢您的——我要他们每人送您二十万！

太：这，……我要跟艾局长商量商量看！

书：对，这件事对艾局长也有很大的关系！刚才我看见，省长大人对艾局长很为不满，您从中也好美言两句呀！

（马小姐奔来，知县追上。）

知：你别管！你别管！

姐：我怎么不管？讲公事，她是科长，我是秘书；讲私人地位，她是太太，我难道又不是？——她能晋见省长，我就不能晋见？——我也要见省长！

太：（愤然）哼！你什么都要占先！你以为我是好欺的？我本来倒不愿意见省长的，好，我今儿一定见！看你把我怎么样？你想爬到我头上去？休想！

姐：把你自己身份弄清楚！

太：我的身份很明白！

知：（拖马小姐）我跟你说！我跟你说！（耳语）

书：您别理她！省长说的是您，也没有请她！

姐：我不相信！

知：真的，真的！（拖马走）哦，还有，你记得吗？一个五克拉的钻石戒指，一部小汽车，一座洋房，……我都办好了。（拖）走吧，走吧，……

（侍从开门，省长出。）

侍：省长大人到！

（大家都惊呆了。）

省：唔。你们都来了！（伸手向太太）刘小姐，刘科长，你好。

太：（握手）省长大人好！

省：这位是——？

知：（这才松了手）大人，这是……马秘书，马小姐。

姐：大人！我也是知县大人的未婚妻！

太：（发作不出）哼！

知：唔，是的……是卑职的未婚妻！

书：（向太太作手势）大人，您要传见刘科长，刘小姐，卑职们特地护送她过来。——卑职们告辞了。

知：卑职们告辞了。(拖马小姐走)

（秘书长，知县，马小姐下。）

（侍从随下，一边拍拍秘书肩膀，微笑示意。）

太：(恨恨地)哼！她想压倒我？好！

省：(转身来)唔，刘小姐，你说什么？她想压倒你？谁？怎么，你生气了？

太：(倒不好意思起来)嗯，没什么，大人。

省：你是说那个女人？

太：嗯，嗯。……

省：她会压倒你？什么意思？——你们本来都是同事？

太：(隐忍地)是的，大人。

省：她要嫁给知县？是么？

太：是的，大人。

省：怎么，你还在生气？

太：我没有生气，大人。

省：哦！……我懂了，她要做知县太太了，你不服气，是么？

太：她是什么知县太太！下流女人！

（知县，秘书长，侍从都在窗外窥探。）

省：是呀！那你何必生气呢？

太：大人，您不懂，我气得很。

省：(笑)我懂，我懂得女人的心理！她要嫁给知县，你气得很！是罢？

太：对对，大人。——可是您不会懂我的心思！我……

省：(颇有把握地)我懂，我完全懂！(握其手)刘小姐，假如我想一个办法，让你也气一气她，好不好？

太：(半推半就地避开)您有什么办法？

陈白尘 / 405

省：我请你当我的秘书——当了省长大人的秘书，不已经压倒她了？

太：这怎么会压倒她？她现在是想当知县大人的太太呀！——唉，大人，您是不会懂的！

省：（更以为有把握地）我懂了！我完完全全懂了——刘小姐，假如你不嫌我唐突，冒昧，我向你求婚！

太：（真是吃了一惊）什么？大人！

省：（更柔情地）刘小姐，我一定帮助你报仇！她不过嫁给一个知县；你如果答应嫁给我，便是省长夫人！一个省长比起知县大上几十倍，一个省长夫人也就比知县太太大几十倍——那还不气死她？

太：（惊疑不定）这……

省：问题就在你，是否也爱了知县？

太：（急否认）没，没有，我不会爱那个蠢猪！

省：那就好。——你就没有理由拒绝我了！

太：（心有所动，不禁看了他一眼）可是大人，我不……

省：（知已成熟，急拉入怀抱）我知道你已经答应了！（吻之，）亲爱的！……

太：（还在半推半就）不！……

（知县，秘书长，侍从冲门而入。）

书：恭喜大人！

知：恭喜大人！

侍：恭喜大人！

太：（惊惶莫名，继见知县态度，也就心定了）哦……

省：（索性拖她靠紧自己）唔！你们的消息真快！

书：（早向外招手）诸位快来祝贺大人！

（马，萧，钟，齐，艾五位局长及马小姐一哄而入。）

406 \ 四川新文学大系·戏剧编（第三卷）

众：什么？什么？

书：省长大人宣布和我们刘科长刘小姐订婚！

众：（大惊）哦！

艾：怎么？

书：同时，我再宣布我们知县大人和马秘书马小姐订婚！

（马小姐急投知县之怀。）

（马局长第一个领悟了其中奥妙。）

马：（夸张地）哦！恭喜省长大人！（立正，敬礼，握手）恭喜知县大人！好妹妹！我也恭喜你！

萧：（见机而作）恭喜省长大人！知县大人！

齐：（无可无不可）恭喜大人，恭喜大人！

艾：（面色铁青）唔，二位大人，恭喜恭喜！

（秘书长急忙再祝贺二位大人。知县也祝贺了省长。省长也祝贺了知县。乘机，钟局长摇摇头走到一边去了。）

（艾局长一言不发地匆匆而出。）

（秘书长急指示侍从注意，侍从点头。）

姐：（骄傲地）刘小姐，我恭喜你了！

太：（满脸得意）马小姐，我也恭喜你了！

（侍从急向省长耳语。省长点头。）

省：（作训话姿态）诸位，我讲过不止一次了，我提倡廉洁政治，其作用在于提高行政效率；提高行政效率，就是任什么事要办得快，而且办得好！我之所以此刻就宣布和刘小姐订婚，不过是给诸位在办理行政上做一个榜样——要像我一样，办得又快又好！

书：（领头鼓掌）大人说得好！

众：（亦鼓掌）好！好！

马：卑职更要请求大人：给小的们再做一次榜样。

陈白尘　/　407

省：马局长，你是什么意思？

马：请大人以最快速度结婚，给卑职们做榜样。

书：对！马局长的意思很好，请大人宣布。

知：对！对！卑职很希望大人马上赏我们喜酒吃。

齐：好！好！好极了！

萧：好！好！

侍：大人，您就答应在下一个礼拜举行结婚罢，小的马上去筹备！

省：下礼拜？——明天就结婚！

马：（欢叫）哦！大人！您真伟大！您办事真像闪电一样快，您的意志像钢铁一般坚强！您真是伟大，伟大！伟大得至高无上！至高无上的伟大！（跳起来）

省：我办事就是这么直截了当！明天结婚，后天就回省，也不再打搅你们了！

书：（鼓掌）省长大人万岁！

马：省长大人万岁，万岁，万万岁！

（众人一齐欢呼。）

书：我再宣布：我们知县大人也和省长大人同时结婚！

省：好！（鼓掌）

众：好！（鼓掌）

（艾局长引着一位衣衫不整的客人，即原来那位真的知县狂奔上。）

艾：（气愤不平地）诸位！请看看这是谁？

（知县以下的人都大惊失色。）

众：呀！……

萧：（问艾）怎么，你把他？——（艾不理）

省：这是谁？

（请原谅，亲爱的读者，为了分别这两位知县，让我用"县"来代表这位真的知县。）

县：省长大人：小的是本县的知县。

省：（惊）哦！你是本县的知县？那么你说这位知县是假的喽？

县：回禀大人：这假知县本来是一个乱党，当那天晚上小的被乱党打伤了以后，便被两个警察抬了去卖做壮丁，他就冒充了知县。

省：（大怒）好胆大的乱党！居然敢在本省长面前冒充知县！抓下——

知：大人容禀，小的是真知县！他才是冒充的！

（秘书长急与侍从耳语。）

省：你是真的？有什么证据？

知：大人：小的生来就是一付官派；可是请大人看他，哪里像一个真知县？

侍：启禀大人：知县既有了真假两个，就不能听他们自己胡说乱道，最好是让别人来证明。

省：嗯。——那么，各位局长，你们看看，到底谁是真知县？

艾：大人！

省：（看着他，不禁一怔）你不用讲话！

（各局长相顾默然。）

省：你们都认不出么？

县：（环顾众人，众人都低头相避）……

钟：（在仔细地辨认）……

县：（发现了知县太太）……哦……

太：（一直在躲避着他）……

县：省长大人：不用别人证明了，卑职的内眷在此地，她总可以证明了。

陈白尘 / 409

省：你的太太在这儿？谁是你的太太？

县：（向太太）太太，你可以替我证明呀！你为什么不讲话？

太：（惊叫）你是个疯子！谁是你的太太？

省：（大怒）混账！这是本大人的太太，你怎么胡说白道！你们到底认不认得他？

马：回禀大人：卑职不认得他！

萧：唔，唔，唔，（向艾愤愤然）卑职不认得这个人！

齐：那我也……也不认得。

省：（愤怒地向艾）艾局长：我知道你在和我捣蛋！让一个疯子来侮辱我的太太！那么你认得他是真的知县？

艾：（大势已去，态度一变）回禀大人，小的不敢。他自己说是知县，小的也只好带他进来了。其实小的也分辨不出来。

县：（大叫）艾局长！连你都不承认我？

艾：（勃然）谁认得你？

省：你也不认得？——为什么带进来？混蛋！

艾：是！是！卑职糊涂！

钟：（向县）知县大人，我认得你。可是他们现在神经都有点病！你走罢！

省：（大怒）钟局长，你胡说什么！

钟：大人，我认得他：他是知县！

省：（更激怒）他是知县？别人都不承认，你说他是知县？我看你跟他两个都是疯子！

马：回禀大人：钟局长实在有点疯病！

（侍从递上账册，指示省长。）

省：对了，我刚才就要召集你们训话的，现在我对你们说——

书：（立正）是！

众：是！

410 ＼ 四川新文学大系·戏剧编（第三卷）

省：这次到此地视察，我什么都看见了。一切都很好！就是财政局——

（艾急以金条递侍从。）

（侍从向省长摇头。）

省：艾局长办事很欠精明，以后要当心才是！

艾：是！大人！

省：卫生局钟局长神经错乱，办事不力，所办的十二个卫生所完全是虚设的！有意欺瞒本官。还有，在他的账上查出一笔错误，多支了三元三角三分三厘三。账面上已经有病，暗地里更不知要如何贪污了！本官提倡廉洁，决不容许有丝毫贪污存在！我要杀一儆百，以儆效尤！来！

侍：有！

省：把这个冒充的知县和卫生局长钟局一齐带下去：执行枪毙！

侍：喳！

（幕急落）

第三幕

时　间：

次日下午

地　点：

同前幕

人　物：

知县

秘书长

省长

侍从

省长夫人——即知县太太

知县太太——即马小姐

艾局长

马局长

齐局长

萧局长

老百姓子、丑、寅、卯、辰、巳、午、未

男傧相四人

女傧相四人

听差1，2，3，4

景：

客厅里悬灯结彩，愈加辉煌。

（省长大人与原来的知县太太，即所谓刘科长刘小姐，知县大人，与马秘书马小姐结婚了。）

（礼堂在县衙门的大礼堂上，外面宾客盈门，热闹非凡。）

（结婚仪式快要开始了，新娘之一，省长夫人在她过去住过的那间内室里化妆。另一位新娘——知县太太，则在后花园一所洋房里化妆。）

（听差们穿出穿进，女傧相们不时地从两边门里出来要这要那。）

（马局长自天井中奔上。）

马：新娘子都装扮好了么？（急急忙忙地去推内室的门）快点罢，还有十分钟！

声：不要催！

马：（敢怒而不敢言低声嘀咕）不催不催，只有十分钟了。（转身再向后花园去）那边新娘子，好了没有？

（听差2上。）

2：快了，快了。（穿堂而下）

马：只有十分钟了呀！（下）

（侍从从天井上。）

侍：（向内室）省长大人说，请快点了！

声：知道了。

（知县全身大礼服，从天井中上。）

知：快点呀，快点呀，还有五分钟，——省长夫人怎么样？

侍：催过了！

知：啊，急死人，急死人！（向花园下）

侍：对了，再去催催您的新夫人吧！

（侍从打算向天井下，艾局长急上，碰个照面。）

侍：艾局长，您忙？

艾：（急藏手中的大纸包）唔，二爷，您忙！

侍：您找知县大人？

艾：嗳，我找知县大人。

侍：唔。（看一眼，下）

艾：（向穿过的听差2）看见萧局长没有？

2：没有，艾老爷。（下）

（马局长出。）

马：要命，要命，只有三分钟了，——艾局长您在这儿？……哦，您恭候省长夫人？（笑向天井下）

艾：唉，马局长，现在是该你得意了。

（萧局长自天井潜步上。）

萧：（鬼祟地）艾局长，传单印来了没有？

陈白尘 / 413

艾：（将纸包交给他）刚刚才印好，快点去发！——哦，你跟秘书长说了没有？

萧：还没有。

艾：快点找他——一定在举行婚礼以前跟他说！我是两套计划：软的不行再来硬的！——传单快去分给他们，但要听到我的信后再发——他们来了多少人？

萧：五十多人！

艾：好，你快去！

（萧局长急下。）

（艾局长向内室窥探，踟蹰着。）

（知县上。）

知：真急死人，急死人。

艾：哦，大人，新娘还没有装扮好！

知：是呀！时间已经到了，急死人！

艾：急什么呢，迟早今天总要结婚的，坐下休息一会罢！——您今天看了报没有？

知：看报，我今天还有心思看报？

艾：（掏出一份报递给他）大人！今天的报您得看一下，上面有两篇文章在骂大人，您呐！

知：哦，骂我？——把他报馆封了！

艾：（笑）您看了再说。（溜下）

知：骂我？（翻报）在哪儿？……在哪儿？……哦，这儿有一个字我认得！……这儿还有一个字？……真是骂我？——秘书！秘书长！（奔下）

（内室门开，女傧相引新娘——省长夫人出。）

省长夫人：怎么，省长呢？只在催，只在催，省长还没有来！

（通花园门开，女傧相引新娘——知县太太上。）

414 \ 四川新文学大系·戏剧编（第三卷）

知县太太：哦，省长夫人，您也化好了妆，——呀，您真漂亮！

夫：（得意地）知县太太您才漂亮！

太：哎呀，可惜，您这朵花（指头上）太大了一点——您的脸庞太瘦了！要是我戴就好看了！

夫：（怒）谁说的，你的脸太胖了，戴了才不好看哩！

太：我胖了？人家都说我不胖不瘦呢？我戴给您看。

（知县太太转身跑回去，傧相随入。）

夫：（愤愤地）一付丫头相！（向傧相）我再去加一朵！气死她！（欲转身入室）

（艾局长潜步上。）

艾：恭喜夫人！

夫：哦……（惊止）

艾：怎么，夫人不认识我了？

夫：（向女傧相）你们先进去，替我再找一朵花来。

（女傧相下。）

夫：你来干吗？

艾：（狠毒地）你好，你就把我卖了！

夫：我卖了你？——前天你为什么把那个死鬼找回来，你想丢我的人？

艾：那是因为别人先出卖了你呀——你上了人家的当！

夫：我上了人家的当——我也不是三岁孩子！

艾：那你是甘心情愿嫁给老头子？

夫：你要我不明不白，跟你一辈子？

艾：哼，好吧，我要你付出代价来！

夫：代价？要代价别找我！（愤然而下）

艾：（冷笑）好！有了代价还怕找不到女人？

（萧局长上。）

陈白尘　/　415

萧：艾局长，看见秘书长没有？

艾：还没找到他？——传单分给他们代表没有？

萧：完全分了，——艾局长，我又想起一件事。现在他们那一边有知县，秘书长，马局长，背后还有省长撑腰，咱们这一边只有你我二人，势力太单薄了一点，好不好把齐局长邀进来？

艾：那家伙有什么用？一个风吹两边倒的人！

萧：可是现在利用他一下，总可以壮壮声势呀——你前回的事情就失败在这一点呀！真知县回来了，您把他藏起，连我都卖了！

艾：得，得，过去别谈，齐局长只要他肯参加也好。

萧：我已经跟他谈过了。

艾：他怎么说？

萧：他有什么说的，他只说您如果毙了知县，我做了财政局，那他也只希望作工务局——总比他那穷教育局是高一点——哦，他来了。

（齐局长上。）

齐：省长大人要我来问：新娘子都装扮好了么？

艾：好了好了，（拉他一把）齐局长，我们的事萧局长跟您谈了？

齐：谈了谈了。

艾：您的意见怎么样？

齐：我没有意见，你们谁做知县我都不反对，真知县也好，假知县也好，总是个知县嘛！所以昨天的事，我是以为多一事不如少一事！

艾：过去的事，现在别谈，现在是我要……

齐：现在有什么问题呢？您来做知县，我还不是一样的拥护？

艾：可是拥护不是放在嘴上的!

萧：齐局长你也来帮帮忙!

齐：(为难)我能做什么呢?

艾：有事做,来,来,我跟你谈。(见通花园门开了,急拖齐局长向天井下,萧局长随下)

(通花园门开,知县太太——马小姐引傧相上。)

太：省长夫人——咦,省长夫人呢?

(摸摸头上的花。)

(省长夫人引傧相上。)

夫：来了——哦,县长太太,你也戴起花来了?

太：您说我戴了不好看吗?

夫：(笑)倒也好看,可是我觉得戴两朵要更好看些。(摸摸头发)

太：多少倒没有关系,只看合式不合式。

夫：对了!哦,县长太太,你这钻石戒指真漂亮,是几克拉的?

太：(得意)五克拉!知县大人特地给我买的!

夫：嗯,很好,很好!——你看:我这十克拉的怎么样?

太：十克拉?(不服气)哪里会有十克拉?这还不跟我一样是五克拉的?

夫：这也是五克拉?什么东西到你眼里都会变了呢!

太：我知道:这也是我们知县大人送给省长大人的!

夫：(气)得!县长太太,有一天我们的省长大人在你眼里也会变做知县大人了呢!

(女傧相劝了省长夫人,拉回内室。)

太：(也反唇相讥)省长大人自然不会变了,可是省长夫人也许会变来变去的呢!

陈白尘 / 417

（女傧相也劝阻了知县太太，拉回去了。）

（秘书长偕省长及侍从上，男傧相随后。）

（秘书长指着一份报纸和省长低语着。）

省：秘书长的意思，这文章，是艾局长写的？

书：我想再也没有第二个人了。

侍：小的也这样想：刚才我看见艾局长在这儿鬼鬼祟祟地，不知要干什么，手里还有一个大纸包。

书：这就对了！

（知县奔上，后面随着男傧相。）

知：秘书长，秘书长，你看这报上在骂我——哦，省长大人来了！

书：知县大人也看见了？

知：（拖秘书长在一边）这家报馆是谁办的，封门，马上封他的门！

书：马上就封？还要考虑一下！

知：刚才艾局长拿这份报给我说：这报上在骂我！我拿起一看：可不是？——还要考虑什么？你瞧，这儿一个"偷"字，这儿又是个"假"字，你说你说，这不是骂你我二人！这一定说咱们是偷——说咱们是假的！

书：（看报）唔，大人，您说的是这个？这并不是骂我们：这个"偷"字是一个影片的名字叫做《偷香窃玉》，这是我们最伟大的第一部国产影片。

知：（惊）哦，那个"假"字也不是？——

书：是说道尹大人请假的新闻，他请假养病去了——与我们没有关系的，大人！

知：（难为情）不行，不行，今天是我结婚的好日子，他们在报上偏偏要用这两个字，一定是有意捣蛋！

418　｜　四川新文学大系·戏剧编（第三卷）

（省长大人和侍从在商量着什么。）

书：是！是！……不过……

知：从此以后报纸上不许用这两个字，谁用了就封门！

书：是，是，——可是大人这报上另外一篇文章在骂您和省长大人，您可知道？

知：怎么？报上真在骂我？骂我什么？

书：您别问了，还会有什么好听的话？——要打倒您和省长大人啦！

知：（怒）打倒我？打倒省长？那更要封他报馆！

书：您别着急！我正和省长大人商量呢！——省长大人，刚才艾局长特意拿了一份报给知县大人看，这可证明更是他干的了。

省：（点头）嗯，嗯……

书：大人，您实在太宽容他了，前天他带那个疯子来冒充知县，您都没有处罚他，所以他更加胆大妄为了。

省：可是秘书长，他能够调皮捣蛋，可见得倒很有点本领——有这种本领的人就能做官，而要做官的人，也非有这种本领不可。所以我认为他倒是一个人才，可以收服他！

书：是的，这是大人的远见，不过……

省：当然，他如果就是这点能耐，写写文章骂骂人，还算不得什么——那我可以封他的报馆！但现在不管他，先去结了婚再说！

（马局长奔上。）

马：快点呀，二位大人，已经过了二十分钟啦！——新娘子呢？（向知县）大人，我们去迎新娘罢！

知：好，结婚要紧！

（马局长领知县及男傧相下。）

陈白尘 / 419

侍：那么大人也去迎新娘吧。

（省长引男傧相进内室。）

（侍从随省长欲下，秘书长拉他留下。）

书：二爷，省长大人这是什么意思？真要提拔艾局长？

侍：我们大人是主张"大事化小，小事化无"的，什么事都希望搁得平，放得稳，平平安安过去就得了。

书：那么大人打算怎么处置他呢？

侍：当然还是两面光呀，大家都过得去。

书：现在怎么能够两面光呢？

侍：他攻击省长是假的，不过是想攻走你们知县。

书：可是知县只有一个，不是他的就是我们的，省长大人总不能让我们落空呀？……

侍：（笑）秘书长，刚才报上不是还有一个消息，说本道道尹请假了？

书：（恍然）哦！（大喜）二爷您可能想办法？

侍：办法当然有，可是我们省长大人头又要痛啦！

书：那么是前脑？后脑？

侍：（不悦）秘书长，这是一个道尹呀！前后左右不必说，而且得是一个双份。（举全手）

书：（伸舌）十根？可能减少？

侍：现在不必谈，省长大人还要看看动静，如果他拿不出别的花样来，理都不理他！

书：好，好，回头再说！

（音乐奏婚礼曲。）

（通花园的门和内室的门同时开了，两对新人各领男女傧相出，走向天井去。）

（萧局长自天井飞奔而入。）

萧：不得了，不得了，——大人，停一停——秘书长，不得了！老百姓要暴动！

（新婚行列停止了，音乐停止，省长及知县奔过来。）

（马局长也从后花园奔出。）

书：暴动？

侍：怎么一回事？

萧：老百姓混进衙门来了，要暴动！

马：萧局长，你是存心丢我的面子，还是开玩笑？我警察局长怎么会不知道？

（齐局长并不很热心地走进来。）

萧：（冷笑）等您知道了，二位大人都性命难保了！

知：（大惊）呀！倒底怎么回事？

萧：今天客人太多，进进出出，什么人都有，所以就混进来好几百老百姓！

知：好几百？

萧：是！有五六百！

马：胡说，五六百人！怎么没看见？

齐：唉唉，你们二位别抬杠，先让他报告！

萧：你让齐局长说，是不是来了很多人？

齐：我……我没有十分看清楚，不过是有些很可疑的人！

萧：有许多人暗藏武器，带着手枪，有许多人带着传单标语。——齐局长你没看见吗？

齐：是的，是的，大概有，不过我的眼睛不行，我是看不清楚的。

马：你的消息绝对可靠不？

萧：（反攻）对了，马局长，算我多事，这当然是你警察局的责任，还请你去调查一下罢。

陈白尘 / 421

省：好，别废话了——他们打算干什么？

萧：（掏出两张标语）大人看，这是我偷来的两张标语。上面是——（打开来一张是"打倒省长"一张是"打倒知县"）

省：他们打算怎么干呢？

萧：据说他们等候二位大人行结婚礼的时候，就实行暴动。现在前院，后院，前厅，后厅，大礼堂，后花园，到处都布置得有他们的人！

知：（惊惶无主）大人这……这怎么办？

马：这一定都是乱党——革命党！把他们抓起来！

知：对，对，马上抓起来！

萧：当然这又是马局长的差事了！

侍：（向省长）大人，这就是那一回事了。

省：（点头）嗯，（作态）好，他们闹到我面前来了。马上派人来弹压——马局长，你马上可以调动多少武装力量？

马：（惊）武装力量？

萧：省长大人问你马上能够调动多少人马？

省：前天你说十分钟之内可以召集十万人，你这句话有几成可以兑现？

马：这……

萧：（冷讽地）几万人总可以有吧！

省：不必客气了，我知道那是一句大话。但有几成呢？有几成说几成！

马：（窘急）那！……那十万人是可以动员，但不是十分钟之内，卑职恐怕说错了，是十天之内。

省：那还说什么！——你还想抓人？

书：大人，我看大事化小，小事化无，也不必大动干戈了！

省：对，你的话对，一个政治家绝不能与民为仇，绝不能妄动干戈，我们要以人民的幸福为重，要化干戈为玉帛！

书：是的，卑职们很能体谅大人为国为民的苦心！

（外面忽起吼叫。）

萧：哎呀，大人，您听！……

知：（几乎哭出声来）大人，大人，怎么办？

马：（全身发抖）大人这……

（吼叫又起。）

萧：这不得了，不得了！

齐：这真是不得了！

知：大人！

马：大人！

省：嚷什么！

书：大人自有办法，你们别乱嚷！

（第三次吼叫声起。）

（同时艾局长自天井中慢慢走来。）

艾：（笑容满面）二位大人，时间已经过了，请去行礼啦！大家都等着吃喜酒哩！

省：（镇静地微笑）马上就来了，可是我还在计划一件事。

艾：哦，大人有什么计划？

省：今天是我，你们知县大人双喜的好日子，我想凑凑热闹，再喜上加喜，让大家痛快一下，——可是外面吼叫什么？

艾：没有什么，他们是在欢呼大人万岁。

省：这声音不大好听，要欢呼万岁让他们叫得清楚一点。

艾：是，卑职马上通知他们，——可是请问大人指示是什么计划？

省：（目视侍从）我现在要宣布一件喜事……

侍：（目视秘书长作探询状）？……

陈白尘 / 423

书：（拍拍胸脯举手作五数，反复二次）……

侍：（向省长点头）……

省：好，我是一不做二不休，我再宣布两件喜事，加上我们两对结婚，四件喜事，合并举行。来个事事如意！第一件，本道道尹请假出缺，我升任本县知县做本道道尹！

知：（大喜过望）什么？大人？

书：省长大人升任您做本道道尹，快点叩谢大人！

知：（也忘了大礼服，跪下叩头如捣蒜）叩谢大人！叩谢大人恩典！

省：第二件，本县知县既然升任道尹，就以本县财政局艾局长升任本县知县！

艾：谢省长大人栽培！

省：好了，今天是喜上加喜，四件喜事，合并举行。艾局长，——新任知县，你去宣布一下吧。

艾：是。（急奔出门外，向外举手为号）

省：好了，没有事了，去结婚吧！

（音乐奏婚礼曲。）

（婚礼行列排好了。）

（省长与侍从耳语，侍从再向秘书长耳语。）

（外面高叫："省长大人万岁万岁万万岁！"）

（艾局长退让在一边，婚礼行列出发。）

（艾局长向萧局长有所指示，萧局长偕齐局长下。）

（台上仅艾局长与秘书长留下。）

书：新任知县大人，卑职恭喜您了！

艾：（大笑）秘书长，（握手）怎么如此称呼呢？您一定也跟道尹大人升迁了？（打哈哈）我们这叫做不打不成相识！（真是惺惺相惜）秘书长，我们都是一家人了！

424 \ 四川新文学大系·戏剧编（第三卷）

书：（大笑）真是不打不成相识。大人，您真是（竖大拇指）政治界的杰出人才！

艾：秘书长，您才了不起，真是宦场中的能手，道尹又被您抢去了。（大笑）

（二人握手大笑。）

（欢呼声又起。）

书：哦，刚才省长大人吩咐：明天早上，省长就起程回省；道尹大人明天也就启程赴任，知县大人——您明天也好走马上任了。可是（低声）您今天报上的文章，还有今天这许多布置，对于省长和我们知县二位大人都有点难看了，解铃还是系铃人，您得想个办法，让二位大人面子上光彩光彩呀！

艾：（笑）秘书长放心，这早在我的计划之中了。我知道省长大人和秘书长都是聪明人，绝不会让我走到极端的。既不走极端，我就得预先布置一条退路。

书：您已经布置好了？

艾：我的计划是可战可和，可进可退，可攻可守，而且是可左可右的双轨计划。

书：？……

艾：说得明白点，就是我拟定了两套计划，同时进行，一面在准备打倒的计划，一面也准备了拥护的计划，省长大人和秘书长懂得我的意思，我就拥护；不理，我就打倒！

书：哦，（笑）您这真叫三刀两面了！

艾：（大笑）……所以在拥护计划上，我也准备好了一切，比如说：明天在报纸上，就发表这篇（掏出大批文件）拥护省长大人和知县大人的文章，这里是拥护的传单，标语，宣言，这里是拥护大会的口号，这里是拥护大会的提议

陈白尘 / 425

案……甚至今天我带来的群众，也都带着两件东西：一件是武器，还有一件是拥护的小旗子！

书：好极了，好极了，那我们今天是不是就可以开一个欢送省长大人和知县大人的群众大会？

艾：可以，可以，当然可以。只要把所有拥护的字样改做欢送就行啦！——我已经请萧局长去办了！

书：那就好极了！好极了！我说您是了不起的人才，真是了不起的人才！我们相见恨晚了！

艾：（握手）秘书长，我们是英雄识英雄，真是相见恨晚了！
（音乐奏婚礼曲。）

书：婚礼已经完了？

艾：大人他们已经回来了。
（婚礼行列回来了。）
（马局长，萧局长，齐局长，及省长侍从也进来了。）
（婚礼行列马上变成散兵线。）

艾：（向省长）叩谢大人恩典，（向知县）恭喜大人升官！
（于是秘书长及各局长向知县贺喜，各局长再向艾局长贺喜，省长夫人也向知县太太贺喜。）

夫：知县太太，你现在是道尹夫人了，恭喜您！

太：谢谢您，省长夫人（伸手）您看，我这个钻石戒指换了，也是十克拉的了。

夫：（笑）唔，是的，是的，可是光彩还没有我这个好！

太：什么东西到您眼里也都会变了呢！

夫：（也就一笑算了）……

艾：（忽然看见外边的来人）怎么？你们都来了，你们来干吗？
（萧局长与艾局长耳语。）
（老百姓子，丑，寅，卯，辰，巳，午，未……等上，前面举一面横幅大旗,旗上是"欢送省长大人!欢送知县大人!"十二个大字。每人手中一根童子军式的木棍,棍头上都是写着欢送标语的小旗子,列队向客厅里来,在后面,留在天井里还有好多人。)

老百姓们:欢送省长大人,欢送知县大人!

艾:(狂喜)好极了,好极了,你们来得正好,你们是来欢送省长,知县二位大人的?

老百姓们:是。

艾:那,好极了,好极了!——省长大人!道尹大人!因为听说大人们明天就要回省上任,所以老百姓们马上就赶来欢送二位大人!卑职现在正式代表本县各机关,团体,学校,以及全县一万万民众向二位大人表示热烈的欢送!(掏出文稿来。)

(萧局长向老百姓示意,众百姓随之鼓掌。)

艾:卑职来代表民众朗诵欢送词:——(读)"省长大人,知县大人,你们是老百姓的伟大救星!"

(萧局长领导鼓掌。)

艾:"你们是老百姓的救命恩人呀!……"

(萧局长领导鼓掌。)

艾:"自从省长,知县上任以来,我们老百姓好像生活在天堂里一般……"(向萧)鼓掌!

(萧局长又领导鼓掌。)

艾:"我们每人都住了洋房,我们每人都有了汽车,我们每天都在吃大菜,我们真是丰衣足食,安居乐业呀!"

(萧局长领导大鼓掌。)

艾:"我们感谢二位大人,我们没有受过苛捐杂税的剥削,我们没有受过土豪劣绅的压迫,我们没有受过贪官污吏的敲

陈白尘 / 427

诈，我们没有受过特务和集中营的威胁，我们都有人身的自由，言论的自由，以及一切的自由！这都是二位大人的德政！我们感激二位大人……"

（萧局长领导着拼命地鼓掌。）

（在鼓掌声中，悬在那里的铃铛忽然大响起来。）

（鼓掌声突然停止。）

知：（大惊）哎呀！

书：（大惊）哎呀，什么事！

（就在同时，横幅大旗翻转来了，变做"打倒省长，打倒知县"八个大字。）

（就在同时，木棍上的纸旗都撕去了，木棍举了起来，每个人都被监视起来。）

（就在同时，艾局长被老百姓从领后一把抓住。）

（两位新娘子惊叫起来。）

书：（掏出手枪，但被背后的老百姓子抓住他的手）艾局长，你这是怎么一回事？

艾：天啦，我也不知道是怎么一回事呀？

（天井里一片吼叫。）

子：对不起，艾局长，你欺骗了我们，出卖了我们，我们不是来欢送什么大人的，我们是来驱逐贪官污吏的！你跟他们原来是一伙，也跟他们一路去罢！

艾：到哪儿去？

子：我们，要审判你们，走！

众官员：天啦，这可完啦！

（每个老百姓抓住每一个人的后领要拖走。）

（被抓的人都惊叫起来。）

知：（拖住马小姐不放）我不是知县呀！我不是知县呀！太太

还给我罢！我不是知县呀！

（天井里一片怒吼。）

（暗转）

尾　声

时　间：

序幕后二小时近黎明

地　点：

同序幕

人　物：

老头儿

闯入者　甲

　　　　乙

景：

同序幕，但夜色已去，客厅里倒显得整洁简单。

（幕开时铃声大作。）

（甲在长沙发上，酣睡未醒。）

（乙倒悬在小沙发前，身体已跌在地上了，两腿还倒悬在椅上，一只手抓住沙发扶手。）

乙：……太太还给我，我不是知县呀！太太还给我，我不是知县呀！

（铃声不断地响。）

（老头儿在窗外看了半晌，见他们不起来，伸手执鸡毛掸帚，推开窗门进来。）

老：（微笑着）醒醒呀，二位好汉，铃铛响了！

乙：（还没醒）……我不是知县呀……

老：（笑着推他）谁说你是知县呀？（抓住他的领摇晃）醒醒呀！铃铛响了！

乙：（朦胧地）我不是知县呀！……哦，老头儿，是你？……

老：咳，是我。走罢，走罢。（拖他起来）我知道你不是知县……

乙：（恍惚地）我……是知县呀，而且我已经升了道尹了……你要干吗？（坐起来）

老：（笑）你升了道尹了？……你说的是什么梦话！不懂……

乙：你怎么不懂，我是官，我原来是知县，今天升了道尹了！

老：（抓住后领推他）你醒醒吧，不知死活的东西，铃铛响了半天了！

甲：（惊醒了）什么事？

（铃又响。）

乙：你别动手，我让你当一个局长好了。

甲：哎呀，你还在做梦！（猛打他一巴掌）快逃呀！衣包！

乙：（这才醒了）哦！（看看自己衣着）哦！……（回顾）哦哦，怎么啦？

甲：（将衣包压在他的背上）走！（掏出手枪）

（甲乙先向天井那边走，似有所见，急回。）

甲：哎呀！……

乙：他们追进来了？

老：我拉了半天铃铛呀！

甲：少说废话，老狗！

（甲乙退到通花园门边。）

（老头儿微笑，看着他们。）

老：我告诉过你们，走这个门通后花园。

430　\　四川新文学大系·戏剧编（第三卷）

甲：(端枪警备着天井那方面，退到门边，反手开开门)快，从这儿走。

(可是，门外枪刺如林，直指着他们。)

乙：(转身看见大叫)哎呀！

声：举手！

乙：(举手，衣包落地)……

甲：(举手转身一看，也退)啊……

声：走！

老：(笑)走罢！走罢！(用掸帚打扫着沙发)

(乙拖去衣包，甲乙在枪刺中下。)

(鸡鸣。)

(阳光出现。)

老：(用掸帚到处掸着)鸡叫了，天快亮了！

(幕落)

一九四五、十、三十、写完于蓉觉庐

选自陈白尘著：《升官图》，群益出版社，1945年

陶 雄

| 作者简介 | 该作者简介参见第一卷独幕剧《总站之夜》。

壮志凌云（四幕剧）

（节选）

时　间：

民国三十三年的仲夏到深秋。

地　点：

毗邻川鄂豫三省，接近中原战场的一个省份之一县。

人　物：

　　陆仁卿——五十岁，曾在北平办学二十余载，现居故乡，任县参议会议长。

　　陆太太——四十三岁，典型的旧式贤妻良母。

　　陆世骥——二十二岁，陆仁卿的长子，自幼生长乡里，祖若母溺爱过甚，养成放浪习性，读中学八年犹未毕业。

　　陆胡玉芳——二十二岁。大少奶奶，原是陆太太的内侄女，亲上作亲，贤淑怯弱视乃姑有过无不及。

陆世骏——十岁,陆仁卿的次子,生长北平,是一个亲历卢沟桥事变,饱经风霜的抗战……①

第一幕

七月初旬的一天。将近十一点钟时分。

县参议会议长陆仁卿的家中。

是一座宽阔轩敞的旧式宅院,占地极广,内有花园,花园尽头筑有佛堂,两旁散置偏房多栋,邻近花园穹门,是一排五六开间的华丽宽绰的大客厅。

这里,你常来拜访的却是陆仁卿夫妇子媳甥女们居室外面的一间旧式大堂屋,堂屋既宽且深,正面八扇落地长窗,窗的上半截通统糊着簇新的绿色窗纱,但为了获取更多的新鲜空气,八扇落地长窗全都打了开来,而且窗扇和门框一律成九十度直角,显得非常整齐有致。穿过窗门看出去,外面是一个不大不小的天井,种植着芭蕉花卉,陈设着盆景鱼缸,尽头是一堵洁白的高墙,墙的正中隐约看得见一个斗大的雕刻出来的"福"字。

堂屋里,一应陈设俱全,大抵都是旧式格局,只有靠右墙安放着一张新式大写字台,那是陆仁卿先生夏季在家里工作时所需的设备。

堂屋之右,一开间的住房,前半段是陆先生陆太太和他们的二儿子的卧室;后半段,比较小的一间,是他们的外甥女周若英的卧室。两间卧室全从堂屋出入。

和陆先生对房门的,是他的长子和媳妇的卧室;只是这一间屋子稍微突伸出去一点,它的开向小天井的窗子和墙并不和陆先生所

---

① 原稿影印本后文残缺。——编者注

住的那一间的齐平。左边后半段，是一间储藏室之类，秋冬季并作饭厅之用。

出天井，向左转，通往大门，几株什么树遮掩了人的视线，门楼不可得见。陆先生住室的窗外，有宽廊画栏，出堂屋向右转，经走廊，可通隔壁大舅太太家。

远远有微弱的鸣锣声。

陆世骥，一个魁梧的纨绔子，穿一身纺绸衫裤，倒退步，从大门那一方向，走回堂屋来。

陆世骥：（嚣叫）孔良臣！孔良臣！

（一个"老油子"不慌不忙地走进来。）

孔良臣：（冷冷地）干什么，大少爷？

骥：以后无论谁来会我，都要先通报一声，不准乱往里头闯！

孔：不管谁来，都要先通报？

骥：刚才这个姓黄的同学来，穿一身黄制服，吓了我一大跳，我还以为是——

孔：都是常来常往的人，还要通报干什么？

骥：你别管！叫你通报就通报，不管什么人！

孔：（打趣地）不管什么人？要是女客呢？

骥：女客？（停了停）嗨！讨厌！叫你怎么办就怎么办！废话！

孔：嗳，我不能不问一声呵！您是个爱玩爱乐的人，得罪了您的女朋友，我可负不了责。

骥：那就——（略迟疑，转念）啧，嗳，不管是谁，有人来找我，都得问清楚才准进来。好在只有这几天。这几天一过去……

孔：（卖弄地，抢上来说）这几天您是怕这个，是罢？（作稍息，立正，举手敬礼状）

（——远处锣声渐响。）

骥：讨厌！什么你都知道！

孔：这一回恐怕不容易躲过啰。您过来，我跟您咬个耳朵。
（走上去，附着大少爷的耳朵，指手画脚，挤眉弄眼地说了一阵）

骥：（棱起了眼睛，叫嚣）真的么？你怎么会知道的？

孔：二少爷告诉我的，那还会是假的么？

骥：小宝怎么知道的？

孔：二少爷跟老爷太太住在一屋，他亲耳听见老爷对太太说的。

骥：老头子简直是跟我过不去呵！好像他就不知道他儿子正好是及龄壮丁！好像他儿子就不是他自己生的，养的！

孔：（伸手捂别人的嘴，自己压着嗓子）您别嚷呵！您别嚷呵！我跟您咬个耳朵，您就吵吵起来！您这是怎么的！

骥：（依旧叫嚣）让我来问小宝！（更大声喊）世骏！小宝！世骏！

声　音：嗳，嗳，干什么？
（一个方面大耳的孩子从右边前房窜跳出来。）

陆世骏：嗳，干什么呀，大哥？

骥：（厉声）小宝，我问问你，前天或者是昨天，爸爸——
（正在这时，陆仁卿先生提着手杖，从外面走进来了。这位鬓发斑白的老人，紧锁眉梢，显然是有无限愁烦的样子。）

（孔良臣蹑足退了出去。）

骥：（倏忽威风消失，垂下手来，必恭必敬地）爸爸。

陆仁卿：（不答）……（却伸出手来抓起世骏的小手）

骏：（亲昵地）爸爸今天又在发愁，一定是那些坏人又跟爸爸

陶雄 / 435

作对了。

陆：（摇头）唔。

（陆仁卿挽着小儿子走进自己的卧室。）

（锣声愈迫近，有人在传达什么信息，语句含混不清。）

骥：（暴跳）妈的！听罢！老孔说的话立刻就兑现了！

（女仆高妈从右手前房端洗脸盆出，老孔夹着老爷的公文包从外面入。两人交换物件。）

（从隔壁大舅太太家里传来拉提琴的声音，琴声抑郁。）

骥：（叫嚣）整天拉！整天拉！一天到晚的拉！白天也拉！夜晚也拉！你烦，人家就不烦！

（陆胡玉芳，大少奶奶，一个小县城里的漂亮小媳妇，悄悄从屋里走了出来。）

陆胡玉芳：世骥，你听，外面鸣锣报些什么？

声　音：（锣一响）鸣锣通知……本县本年度调查及龄壮丁……遗漏过多……已经依法呈报的人……与县政府所存户总册对照……尚不及应呈报人数三分之一……特定于本日起……重新复查一次……动员全县警察保甲……限三日之内全部查清……凡我及龄壮丁……统应共体时艰……遵守法令……据实呈报……不得再行规避……致于未便……切切……特此鸣锣通知……（锣又响起来）

芳：这下子又要麻烦了。上次费了好多事，花了好多钱，才把你的名字漏掉。这次又来复查——

（老孔端洗脸水走进来，送到右手前房门口，高妈出来接了进去。老孔转身退出，一边走，一边向大少爷挤眼睛，打手势，仿佛说：如何，你看？我刚才所说的话？）

骥：这都是爸爸赏赐的呀！他怕儿子活得太久，他怕奶奶死的时候送终的儿孙太多，才向县长建议复查的呀！

芳：（以手指对房门）小声点，当心听见！——对了，昨天姑妈也说过，姑爹对她讲，今天漏丁的太多，太不成话，他一定要叫县长重新查过，而且说，对于整个兵役这回事，一定要大大地整顿一番……

骥：（不耐烦）妈告诉你这话，你为什么不早对我说？糊涂！

芳：妈说不会真这么办的，调查壮丁，一年一回，查了再查，没这个规矩。

骥：唔，老头子自己找蜡坐。想把兵役办好，别说是你参议会议长，就是县长自己也没办法。像丁大太爷，像钱老虎……你干得过他们？

（陆仁卿从卧室走出来，陆太太跟踪而出，一边走一边申诉。小宝也跟着走了出来。）

陆太太：大宝的事，你无论怎样要给他想想办法。

陆：（不答）……

（看见父亲出来，世骥连忙退回自己室内。）

芳：（走上前一步）爸爸。

太：世骥从小娇生惯养，尤其被奶奶宠惯了的，哪能吃得了那种吃粮当兵的苦？（以目视芳，似乎是期待她的声援）

陆：（仍不搭理，却对玉芳）这两天，你呕吐得好一点吧？应该多休息休息。

太：（随口地）回头叫人请个医生来给她看看。（仍专注在世骥那问题上）你说的当然很对，当兵是大家的事，可是咱们这个大宝总应该是个例外。

陆：（仍不答，依旧对玉芳）你回屋歇歇去吧，尽站着当心腿酸。

芳：（打算听个水落石出，不愿离去）不，不要紧的，爸爸。刚才我在屋里坐了好半天了。

陶雄 / 437

太：你在县里担任这个议长，一天辛辛苦苦，又不为钱，又不掌权，自己儿子的这一点小事，总该可以叨点光了。

陆：（突然反问）上次调查壮丁，有人到家里来过没有？世骧正好及龄，为什么不呈报？是谁的主意？

太：（局促，支吾地）是老太太的主意。

陆：老太太住在花园尽头佛堂里，怎么会知道要抽壮丁呢？

太：是他们跑去告诉她老人家的。

陆：谁？

太：（结舌）他们——下人们。

陆：笑话！我整天在外面对人鼓吹号召救国，从军，想不到"漏丁"先就出在我家里！

太：（黯然）……

陆：告诉你：县里办兵役，今年决定比去年更严。县长已经下了手令，四句话：壮丁不准逃役，保甲严禁舞弊，贫富一律平等，抽签务须公开。漏丁被发觉，先去坐一年监牢！（陆太太听见这罚则，惶感已极，不敢作声。高妈送过水烟袋来，她默默地吸着。）

陆：这几天怎么总没看见若英呵？她到哪里去了？

骏：表姐这些时候忙极了。爸爸找她么？

陆：学校已经放了暑假，为什么她还这么忙？

骏：不知道。老看见她出出入入的总夹着许多纸张东西。

陆：噢？

（远戚赵达翁从外面走进来。这位玩世不恭的人，手总是背在身后，手指熟练地盘弄着两个油亮的赭红色的胡桃。）

赵：五哥回来啦？今天回来得早？

陆：唔，开完会就没再到参议会去。你刚从茶馆回来么？

赵：嗳，坐了会儿。

438 \ 四川新文学大系·戏剧编（第三卷）

芳：二叔饿了罢？我进去拿点点心来你吃。

赵：嗳，不饿不饿。大少奶奶，听说你这几天身体不大好，常常呕吐？

芳：有一点。没有什么。

赵：(打拱)五哥五嫂大喜大喜，今天流年上吉上上吉，双喜临门，老太太八十荣庆，新媳妇又要添孙子。

(玉芳忸怩一下，转回自己卧室。)

太：都还早呢，老太太寿辰在十月间，还要过三个多月，少奶奶的月子恐怕就要到年底了。

陆：到那时候，谁知道咱们还能平平安安地住在家里呕。(叹息)

赵：老太太的洪福罩着咱们，敌人不敢往这边窜的。

陆：达翁，最近有人从河南逃难回来，他走得早，没受什么损失，还带来几条香烟送给我，味道真不错，我拿几支来你尝尝。

(陆仁卿返室取烟飨客。)

赵：那好极了，那好极了。整天吃你的，喝你的，住你的，还要叨扰几支上好河南烟抽抽。

太：今天在茶馆里听到什么新闻么？

骏：二叔，有没有好听的打仗故事？

赵：有，有。中原大会战差不多算结束了，敌人死伤十来万人，我们的牺牲也异常重大，其中还死了一个集团军总司令。

骏：姓李的，是罢？

赵：唔，死了一个李总司令还不算怎么要紧，说起敌人残杀我们河南同胞的事情来，真真让人发指。揪头发，抽指甲，敲肋骨……什么意想不出的事，什么惨无人道的事，都做

陶雄 / 439

出来了，这一回。

骏：（挥拳）我去报仇！

太：小宝，不要乱讲。二叔，有什么跟我们切身有关的新闻么？

赵：这还不跟我们切身有关么？现在战区距离我们这儿才有多远一点路程呵？

太：今年县里抽壮丁的事，听到什么消息么？

赵：哦，那要问五哥了。（恰巧陆仁卿取得香烟，走了出来）今天县长在兵役协会召集各委员各绅士开会的情形怎样？

陆：（摇头）情形坏极了，情形坏极了。（点香烟）

赵：（也点香烟）怎么呢？

陆：我的一个最重要的提案——改善新兵待遇，被否决了。

骏：爸爸，我到隔壁大舅母家去找仲文二表兄玩一会，好罢？

陆：（点头）唔，去罢！

（世骏跑出堂屋，向左转弯，隐没。）

（陆太太也走回自己卧室去。）

赵：还是丁大太爷他们反对么？

陆：（顾自地讲）对于兵役我有一个理想。要把兵役办好，必须同时实行三件大事，第一，绝对根据三平原则抽签，第二，切实改善新兵待遇；第三，对于征属，不但要礼待，而且要全国一致尊崇。

赵：尽谈理论不行呵。

陆：当然不是尽谈理论！今年抽壮丁，无论如何要作到平等的地步。不管贫富，谁也赖不掉。上个月统计本年度的及龄壮丁，跟县里的户口总册一对照，漏丁的竟然有三分之二，而且都是出在大户绅士人家，连我的儿子世骥也在内！昨天已经跟县长商量好了，限三天内重新呈报，谁也不准遗漏！

赵：得罪人哪，得罪人哪。

陆：关于礼待征属，这件事太复杂了，随后慢慢再作，改善新兵待遇，可非立刻办起来不可！

赵：五哥，你气糊涂啦？士兵待遇低，这是全国整个的问题，县里怎么改善呵？

陆：不错，士兵待遇低是全国整个的问题，可是新兵却是从我们自己乡里抽出来的亲弟兄亲子侄呀！自己的弟兄子侄，为了保卫自己的家乡国土，挺身出来从军，自己本乡本土的人都不能给他们一点温暖，一点实惠么？

赵：那么你怎样提议的呢？

陆：我提议立刻建造一座规模宏大，设备完善的新兵招待所。我们至少要让我们的新兵在他们自己的本乡本土不挨饿，不受冻，不露宿，害病有医药，走路有交通工具。

赵：话，照讲是对的哟。他们怎么答复呢？

陆：丁立齐第一个站起来反对。他说，我们不要忘记我们这儿是一"县"，一个"国"办不了的事，一个"县"怎样办得起来？他表明他是绅士的身份，他说他也晓得民间的疾苦，站在"地方"的立场上，他坚决反对。

赵：钱老虎，石棒槌他们当然也一起附和啰？

陆：唔，我声色俱厉地反驳他们，我说，敌人离我们县里只有三百多里路了，你们不舍得让老百姓花点钱供应保卫家乡的弟兄，你们要干等着敌人冲过来，把全城的一切财富都恭恭顺顺地献给敌人么？

赵：县长怎么说呢？

陆：县长问王委员。

赵：王元勋？他怎么说？

陆：他假惺惺地说赞成我的主张，可是接着忽然又翻转过去，婆婆妈妈地说：优待新兵固然重要，可是他不忍心让老百姓再增加负担，为了全县的大局着想，还是暂时不要轻举妄动。

赵：哈哈哈哈，好字眼，"轻举妄动"，真会说话！结果你的提案就这么被推翻了？

陆：丁立齐他们反对我，毫不希奇，县里的兵役整个操在他们手里，兵役办好就是他们垮台，可是王元勋居然也放弃了他自己的立场，忘记了他职务上的使命，响应起土豪劣绅来，真叫人痛心！

赵：这里头一定有道理的。

陆：当然！王元勋有三个及龄的儿子，而且这次呈报都漏了丁，我让县长复查，我主张绝对平等抽签，他不能反对，于是借题发挥，暗送秋波，跟丁立齐他们站到一边去！

赵：五哥，我劝你保养保养身体，再不要对牛弹琴。

陆：你是什么意思？

赵：你在这种地方，对这种人高唱改善兵役，岂不是对牛弹琴？

陆：只要琴好弹得好，蠢牛也会被感动的，我相信。

赵：感得动，你今天开会也不会失败了。

陆：不！干实事并不在多开会，今天会议上提案虽然被推翻，但是我一定要凭最大的毅力来贯彻到底。

赵：五哥，毅力可不是权力呕。

陆：我虽然没有权力，可我有民意作后盾，多少万纯良的老百姓，都会同情我，了解我的。

赵：就凭这纯良的老百姓就能跟土豪劣绅对抗么？

陆：县长会支持我，范县长是我在北平时候多年的老朋友。

赵：范县长，人倒是个绝对的好人，可惜急起来只会把他那条作战受伤割断的残腿使劲一拍，（学声口）"嘿！兵役一定要办好，办不好就是不爱国，我要让他作我这条腿！"尽放空炮，不讲求方法，事情是作不好的。

陆：有这拍大腿的精神就有办法。

赵：孤掌难鸣哪。

（老孔从外面走进来。）

孔：县长派人来请老爷到他公馆里去一趟，说是有要紧事情商量。

陆：唔，晓得了。

（老孔退下。）

赵：（改换话题）听说老太太新近得到一颗舍利子，是法明大师的，我得去瞻仰瞻仰。

陆：谁知道是真的是假的，老太太一味信佛，我可对这些丝毫不感兴趣。

赵：我去瞻仰瞻仰。（走到长窗边，又转过身来）五哥，我奉劝你不必过于认真，作人要"明哲保身"哪。

（赵达翁慢慢踱了出去。）

（陆仁卿走回自己的卧室携取草帽和公文包。）

（世骏出现在长窗边。）

骏：表姐，你回来啦？爸爸刚才还问你的呢。

（周若英，陆仁卿的外甥女，手里夹着许多文件，匆匆从大门那边走进来。）

周若英：舅舅找我有事么？

（陆仁卿从卧室走出来。）

陆：若英，怎么这么多天老看不见你呵？

英：舅舅又要出去吗？——我在忙两件事，征属之友社组织成了，我负责总务，赶着草拟工作计划。另外还有一个新兵服务社，已经跟党部谈过了，也要马上组织成立，希望能赶得上给这一届抽中的壮丁服点务。舅舅，一切全要求你多多指导，多多帮忙。

陆：（拍拍若英的肩）你真好！当教员的，干半年就盼望这么一个假期，你不借此休息休息，还跑出去整天地东奔西忙，真难得，真难得。

英：我老觉得有一根鞭子随时地在追赶我，不让我休息。中国人没有外国人福气好，周末有周末的娱乐，暑期有暑期的旅行。

陆：今天，外国人也没有那么享福啰。

骏：有许多国土都被敌人占领的国家比我们更苦，老师告诉我们的。

英：舅舅，刚才说的两件事，你不能给我们帮助么？

陆：当然能，当然能。这都是我自己的事。

英：听说今天县长在兵役协会召开的会非常紧张，丁大太爷他们一致反对您改善新兵待遇的提案？

陆：唔。创办一件事总免不了恶势力的阻挠的，但是我一定会用最大的决心跟勇气，克服一切困难，达到我们的目的。

英：（走上前一步，压低嗓子）舅舅，外面有人恶意地在中伤您，说是咱们家"漏丁"，又说您口是心非，叫人家儿子呈报，您的儿子可老早就藏起来了。

陆：你舅母他们女人家不识大体，瞒着我胡搅，我已经跟县长商议好了，从今天起，复查一次，这一回，无论如何，决不让随便哪一家，随便哪一个漏丁，大宝当然也一样。——好，我出去了。县长又找我商量重要事情呢。

（玉芳从屋里走出来。）

芳：爸爸要车么？

陆：不要，县长公馆就在隔壁，几步路。（走到长窗边，又折转回来）若英，刚才你说的外面那些恶意中伤的流言，究竟是从哪儿发出来的。托你确实打听一下。

英：好。

（若英向她自己的卧室走去。）

骏：（抓住表姐的膀子）表姐，今天你有什么好故事讲给我听？刚才二叔给我讲的一点都不好听。

英：有，有。你别忙，等我把东西搁下，歇会儿，慢慢给你讲。

（两人走进屋内。）

（陆仁卿慢步向外面走。）

（堂屋外面喧哗。）

老孔的声音：大少爷吩咐过的，无论谁来都得等通报。

一个陌生的声音：我是亲戚，要什么通报！这门里，我住都住过的！

老孔的声音：不行，你不能乱往里闯！

（老孔的话犹未毕，曹承业，仁卿的表侄，已经闯进来了。）

陆：是你！

业：五叔！（说话，不禁低头看看自己身上褪了色的布衫和脚上一双破布鞋）

（老孔也走进来，顺手接过老爷的公文包，又退出去。）

陆：有事么，承业？

业：（眼睛往玉芳身上一瞟）五叔要出去？那我就——那我就——

陆：有话说罢。

业：这些时，太——太那个了。（又瞟了玉芳一眼）窘得很。

东门外粮食仓库里出了一个斗工的缺,想求五叔给我推荐一下。

（玉芳腼腆地垂下头来。）

陆：承业,说老实话,你的嗜好戒掉了没有?

业：（吞吞吐吐地）戒了——已经戒了。（又瞟玉芳）

陆：只要你上进,只要你真肯改过自新,吃饭决没问题。可是什么粮食上的斗工,这种发财的事情,站在我议长的地位上,瓜田李下,我不便介绍。

业：没关系的,（瞟玉芳）这种事情,没有有力量的人推荐,这辈子也得不着。西门上是王委员介绍的。小南门上的是何举人的侄孙。

陆：（摆手）不,不。你别再打这种主意。你要是愿意好好重新作一番人,你得听我的管教,你先到我面前来作书记,替我抄写。我得磨练磨练你,今天有事到县长家里去,你改天再来。

（陆仁卿走了出去。）

（曹承业也只得跟着走出去,但还是频频回首盯视玉芳。）

（玉芳被看得不好意思了,连忙避往室内。）

（世骥听见有陌生人的声音,赶出来探看。）

骥：这小子又跑来找爸爸,不要脸,嗤!

（陆太太知道仁卿走了,匆匆走出来。）

太：大宝,你爸爸简直不讲理,哀求他半天,他还是非把你的名字呈报上去不可。看来他是决心要送你去抽签的。

骥：妈老是那么软弱!哀求他干吗?妈不会对他横一点么?

太：别乱说。赶快想想主意,怎样对付今年这一关罢?

骥：妈想主意罢,反正我只有一条命,爸不要我了,妈爱要不要!

太：别乱说！你念过那么多年书，外面的事情你比我知道的清楚得多，当然应该由你想办法。

（玉芳又从屋里走出来。）

芳：（接口）去请我妈来商量商量罢！

太：高妈！高妈！

（高妈从储藏室里跑出来。）

高：干吗呀，太太。

太：到隔壁去请大舅太太来！

高：哦，哦。

（高妈跑出堂屋，折向右手，隐没。）

太：（叮咛）请大舅太太马上来噢！说有要紧事商量，噢！

芳：往日我妈这时候早就过这边谈天来了，今天不知是怎么的？

太：大概总是家里有事。

（老孔陪伴于保长走进来。）

孔：太太，于保长来了。

太：哦，于保长，请坐请坐。

于保长：（呵一呵腰）别客气，太太。我是奉命差遣，不得不来。

（把手里的簿册举了一举）

太：先请坐，吃香烟？

（玉芳匆匆跑进屋里取出香烟，递给婆太太，再转递给于保长。）

于：（吸烟）你这烟味道特别好，是河南烟罢？

太：对了。于保长今天到我们这儿来，是为了——

于：这种宅门儿，本来不该来的。可是议长一定主张这么办，县长的命令又下得特别严。

老年妇人说话的声音：本来早就要过来了，家里请了个裁缝来裁几

陶　雄　/　447

件衣服。

（大舅太太出现在走廊尽头，长窗近边。高妈在后面跟着。）

大舅太太：哦，于保长在这儿。（一边说一边往里走）失迎。你来大概是为复查及龄壮丁罢？

于：是，是，是。大舅太太原谅。

舅：你看我们这姑爷年岁怎样？（指世骥）

（世骥在不耐烦地假意浏览墙上的字画。）

于：（看都不看）随您说，随您便。

（若英从室内伸出头来向外张望。）

舅：（问她的姑子）上次四月间调查，是于保长到咱们家来的么？

太：唔，是的。

于：是我，是我。

舅：那好极了，这回还是烦劳你。我们姑爷年龄恰好相当，本来应该照实呈报没有话讲。不过他老祖母在堂高龄八十，十月间寿诞之期转眼就到，抽中了也不能远行，还不如不呈报。

于：当然，当然。那么——就这样罢：这回不报恐怕也不大好，就给大少爷报个十七罢。不但不上前线，就连国民兵役都不必服。

舅：那随你。反正我们不出人，不抽签。

太：那行么，瞒岁数？议长说过，县里有底册的呕。

于：不要紧。谁来查对？议长的大少爷谁敢来查？

骥：哼，爸爸的事难说。

芳：爸爸老是要查人家……

于：大少奶奶，查人的人用不着查自己，鼓励人家子弟从军，自己的子弟何必去呢？从古到今，走遍天下，都是这样的。

舅：对，对，这话才适情呢。于保长，就报十七。

高：（插嘴）大少爷，您快把胡子多剃剃罢。十七岁，没那么重的胡子岔儿呀。

骥：嗤！要你管。

（高妈讨了无趣，溜下去了。）

（于保长伏案填表。）

（舅太太对陆太太以目示意，陆太太回屋取钱。）

（玉芳把水烟袋递给她母亲。）

于：（站起身）好了好了，打搅打搅。

舅：填好了么？嗨，你慢一步走。

于：回见回见，大舅太太，大少爷，大少奶奶。（往外走）

（陆太太匆匆拿了钱出来。）

太：老孔老孔！（把钱递在老孔手里，嘴却往于保长身上一努。）于保长，慢走呵。

（于保长隐没。）

（老孔趁人不看见，机敏地抽出了几张百元一张的钞票，塞在裤腰带里。然后也走向大门口去。）

舅：笑话，像我们这号人家的子弟，居然也要征了去打赤脚当兵，真是世界大变！

骥：可不是！这都是咱们家老爸爸兴出来的呵！将来有朝一日，他要是有机会离开家乡，再到北平去的话，县里的绅士们一定要送他万民伞呢！

太：大宝，别这么说话，损爸爸是罪过的。

（若英把头又缩了回去。）

舅：这几年真算是交上了墓库运：三年前，老大偷偷地溜了出

陶 雄 / 449

去，到北方打游击，一直没信息；去年，老二又差点儿没被县里抽了走，幸亏仁爱会帮忙，买到了顶替的号；好，今年又轮到了我女婿头上来了！

（隔壁拉提琴的声音复作。）

太：（叹息）唉，真是年头儿赶的。这些新花样弄得人左也不是，右也不是。不避一避，儿子就算捐了；避了，闷着头，见不得人。像你们老二，（指指隔壁）一天到晚蹲在屋里拉洋琴，也真闷坏了。

舅：闷闷有什么关系！闷在屋里，总比在帐篷里喝西北风好！

骥：要是我，我才不老闷在家里呢。我还是天南地北地跑出去玩。只要抽签一过，谁敢拿我怎么样！

舅：你也别神气！咱们这县长，咱们县里这位范县长，也不是好惹的。查出顶替，你晓得该办什么罪么？

（胡仲文，玉芳的胞弟，膀圈里夹着提琴，慌慌张张地从隔壁跑来。）

胡仲文：妈！你看这封信！

舅：（接信）什么事情？你看你急得这样子！

文：妈快看嘛！

芳：谁来的，弟弟？

文：不知道，看了就晓得了。

舅：（读信）母亲见字——（突然兴奋）老二，是你大哥来的信么，难道？

芳：真的么？

文：大哥才不会那么不通呢！什么叫"母亲见字"！

舅：（急忙翻看信属的署名，照读）仲文，仲文——嗳，老二，这不是你的名字么？谁开这个玩笑？奇怪！（读信文）母亲见字：儿腿已拐，心里很感动，因为可以回府抚养妈了。府上今年收成好不好？儿此番回家，一定要天天吃好的，穿好的，因儿已是荣誉军人也。街上如有饱（鲍）鱼，干贝等出集（售），可多讲（购）一点，因儿贵体需要填补也。大汽车走得快，不出十天可到家也。速铺睡床等我，即仰办理，请叩膝安！儿仲文手条。六月二十九日。——嗨！（长叹一声，嗒然落坐到椅子上。）

太：怎么回事，大嫂？

文：八成儿准是那个人要回来了。

（大舅太太攥着信笺，凝目深思。）

芳、骥：（同时地）谁？

文：还不是去年给我作替身去出征的那个关一奎！

舅：（切齿）好厉害！你要这一手，我算让你吃上了！

（赵达翁从外面进来。）

赵：（接口）你让谁吃上啦，大舅太太？

舅：（递信）你看嘛！

（周若英悄悄从屋里走出来。）

赵：（接信，略一过目，马上堆下笑来向大舅太太作揖打拱）恭喜恭喜，大舅太太走失一个儿子，又白捡一个儿子。

舅：（呵斥）嗤！别人着急，你来打趣！

赵：添丁进口，怎么算打趣呢？

太：咦！奇怪！从前不是跟仁爱会说好了，顶费一次付清，以后没有任何别的纠葛的么？

英：（弦外之音）舅母，这些流氓地痞的话，说了等于不说，还能相信么？咱们最要紧的是自己把脚步站稳了。

舅：（怒目瞪她一眼）哼！

文：（愤愤然）妈，咱们决不让他进咱们家的门！

芳：弟弟，政府承认他是胡仲文嗳！

文：不管！他要是敢闯进咱们家的门，我就跟他干！

舅：你晓得什么！这么大的东西，说话像三岁小孩！

（陆仁卿跨着兴奋的步子走进来。老孔夹着公文包跟进来，高妈接过公文包，两人分别走出堂屋。）

陆：（声音洪亮）你们大家都在这儿呵！（向赵达翁）达翁，改善新兵待遇，决定一面由县里筹集经费，一面募捐，我们要盖新兵招待所，我们要改善本县新兵在移交给部队接收以前一切衣、食、住、行的待遇！土豪劣绅反对我们，县长却用整个的力量援助我！

赵：县长有没有拍一拍大腿，说："谁要不这么办，我就让他作我这条腿！"

陆：哈哈哈哈！

（相与大笑。）

舅：（深怪别人不关怀她的心事）有什么好笑！还不是枉费心机！

太：仁卿，大嫂家里又出漏子了。

陆：怎么？

太：去年给仲文作替身的那个人要回来了。（取信，递给仁卿）你看看。

陆：（谈信）母亲见字：儿腿已拐，心里很感动，因为可以回府抚养妈了。——（拿手指着大舅太太，一字一板地说）这是你自作自受！

舅：哼！我自作自受！儿子到底被我保全下来了！不像你，活生生把儿子往火坑里丢！——老二，我们回家去！

太：大嫂！（想不出劝慰的话，只好不说。）

陆：（叹息）毫无国家观念！

（老孔走过来，手里捧着一个相当大的玻璃锦盒。）

孔：老爷，刚才魏镇长来给您请安，您还没有回来的时候。

陆：（诧异）咦！奇怪了！他来找我干什么？

孔：无非是请安问好。他说他叔丈人的朋友从四川来，带来好多真正上好的通江银耳，他挑了其中最好的一盒来孝敬老太太。（送上手中的盒子）

陆：他叔丈人是谁？

赵：丁大太爷呵。

陆：（冷笑）哼！好手腕！又礼又兵，软硬全来！可惜我不是那一号人！不收，马上拿去退还！

太：这样岂不太得罪人么，仁卿？

陆：（坚决地）拿去退还！告诉他们：老太太虽然上了岁数，但是身体倒还硬朗，吃了民脂民膏，反倒会损寿的！

赵：五哥，奉劝你明哲保身哪。

（老孔讨了没趣，悻悻地退出去。）

陆：（顾自地说）现在已经得到县长的密切合作，不管环境怎样恶劣，我必定抱最大的决心，用全力督促推行兵役三大要政！第一件，平等抽签，我们已经着手复查及龄壮丁。人家说我自己漏丁，刚才我已经把我儿子世骥的呈报书当面交给县长了。

太：什么？

（陆太太和她的儿子儿媳面面相觑。）

英：（庆幸）好极了！舅舅，你这一来，他们就再没有借口了。

陆：唔，对了。——咦！小宝呢？到哪儿玩去了？（大声喊）小宝！世骏！小宝！

芳：（也帮着喊）弟弟！

英：哦，大概还是在我屋里呢。小弟！

声音：嗳，嗳！（喊口令）立正！齐步走！（脚步声）

陶雄／453

（世骏佩一根毛帚，戴一顶纸军帽，踏着步伐，走进堂屋来。到了转折的地方，就自己喊"左转弯走"或"右转弯走"的口令。）

骥：嗤，怪相！

赵：我给你敲锣鼓：咚——咚——咚咚咚……

英：一——一，一二一——一二三——四！

芳：（捂着嘴笑）吃吃吃吃……

陆：（笑得眼睛眯成了一条缝）……

骏：立——定！——敬礼！（举手）

赵：（还礼，也举举手）请稍息，请稍息。

陆：（忍俊不禁）哈哈哈哈哈！

太：小宝，尽瞎闹，纸帽子都往头上戴，还不赶快给我扯下来！

骏：（反驳）唔！表姐学校里常演戏，还不是都戴这顶纸帽子！

陆：（举起他的小儿子来）不要紧，不要紧，爱戴你就戴罢，全国青年要是都像你这样爱戴军帽，兵役就有办法了！

（幕下）

三十三年十二月七日，渝。

选自陶雄著：《壮志凌云》，全国知识青年从军指导委员会编："全国知识青年志愿从军戏剧丛刊"，独立出版社，1945年